长风渡

墨书白 著

上册

终结篇

青岛出版集团 | 青岛出版社

图书在版编目（CIP）数据

长风渡. 终结篇/墨书白著. —青岛:青岛出版社,2023.6
ISBN 978-7-5552-9509-9

Ⅰ.①长… Ⅱ.①墨… Ⅲ.①言情小说－中国－当代 Ⅳ.①I247.5

中国版本图书馆CIP数据核字（2021）第071357号

CHANGFENG DU · ZHONGJIE PIAN

书　　名	长风渡 · 终结篇
作　　者	墨书白
出版发行	青岛出版社（青岛市崂山区海尔路182号）
本社网址	http://www.qdpub.com
邮购电话	18613853563
责任编辑	郭红霞
特约编辑	程钰云
校　　对	宋芸
装帧设计	蒋　晴
照　　排	梁　霞
印　　刷	三河市良远印务有限公司
出版日期	2023年6月第1版　2023年6月第1次印刷
开　　本	16开（640mm×920mm）
印　　张	38.5
字　　数	630 千
书　　号	ISBN 978-7-5552-9509-9
定　　价	69.80元（全2册）

编校印装质量、盗版监督服务电话 4006532017　0532-68068050

目录 上册

第一章　心意决　1

第二章　凤凰落　33

第三章　黄河谋　63

第四章　悦神祭　92

第五章　少年意　125

第六章　至荥阳　153

第七章　忘年交　182

第八章　柳夫人　212

第九章　不相负　243

第十章　孤城乱　270

目录 下册

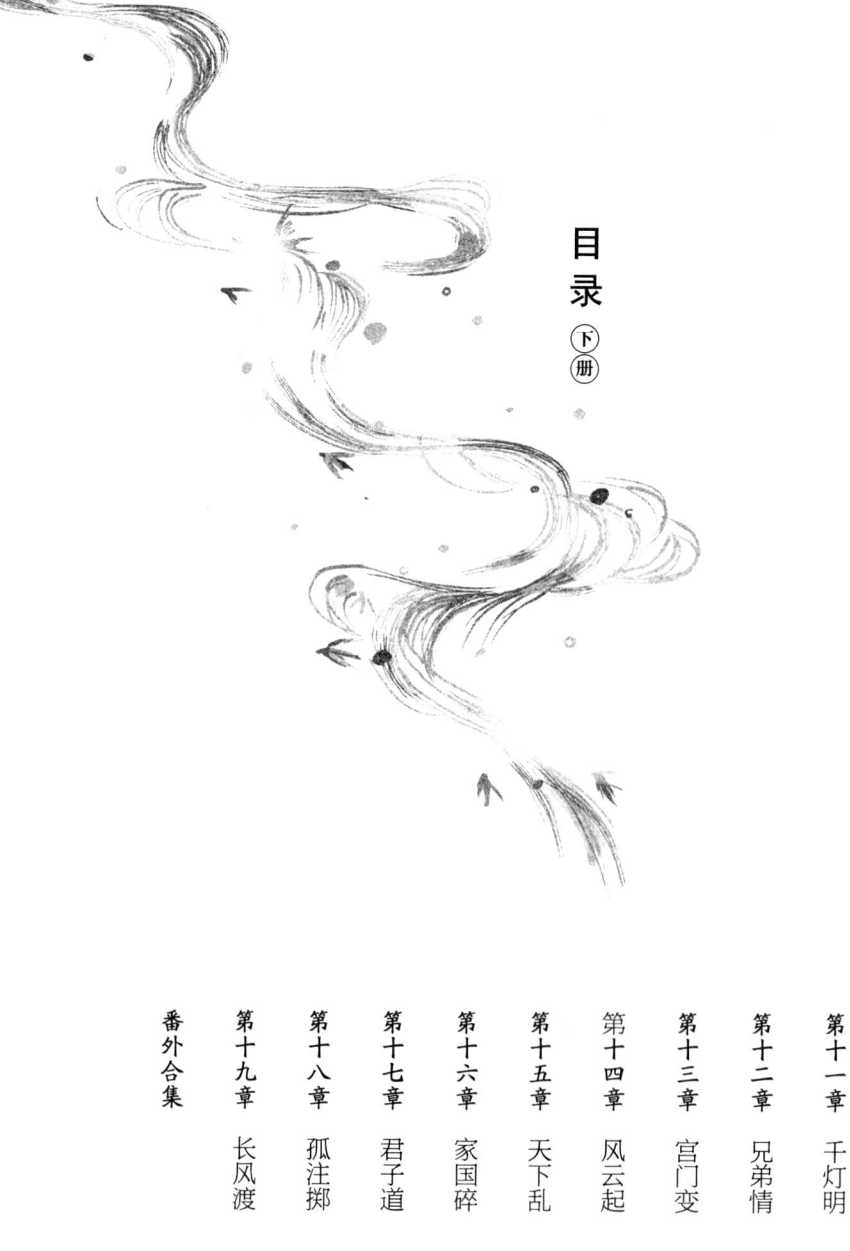

第十一章　千灯明　301

第十二章　兄弟情　330

第十三章　宫门变　363

第十四章　风云起　392

第十五章　天下乱　422

第十六章　家国碎　451

第十七章　君子道　482

第十八章　孤注掷　511

第十九章　长风渡　546

番外合集　578

第一章　心意决

顾九思陪柳玉茹待了一晚上。

而这时候，叶世安在牢房里辗转难眠，觉得自己被顾九思骗了。

顾九思说牢里很舒服，其实并不是。石板床上铺了褥子，但还是会有潮气从下面传上来，让被子、床褥都有一股说不出的味道。叶世安没办法，只能把被子也垫在床上，企图让自己睡得舒服些。后来发现那其实也没多大用，最终只能自己躺在床上用自己的体温把褥子给焐干了。顾九思说牢里有书，可以读一下打发时间，谁知道这屋里的书只是一张张地图以及一些民间话本。这些叶世安还可以忍耐，直到半夜时分，他开始尿急，找了一圈，终于发现了靠在旁边的一个木桶。

叶世安对着这个木桶，骤然崩溃了。

骗子，顾九思这个大骗子！！

神仙也有五谷轮回，叶世安一代君子，自然不能失了风度。他看着面前的木桶，咬了咬牙，还是回到了床上，在寒风中抱紧自己，闭着眼硬憋着。

憋到了启明星升起来，他终于听到了外面传来脚步声，顾九思回来了。沈明送顾九思回来，还给叶世安带了官袍。顾九思一进来，叶世安就跳了起来，一把抓过官袍，疾步往外走去，拉住狱卒低声问了两句，人就走过转角不见了。

"他去做什么？"沈明有些发蒙。

顾九思也不明白："气得一句话都不同我说了？"

但时间紧急，顾九思也来不及弄明白叶世安的意思，进了牢房，把门关上，同沈明道："赶紧去上朝，有什么消息记得告诉我！"

顾九思很自觉地上了锁，和狱卒道："您歇着吧，我锁好了。"

这时候，叶世安已经疏解完毕，从转角后走了出来。他冷冷地瞟了顾九思一眼，拔腿便走，沈明赶紧追上去。

顾九思愣了愣，摸了摸鼻子，没想到叶世安会气得这么厉害。

叶世安和沈明上了朝。

当日，范轩便宣布，太子将替天子南巡，查看黄河堤防，施恩于天下。因为太子是范轩的一根独苗苗，范轩将从东都调五千精兵护送。

这条命令下来，所有人都蒙了。早朝散了以后，许多大臣聚到周高朗面前来询问："周大人，陛下这是什么意思？"

周高朗摊摊手："我又不是陛下，我怎么知道陛下是什么意思？"

陆永站在一旁，神色平静。以往在这种时候，陆永总是最先过来询问情况的，可现下他似乎对此事完全不关心。周高朗不着痕迹地看了陆永一眼。

出了宫门，周高朗叫住了陆永："陆大人。"

陆永顿住步子，周高朗追上去，同陆永并肩而行，笑着道："感觉最近陆大人和以往有些不同。"

"有何不同？"陆永面色平静。

周高朗笑了笑："以往陆大人不是这样不爱说话的人。"

陆永僵了僵，随后叹了口气："不瞒周大人，最近户部事务繁忙，我也太劳累了。若是有什么得罪了周大人的地方，还望周大人见谅。"

"我能有什么好得罪的？"周高朗笑笑，转过头去，看着宫外的天空，道，"老陆，咱们从幽州一路爬上来，也十几年光景了，你应该多信任老范一些。"

陆永在袖下捏起拳头，提醒自己不要紧张。

周高朗却完全没有看他，只是道："不该瞒的不要瞒，瞒了也瞒不过。陛下终究是对你好的，十几年的感情，谁都不会这么心狠。"

陆永整颗心都提了起来。周高朗抬手拍了拍他的肩膀，提步走了出去。

周高朗走后，陆永在门口站了一会儿，闭上眼睛，轻叹一声。

太子南巡这条调令发出来，范玉顿时慌了，忙去找了洛子商，道："太傅，父皇让我南巡，这是什么意思？"

洛子商低头看着棋盘，没有作声。

范玉有些不满，提高了声音，道："太傅！"

"陛下让太子南巡，那便南巡吧。"

"可是……"

"殿下在朝中根基不稳，"洛子商淡淡地道，"还是需要做出一些实绩的。钦天监预计今年黄河将有水患，黄河每年都会决堤，若是今年太子南巡之后黄河无事，殿下在臣民心中的地位必然高涨，也算有了实绩。"

"这些都不重要，"范玉皱眉道，"父皇就我一个儿子，我有没有实绩，难道父皇还能让其他人做了皇帝？！"

洛子商持着棋子的手顿了顿，他抬起头来，朝着范玉恭敬地笑笑，道："殿下误解陛下的意思了，陛下不仅想让殿下当皇帝，还想让殿下当一个万民称颂、青史留名的好皇帝。殿下虽然很优秀，但还是需要让人知道。"

这话范玉听着舒服，他点了点头，道："你说的极是，我得让人知道这些才对。本宫南巡，你也随行的吧？"

"微臣自然是要随行的。"洛子商转过头去，目光落在棋盘上。

太子出巡这件事准备了大约三日，范玉便带着人马浩浩荡荡地出发了。

这时候，柳玉茹在望都买的地里种出的粮食也已经运送到了东都。

方经战乱，各地的粮价都不算便宜。望都当初有柳玉茹收粮，粮食充足，后来又有流民开垦，今年丰收，粮食买卖相比东都，有不止十倍利润。

柳玉茹亲自到门口去接粮食，路上恰好遇见太子浩浩荡荡的队伍。她坐在马车里，撩起帘子，看着太子的南巡队伍出城。太子的马车后面，跟了一辆朴素无华的小马车。她正想着那马车里是谁，便见那马车的帘子突然被撩起来了。一张苍白的有些病态的脸出现在柳玉茹面前，那人看见柳玉茹,目光里带了几分说不出的笑意。这笑意十分复杂,让柳玉茹皱起眉头。

马车交错而过的瞬间,洛子商放下帘子,仿佛掀起帘子就只是为了看这个人一眼。

印红赶忙上来,同柳玉茹道:"夫人离他远点儿,这人也太瘆人了。"

柳玉茹垂下眼眸,看向账本,道:"翻页。"

她如今手指动不得,看账本时只能让印红帮着翻页。

柳玉茹看着账本上的粮食数量,不一会儿,就听外面的人说运粮食的队伍到了。

她下了马车,亲自见了运粮的人,给了每个人一个小钱袋,说是图个吉利。大家远路而来,风尘仆仆。柳玉茹这一番举动,让所有人心里都激动起来,大家觉得这一趟也不算亏。

柳玉茹带着人去了东都郊外的仓库,这是她特意租下的一块地,专门用来存放货物和粮食。她看着人把粮食一袋一袋搬运进来,清点着数量。粮食全都入库后,她不由得皱起眉头来。

运粮的头子叫老黑,见柳玉茹皱起眉头,也有些忐忑。

柳玉茹领着他去了大堂,让他坐下,而后便开口道:"黑哥,有一件事,我有些不明白。"

"您说。"老黑连忙开口,"东家,你若有什么不明白的就问我,我一定给您说清楚,咱们心里可不能有芥蒂。"

柳玉茹笑笑,道:"黑哥,我是觉得有些奇怪,"她让印红摊开账本,"我从望都要的粮食是三万石,为何如今到的只有一万五千石?这可是少了一半啊。"

老黑连茶都顾不得喝,赶紧解释道:"东家,路上大伙儿要吃饭,又有遗漏,自然会有损耗。"

"黑哥,"柳玉茹皱起眉头,"运粮这件事,我也做过。当初我从青州、沧州、扬州一路运粮回望都,一万石的粮食,到望都的也不止九千石。我不明白,你们运送的粮食,为何会损耗一半?"

"对啊对啊,"旁边的印红有些不高兴,立刻道,"你可别以为我们没运过粮,别想坑我们。"

老黑听到这话,顿时拉下脸来,将茶碗重重一磕,便站起身来,跪在柳玉茹的面前,道:"东家,我知道这事东家要起疑心。可我老黑今日就算一头撞死在这柱子上,也要和东家说清楚,这粮食我们的确没拿。"

"那粮食……"印红着急地开口。

"路都不一样!"老黑抬眼看着印红,怒道,"你小丫头片子知道什么呢?!"

"黑哥,"柳玉茹叹了口气,赶紧起身扶起老黑,道,"您别和小姑娘置气。我不是怀疑你,只是想知道原因,若有解决办法,我们就想办法。我做生意,总得明白我的钱花在了哪里。"

听到这话,老黑的情绪终于稳定了些。他叹了口气,同柳玉茹道:"东家,您当时从青州、沧州、扬州运粮,粮食都是走水路直接到幽州的,而幽州码头到望都,要走的路还不到三十里。您没发现,您的那一万石粮食,之所以少了,主要就是在陆路上损耗的吗?"

柳玉茹点点头:"的确。"

"东都在内地,不临海,"老黑叹了口气,"要把新粮送过来,我们只能走陆路。如果走水路,一艘船需要的人手可能也就几十人。他们这么点儿人,就能运很多粮食,中途也不容易漏粮。只要船不翻,不遇到水盗,那粮食除了那几十个人吃的,根本不会有损耗。陆路就不同了,首先粮食在路上就会漏,一边走,一边漏,这就已经少了一部分了。其次人马运输量有限,同样的粮食,水路十几个人能运的,陆路可能要几百乃至上千人,吃的量就不同了。再者,路上多山匪,每隔一段路都得缴纳一批过路费。这样一路送过来,到了东都,粮食又能剩多少?"他说着,似乎颇为心酸,"东家,我知道这事也是我老黑没用,可是我也尽力了。"

"黑哥,"柳玉茹听着,叹了口气,道,"你的确受委屈了,是我不懂事,你这样辛苦,我却只想着粮食。"

这话说完,老黑那一口气也顺了,赶忙摆手道:"东家,您别这么说,这么说真是折我的寿了。"

柳玉茹笑笑,让印红去取二两银子来。柳玉茹将银子交到老黑手中,恭敬地道:"黑哥,我如今才知道你们的辛苦,让你们受委屈了。如今我新店刚开,诸事都要俭省,这点儿银子,您别觉得寒酸。"

老黑推辞不收,柳玉茹和老黑客气了一番,终于将银子送了出去。

柳玉茹带着印红离开,印红坐在马车上叹气,道:"粮食就剩一半,成本就又上升了,也不知道该怎么卖。如今姑爷还在牢里待着,生意上也不顺,夫人,你说咱是不是该去庙里拜拜?"

柳玉茹摇着团扇，转头看向窗外，道："总有办法。"
事在人为，总有办法。

太子南巡的事情刚刚定下，范轩就从自己的嫡系部队中急调了五千精兵来东都。因为都是他的嫡系，外面的人也不知道。于是范轩暗中调人，明着授意御史台督促刑部。

御史台得了命令，叶世安立刻列数刑部在此案的审理中的种种不是，上书要求刑部将案件移交御史台。刑部的人也不示弱，第二日就参叶世安徇私枉法和顾九思勾结。刑部可以踩顾九思，毕竟顾九思孤立无援，但刑部这么踩叶世安，御史台紧接着就直接把刑部上下出过的种种细枝末节的差错全数了一遍。双方在朝堂上骂得唾沫横飞，口水战持续了几日，范轩的五千精兵终于调到了东都。

当夜，范轩召见陆永。

这些时日，陆永一直很是忐忑，几乎用了自己的所有人脉，只为阻止刑部将顾九思移交到御史台。陆永心里非常清楚，一旦刑部将顾九思移交到御史台，刘春之死的真相就会暴露。陆永不清楚范轩是否知情，更揣摩不出范轩的态度。于是陆永日日担惊受怕，怕范轩找他，也怕范轩不找他。如今范轩召见陆永，陆永倒是突然就安定了。

陆永让前来传旨的太监稍等，而后换上官服，跟着太监进了范轩的宫殿。

太监没有让陆永在御书房见驾，反而把他带到了范轩的寝宫。陆永进来的时候，范轩正在洗脚。范轩穿着一身白色单衣，用的就是个普普通通的盆，周围也没个服侍的人。范轩一个人散发坐在那里，陆永一时间以为自己还在幽州，还在范轩还没当上大官的时候。那时候的范轩就是这样，经常在夜里见他，他们商量官场上的事，也会一起下棋聊天。

陆永觉得心里有些难受，揣测不出范轩的意思，只能恭敬地跪下来，朝着范轩行礼。

范轩没有立刻让陆永起来，呆呆地看着大殿的门，把脚浸泡在温水里，慢慢道："我年轻的时候，人家同我说，这世上没有不变的人，也没什么兄弟感情。他们说兄弟情谊是人世间最不靠谱的情谊，我是不信这些的。我总觉得，人和人之间的心意，你给对方多少，对方就会还你多少。"范轩转头看向陆永，话锋一转，道，"老陆，咱们认识有二十年了吧？"

"二十四年。"陆永跪在地上，哽咽道，"同榜举人。"

范轩点点头，有些恍惚。

范轩没说话，陆永就跪着，好久后，范轩突然问："钱这么好吗？"

陆永听见这句话，突然觉得尘埃落定了。脑袋掉了，碗大个疤，也没什么大不了。

不知道范轩是不是在等他回话，一直没有出声，许久后，陆永深吸了一口气，抬头看向范轩："您为什么做皇帝呢？"

范轩愣了愣。

陆永看着他，认认真真地道："如果不是为了钱和权，您又为什么做皇帝呢？"

范轩沉默了，好久后，突然苦笑起来："我若是和你说，我从来也没想过要当皇帝，你信吗？"

"那您为什么要和梁王争呢？"陆永平静地开口。

范轩低下头，拿了帕子，慢慢地道："他不是个好皇帝。"

"那您是吗？"陆永继续询问。

范轩的动作僵住了。他皱起眉头，抬头看着陆永："你什么意思？难道朕做得还不好？"

陆永笑起来，没回答这个问题，而是恭敬地叩首："臣知错。"

范轩觉得有些难受，克制着情绪，将帕子交给一旁等着的张凤祥，慢慢地道："其实你做的事，我清楚。一千万两，你补回来就行。你自己补不回来，就给我一份名单，我来要。我总归不会要你的命，"范轩叹了口气，"为何走到杀人的地步呢？"

陆永听明白了，今晚范轩把他叫来，是要给他指一条出路。陆永暗暗思索着范轩话语里的真假，好久后，才道："臣明白。"

"你终究还是我兄弟。"范轩劝说道，"别走了歪路，更别离了心。"

"是臣糊涂。"

"老陆，"范轩犹豫了片刻，道，"顾九思是可造之才，你年纪也不小了，该好好颐养天年，户部的事就交给他，你也多带带他。"

陆永没再回应，跪在地上，僵着脊梁。这话倒也不是不能消化，这在他的预料之中，只是真正面对时，他还是有些难堪。

范轩看着陆永的黑发中夹杂的白发，心里有些不忍，叹了口气，道："老陆，只要朕还在位，便可保你晚年无忧。"

这话让陆永必须面对了，他慢慢地收紧了拳头，跪着道："所以，陛下的意思，是让微臣辞官吗？"

"老陆，"范轩低着头，喝了口茶润了润嗓子，才道，"你的罪是什么，你该知道。"

陆永沉默了许久，深吸了一口气，叩首道："谢主隆恩。"

"找个时间，带顾九思去和你的朋友吃顿饭。"范轩吩咐道，"把他当自己的徒弟培养培养。"

"陛下，"陆永消化着范轩的意思，皱起眉头，"您想让顾九思当户部尚书？"

范轩点了点头，伸出手。陆永赶忙上前来，扶住了范轩。

范轩借着陆永的力站起来，出声道："他虽然年轻，但是很有才华。"

陆永扶着范轩往庭院里走，范轩仿佛在进行一场再普通不过的交谈，慢慢地道："江河这个人，我不放心。顾九思的资历虽还不够，但户部尚书这样的位置，总不能随便用人。而且，"范轩转头看陆永，笑道，"不是还有你吗？"

这话让陆永愣了愣："陛下……"

"老陆，"范轩停在庭院里，叹了口气，"别辜负了朕的苦心。我们是君臣，是朋友，也是兄弟。一个人能和另一个人走过风风雨雨几十载，不容易得很。"

陆永心里有些发酸。他退了一步，下意识就想跪。

范轩伸出手拦住他，摇了摇头，道："别这样。我也没多少个年头了，"范轩苦笑起来，"让我多当一会儿范轩，少当一会儿陛下吧。"

陆永红了眼，没有坚持。范轩和他走在庭院里，似乎有些疲惫，一直让他扶着。

"其实你的话，我明白。你问我为什么当这个皇帝？我年轻的时候总说一切都是为了百姓，如今再说，你也不信。我想了想，钱，我是不想的。可是权，我们这些人大概都放不下。其实老陆你还好，你穷怕了，也不在乎什么权不权的，只要口袋里满当当的，你心里就满足了。可我和老周不一样了，我们心里想要的太多，永远也满足不了。当了节度使想当皇帝，当了皇帝想一统天下。说什么为了百姓，打起仗来，苦的还不是百姓吗？"范轩轻轻一笑，接着道，"我知道你为什么觉得我不是好皇帝，不就是因为玉儿吗？我再好，再有能耐，也只有玉儿一个儿子。将来我将天下交到玉儿手里,你们心里都不服气。可是我能怎么办呢?我就他一个儿子。"

"可是……"陆永急切地要反驳。范轩却接着道:"再建后宫,我也没那个精力和能力了。就是再有一个孩子,日后也不过是多了兄弟阋墙的戏码,不会有什么改变。"

范轩上台阶时,脚步虚浮。他在攻入东都那一战中受了伤,陆永知道,想劝,却又因范轩那固执的脾气而沉默。两个人到了高处,范轩累了,坐在长廊上休息,从高处看着庭院里的景致,没有回头,慢慢地道:"老陆,玉儿心眼儿不坏。你是看着他长大的,以后他有什么不好,你得多担待。"

陆永抿了抿唇,终于道:"陛下,微臣知道。"

范轩坐在长廊上,没有回应,风徐徐吹过。

好久后,他才站起身来,低头道:"走吧。"

第二日早朝,陆永辞官。

这消息震惊了整个朝廷。朝堂上,一个要走,一个要挽留,这么做了几个回合的戏,范轩终于面露不忍之色,下了宝座,亲自接了陆永的辞呈。

紧接着,范轩宣布,刑部办事不力,刘春一案移交到御史台处理,嫌犯顾九思一并移送。

刑部自然不肯答应,下了早朝,刑部的人和许多旧臣一起,大半个朝廷的人跪在了御书房门口。

柳玉茹听说时,正和叶韵一起看新铺子。这铺子是同花容的铺子一起租下的,用来贩卖从望都运送过来的粮食。

多事之秋,柳玉茹已经深切地意识到粮食的重要性,所以哪怕粮食的利润并不算大,她也要坚持将生意做下去。

当初叶韵自告奋勇,要负责装修,柳玉茹便由着她去。今日开业,柳玉茹才发现,叶韵将这粮店按照北方的风格装修得十分漂亮。大红大绿的颜色铺开,房檐下挂着辣椒串做装饰,北地风味浓郁。柳玉茹里里外外逛了几圈,觉得不错。

芸芸却有些担忧,道:"东家,你卖粮的店建得这样好,旁人见了,怕是会觉得米贵,不敢来买。"

柳玉茹听到这话，愣了一下，看着面前摇晃的辣椒，慢慢出声道："瞧着店铺就会觉得米贵，那会不会觉得这是北方的米呢？"

芸芸有些不理解："东家的意思是……？"

"北方的米，总是有些不一样的，"柳玉茹笑笑，"不一样的米，贵一点儿也无妨，对吧？"

"东家想涨价？"

"卖胭脂，有好有坏。卖米，自然也有好有坏。"柳玉茹思索着，道，"咱们这一次运输的费用极其昂贵，运来的粮食却不算多，若按照普通的卖粮方法，直接售卖，怕是利润微薄。"

芸芸慢慢地听出了些门道，道："把这次的货做成最优的米，将价格提高，您是这个意思吗？"

柳玉茹见芸芸上道，不由得笑了："正是。北地的米油多且香，大家这么随意地买，它不就失去了它的特点了吗？应当让它与其他米相区分，成为东都最好的米。"

芸芸点点头，旁边的叶韵也明白了柳玉茹的意思。柳玉茹正打算再说什么，宫里的消息就传过来了——刑部的人带着人堵在了御史台门口，不肯移交顾九思的案子。

柳玉茹认真地想了想，道："等陛下去找了太后，这些人自然会离开。"

不出柳玉茹所料，当天下午，范轩去了夜央宫一趟。晚上，刑部那些人便都走了，但顾九思也没被移交。

第二天正午，顾家突然来了个太监。这个太监又瘦又小，颇为焦急地道："顾少夫人，劳您随我们到宫里走一趟吧！"

太监来的时候，顾家一家人正在用饭。听到这话，江柔猛地站起来，急声问："可是我儿出事了？"

太监摆手，道："您放心，顾大人无碍。只是有一些事需要顾少夫人进宫处理。"

这话让江柔放下心来，柳玉茹也镇定下来，擦了嘴角，站起身同太监道："公公稍等，妾身去换套衣服。"

说完柳玉茹又吩咐了人去照顾太监，而后转进了房内。

柳玉茹在房中换了一套正装，便跟着这位太监入了宫。太监看上去很急,似乎是宫里的人都在等着他们一般,柳玉茹不由得问:"公公,若不是我家郎君出了事,宫里到底是因何事如此着急召见妾身?"

"您也别多问了,"太监面上露出几分悲悯之色,"您到了,便知道了。"

听到这话,柳玉茹的心沉了下去。她现在可以确定顾九思没事,那陛下召她进宫是为什么?她猜不出来,只能稳住心神,进了宫里。

太监领着她进了后宫,柳玉茹越走心里越茫然。为什么陛下要在后宫接见她?

她紧皱眉头,不由得道:"公公,可是走错了?"

"没错,"太监立刻道,"太后和陛下一同召见您,所以是在夜央宫会见。"

太后和皇帝一同召见。柳玉茹心里隐隐浮现出一个人的名字。

她紧皱眉头,却不言语。

走了许久,他们终于到了夜央宫门口。柳玉茹按礼仪进屋,尚在外间就隔着帘子跪下去,展袖,用双掌画了个半圆,交叠在前,恭敬地道:"妾身见过陛下,见过太后娘娘,陛下万岁万岁万万岁,太后千岁千岁千千岁。"

帘子内没有声音,许久后,从里面传来一个苍老的声音:"这位想必就是顾少夫人了?"

"正是。"范轩带着笑意的声音响起来,"顾少夫人是个识大体的女子,与公主相处,想必也不会有什么芥蒂。"

听到这话,柳玉茹愣了愣,心中骤然生出一种不好的预感。

这时候,范轩接着道:"云裳公主,你同顾少夫人说吧。"

范轩说完,柳玉茹便听见面前的珠帘被人掀起来,一个女子移步到柳玉茹身前。柳玉茹跪在地上,没有抬头。

李云裳道:"玉茹姐姐,日后我可能要进顾家大门,与姐姐一同侍奉顾大人,还望姐姐多多照顾。"

柳玉茹的脑子里嗡的一声,她跪在地上,没有出声,没有抬头,仿佛僵了似的,整个人都是蒙的。

太后的声音响起来:"陛下说要给我儿赐门婚事,我儿当年便与顾大人有婚约,心里也有顾大人,本宫便想,不如成人之美。公主金枝玉叶,自然做不得妾,本宫本想让你做妾,但陛下说你与顾九思乃结发夫妻,你还有功于朝廷,我儿又为你求情,本宫才答应让你与我儿共为平妻。我儿虽年纪比你小上几个月,名义上也都是妻子,但尊卑之分,你心里要明了。"

太后等了片刻,没听见柳玉茹的回答,便道:"怎么,还不谢恩,是有什么不满?"

柳玉茹听到这声询问,才缓了过来。她说不出心中是什么感觉,也不敢深想,把所有的感觉封闭了,像年少时那样告诉自己,不能难过,不能悲伤,不能绝望,要冷静,要询问清楚一切。

她深吸了一口气,抬起头来,却是看向范轩,询问道:"陛下,敢问我家郎君如今何在?"

这话出来,众人似乎都有些尴尬。范轩轻咳了一声,道:"顾爱卿如今还在偏殿歇息。这是他内院的事,你答应了,去告诉他和顾老爷夫妇便可以了。"

柳玉茹看着范轩,认真地道:"陛下,婚姻大事,当由当事人做主。娶公主殿下的是我家郎君,我怎能替他做决定?请陛下允许妾身先询问夫君的意思,再做决定。"

"大胆!"太后猛地拍在桌上,怒道,"天子赐婚,公主下嫁,还容得他挑挑拣拣?柳玉茹,你别给脸不要脸,也别问他允不允,本宫这就让他休了你再娶便是!"

"太后,"范轩皱起眉头,有些不满,道,"玉茹一个妇道人家,凡事想先询问自己的夫君,也与常理相合,您也别太激动,当体谅才是。"

"本宫体谅她,她便蹬鼻子上脸。从扬州来的粗鄙妇人,配得上顾家这样的人家?也不知道顾朗华那脑子里进了什么水,竟让儿子娶了个这么不知规矩的婢子!"

"娘娘!"柳玉茹猛地提高了声音,慢慢地起身,清亮的眼定定地盯着珠帘后的女人,"妾身出身清白,虽不是大富大贵,却也有名牒在身,绝非太后口中的'婢子'。妾身嫁给郎君,未曾犯七出之条,更在顾家落难时一路扶持相随。我不曾因贫贱嫌弃郎君、顾家,郎君、顾家如今若因富贵驱逐我,便是对夫妻之情的不忠,对恩义之理的不义。太后是要将公主下嫁给一个不忠不义之人吗?"

这话问得所有人愣了愣。

柳玉茹大声道:"太后若将女儿嫁给不忠不义之人,就是向天下人说,哪怕不忠不义,也并非不可,是吗?"

"这自然不是。"无论是前朝还是大夏,品性都是一个官员最重要的考核指标。哪怕是太后,也不敢在此刻反驳柳玉茹的话,只能僵着脸,尴尬地道:"所以本宫才让你当平妻,男人三妻四妾本属常事,你莫因忌妒而阻拦。"

"妾身不拦,"柳玉茹神色平静,"只是此事当由我夫君本人做主,妾身不敢裁定。"

"少夫人说的也是,"这时候,李云裳出声,转头同太后道:"便让少夫人去问问顾大人吧,顾大人若是不愿,也莫要强人所难。"

"他敢?"太后冷笑,转头看向范轩:"这可是陛下赐婚,他总不能抗旨不遵吧?"

范轩僵了僵,轻咳了一声,同柳玉茹道:"你去劝劝他,要当户部尚书的人了,该懂点儿事了。"

柳玉茹听到"户部尚书"四个字,神色动了动,但什么都没说,站起身来,由太监领着到了偏殿。

顾九思正在偏殿看书。他盘腿坐在榻上,懒洋洋地靠着窗户,面前放了一盘花生。他嗑着花生,看上去十分悠闲。柳玉茹走进去,他转头看过来,不由得愣了愣。

片刻后,他从床上跳下来,惊讶地问:"你怎么来了?"

柳玉茹没说话,静静地看着他。顾九思察觉不好,赶紧走到她面前去,拉住她的手,道:"怎么了?可是出了什么事?你受了什么委屈?"

柳玉茹静静地注视着他。他是真的不知道发生了什么,甚至还在问她是不是进宫来接他的。

柳玉茹看着顾九思意气风发的样子,突然明白了李云裳的意思。

范轩提出送李云裳去和亲,要挟太后,以保证顾九思的案子能顺利被移交。此时太后已经与范轩达成协议,让顾九思当户部尚书。而李云裳则在这时候提出嫁给顾九思,作为移交案子的附加条件。这不算什么大事,于是范轩答应了。但李云裳应当早已料到顾九思不会答应,而顾九思一旦拒绝,那就是拒婚。顾九思刚刚得到范轩的信任,就这样打范轩的脸,范轩便会认为顾九思不好掌控。顾九思的仕途,或许也就止步于此了。

柳玉茹想明白了李云裳的话,看着面前的顾九思,觉得有什么梗在心口,她张了张口,却什么都说不出来。

顾九思知道她是有话说不出口,沉默了片刻,抬起手,将她揽进了怀中:"我知道你受了委屈,"他低声道,"可是不管受了什么委屈,你都别多想,都要信我,我能解决所有的事。你别担心,也别害怕,嗯?"

这样温柔的声音,让柳玉茹忍不住抓紧了顾九思的袖子。

"你别这样好……"柳玉茹的声音沙哑。

我会戒不掉。她暗暗想。

这样好的男人,这样好的夫君,若是未曾遇见也就罢了,可她遇见了,心彻彻底底给了,再要舍弃,就是剜心之痛,苦不堪言。

顾九思将她抱得更紧了:"我偏要对你这样好。对你这样好,你便舍不得我,不会丢下我了。"

柳玉茹的眼泪奔涌而出。

顾九思慌了神,忙道:"这是怎么了?你别哭啊。"

柳玉茹低下头抽噎着,小声道:"顾九思,你怎的这样坏?"

顾九思也不知柳玉茹为何这样说,只能一面给她擦着眼泪,一面哄着她,道:"怎么了,可是谁让你受气了?"

柳玉茹低着头落泪,她的声音低哑:"陛下打算让你当户部尚书,让我来同你说一声。"

顾九思愣了片刻,范轩直接让他当户部尚书,他是全然没想到的,但他也很快接受了,忙道:"这是喜事,你怎么哭了?"

"顾九思,"柳玉茹哑着嗓子小声道,"要是……要是有人喜欢我,想同我成亲,要你同我和离,你会怎么办?"

"我砍了他!"顾九思一听这话就急了,道,"到底是谁欺负你了?!"

"要是你不能砍他呢?"

顾九思愣了,似乎感知到了什么,握着柳玉茹的手,想了很久,慢慢道:"我不知你问这个是什么意思。可是玉茹,若你喜欢那人,也就罢了。若你不喜欢那人,除非我死了,"他抬眼看着柳玉茹,认真地道,"不然我不会让任何人这样逼你。"

柳玉茹看着他,含着泪的眼忍不住弯了弯。他的表情那么认真,没有半分虚假。

"那么,"她声音里带着几分郑重之意,"你喜欢我吗?"

"喜欢。"他答得毫不犹豫。

"只喜欢我吗?"

"只喜欢你。"

"今生今世，"她拉着他的手，低声道，"若只和我一个人在一起，遗憾吗？"

"不遗憾。"顾九思笑起来，"我高兴得很，幸福得很。"

柳玉茹的眼泪落在他的手掌，灼得他愣了愣。

柳玉茹抬起头来，朝他笑了笑，擦了擦眼泪，道："我知晓了。我回去了，一会儿来接你。"柳玉茹放开他的手，转身走了出去。

顾九思站在屋里，皱起眉头，认真地想着柳玉茹的话。

"陛下打算让你当户部尚书……要是有人喜欢我，想同我成亲，要你同我和离，你会怎么办？"

顾九思想了片刻，猛地反应过来，询问旁边的太监："太后和陛下谈事，云裳公主可在？"

"在的。"太监恭敬地回答道，"公主已经来了两个时辰了。"

"糟了！"顾九思猛地拍了自己的头一下，道，"你快帮我通禀陛下，我要见他！"

"陛下说了，"太监认认真真地道，"未经召见，顾大人还是好好休息。"

"休息什么休息！"顾九思顿时火了，"他们把我娘子关在旁边欺负，还让我休息？！你去通禀陛下。"

"陛下说了，只等召见，不必通禀。"

"你不去？"顾九思攥紧了拳头。

太监板着脸："陛下说……"

"去你的！"顾九思一拳砸翻了太监，怒道："你给老子让开！"

顾九思往夜央宫的正殿冲去，太监捂着脸大吼道："来人，拦住他！"

顾九思在院子里和人打成一团时，柳玉茹擦了眼泪，深吸一口气，回到了正殿。

太后和范轩还在聊天，见柳玉茹进来，范轩喝了口茶，道："他怎么说？"

"能怎么说？"太后笑着道，"顾大人是懂事的人，自然是答应了。"

柳玉茹恭敬地叩首，道："陛下恕罪。"

几人沉默了，范轩转头看向柳玉茹，神色平静："他不愿意？"

"郎君愿意。"

范轩舒了一口气，笑起来，道："那……"

"但妾身不愿意！"柳玉茹提高了声音。

几人都蒙了,范轩过了好久才反应过来,只觉得不可思议,道:"顾柳氏,你说什么?"

"妾身说,"柳玉茹答得铿锵有力,"让顾九思娶公主或者娶任何女人,无论是娶妻还是纳妾,妾身都不愿意!"

"荒唐!"范轩彻底火了,怒道,"怎么会有你这么善妒的女子?!让他娶公主是对他好,你怎么会愚昧至此!"

"妾身也知道是对他好。"柳玉茹神色平静,"公主乃金枝玉叶,有太后照拂。能成为驸马,是九思的福气,日后九思在官场之上,也会一路顺遂。可妾身就是不愿意。他是妾身的丈夫,妾身爱的人。妾身心中有他,便希望他的心里、他的身边,永永远远只有妾身一个人。"

"你放肆!"范轩彻底怒了。

他可以容忍顾九思犯傻,因为那是顾九思有情有义,可他不能容忍柳玉茹犯傻,觉得那是妇人无知。"柳玉茹啊柳玉茹,"范轩站起来,在房间里来来回回地踱步,道,"我原来还想着你是个聪明人,日后会是顾九思的一大助力,没想到你竟愚蠢到这种程度!你简直是愚蠢至极!你身为顾九思的正室,该为他着想,替他开枝散叶。你善妒至此,对得起顾家吗?"

"陛下,我心中有他,若他身边还有他人,妾身怕是日夜不宁。"

"那就将就着过!"范轩大吼,"哪个女人不是这么过来的?"

柳玉茹苦笑,这些话像极了以前她母亲说过的那些。"陛下,"柳玉茹叩首,"妾身的感情容不得将就。陛下若执意要让公主下嫁,请赐妾身一死。"

这话让众人都惊了,范轩说话都结巴了:"你……你要做什么?"

"陛下,"柳玉茹声音冷静,"妾身自问不是一个好妻子,容不得九思身边有第二人,但也不愿让陛下和九思为难。若陛下一定要赐婚,那就先赐妾身一死,妾身只能以牌位迎接他人入门。"

"冥顽不灵!"

"陛下!"外面传来太监急促的声音。太监着急地跑到门口来,忙道:"陛下,顾大人……顾大人他……他打过来了!"

"打过来了?"范轩满脸震惊之色,"什么叫打过来了?"

外面传来喧闹声,其中混着顾九思的大喊:"陛下!陛下,我不娶!我谁都不娶!陛下!我不当官了,我辞官!您罢了我的官将我放还吧,我要带我娘子回去!"

"玉茹!玉茹!"顾九思推搡着挡着他的侍卫,大吼,"你出来!我带你走!"

"混账!"太后拍案而起,"在内宫门前大吼大叫,成何体统?!给我拖下去打!"

侍卫得命,冲了出去。顾九思被侍卫团团围住,就和侍卫厮打起来。他的拳脚功夫高,但侍卫人数众多,双方在夜央宫门口僵持着。

太后气得面色发白,柳玉茹低着头,抿起唇,忍不住扬起了笑容。

范轩听着外面顾九思的喊话,看着面前柳玉茹坚定的模样,许久后,终于道:"顾柳氏,你真的宁死都不与公主共侍顾爱卿?"

"是。"柳玉茹神色坚定。

范轩沉默了一会儿,终于道:"凤祥,去倒一杯毒酒来。"

柳玉茹的神色动了动,仍旧没有说话。张凤祥低头应是,便去了外面,过了一会儿,端了一杯毒酒回来。

顾九思见张凤祥托着酒杯,顿时疯了一般,朝着夜央宫正殿扑过去,怒吼道:"你们做什么?!"

没有人应答他,顾九思心里慌起来。他太清楚在内宫一杯酒是什么意思,也已经推测出里面发生了什么。正是知道,他才心寒。

他被人一拳砸到地上,反应过来,想要翻身起来,但许多人压了上来。他拼了命地往前冲,怒道:"柳玉茹,你别干傻事!你出来!"顾九思大声道:"陛下,这是太后想要离间你我君臣啊!您别糊涂!您放了玉茹!"

顾九思在外面疯狂嘶吼,柳玉茹看着张凤祥把毒酒端了过来。

范轩看着柳玉茹,认真地道:"玉茹,酒在这里,若你真的宁死不屈,朕也不为难你。你去了,朕也不逼他,他为你守丧三年,日后娶或不娶,全看他的意思。但三年后,他或许就忘了你,顾家少夫人的位置或许会有其他人坐。他马上就要当户部尚书了,玉茹,"范轩的声音有些沙哑,"不值得的。"

柳玉茹笑了笑,转头看向殿外:"陛下,这毒酒自喝下至死去有多长时间?"

"一炷香的时间。"

"会很疼吗?"

"不疼。"

"死后会很丑吗？"

"不丑。"

"那妾身就放心了。"

柳玉茹伸出手，拿起了杯子。她的手微微颤抖，她其实很怕，怕极了，可是想到顾九思清明的眼，想到他说除非他死，不然不会让她改嫁，想到往日种种，她突然生出了无尽的勇气。人总得不惜代价地保护些什么，她得赌这一次。

她看着范轩，最后一次确认："陛下，妾身喝了这杯毒酒，您这一生都不会再在婚事上为难九思了，是吗？"

范轩不由得笑了："你可真是生意人，朕只说不为难这一次，你就说一生不为难了。"他看着柳玉茹固执的表情，叹了口气，道，"罢了，日后也没什么好为难的。你说一生，那便一生吧。"

柳玉茹闭上眼睛，将毒酒一饮而尽，而后将酒杯砸在了地上。"陛下，记住您答应过的事，"她喘息着，整个人都在抖，急促地道，"我想再同他说说话。"

说完，她竟朝着殿外猛地冲了出去，推开了大殿门，然后看见了被压在人堆里的顾九思。他脸上挂了彩，身上的衣服也早已破破烂烂。许多人压着他，他像一条被虫子撕咬的孤龙，愤怒又无助。

在大门被打开的那瞬间，所有人都愣住了，柳玉茹站在门口，笑着看着他。顾九思在所有人都还没反应过来时，猛地一挣，就朝着她冲了过去。他带着一身的伤，喘息着停在她面前。夕阳在他身后，照着漫天的彩霞，柳玉茹伸出手，紧紧抱住了他。她觉得腿软，也不知道是不是毒药的作用。

她靠在顾九思胸口，听着他的心跳，低声道："九思，我这个人，霸道得很。"

顾九思哽咽了。

柳玉茹靠着他，闭着眼道："谁都别想再嫁给你，除非踏着我的尸体过去。"

顾九思身子微微颤抖："傻姑娘……"他的眼泪落下来，他猛地抱紧了她，"傻姑娘。"

柳玉茹在他怀里轻轻笑起来。她想起自己小时候，想要树上的一朵花。许多孩子都想要，她一个小姑娘，就和人打得头破血流，咬牙抢到那朵花。这么多年了，她的性子始终没有变。她要的东西，拼了命也要得到。

"九思，"她觉得有些疲惫，低喃道，"背我回家。"

"好。"顾九思的声音沙哑。

他将她背在身上，抬眼看着仿佛没有尽头的宫城。天边的彩霞美不胜收，他身着白衣，散着头发，身上伤痕累累，走路一瘸一拐。而柳玉茹在他背上闭着眼睛，似乎睡着了。顾九思背着她，咬牙忍着脚上的剧痛，一步一步地往外走去。所有人都注视着他们，却不敢阻拦。

柳玉茹有些糊涂了，觉得困，又怕自己睡过去。她知道这次睡过去，或许就再也见不到顾九思了。她趴在顾九思的背上，抱着顾九思，神志不清地问："九思，我是不是很喜欢你？"

顾九思觉得眼睛发酸："是啊，喜欢得命都不要了。"他吸了吸鼻子，"柳玉茹，你少喜欢我一点儿，好不好？"

柳玉茹不由得笑了："没办法了，"她低喃，"下辈子吧。下辈子，我少喜欢你一点儿。"

顾九思背着柳玉茹走出宫去，很短的一截路，他却觉得特别长。

他起初还走着，而后便跑起来，最后再也不顾仪态，一路狂奔着冲了出去。冲出去后，他看见等在门外的顾府的马车。

他跳上马车，急促地同车夫道："走！"

柳玉茹此刻已经睡了过去，顾九思坐在马车里，冷了神色，抓着柳玉茹的手微微颤抖，抿紧了唇一言不发。他握着她的手，感受她的体温，将她的手放到唇上，轻轻印在了上面。他眼中情绪翻涌，整个人却呈现出一种难以言说的克制。

内宫之中，太后难以置信地看着范轩，道："陛下，您就让他这么走了？"

范轩喝着茶，不言语。

太后猛地提高了声音："陛下，您就让这乱臣贼子这么走了？！他不顾圣令在内宫大吼大叫，甚至对禁军动武，这是什么？这是犯上！是谋逆！陛下就这么不管不问？！"

"太后，"范轩拖长了声音，道，"顾爱卿年轻，性子鲁莽，也不是什么大事，我会罚他的，您别操心了。"

太后听着范轩的话，慢慢冷静下来。

李云裳察觉范轩态度的转变，忙道："陛下也累了，母后，让陛下先回去歇息吧。"

太后在李云裳的调和中缓下来，慢慢坐下来，冷淡地道："他大闹宫廷，又大摇大摆地走出去，他本就是疑犯，让朝中其他官员看到了，不妥吧？"

"太后说的是。"范轩点头道，"我这就让人把他追回来。"

太后哽了哽。她要的是把顾九思追回来吗？！她要的是治他的罪！

顾九思以这样的方式拒了李云裳的婚事，让李云裳的脸往哪儿搁？李云裳是太后最疼爱的女儿，如今这样憋屈，太后心里便有了个结。但太后看着范轩的脸色，也不敢太放肆。太后心里很清楚，自己是因为能稳住朝中的旧贵族才被范轩接纳的。当初范轩攻下东都，就是因为有这些旧贵族做内应，否则范轩不肯如此轻易地入城。如今大夏各郡县能安定无事，也是因为这些旧贵族都还衣食无忧。范轩是在她的许可和扶助下登上的皇位，前朝到新朝的过渡也是因为有她才能如此顺利，所以范轩顾忌她，尊敬她。可她毕竟只是前朝的太后，凡事不能做得太过。

范轩的话已经说到这份儿上，太后也不能再催了，只道："当好好罚罚，毕竟还是太年轻了。"

范轩点点头，想了想道："您也看见了，顾少夫人是宁死都不愿成全这门婚事的。他们两个人夫妻情深，公主嫁过去也不会幸福，朕想，还是换一个人吧。"

话题一绕，又回到了李云裳的婚事上来。

李云裳暗中攥起拳头。太后沉了脸色，慢慢道："如今云裳是本宫唯一的孩子……"

"也是如今大夏唯一的公主。"范轩平静地开口，"北梁使者很快就到东都了，不是朕不为云裳公主着想，只是公主还未出嫁，若北梁使者到了，要求和亲，朕也没有办法。"范轩抬眼看向李云裳，"毕竟，大夏需要安定，公主觉得呢？"

李云裳和太后都不说话。

范轩低头喝茶，淡淡地道："顾大人不行，朕想了想，左相张钰的大儿子张雀之尚无正室。他年仅二十四岁，任工部侍郎，也算青年才俊，就他吧，怎么样？"

"这怎么可以？"太后面露震惊之色。

谁都知道，张雀之原来是有妻子的。他妻子的父亲在前朝的钦天监任职，四年前，主持前朝太子册立前的占卜，结果占出不吉之相。前朝太子怀恨在心，后来借水患一事发难，诬陷张雀之的岳父，说水患早已被占卜到，只是张雀之的岳父瞒而不报。最终张雀之的岳父被判斩首，张雀之的妻子为父申冤，当街拦下太子的轿辇告御状，却被太子当作刺客当街射杀。张雀之原本是东都官吏，但因此在夫人死后自求贬官，去了幽州，在父亲张钰手下做事。

如今改朝换代，当年的小吏也成了丞相公子，可是张雀之对皇室的恨是难以洗尽的。而当年的太子正是李云裳的亲哥哥。

李云裳白了脸，抬起眼看向范轩，唇颤了颤。她想说什么，可终究什么都没说。她知道范轩是故意的。

太后和李云裳就是那些旧贵族的风向标，是军旗。军旗不倒，那些人就永远凝聚在一起，而范轩要的就是让军旗倒下去。范轩的五千亲兵入城，加上原来的守军，如今的东都几乎全是范轩的人。

"陛下，"李云裳静静看着范轩，"您当真要如此吗？"

范轩轻轻地笑了，放下茶杯，站起身道："殿下，朕是天子。"他的声音冷下去，"君无戏言。"

李云裳和太后都沉默了。

范轩果断地转身，冷着声音道："刘春一案移交御史台，由御史台彻查，云裳公主赐婚于张大公子，十日内完婚。否则，十日后，公主怕是只能去北梁了。"

说完之后，范轩走出大门。

张凤祥跟在范轩身后，小声道："陛下不是说，多少要给太后面子吗？您将公主嫁给张大公子，怕是……"

"朕给她们面子，"范轩淡淡地道，"她们给朕了吗？"

张凤祥笑笑，明白了范轩的意思，不说话了。

顾九思抱着柳玉茹一路回到顾府，一进门，便往卧室奔去，又让人赶紧叫大夫过来。

叶世安、周烨、沈明追着进来，忙道："怎么样了？"

顾九思没说话。

大夫走进来，给柳玉茹把了脉，认真诊了片刻后，才道："夫人只是服用了一些安眠养神的药，没什么大碍，睡一觉就好了。"

顾九思舒了口气，心里的石头总算放下了。虽然他知道范轩不太可能给柳玉茹喝毒酒，可是哪怕有一点点的可能性，顾九思也害怕。如今确认柳玉茹没事，他这才放下心来。

旁边三个人看顾九思缓过来，周烨这才道："去换件衣服吧。"

顾九思抹了把脸，点了点头，站起身来去了内间。早上见范轩的时候，他已经洗过一次澡，如今只是换了套衣服，重新束好发冠，便走了出去。几个人站在门口等他，顾九思又问了一次柳玉茹的情况，得知她还要再睡一阵子后，便领着周烨等人到外间细谈。

"听说，你这个案子明日就会移交到御史台这边，只要移交过来便好办了。"叶世安听顾九思把宫里的情况说了，同顾九思道，"你今日来了这一趟，大家也应当明白陛下的意思了。"

"这件事解决了，"周烨脸上露出笑容来，"我也好离开东都到幽州赴任了。"

听到这话，大家都愣了愣，顾九思下意识地问："周大哥要走？"

"早该走了。"周烨有些无奈，"只是我舍不下婉清，所以就多陪陪她，接着又遇上你这事，就又耽搁了。"

"嫂子不跟着一起走吗？"沈明有些疑惑。

周烨摇了摇头，沈明看向旁边的顾九思，顾九思解释道："如今新朝撤了节度使这个职位，但周大哥要就任的幽州留守便相当于节度使了。幽州临边，有大军驻扎，周大哥相当于又是文官又是武将，这种驻扎边境手握重兵的武将，家属是不能离开东都的。"

"这是把嫂子当人质？"沈明下意识地开口。周烨的脸色不大好看了，叶世安瞪了一眼沈明。沈明赶忙道："周大哥，我不懂事，您别介意。"

"你说的也没错。"周烨笑了笑，"的确是人质，怕边疆生变。"

"周大哥你放心，我们都在东都，会好好照顾嫂子的。"顾九思赶忙安慰周烨。

周烨摇了摇头，笑着道："你们照顾好你们自个儿就行了，倒是你，九思，这一次你出主意让陛下把云裳公主嫁了，太后怕是要记恨死你了。"

顾九思苦笑："那也是没有办法的事。"说着，他给自己倒了茶，声音平淡,"陛下和太后早晚是要对上的,云裳公主就是太后手中的一张牌,公主嫁给谁,谁就是旧贵族的未来。"

"我可听说她是想嫁给你的。"沈明开口。

这话吓得顾九思一个哆嗦。顾九思赶忙道:"你可别瞎说啊,话传到玉茹耳朵里,我打断你的腿。"

"你就说说嘛,"沈明好奇地道,"是不是真有这事?"

顾九思没想到沈明这样八卦,有些无奈地叹了口气,点了点头。

"你说她看上你哪儿了?"沈明摸着下巴,"难道是看上你长得帅?"

"看上他舅舅。"叶世安见沈明不开窍,提醒道,"以前他舅舅和太后的关系好着呢,我听说他舅舅当初就打算抓他来东都当驸马。如今云裳公主身份尴尬,旧贵族陛下不准嫁,那就只能嫁给陛下的人。而在陛下的人里,顾九思有江河这一层关系在,比起其他人,太后和公主更信任顾九思。再加上九思长得俊俏,又有能力,明眼人都看得出陛下对九思的期许。九思可谓青年才俊,前途无量,云裳公主看上九思,也属正常。"

"以前没吵架,李云裳要嫁给九哥,我明白。现在还要嫁,还搞出这么一出,"沈明朝着柳玉茹的方向努了努下巴,"又是为什么?"

"她算准了我会拒婚,"顾九思淡淡地道,"我拒了婚,陛下必然对我心生不满。她死到临头,还要拖个垫背的。毒酒这事,便是陛下干的了。玉茹喝了毒酒,就谁也不能再勉强我们夫妻了,否则说起来不好听。"

"还好是假酒,"叶世安叹了口气,"你们的胆子也太大了。"

"是她胆子大。"顾九思苦笑,"不是我。"

几人正说着话,外面传来了太监的声音:"顾大人,少夫人您也看过了。陛下说,您还是先回去,等御史台查清真相,您沉冤得雪,再来照顾少夫人也不迟。"

顾九思看了几人一眼,也有些无奈。顾九思让人去招呼太监,自己起身进了屋。柳玉茹还在睡,他坐在边上打量着柳玉茹。"我要走了。"顾九思柔声开口,似乎怕吵着她,"你别太挂念,我过两日就回来了。你要好好吃饭,好好睡觉。太后和公主那边你别担心。"他把手放在柳玉茹脸上,"她们欺负你,我让她们一点儿一点儿地还回来。"

柳玉茹一觉睡醒,已经是第二日。打从顾九思入狱以来,她一直睡不好觉。这么昏昏沉沉地睡了一觉后,她觉得神清气爽。

她在床上缓了片刻,然后猛地坐了起来,大喊道:"九思!"她慌慌张张地穿鞋。外面的印红听见了声音,赶紧进来,忙道:"夫人你这是着急什么?"

"九思呢?"柳玉茹着急地问,"他可还好?"

"姑爷没事,"印红放下水盆,将柳玉茹重新按坐下来,安抚道,"姑爷送您回来的,陛下又让他回去了,姑爷说,不出三日,他就回来了,您别担心。"

"他身上的伤可叫大夫看过了?"柳玉茹渐渐缓了过来。

印红端了水盆,伺候柳玉茹梳洗,道:"走之前看过了,没多大事。叶公子亲自送姑爷到的刑部,去的时候还带了许多药,不会有事的。"

柳玉茹接过水,漱了口,总算镇定了下来。

她这时候终于感觉到饿,肚子咕噜噜地响了起来。

印红听见了,抿唇笑了笑:"夫人睡了一天,必然饿了。奴婢让人煮了粥,这就送过来。"

柳玉茹有些不好意思,应了一声,起身洗了脸,梳了头发,便坐下来开始吃东西。

她一面吃,一面细细问着这一日发生的事情。印红禀报完之后,外面便传来了通报的声音:"夫人,芸掌柜和叶姑娘来了。"

柳玉茹让她们进来,叶韵和芸芸抱了账本一起进了屋,柳玉茹忙站起来:"这么早就来了,吃过了吗?"

芸芸给柳玉茹行了礼,叶韵笑了笑,柳玉茹招呼着她们坐下来。

叶韵笑着道:"来了一些时辰了,听说你还睡着,便先吃了东西。本想你还要睡一阵子,正打算走,结果你倒醒得很是时候。"她瞧了柳玉茹一眼,似笑非笑地接着道,"你昨儿个的壮举我可都听说了,以前你不还常同我说什么心要放宽些,学着当个当家主母,给郎君纳妾……如今怎么不见你把心放宽些?"

柳玉茹听叶韵嘲笑自己,有些不好意思,瞪了叶韵一眼,随后道:"不说这些,你们今日可是来说正事的?"

"哦对,"叶韵点点头,"芸芸先说吧。"

"奴这儿也没什么好说的,"芸芸笑了笑,将账目放到柳玉茹面前去,"这是近日来花容的账目,还有推出新品的安排,拿来给您看看。"

柳玉茹应了一声,拿过账目来看。如今花容已走上正轨,芸芸打理起来也越来越老到，柳玉茹除了定期查账以及决策重大事件以外，已经不太插手花容的业务。

花容毕竟只是胭脂铺，如今虽然已经开始试着在各地营业，但始终是胭脂铺，上限在那里。如果放在以往，柳玉茹也就满意了，可是经历了李云裳这件事，柳玉茹觉着，自己的心被强行拓宽了。她更清楚地认识到自己是个怎样的人，这世界又是个怎样的世界。李云裳的许多话像刀一样扎在柳玉茹心上。和李云裳这样生长在东都的贵族女子比起来，柳玉茹的确出身卑微，也的确帮不了顾九思什么。

之前，柳玉茹只打算依附于自己的丈夫，若那时候，李云裳要嫁进来，柳玉茹或许也是高兴的。因为李云裳能成为顾九思的一大助力，柳玉茹作为顾九思的正妻，自然要为顾九思着想。可如今不同了，柳玉茹心里生了贪恋，想要顾九思完完全全属于她，只属于她。她剥夺了这个男人拥有三妻四妾的权利，也不再想着依附他。

爱实在是奇怪得很，不仅会让人不计较得失，还会让人勇敢起来，让人想要为了这份感情搏一搏，闯一闯。

她想变有钱，想变得很有钱很有钱，有钱到富可敌国；有钱到甚至不需要她开口，就没人敢把主意打到顾九思身上来；有钱到范轩想要给顾九思赐婚，也要想想她柳玉茹高不高兴。

所有的地位和脸面都要靠自己争，不能靠别人给。她昨日要拿命去赌才能搏回自己的丈夫，根本上是因为别人看重的是她的丈夫，而不是她。

柳玉茹心里明白，所以看着花容的账本和新的方案，也只是给了几条建议，便放手让芸芸去做。

要赚钱，最快的方式从来不是自己开店赚，因为那样赚来的钱受精力所限，最快的方式永远是钱滚钱。她出钱，别人出力，然后她分收益。她不需要事事都亲力亲为，只需要判断把钱投入到什么地方。开花容之前她没钱，如今她有炒粮时赚到的那笔钱以及花容的收益，也就有能力开始走钱滚钱这条路子了。

和芸芸商议完花容的事，柳玉茹转头看向叶韵。

叶韵是大小姐，在士族大家中长大，耳濡目染，虽然没有太多经商经验，但眼界和能力比芸芸高上许多。如今无事，叶韵就一直在柳玉茹身边帮忙。最近柳玉茹一心扑在顾九思的事情上，到了东都的粮食就都由叶韵管理。

"粮食都装点好了，我算好了成本，东都的米一般是一斗十文钱，咱们这次的米，成本是一斗八文钱，如果只卖十文钱，我们一斗米的盈利就只有两文了。"

柳玉茹应了一声。

叶韵小心翼翼地问："我们也把价格定在十文？"

柳玉茹想了想，片刻后，摇摇头，道："不，我们要定高一些。"

"可我们是新粮商，刚来就卖高价，怕是……"

"先别卖。"柳玉茹果断地道，"东都达官贵人多，咱们的米好，不需要盯着百姓卖，先在东都打出名头来。如今东都的米大多是十文钱一斗，咱们就卖十五甚至二十文钱，而且每天要限量，卖完就没有。"

叶韵听愣了。

柳玉茹一面想，一面道："你先叫一批人来商量一下，总结一下咱们这个米好在哪里，给咱们的米取一个名字。这个名字一定要取好，要让人一听就觉得这米一定很香很好吃，不要太庸俗，要上得了台面。你再召集人细细挑拣一遍，拿来卖的米里不能有沙子，要颗颗饱满，粒粒整齐，从店员到装米的布斗，每一个细节都要做好。挑出来不好的米不能卖，全运到各地去开粥棚赈灾，打出一个好名声。你再给这些米编个故事，造个来历，四处宣传。最好再送到宫里，得了圣上题的字或者大师作的诗，这米就成了专门的贡粮，那就再好不过了。"

"这样下来，价格怕是就更贵了。"叶韵有些担忧，道，"你确定要这样？"

柳玉茹想了想，道："韵儿，你仔细想想，这人哪，分有钱的和没钱的，有钱人想吃好的用好的，没钱的人只想要便宜，不同的人要的东西不一样。你一味想着价格便宜，就一定能赚钱吗？"

叶韵静静地想着，柳玉茹继续道："这件事，我也不插手太多，全权交给你做，就当给你练个手。你以后就是粮店的店长，我每个月给你三十两酬劳加四成的分红。你当了店长，如果你愿意，也可以选一个人来继续做你的事，你想做什么别的，都可以再来找我，我出钱，你出力，怎么样？"

叶韵听蒙了，柳玉茹抬手握住她的手，认真地道："我看得出来，你不想嫁人。若是不想嫁人，你不妨打出一番自己的天地？"

叶韵不由得笑了："你倒是说到我心坎上了，"她叹了口气，"其实我是不知道未来的日子该怎么过，如今日日跟着你，就觉得天天赚着钱也挺高兴的，能这样过一辈子也很好。你若是信我，粮店就交给我，我一定给你好好干。"

"我怎么会不信你？"柳玉茹抿唇笑起来，"我们叶大小姐，打小就厉害，做什么都做得顶顶好。"

叶韵听出柳玉茹言语里的嘲笑，抬手用扇子推了推她。

两个人商议了一会儿，叶韵便走了出去。叶韵刚出门，就看见沈明蹦蹦跳跳地过来。

沈明看见叶韵，顿时高兴起来："哟，叶大小姐也来了。"

叶韵向来不待见沈明，嘲讽地一笑："多大人了，像个猴子似的，官服上的褶子都没熨平就敢穿着上朝，也不怕人笑话。"

沈明顿时气不打一处来，不高兴地道："你怕我被笑话，那你来替我熨。"

叶韵根本不回应，抱着账本就走了。这种无声的嘲弄深深地刺伤了沈明的内心，他朝着叶韵的背影怒吼："叶韵你别给我嚣张！你记不记得是谁把你从扬州救回来的？！你这个忘恩负义的小人！女子难养，小人难养，你是难养中的难养！"

"沈明，"柳玉茹笑着从里面走了出来，"这是在闹什么呢？"

沈明听见柳玉茹的声音，这才察觉自己的行为似乎有些幼稚，轻咳了一声，有些不好意思，道："嫂子。"

柳玉茹压着笑意，叶世安和周烨也说着话进了小院。柳玉茹见着了，便道："都下朝回来了，正厅里说话吧？"

柳玉茹同他们一起去了正厅，下人给几个人上了茶。

柳玉茹慢慢道："九思可还好？"

"放心吧。"叶世安道，"今日案子已经移交到了御史台，走个过场，人就出来了。"

"那刘春的案子呢？"柳玉茹好奇地开口。

叶世安抿了口茶："就看陛下想查不想查，打算如何查了。"

几人说话的时候，顾九思跟在太监身后进了御书房。

御书房内，范轩正和周高朗下着棋，左相张钰、吏部尚书曹文昌、御史大夫叶青文等人站在一旁。可以说，范轩的嫡系中所有核心人物都站在了这里。御书房内的人还不超过十个，却已是整个大夏权力核心中的核心。

顾九思愣了愣，便迅速跪了下去，恭敬地道："见过陛下，陛下万岁万岁万万岁。"

范轩没有理会顾九思，和周高朗继续下棋，房间里回荡着落棋的声音。顾九思跪伏在地上，一言不发。

片刻后，周高朗抬起头来，笑了笑，道："倒是个沉得住气的。"

范轩也抬起眼来，笑着同顾九思道："起来吧。"

顾九思恭敬地站起身来。

范轩平静地道："今天叫大家来，一来是同大家私下说一声，老陆走了，日后就由九思坐他的位置，到时候谁来举荐，你们自己商议。"

"微臣明白。"张钰恭敬地回答。

旁人都悄悄地打量着顾九思。这个年轻人，早在幽州时就已经政绩斐然。但是谁也没想到顾九思会升得这样快，一年不到就从八品县令升到正三品户部尚书。这样的升迁速度前所未有。

顾九思心里也满是疑惑，但他不敢多问，只是再一次谢恩。

范轩摆摆手，道："你们都是朕最放心的人，不需要这些虚礼。朕叫你们过来，还想问问，刘春的案子，你们觉得怎么办？"

刘春这个案子怎么办？在场所有人都明白，范轩问的根本不是刘春的案子，而是要不要拿刘春这个案子办人。

范轩轻笑了一声："你们这些老狐狸。"他抬眼看向顾九思，"老狐狸们都不肯说话，小狐狸，你说，这案子，办不办？"

"陛下还是听听各位大人的看法吧，"顾九思忙道，"微臣资历浅，许多话说不好，怕让各位大人笑话。"

"这有什么？"周高朗笑着道，"我说话，还常被他们笑话呢。"

这话一说，众人都笑起来。叶青文看着顾九思，用叮嘱小辈的语气温和地道："九思，我们都是一路被笑话过来的，你莫担心，大胆说就是。"

顾九思感激地看了叶青文一眼，明白这是叶青文在向其他人表明他们两个人之间的亲昵。顾九思恭敬地道："那微臣就说了。微臣觉得，这个案子，该办。"

范轩点点头，抬手道："不必顾忌，继续说。"

"陛下，依微臣的想法，此案背后主使并非陆大人。陆大人与微臣同事过一阵子，微臣以为，以他的脾气，是做不出杀刘春之事来的。一来，陆大人并非阴狠之人,不会随意残害他人性命;二来他与陛下之间有兄弟情谊,不该如此猜忌陛下;三来,看管刘春大人的多是旧臣,与陆大人应该没有太多交情,陆大人哪里来的能力去见刘大人?更别说杀害刘大人了。"

大家都沉默着,但心里都清楚顾九思说的没错。陆永是没有杀害刘春的胆子和能力的,如果不是有人在背后煽风点火,这件事不会发展到现在这种地步。大家心里都想到了太后。

顾九思接着道:"幕后黑手的目的很明显,他无非要将这件事扩大到一个无法挽回的程度,要有人为这个案子出血。他原本想害的应当是我和陆大人,至少在我们两个中拉下一个来。按照他原本的计划,他很可能会先在我被问斩后拿出证据来替我翻案,然后让陆大人也被惩治。这样一来,户部两个最紧要的位置便都空了出来。如今朝中想往户部插人的都有谁?微臣猜,其一是以太后为首的朝中旧臣,其二……"

"还有其二?"曹文昌诧异,大家也都面露疑惑之色。

顾九思接着道:"其二,便是太子太傅,洛子商。"

听到这个名字,众人在短暂呆愣后,便反应过来。洛子商入朝以来,几乎没有任何动静,一直乖乖地教着范玉功课,以至于所有人都忘了他的存在。如今骤然被提起,大家才想起来,洛子商是一位掌管着整个扬州的太傅。以扬州之富、扬州之大和扬州之人口众多来说,掌管着扬州就等于掌握着一个小国。要让一个小国国君称臣哪里是这么容易的事?

"陛下原本的计划是想先南伐刘行知,为了南伐,陛下同意不动旧党,也同意让洛子商入东都任太子太傅。可陛下的容忍没有换来安定,他们并不甘心就这样乖乖地待着,反而觊觎户部的位置,甚至以四条人命做局。陛下想想,南伐绝非一日可成,若陛下当真要南伐,内政如此,陛下怎能心安?"

南伐是范轩一早定下的国策,顾九思这话已经是直问国策。张钰轻咳了一声,慢慢道:"可是,任由刘行知发展下去,陛下心中也难安啊。"

"刘行知发展,我大夏也在发展。我大夏名正言顺,有传国玉玺,他刘行知一介乱臣贼子,就算发展,又有何惧?自古以来,以北伐南易,以南伐北从未有成功的,哪怕是诸葛神算,也止步于五丈原之地,我大夏又有何惧?但如今强行南伐,就要时时担心后院起火,伤了元气。"

"这话倒也没错。"听了半天,范轩终于开口,叹了口气,看了众人一眼，道，"近日来，朕常常在思虑此事。太后得寸进尺，朕便更加顾虑。朕想，南伐一事，应当重新考虑了，诸位以为如何？"

范轩这个口气，明显已经决定了。大家都是聪明人，稍稍一想，便明白过来，忙道："陛下圣明。"

确定不南伐，要稳内政，那刘春案这把刀要怎么用，便很明显了。

范轩想了想，接着道："如今要安内政，如何安，你们可有主意？"

大家心里都装着事，却都知道这时候不该轻易开口。

范轩笑了笑，看向顾九思，道："大家都不说话，那你来说吧。"

"如今朝中旧臣很多，陛下要安内，不宜用力太过，但也需要有能震慑人的魄力。微臣觉得，首先要架空太后，让这些旧贵族群龙无首。太后的两张牌，一张是云裳公主的婚事，另一张就是世家的支持。我们要釜底抽薪，将这两张牌抽走，先将云裳公主嫁了，再以刘春案为理由，打击拥护太后的几个世家。这个过程要快，不能等这些人做出反应。若消息传出去，恐有内乱。"

范轩点点头，抬手道："继续说。"

"之后，陛下再给这些贵族一些好处。先从这些贵族家中挑选几个庶出的贫寒子弟，与他们达成协议，废掉世家的继承人后，再让这些庶子上位，然后安抚这些家族。这样下来，哪怕消息传出去，也不会出乱子。"

毕竟能安稳过日子，谁都不想谋反。世家和那些天天在外面打仗的人不同，他们的命金贵，没有那么大的勇气冒险。

顾九思见范轩没有反驳，便接着道："最后，陛下必须在今年恢复科举，广纳贤才。只有逐步换掉旧朝的人，才能不受前朝旧人的制约。"

范轩笑起来："确实是个聪明人。"范轩看向其他人："诸位爱卿觉得呢？"

范轩已经夸了，其他人自然连连称赞，而后一行人便开始商议这些事具体怎么做，谁来做。

商量到了晚上，大家才离开。顾九思和叶青文一起走出大殿门，等周围没人了，叶青文才道："顾大公子，以前一直听说你是个纨绔子弟，如今才发现，你过去当真是韬光养晦了。"

"让伯父笑话了，"顾九思赶忙自谦道，"以往我不懂事，现在才开窍。以前也是真拙劣，如今您要考我书本，我也是学不好的。"

叶青文笑了笑，看着天边的星宿，慢慢地道："年轻人，许多事都要慢慢学。九思，伯父劝你一句话。"

"伯父请说。"顾九思严肃起来，恭敬地请教。

叶青文把双手笼在袖中，淡淡地道："这世上聪明人多得很，年轻的时候总喜欢说出来，但年长之后就发现，真正的聪明是不说。"

顾九思沉默了。

叶青文笑了笑："你也别介意，我只是……"

"伯父的意思，九思明白。"顾九思开口，道，"只是，有些话总得有人来说。"

"可是你如今说这些话，许多事必然就要你来做。这些都是得罪人的事，我怕太后一党此后会盯上你。"叶青文见他坦率，也不绕弯子了，"你我皆为扬州人氏，你又是世安的好友，九思，听伯父一句劝，日后，这种话少说。"

"伯父，"顾九思苦笑起来，"您以为今日陛下召我来是做什么？"

叶青文愣了愣。

顾九思道："陛下就是想让我做一把刀。我这把刀若是不够锋利，就什么也不是了。叶伯父，我不比世安，他有您给他铺路，我什么都没有。我在这朝廷之上站不站得住，根本不是看我得不得罪人，而是看我背后站着谁。您看，这满朝文武，要弹劾我，没人会有所顾忌，可谁要弹劾世安都要顾忌几分。刘春这个案子若不是发生在我身上，而是在世安身上，怕是连最初的收押都有难度。刑部里头，哪一个敢直接到叶府门口抓人？不怕被御史台弹劾吗？"

叶青文听着这话，沉默了。

顾九思苦笑："伯父，人当官，都有自己的路。世安兄能沉默，可我没有沉默的机会。我若不多说话，今时今日便没有在这里说话的机会了。陛下要我当一把刀，我就只能做一把刀。我这把刀做得好，才不会再遇到这样的事。"

"我明白了。"叶青文叹了口气，看向天空，"回去吧，明日我让人整理好卷宗，后日你便可回家了。"

顾九思恭敬地行了礼才离开。

他还是要回大牢里的，案子刚刚移交到御史台，装也要装一番。他坐在马车上，听着马车咯吱咯吱的声音，心里也不知道怎么的，突然就生出了几分萧瑟感。

若能沉默，谁不想沉默？若能安安稳稳地往前走，谁又愿意做一把刀？可他也没什么法子。和叶世安不一样，他如今只能靠自己。

他有些恍惚地回了大牢，刚回去就看见柳玉茹坐在关押他的那间牢房里，正捧着他平日读的那本地图看得津津有味。她本就和狱卒混熟了，如今宫里对顾九思的态度有所好转，柳玉茹在此来去便更是自由。

她听见脚步声，放下书来，抬眼看见顾九思。他站在门口，正有些愣神地瞧着她。

她轻轻一笑，柔声道："回来啦？我给你带了炖汤，趁热喝了吧。"

顾九思忍不住慢慢地笑了起来。他忙往前走了几步，将柳玉茹搂在怀里。

"我终究比他们幸运一些。"他低声开口。

柳玉茹有些茫然："什么？"

顾九思却没再说话，心里清楚自己虽然比不上叶世安等人有家人铺路，可是，他有柳玉茹啊。

第二章　凤凰落

柳玉茹来给顾九思送好吃的，这一阵顾九思每天都在牢房里待着，吃着柳玉茹送的饭，竟足足胖了一圈。好在他本来清瘦，胖了些也不显得难看，反而恰到好处。

顾九思在宫里待了这么久，回来时已经有些饿了。柳玉茹便守着他，一面看他吃东西，一面听他说宫里的事。他没有叶家的那些规矩，盘腿坐在床上，吭哧吭哧地吃着面条，没有半点儿仪态可言。

柳玉茹笑眯眯地瞧着他，感觉他像她小时候养过的一只小白狗，吃起东西来香得很，吃得高兴了，还会抬起头朝你汪汪叫两声。

这天下再英俊、再足智多谋的男人，相处久了，都会展现出孩子气，她现在就是满心觉得这男人可爱。

顾九思同她说朝廷上的事，她同顾九思说自己生意上的事。

"我也不想事事都揽在手里，一个人的精力总是有限的，我把大的框架搭建好，剩下的就让他们自己做就是了。"

"不怕做不好？"顾九思忍不住笑。

柳玉茹摇摇头："一个人做十分的事，那也只是十分，但若十个人做八分的事，那就是八十分。事事都想着自己做到十分是不行的。"

"我发现你这个女人……"顾九思想了想，道，"怎的这么有野心？"

柳玉茹抿了抿唇，道："还不是你吃的太多。"

"你不要这么讲话,"顾九思不服气了,赶紧把嘴里的东西咽下去,道,"你信不信我……"

"信不信你什么?"柳玉茹靠在桌上,看着顾九思笑。

顾九思瞧着柳玉茹的模样,愣了片刻后,轻咳了一声,扭过头去,小声道:"明天少吃一半。"

柳玉茹被这回答搞得呆了呆,随后笑出声来。她用帕子捂着唇,怕自己笑得太夸张。顾九思见她高兴,自己也高兴。

两个人聊了一会儿,柳玉茹便该走了。她拿了顾九思的地图,温和地道:"你这地图我拿去看看。"

顾九思应了一声,柳玉茹拿了书,便起身走了。

在回去的路上,柳玉茹一直在翻看地图。这是大荣的地图,画得极为细致,每一条河每一条路都被画了上去,柳玉茹一面看,一面思索。

如今他们在东都这边的米,都是从望都运送过来的。她当初在望都买了地,为了安置流民让流民承包了土地。如今丰收了,自然就要将粮食卖到各地。东都富饶,她在望都收的粮食,一斗不过两文钱,在东都她可以将粮食卖到一斗十文钱,利润可观。当初她从青州、沧州、扬州收粮的时候损耗又不严重,以致她做出错误判断,把望都的粮食运到东都来卖。

可如今运输损耗近半,若真的一直将粮食运送到东都来卖,成本太高。而东都的粮店已经开起来了,投进去的钱也不能打水漂。如果按照她和叶韵所商量的,把望都的米做成贵族米来售卖,倒是勉强能把这个店撑起来,但利润始终不能够让她满意。

如果能将成本降下来就好了。柳玉茹思索着,又看了看地图。有些地方有河流,有些地方没有。柳玉茹的手顺着有河流的地方滑上去……对啊,河流都有源头,她能不能专门规划出一条只走水路的路来呢?

水路有大小之分,有些地方不能行大船,这是水路的一大弊端。但如果她在路途上建立仓库,沿路设立粮店,然后大河用大船,小河用小船,一路卖粮食,将成本分摊下去呢?

想到这里,柳玉茹有些激动。她突然意识到一件事,如果她真的规划了路线,建立了仓库,她可以运送的就不只是粮食了,还可以运送许多其他的东西。而这些东西,在合理的路线规划下,能极大地降低运输成本,保证运输安全,提高运输效率。她甚至还可以将这条运输路线公开,专门给那些小商家使用,只要交给他们一部分运输费用,就可以让他们将东西一路运送过来。

这个想法还比较粗浅，柳玉茹却已经明白，这个设想是在铺一张极大的网，如果她能想办法把这张网架设好，未来无论任何生意，她都能做得比别人好。

柳玉茹有了一个大概的想法，回到家后，立刻将老黑叫来商议，询问老黑她的想法的可行性。

老黑听了之后，沉默片刻，随后道："东家，你这个想法，是极好的，也是极难的。"

"难在什么地方？"柳玉茹问。

老黑："水路也有水路的门道。当初您的船是官府的，而且人多势众，所以没人敢拦，但一般的商队在水路上也是要交过路费的。您要弄这么一个商队，首先要和官府打好关系，其次要和路上的水盗打好关系，光是这两件事就很难了。剩下的，主要就是钱的问题了。"

柳玉茹点了点头："我明白。"

"不过东家，"老黑想了想，轻咳了一声，随后有些犹豫道，"这些事，对别人来说难，可对您来说，就不算难了。"

柳玉茹有些迷茫。

老黑笑了笑："您毕竟也是个官夫人。"

柳玉茹听到这话，不由得愣了，片刻后，猛地反应过来。这些事里面，最麻烦的就是所谓"关系"，怎么和朝廷打好关系，怎么和水盗打好关系，才是最难的。可如今她是官太太，顾九思出狱之后便是户部尚书，而叶世安家人又在御史台任职，只要她愿意，借着顾九思和叶世安这些人的名头办事，下面的官员哪里还有敢不给面子的？只要摆平了官府，水盗便是小事。水盗大多和官府有些关系，让官府打声招呼就完了。若有不听话的，完全可以直接让官府带着兵马清剿。

柳玉茹明白过来，反而皱起了眉头。老黑不敢多话。片刻后，柳玉茹道："这事不要说出去，等时机合适再说吧。"

老黑应了声，柳玉茹便让老黑下去了。

老黑说的话点醒了柳玉茹，如今她做的生意，和官府的联系太密切，日后若被查，别人定会往顾九思身上查，她得多为顾九思考虑。她想了一会儿后，让木南进来，让他去找了几个熟悉大荣地图的人来，要他们三日内给出一个从幽州到东都的线路图，看看在哪里设置仓库，能够把成本降到最低,把效率提到最高。

柳玉茹一面思索着,一面去了房中,看自己的账目。

第二日,御史台上书,表示案件已查明,顾九思无罪,是被人陷害的。他们将当时所有的守卫全部关押,确定了这些人过去与顾九思没有任何往来,只是有人指使他们陷害顾九思。范轩宣布,顾九思官复原职,代任户部尚书,配合御史台查明刘春一案。按照御史台的折子,此案可能牵扯甚广,于是由范轩直接负责,所有奏折直接上呈范轩。这个结果震惊朝野,散朝后,百官的脸色都不太好看,除了顾九思。

顾九思和叶世安、沈明、周烨一起走出来。四个人忙活了这么久,终于松了一口气。

周烨看着顾九思,叹了口气,道:"你如今没事了,我也就放心了。明日我便启程回幽州,你们都来送送我吧。"

顾九思笑了笑:"那你可是托我的福,才和嫂子多待了一阵子。"

周烨苦笑,倒也没有说话。他与秦婉清感情好,这么分隔两地,只有每年过年回东都叙职时才能见一见,想一想,谁都高兴不起来。

顾九思见周烨难过,顿时正了神色,道:"大哥你放心,我一定会好好照顾嫂子。"

"是啊,"叶世安也道,"周兄你不必忧心,我们都在,会帮你好好照顾家人的。"

"我是放心的。"周烨点头,也没有多说。

四个人一起走出去,沈明吵嚷着要给顾九思接风洗尘。他们刚走到宫门外,就看见一个蓝衫奴仆站在那里。

见顾九思走出来,那人忙上前去,道:"可是顾九思顾大人?"

顾九思挑了挑眉:"你是……?"

"奴才乃陆永陆大人家中的奴仆,奉我家大人之命,来请顾大人。"

几人都沉默了,片刻后,顾九思转头同三个人道:"诸位,我先行一步。"

"去吧。"周烨点点头,"正事要紧。"

顾九思与三个人告别,坐上了陆家的马车。马车一路摇摇晃晃,带着顾九思到了陆家宅院。陆家的房子修建得极为简单,和同级别的官员的住宅比起来,显得十分简陋。

顾九思进去之后，恭恭敬敬地行了礼："顾九思见过大人。"

陆永正在练字，听到顾九思的话，头也没抬地嘲讽道："如今老朽白衣之身，算得上什么大人？顾尚书抬举了。"

听到这话，顾九思也不奇怪。陆永辞官一定是范轩授意，如今陆永没上朝却知道自己代任尚书，也是正常。

顾九思沉默着。陆永抬眼瞧他，淡淡地道："倒是个沉得住气的。"陆永仰了仰下巴，道，"沏茶。"

这话说得极不客气，顾九思站着想了片刻，便坐到了茶具旁。

顾九思没沏过茶。他一贯不是风雅的人，向来大口喝酒，煮茶这些事该由叶世安来做。可没吃过猪肉，也见过猪跑，他磕磕绊绊地沏了一杯茶，放在陆永面前。

陆永看了一眼茶，看了一眼顾九思，不屑地道："人长得好得很，茶却煮得丑得很。"

顾九思听着，想直接把那杯茶倒扣在陆永的脑袋上，但忍住了，还保持着微笑："不知陆老找我过来，是为何事？"

"你心里不清楚？"陆永不高兴，道，"我如今坐在这里，不是你向皇上请来的吗？你想要户部尚书的位置，想要我手里的人，想要我带带你给你铺路，你以为你想要就能要到啊？"陆永越讲越激动，唾沫在空中乱飞。

顾九思站在原地，保持微笑。

陆永拍桌子，拍椅子扶手，一面拍，一面道："我和你讲，整个户部我最讨厌的后生就是你小子，有点儿小聪明就在泥塘里瞎搅和，还以为自己厉害得很。要不是周高朗护着你，你死一万次都不够！"

"陆老，茶快冷了，"顾九思也不气，提醒道，"喝茶吧。"

陆永被这么打断，缓了缓。片刻后，他拿着杯子，淡淡地道："这次陛下想要我退，我明白，他是忍不了我了。我若不退，他日后不好管人。我退了，跟着我的还有一批人，他们得有个人护着，也得有个去处，陛下为你做了保，让我把人都交给你。我可以把人交给你，可是我有几个条件。"

顾九思忍不住笑了："陆老，"他坐下来，"都这时候了，您还和我提条件？"

陆永的面色僵了僵。顾九思靠着椅子，吊儿郎当地跷起了二郎腿，有一搭没一搭地敲着椅子扶手,全然不像个官员,反而像个在茶楼里喝茶闲聊的富家公子:"您的人,必须得有个去处。他们跟着您站了队,您倒了,没有我护着,他们很快也会倒。若他们都散了,您在朝中可就真的什么都没了。我不一样,您把这些人给我,我的路能走得顺一些,您不给我,我也没什么损失。陛下如今需要我这把刀,周高朗因为周烨的关系得护着我,御史台也因为叶世安的关系与我交好,我还年轻,有的是时间慢慢经营,早晚会有自己的人,您说您有什么资格和我谈条件?"顾九思喝了口茶,慢慢地道,"条件不该由您提,该由我给。方才给您倒那杯茶,是因为我对您还是十分敬重的。听闻您出身于市井,家中没有任何背景,您是靠自己一路爬到今日的。说句实话,您无甚才学,也无功名,更无背景,连当年的官都是捐的,可是陛下始终觉得您有能力。您的人,我要不要都可以,可是我需要一位老师。"

陆永抬眼看他。

顾九思平静地道:"才能我有,背景我比您好些,我还有钱,可是陆大人,我的确差一样东西,我不懂做人,更不懂做官。"

陆永听着他的话,慢慢地笑了。他明白过来,顾九思和他讨教的,是如何让人舒服的法子。范轩这么多年觉得他好,甚至其他人明知他贪也不加为难,主要就是因为他会做人。

"那你给我的条件是什么?"陆永开口。

顾九思想了想:"您不是喜欢钱吗?"他淡淡地道,"我想您也有钱,我媳妇儿会赚钱得很,您要不要考虑把钱交给她,让她帮您经营?"

陆永:"……"

顾九思和他陆永要人,请他当老师,条件是让他出钱给顾九思的媳妇儿做生意?!这种事真是闻所未闻!

陆永想了想,最后道:"让你夫人把她经营的生意的账本给我看一下,我考虑考虑。"

顾九思从陆永家中出来时,已经是深夜。陆永在家里几乎把自己的亲信都同顾九思介绍了一遍,双方接了个头,顾九思算是大致地了解了他们。大家一起吃了个饭才回家。

柳玉茹得了消息,知道顾九思去了陆府,只是她没想到顾九思会在陆府待这么久。原本为他设了席,想着等等他便回家了,结果柳玉茹这一等就等到了深夜。

柳玉茹让江柔等人先吃了饭,自己就在屋中研究钱和水路的事。她既然要这么大的一个商队,自然在供粮上也要跟上。这意味着她要买更多的土地,招募更多的人,而这都需要钱。

柳玉茹算到深夜,外面传来了喧闹声,有人送顾九思回来了。她忙起身出去迎接,就看见顾九思喝得醉醺醺的,被人扶着回来。扶着他来的人都是她没见过的,看上去也不是奴仆,应该是什么官员。

顾九思在大醉之下还和他们打了招呼,含糊地道:"王大人,李大人,慢走。"

柳玉茹也赶忙向两个人道谢,那两个官员笑了笑,和柳玉茹告别之后,自行上了马车离开了。柳玉茹扶着顾九思往家里走,不大开心。她不喜欢顾九思不回来吃晚饭,更不喜欢他这么醉醺醺地回来,但仍克制着把顾九思扶回了屋里。

顾九思把手搭在她肩上,却还是努力支撑着自己,似乎怕压着她,含糊着问:"你吃过饭没?"

柳玉茹听到这话,心里舒服了些,这人总还是挂念着她的。

她应了声:"随便喝了碗粥垫肚子,你吃过东西没?"

"嗯,吃过了。"顾九思被她扶到了床上,似乎有些累,躺在床上,低声道,"还喝了好多酒。"

柳玉茹让人打了水来,他似乎有些难受,说话都有些艰难。柳玉茹吩咐人煮了醒酒汤。

顾九思低声道:"玉茹,我是不是很讨人厌啊?"

"怎么会?"柳玉茹低着头给他擦脸,"大家都喜欢你。"

"也不是。"顾九思的舌头像打了结,"只是你们喜欢我的人……喜欢我,好多人……都讨厌我的,尤其是……我现在……要得罪很多人了。"顾九思的语速很慢,"我不会吹捧人……也不会和人相处……脾气还大……"

"谁同你说这些?"柳玉茹皱起眉头,有些不高兴。

顾九思张开眼睛,看着床帐顶端,慢慢道:"陆永说,我得给自己留条后路。我觉得他说的也没错。我不能一直轻狂下去。"

柳玉茹的手顿了顿。

顾九思开始干呕,柳玉茹赶忙让人拿了痰盂来。顾九思干呕了几次后,趴在床上,大半身子搭在床边,抱着痰盂呕吐起来。他似乎难受极了，柳玉茹从未见过他这副模样，眼泪从他的眼角流出来，看着让人心疼，柳玉茹心里也不知道怎么的，就觉得特别难受。她轻抚着顾九思的背，等顾九思吐完了，又用湿帕子替他把脸擦拭干净。

顾九思躺在床上，拉着她，低声道："玉茹，我难受。"

柳玉茹握着他的手，温和地道："醒酒汤一会儿就来了。"

顾九思躺在床上，突然道："玉茹，我马上就要当户部尚书了。"

"我知道，"柳玉茹轻笑起来，"今天本来还给你办了宴席，要给你接风洗尘呢。"

"总算是过去了。"顾九思睁开眼，有些茫然，"这些时日其实我怕得很。我以前觉得自己特别有能耐，现在却突然觉得自己其实没什么能耐。即使你没杀人，只要需要你杀，就可以有证据证明你杀人。在权势面前，哪里有什么公正可言？"他摸索着，将她的双手拢在胸口，"我让你受欺负了。"他闭上了眼睛，沙哑着重复了一遍，"我让你受欺负了。"

"九思……"

出事这么久，这是他头一次对她流露出软弱。她一直以为他很镇定，运筹帷幄，此刻才发现，顾九思入狱这件事不仅仅冲击到她，也冲击到了顾九思。他们心里面都慌得要死，却还要假装镇定，成为对方的依靠。

柳玉茹明白这种感觉，看着面前皱着眉头将她的双手捂在怀里的人，许久后，才道："所以，今天你去和人喝酒了？"

"我会往上爬的，"顾九思似乎有些困了，声音都变了，"爬到谁都不能欺负你的位置去。"他认真地道，"玉茹，我马上……就二十岁了。我长大了，不该任性了。"

柳玉茹没说话，服侍着顾九思喝了醒酒汤，然后帮他脱了衣服。

夜里她躺在他身边，听着外面淅淅沥沥的雨声，好久后，侧过身，伸出手，抱住了他。

"我还是喜欢你任性。"她低声道。

但顾九思睡着了，听不见。

顾九思一觉睡醒，头痛轻了许多。柳玉茹已经醒了，带着婢子亲自给他穿衣服。

顾九思看着柳玉茹帮他系腰带，有些忐忑，认真地道："昨儿个新认识一批大人，第一次见面，敬酒的人多了些，我不好意思拒绝，你别生气。"

柳玉茹听到他认错，不由得笑了笑，抬眼看了他一眼，嗔道："你这么害怕做什么？你是为了正事，我心里清楚。只是以后啊，"柳玉茹替他整了整衣衫，柔声道，"别这么实诚。喝这么多，伤身体。您可是顾尚书了，"柳玉茹抬眼，笑眯眯地道，"是有身份的人，可得有点儿架子。"

这话把顾九思逗笑了，他将柳玉茹捞到怀里，低声道："你说，我听你叫顾尚书，怎么就觉得你这嘴这么甜呢？"

柳玉茹见他大清早耍流氓，瞪了他一眼，推了他一把，道："赶紧上朝去。"

顾九思低头亲了她一口才离开，走出门的时候想起来，同柳玉茹道："哦，玉茹，你缺钱吗？"

柳玉茹愣了愣，随后果断地点头："缺。"

顾九思笑了笑："那你把花容的账本给我一下，我给你介绍个财神爷。"

顾九思说完便离开了，柳玉茹愣了片刻，突然同身后的印红道："我觉得今儿个姑爷特别英俊。"

印红有些无奈："夫人，您这是谁给您钱，您就觉得谁英俊啊。"

"也不是，"柳玉茹认真地想了想，道，"比如叶大哥，他给不给我钱我都觉得他是极为英俊的。"

叶世安上了马车，忍不住打了个喷嚏。

顾九思早上说给她介绍财神爷，柳玉茹就早早地准备好账本，又去看了看粮店的情况。

如今粮店是叶韵在管，柳玉茹点拨了一番之后，叶韵便同芸芸请教，而后举一反三。叶韵先是给米取名叫"神仙香"，而后联系了宫里的人，把米送进了御膳房，让范轩尝了一口。范轩立马就尝出来是望都的米，诗兴大发，当场写了一首诗来称赞这米。于是这几天里，望都的官家纷纷来买这"神仙香"。叶韵为了广开销路，还开展了当场试吃活动，在门口架了大锅，当场煮出一锅锅米饭让人来试吃。她准备了花椒饭、麻油饭、槐花饭、桂花饭……

免费试吃，又限量，加上官家热抢，如今这"神仙香"已经成了东都街头巷尾热议的东西。原本六分香的米，大家天天排着队买，也就变成了十分香。开卖没几日，叶韵便已经要求加货了。

因为花容的稳定和"神仙香"的热卖，柳玉茹手头也还算宽裕。她清晨查完账，从酒楼里出来时，心里很是高兴。

但走了没几步，她便听到一个有些耳熟的声音："没想到在这里又遇见顾夫人了。"

柳玉茹顿了顿，回过身，看见李云裳站在那里。

李云裳看上去有些憔悴，柳玉茹行了个礼，道："见过殿下。"

"逛街呢？"李云裳走过来，同柳玉茹走在一起，"一起走走？"

柳玉茹应了一声，也没避讳，和李云裳走在一起。李云裳神色平和，两个人一起走上茶楼，找了个雅间。两个人都坐下来后，李云裳突然道："如今你是不是在笑话我？"

"公主金枝玉叶。"柳玉茹低声道，"哪里轮得到民女来笑话公主？"

"这大概是咱们最后一次见面了，"李云裳面上呈现出一种将死之人的沉寂，却不折她的美丽半分，她抬眼看向柳玉茹，眼若琉璃，"你没什么想问我的吗？"

"我有什么好问的吗？"柳玉茹喝了口茶，神色平和。

李云裳静静地注视着她，许久后，轻轻一笑："父皇还在世的时候，曾同我说，我是他最疼爱的女儿。他说，希望我的婚事不会成为政治筹码。他说，他活着，他会照拂我；他死了，太子哥哥会照拂我，我可以任性一辈子。"李云裳转头看向窗外，话里带着苦涩之意，"谁知道，他们竟然都走得这么早。父皇走之前，还在想着为我择婚的事情。其实那时候我心里是有人的。"

柳玉茹不说话，李云裳抬眼看向柳玉茹："不问问是谁？"

"与我何干？"柳玉茹神色平淡。

李云裳愣了片刻，笑了："还是与你有些关系的，其实我最早挑中的驸马就是顾九思。本来想着等他来东都，我们见上一面，只要他真的像江尚书说的那样好，我就请父皇下令赐婚。"李云裳顿了顿，似乎在回想什么，"他比我想象的要优秀。他很有能力，很有原则，长得也很好。我第一次见他，就觉得遗憾，这本该是我的人。其实我挺嫉妒你的，每一次我听说他保护你，看见他陪伴你，我就会忍不住想，这本该都是我的。"李云裳眼里带着向往之色，"我本该有一门和政治无关的婚事，我本该嫁给一个喜欢的人，我本该过得很好。"

柳玉茹温和地笑了笑："殿下，其实您也不是喜欢他，您只是觉得顾九思对于您而言，是一个美好生活的标志。你若真的和他成婚，怕是会后悔的。"说着，柳玉茹眼里有了怀念之色，"他以前不是这样的，您也不会喜欢以前的他。"

李云裳听着，许久后，笑起来："或许吧。"

"殿下还有其他事吗？"柳玉茹看了看天色，"我还有其他事要忙，可能不能一直陪伴您了。"

李云裳点了点头。

柳玉茹和她告别，走了几步，突然想起来，站在门口转头问她："听闻您要嫁给张大公子？日后还望殿下好好生活。"

听到这话，李云裳笑了："我会的。"她转头看向窗外，淡淡地道，"凤凰非梧桐不栖，非清露不饮，我会一直过得很好。"

柳玉茹点了点头。

李云裳看着她，忍不住笑了："我以为你会诅咒我。"

"嗯？"柳玉茹感到疑惑，片刻后，笑了笑，"不瞒您说，"她的声音温和，"我对弱者，向来报以宽容。"

李云裳愣了愣，而柳玉茹没有再与她交谈，提步走了出去。李云裳看着空荡荡的雅间，片刻后，忍不住笑出声来，笑着笑着，就落下泪来。

直到这一刻，她才真正体会到柳玉茹这个人的厉害。一句话，不咸不淡，礼数周全，直直地扎在人心上，疼得人抽搐起来。李云裳抓起旁边的杯子，猛地砸在地板上，随后痛苦地闭上眼睛。

柳玉茹回了屋中，便见到顾九思带来的人。他是陆永的管家，柳玉茹带着他进了书房，单独和他谈了一会儿，然后将花容的账目递给了他。"陆大人想要赚钱，我这里有许多店铺可以让他入股，不过我还在筹划一件事，陆大人如果感兴趣，等筹备好后，我会亲自登门造访。"

陆管家点了点头，便带着账本离开。出门的时候，陆管家和柳玉茹已经是十分熟悉的模样了。

陆管家对柳玉茹印象很好，应该说，如果没有什么特殊的原因，一般人和柳玉茹交谈后，都会对她有不错的印象，这大概就是生意人的本能和天赋。

柳玉茹送陆管家上车，道："我家郎君是个不大懂事的。他尚年轻，日后还需陆大人多多提点。"

听到这话，陆管家笑了笑："不瞒您说，我家大人说了，顾大人这个人，除了年轻气盛，其他都无须他人多言，是个狠人。"

"狠人"这个评价让柳玉茹不太认同，顾九思在她面前总是有些孩子气的，怎么都和"狠"这个字搭不上边。

然而隔了几日，就发生了一件震惊朝野的事情。

顾九思花了五天时间清点库银，最后的结论是，银子一共丢了近五百万两。这个偷盗库银的案子与刘春直接相关，而参与偷盗库银之人，经顾九思整理，竟有两百人之多。顾九思一个没少，统统弹劾了。一人一天之内弹劾两百多个官员，这几乎是近百年来弹劾之最。当天一位老官员不知死活地与顾九思当庭对骂，被气得吐了血。

下朝的时候，叶青文走在顾九思身边，轻咳了一声，同顾九思道："那个，九思，考不考虑来御史台兼职？"

顾九思笑了笑，婉拒了叶青文的提议，而后笑着回了家。

看着顾九思远走的背影，满朝文武都瑟瑟发抖。这种狠人，还好没去御史台。

顾九思一连弹劾两百人的壮举，柳玉茹隔日就听说了。满大街都在议论顾九思的事，无论是在茶楼、饭店、花容还是神仙香……任何一个地方，她都能听到顾九思的名字。

好听点儿的，无非是："顾大人刚正不阿，有骨气，有魄力。"

不好听的，便是："顾九思这傻子，这么做官，不给自己留退路。"

柳玉茹听久了，心里也有些发慌。其实不只是别人说，她自己心里对这件事也有些不认同。她向来是个喜欢把刀子藏起来的人，顾九思锋芒毕露，她心里不由得有些担忧。只是她相信顾九思有顾九思的打算，便也忍住了不去问，只埋头做自己的生意。

她找了许多人规划水运一事，终于规划出一条线路来，而后她便派人出去，按照规划好的路从头到尾走一遍，顺便把从幽州买的粮送过来。

这条路从头到尾走一遍大约需要半个月，于是柳玉茹便老老实实地等了半个月。

而这半个月里，顾九思忙得脚不沾地。他先送走了周烨，而后弹劾了这两百个人。第二日，就有一百个官员要弹劾他，原因五花八门，比如他见到长官不够恭敬、上朝时佩饰歪斜、在路边辱骂他人、上次在朝堂上骂人时用词粗鄙、在家不够孝顺、常和父亲吵架等。这些事虽然不算大，但是这么多人弹劾他，他就必须要做一个解释。

于是他先把最关键的问题解决了。既然他们说他不孝,他就带着顾朗华上朝,由顾朗华亲自在朝堂上澄清。据说当天顾朗华为了证明顾九思非常孝顺,在朝堂上狠狠抽了儿子一顿。这一顿抽下来,再也没有人说顾九思不孝顺了——毕竟他们都没有这么孝顺,能让自己的爹这么抽。

当然,这件事的直接结果就是,顾九思和顾朗华一起回来之后,隔着屏风对骂了大半夜。柳玉茹和江柔一直在劝,却完全劝不好。

柳玉茹去拉顾九思,道:"九思,咱们回去了,公公打你是不对,但也不是为了你好吗?"

"为我好个屁!"顾九思怒喝,指指脸上的痕迹,道,"你瞧瞧,玉茹你瞧瞧我的脸,这是亲爹吗?他好久没机会打我了,这是在公报私仇呢!"

"你放屁!"顾朗华在里面骂,"老子打你还需要公报私仇?!"

"顾朗华你摸摸你的良心,"顾九思站在门口,"你的良心被狗吃了吗?你当着那么多人的面这么打我,我不要脸的吗?"

"哦,你不得了了,翅膀硬了要飞了,成顾尚书,我打不得是吧?"

顾朗华怼得顾九思一肚子火。顾九思觉得这话比直接的骂还难听,继续回嘴。柳玉茹忍不下去,直接去拖他,道:"行了行了,回去了,再不回去我可就恼了。"

"你也欺负我!"顾九思甩开柳玉茹,气得一屁股坐了下去。他盘腿坐在大门口,指着站在旁边的一圈人,道:"你们都帮着他,都欺负我,今天挨打的是我,你们还不准我来讨个公道!还嘲讽我?我当官有什么用?做尚书有什么用?在家还不是要被骂,还不是要被欺负?我不干了,柳玉茹我和你说,今天你还帮他,我真的不干了。我明天就去辞官,这个家,我算什么大公子?"

"老子还是老爷呢!"

"我算什么尚书?我算什么天子宠臣?我算什么一家之主?"

柳玉茹劝不住了,叹了口气,道:"好吧好吧,那郎君先骂着,我先去把生意上的事忙完,你骂完了自己回来。"她又吩咐旁边的木南:"木南,去拿碗雪梨汤,要是公子累了,记得给他喝点儿润润嗓子,他明天上朝还得继续骂人。"

顾九思愣了,不由得道:"你不劝我啦?"

柳玉茹摇摇头:"您受了委屈,我也不能让您就这么憋着。我还有事要忙,先走了。"她说完,便站起身走了。

顾九思坐在门口,一时有些尴尬,看着柳玉茹的背影,不由得道:"你要不再劝劝呗?"

柳玉茹没搭理他,摆摆手走了。

这下就剩下顾九思一个人坐在门口。顾朗华坐在门内洗脚,因为今天占了便宜,有些高兴。

顾九思没什么戏唱,不一会儿,轻咳了一声,故作镇定地站了起来,拍了拍屁股,道:"我该说的也都说了,今日天色已晚,我明日再来。"说完,他便转身离开。

他自己回了屋,柳玉茹果然还在忙。这几日他们两个人都忙,见面的时间也没多少,顾九思想想柳玉茹方才的态度,便不大高兴了。他觉得自己在家里一点儿地位都没有,柳玉茹一点儿都不帮着他。他在床上辗转反侧,等了许久,柳玉茹终于回屋了。她一上床,顾九思就直接扑了上去,压在她身上。

柳玉茹诧异道:"郎君,你还没睡啊?"

顾九思有些不高兴:"你也知道晚了,为什么不早些回来?"

"我忙。"柳玉茹笑了笑,抬手抚着顾九思的背,道,"你平日也是这么忙的,今天你被打了,陛下放了你假,不然你哪儿有时间这么早早地等我?"

顾九思更不高兴了:"你既然都知道我被打了,还不心疼我?"

"我忙啊。"柳玉茹叹了口气。

顾九思将脸埋在她肩头,嘟囔道:"忙也可以挤时间,你就是心里没我,所以才忙。"

柳玉茹:"……"

她觉得自己得罪顾九思了。

她左思右想,轻咳了一声,道:"我心里有你的,你可别冤枉我。"

"好啊你,我说句话你就说我冤枉你了,可见你是找着理由给我扣帽子了。"

柳玉茹被顾九思搞得没辙了,叹了口气,道:"那我补偿你?"

"那是自然要的。"顾九思一脸认真地说。

柳玉茹看着他:"你要什么补偿?"

顾九思听着这话就乐了,兴奋地同柳玉茹咬着耳朵说了许多。

柳玉茹越听脸越红，最后道："这么晚了……还去洗澡，不好吧？"

顾九思顿时失了兴致，从柳玉茹身上滚下去，叹了口气，道："说的也是，明日还要早起。玉茹，"他裹着被子，眼里满是哀怨，看着柳玉茹，道，"再这么下去，我觉得陛下是要我断子绝孙。"

柳玉茹被他逗笑了："你可别瞎说了。"

"真的，"顾九思认真地道，"我方才说的你都等着，等刘春这个案子收了尾，我一定要和陛下请假，与你大战三百回合。"

"你闭嘴。"柳玉茹见他口无遮拦，翻过身去，闭着眼道，"睡了。"

顾九思从后面抱着她，也不多说了，怕自己再多说几句，就睡不着了。

柳玉茹见他安静了，想了想，终于问："这案子什么时候才是个头？"

"户部的人至少要换一半。"顾九思闭着眼道，"陛下要清理太后的人，正借着这个案子到处抓人呢。马上就要秋试了，秋试之后，一切都会慢慢好起来的。"

柳玉茹应了一声，过了许久，又慢慢地道："九思，要小心啊。"

顾九思慢慢地睁开眼睛，抬手将柳玉茹抱紧："嗯，你别怕。"

"我不怕。"柳玉茹的声音柔和，"我只是担心你。九思，其实我希望你的官别当得太大。你就当个不大不小的官，不要出头，不要站队，一直平平稳稳地过日子，就最好了。"

顾九思忍不住笑了，温和地道："我也想。"

他也想，只是他不能。哪里都有风雨，他只有成为一棵大树，才能庇护他想庇护的人。

柳玉茹明白顾九思的意思，于是也没再多说。

她回头便将利润拿出一部分来，私下收养了一批孩子，根据天赋分开，会读书的免费让他们进学，体质好的则请了武师来教授，算是为商队培养人才。

这些时日，不断有人上门来找柳玉茹，有送钱的，有送礼的，柳玉茹都拒了。一开始她还问问别人送的是什么，后来就不问了。

顾九思听闻了这事，不免有些好奇，道："怎么不问他们送什么了？"

柳玉茹翻了个白眼，有些不高兴："知道自己失去了什么，我怕我把持不住。"

顾九思被她说笑了，歪着头想了想："那我送你一个东西，就当弥补你的损失了。"

柳玉茹听到顾九思要送她东西，顿时高兴了，想着顾九思一定是要送她一个十分值钱的玩意儿，因为那才能弥补她的损失。只是顾九思说完就像忘了，每日还是只忙他自己的事情。

没过几日，柳玉茹便听到太子将要班师回朝的消息。太子班师回朝，也就意味着太后这个案子，要到尾声了。范轩会把案子在太子回朝前解决，因为跟着太子去的五千兵力几乎都是太后的人，范轩必须在这些人回来之前把事情料理干净。柳玉茹猜想，这些时间一定会有更多人来找她，于是她干脆闭门不出，等着这个案子完结。

这么熬了几日，就传来了李云裳大婚的消息。李云裳嫁的是左相张钰的儿子，满朝文武自然都受到了邀请，顾九思也不例外。

于是柳玉茹终于还是出了门，穿了紫色广袖外衫，内里着白色单衫，用一根玉簪束发，看上去温婉高雅，和刚来东都时的穷酸模样截然不同。她毕竟也在东都摸爬滚打了一阵子了，已经摸透东都的底，跟着顾九思出门，她自然不想落了顾九思的面子。

两个人坐着马车过去，去的路上，柳玉茹感慨道："李云裳也是好命，我听说张雀之是个脾气极好的公子哥儿，这可是许多姑娘求都求不来的好姻缘。"

顾九思笑了笑，没有说什么。

柳玉茹不免觉得奇怪："你笑什么？"

"张雀之人不错，"顾九思笑道，"但若说这是好姻缘，就未必了。"

柳玉茹愣了愣："怎么说？"

"你可知张雀之为何至今不婚？"

"为何？"

"张雀之与他夫人感情极好，而他夫人死在了前太子，也就是李云裳的哥哥手中，如今陛下赐婚就等于逼着张雀之娶她。你觉得这门姻缘如何？"

柳玉茹呆了片刻，突然想起一件事来。她听叶世安说过，李云裳这门婚事，是顾九思建议的。

到了张府，柳玉茹看到一个穿着一身红衣的青年站在门口，他面容清俊，神色冷漠，虽然穿着喜服，却在胸前别了朵纯白色的玉兰。

喜袍挂白花，这样不吉利的装扮，柳玉茹见都没见过。

柳玉茹和顾九思一起下了马车，向张雀之行礼，张雀之面无表情地回了礼。

顾九思和柳玉茹一起入席，等了一会儿后，便被请去观礼。

这场婚礼的规格与李云裳的身份并不相衬，她像一个普通女子一样，跟张雀之一起站在大堂中。主位坐着张钰和他的夫人，侧位上放着一个牌位。

大家都不明白这是什么情况。张雀之领着李云裳拜了父母，在夫妻对拜之前，突然停住，同李云裳道："殿下，还请往你的右上角一拜。"

李云裳顿了顿，声音轻柔地问："敢问为何？"

"在下曾向发妻发誓，这一生只有她一位妻子。"张雀之面无表情，声音冷漠。

李云裳捏紧了手中的红色锦帕。

"这门婚事非我所愿，公主既然一定要嫁进来，那就请公主先拜见过大夫人。"

拜见大夫人。只有妾室进门，才需要先拜见大夫人，得到大夫人的许可。

众人倒吸了一口凉气，张钰轻咳一声，但也默许了。

李云裳挺直了腰背，道："若本宫不拜呢？"

张雀之冷声道："行礼。"话刚说完，一个下人就冲上来按着李云裳的头猛地压了下去。

那力道太大，李云裳当场就跪了下去，整个人都在颤抖。

张雀之的声音很平静："殿下，我娘子当年在公主府前跪了一天一夜，只为请公主替她做主，公主可还记得？"

李云裳咬紧牙关，片刻后，轻笑起来："我明白了。"她慢慢地站起来，猛地掀了盖头，看着张雀之，怒喝，"张雀之你个孽种！时至今日，拿这种办法给你夫人报仇是吧？！"

"好了，"张钰开口，平静地道，"殿下息怒，吾儿也只是太思念夫人。这是陛下赐的婚，请公主行礼吧。"

"本宫不嫁了！"李云裳将喜帕一甩，怒道："本宫再落魄也是公主，轮得到他这样的人娶本宫？！张雀之，你那么有本事，怎么不手刃了我哥？如今娶我来羞辱我，你以为就能报仇了？我告诉你，你当年没能保住你夫人，就是你没本事！"李云裳咬着牙道，"你记住，本宫不嫁你这种人,你这种人不配有妻子。"说完,她便冲了出去。

场面乱哄哄的,喜娘要去追李云裳,张雀之冷声道:"不准追。"

"还是追回来吧。"张夫人开口,"送回房去休息,这礼就办到这里。"

一场婚礼办成这个样子,谁的脸上都不好看。柳玉茹和顾九思吃过饭,便匆匆回去。

刚回到顾府,就有人来给顾九思传话:"主子,张府出事了。"

顾九思正在洗脸,道:"说。"

"公主殿下在屋中自尽了。"

顾九思的动作顿住了。

柳玉茹抬起头来,满脸震惊之色。

片刻后,房间里响起顾九思平淡的声音:"哦,知道了。"

柳玉茹呆呆地看着账本,突然想起李云裳之前的话。凤凰非梧桐不栖,非清露不饮。柳玉茹说不出是什么感觉,胸口突然有些发闷。

顾九思擦完脸,抬眼看她:"你的算盘从刚才开始就没动过。你在想些什么?"

"九思,"柳玉茹抬眼看他,慢慢地道,"你是不是早已算好了?"

"算好什么?"顾九思平静看着她。

柳玉茹知道他明白她的意思,捏住了自己的衣袖,慢慢道:"李云裳的事情,从她嫁给张雀之到现在。"

顾九思沉默了一会儿,道:"是或者不是,有什么区别吗?"

柳玉茹也沉默了片刻,才道:"能不能告诉我为什么?你为什么要向陛下建议,让她嫁给张雀之?"

"你是不是怀疑,我是为了你,所以算计她?"顾九思一双眼看得通透,盯着柳玉茹,环胸靠在门边,勾起嘴角,"就算是,又怎么样?她不该死?她算计你我,她给你上刑,她逼你喝毒酒!如果那杯酒是真的毒酒,你现在尸体都凉透了,还能在这里同我说话?!张雀之为什么要羞辱她?是因为她哥哥弄死了张雀之的岳丈!是因为张雀之的夫人去讨公道时在公主府门前跪了一天一夜,却只得了她的一句'天生贱命'!我算计她?这是她的报应!你现下可怜她?人死了,她做过的一切都可以被原谅了吗?!"

顾九思看着柳玉茹平静的眼,有些烦躁。那双眼太安静,太通透,仿佛把人心都看穿了,让人忍不住惶恐,让人想要退缩。

柳玉茹等他吼完，抿了口茶，低下头看着账本，平静地道："九思，我不是在可怜她，也不是在为她鸣不平。我只是担心你。"她的声音平和，"她的生与死都与我没有关系。可我希望你答应我一件事，"她抬眼看他，神色平静，"不要忘记你为什么当这个官。你是为了保护我，不是为了报复别人。你是为了文昌说的'安得广厦千万间'，不是为了让自己掌控他人的生死，为所欲为。钱和权是会迷惑人心的，我希望你我能永远都记得，自己是为了什么而走上今天这条路。"

顾九思一时说不出话来，凝视着柳玉茹，许久后，声音沙哑地道："那你是为了什么而想赚钱？"

柳玉茹愣了片刻，笑起来："若我说是为了你，你信吗？"

"这么早就喜欢我了？"顾九思忍不住笑起来。

柳玉茹有些不好意思。"倒不是喜欢，"她答得有些底气不足，似乎怕顾九思生气，"那时候你说要休了我，我怕你真休了我，就想着，有点儿钱，总还是好的……"

顾九思："那我当时给你的银票……"

"后来存起来了。"

"玉茹，"顾九思叹了口气，走到柳玉茹身边，半跪下去，将她揽在怀里，"别怀疑我，我不是那样的人。"

"我知道。"柳玉茹轻轻地靠着他，"可是你走在这条路上，一不小心就会掉下去了，我得提醒着你。"她平和地道，"九思，别把自己变成一个政客。"

"嗯。"顾九思抱着她，感觉自己整个人都平和下来。他知道自己在气恼什么，人气恼，无非是被别人说到了痛处。

他慢慢地道："李云裳是一定要嫁的，陛下不能让她嫁给她能操控的人。让她嫁给张雀之，不是我为了报私仇而故意羞辱她，我也没想过她会死。可是你说的没错，"顾九思闭上眼睛，"在谏言让她嫁给张雀之的时候，我就知道她会过得不好，而我也希望她过得不好。我是个凡人，也有七情六欲。她伤害过你，我没法祝福她。可是玉茹，我希望我不好的时候，你就拉我回来。因为这一辈子，无论我变成什么样子，我都是顾九思，我都爱着你。"

李云裳死的第二日，顾九思上朝后回来，便同柳玉茹道："这几天你先去东都外的护国寺休息一下,别留在东都城里了。"

柳玉茹顿了顿,抬头想问什么,但见了顾九思的神色,便知道不该问,只道:"那我把家里人都带过去吧,许久没去寺庙里住住了,怕是佛祖都要觉得我们不诚心了。"

顾九思应了一声,没有再多说什么。

当天晚上,他们俩躺在床上,顾九思见柳玉茹久久不睡,翻过身来,拉了她的手,道:"等你从护国寺回来,我便要准备行加冠礼了,陛下给了我三天假期,我陪你出去玩好不好?"

柳玉茹抿了抿唇,抬起手,握住他的手,柔声道:"原来郎君才二十岁。"

"是呀,"顾九思有些得意,"我厉害吧?二十岁的尚书,你上哪儿找去?等我再立点儿功,你离当诰命夫人也不远了。"

柳玉茹看着他的模样,知道他是在安抚她,将头靠了过去,听着他的心跳,一言不发。

第二天柳玉茹带着全家悄悄出行,去了护国寺礼佛。他们住进寺庙之后,没过多久,宫里就传来了消息,说太后在宫中气得呕了血,太医建议静养,于是范轩命人收拾了一下,把太后挪到了静心苑,让太后好好休养。静心苑离冷宫不远,明白的人都知道,名义上是静养,其实是削权。柳玉茹听闻时,正在护国寺里烧香,神色动了动,没有说话。

当天晚上,她一夜没睡,带着木南和印红上了山顶,眺望整个东都。

半夜时分,东都传来了喧闹声,远远地听不真切,却能听到喊杀之声。那喊杀之声一直到启明星升起来时才停止,而后就没什么声音了。柳玉茹就坐在山崖上,一直看着东都,没有动弹。

天大亮了,虎子才一路奔上了护国寺。

他从望都一路跟着顾九思到了东都,在望都的时候当乞丐头子,到了东都后继续当乞丐,但实际上是在为顾九思布眼线。

他找到了坐在山顶上的柳玉茹,喘着粗气道:"少夫人。"

柳玉茹转过头,一双通透的眼瞧着他:"说吧。"

"九爷让小的来接少夫人回家。"虎子露出虎牙,笑了起来。

柳玉茹的眼里有喜色,她转头同印红道:"吩咐下去,收拾收拾,回去吧。"

柳玉茹入城的时候,东都的街道已经打扫干净,恢复了平日的热闹模样。

柳玉茹行到半路，就被人拦住，范轩身边的大太监张凤祥笑眯眯地道："顾少夫人，陛下请您进宫一趟。"范轩叫柳玉茹过去，柳玉茹自然是不敢不去的。她跟着张凤祥进了宫，这时宫中还在清理地上的血迹，柳玉茹的马车一路滚过血水，直接到了御书房门口。这种行为，明显是范轩的恩宠，不用别人说柳玉茹也知道，这次顾九思必然立了大功。

柳玉茹坐在马车里定了定神，车帘就骤然被人卷起。

一个身着绯红色官服的青年站在马车前，笑意盈盈地朝她伸出手来，道："下来。"

柳玉茹愣了愣，觉得顾九思在殿前这个样子有些冒失。她轻咳了一声，用眼神示意顾九思不要太放肆，随后就抬起手，搭在顾九思的手上，借着顾九思的力站起身来，下了马车。

她下了马车之后，顾九思就直接反手拉住了她，而后领着她进了御书房，跪下叩首，道："陛下，内子来了。"

范轩看着顾九思高兴的样子，忍不住笑了，转头同身后周高朗等一干人道："你们瞧瞧他这孩子气的模样，哪里有个尚书的样子？要不是我亲眼见着，我都不敢信这是昨晚在宫里运筹帷幄的顾大人。"

大家跟着范轩笑起来，柳玉茹搞不清楚情况，就跟着顾九思跪在范轩面前。

范轩让他们俩先起来，随后同柳玉茹道："顾少夫人，你家郎君昨天晚上立了大功。朕要嘉奖他，原本想送他十个美女，百两黄金，结果他一听就吓跪了，磕着头求我放他一条生路，说家有猛虎，不敢攀折娇花。"

那个画面，柳玉茹完全能想象得出来。她不知道是该高兴还是该生气，只能温和地道："陛下说笑了。"

"我没说笑，"范轩摆摆手，"美女他不敢要，黄金他收下了，又向朕求了一件事，说要让你当诰命夫人，朕就将你叫来了。玉茹，顾爱卿如今只有三品，我封你做二品诰命夫人，比他品级高，你看怎么样？"

"陛下，"顾九思叹了口气，"您这是欺负臣啊。"

这话逗得范轩开心，范轩立刻道："就这么定了，玉茹，这小子太浑，在朝堂上没人能治他，你回去可得好好收拾他。"

范轩说完，当场拟旨，然后柳玉茹就仿佛小孩子过家家一般，领了一个二品诰命夫人的封号回家。

回家路上，柳玉茹还有些发蒙。

顾九思坐在旁边，摇着折扇扇着风，道："怎么，还没回神呢？你不是喜欢当诰命夫人吗？这次我给你争回来了，高兴不？"

柳玉茹被他唤回了神，轻咳了一声，随后道："昨夜怎么回事？"

之前她知道顾九思不好说，也就不问，如今事情了了，她便要问问了。

顾九思说正事，也不见严肃，一手撑在旁边小桌上，抵着头，一手摇着扇子，道："之前太后党的人被我们借着刘春的案子清洗了一半，李云裳死了，陛下又要削太后的权，太后哪里忍得了？昨天早上宣布让她搬进静心苑，她晚上就起事了。但我们就等着他们闹呢，他们以为我让太子领五千精兵出去是做什么，游山玩水吗？"顾九思轻嗤一声，"太后习惯了陛下的忍让，陛下当初在她的帮助下登基，她就以为陛下不会杀她，觉得要杀早就杀了。可她忘了，陛下虽然是文臣出身，但也是当年的幽州节度使，骨子里就带着血性，不杀他们完全是为了南伐能顺利。如今他们在朝中上蹿下跳，影响了南伐之事，陛下要先安内，自然会安得彻彻底底。我们早就在宫城里布防好了，只等着他们攻城呢。"

"清理干净了？"柳玉茹给顾九思倒了茶。

顾九思点点头，淡淡地道："干净了。"

他说得太随意，让柳玉茹忍不住抬眼瞧了他一眼。如今顾九思对这些事，仿佛已经见怪不怪了。

柳玉茹起身坐到他身边去，拉了他的袖子往上卷，检查了一下，道："你没受什么伤吧？"

"没有。"顾九思赶紧邀功，"我昨夜还带了一支小队突袭，他们主将的首级都是我斩下的。玉茹，你看，你家夫君真是文可治国武可安邦，简直是文武双全，你眼光太好了。能从千百纨绔子弟中选出我顾九思，这一定是你这辈子做得最好的买卖。"

他说得起劲，柳玉茹看出他高兴极了，也没打搅他，就看着他抿着唇笑。

顾九思自夸了一会儿，突然想起来，道："哦，还有个事。"

"嗯？"

"我舅舅，"顾九思犹豫了一下，道，"后天应该就会从牢里出来，在他找到新的住处之前，会暂时住在我们家，你安排一下吧。"

柳玉茹温和地道："放心吧，家里的事我会安排妥帖。"

"我舅舅这个人，"顾九思慢慢地道，"可能有点儿难搞。"

"嗯？"柳玉茹抬眼，有些茫然，"难搞？"

"嗯，"顾九思有些担心，想了想，同柳玉茹道，"要不你拿纸笔记一下？"

柳玉茹有些茫然。

顾九思翻出纸笔，递给柳玉茹，道："你准备记，我开始说了。"

柳玉茹提着笔，点了点头。

顾九思描述道："首先要准备四个侍女，这四个人专门伺候他起居，必须长得好看，还不能是一样的好看，得各有风情，各有所长，一个会跳舞，一个会奏乐，一个会按摩，一个会做事。他每天早上在早朝的半个时辰前起床，他的衣服必须用出云阁的龙涎香熏过，发冠必须在南街珍宝斋专门定制，他的漱口水必须是晨间露水，以前要花露，但咱们家院子里的花不够，就先算了，但也得赶紧种起来，至少要表个态。他的口味比较复杂，基本每天都要吃不同菜系的菜，所以得请个什么菜系都能做的大厨，而且他特别挑……"

柳玉茹一开始还在记，后来就崩溃了。

顾九思说了半天，有点儿渴，喝了口水缓了缓，接着道："你记好了吗？还有……"

"九思，"柳玉茹打断了他，认真地道，"你知道按照你舅舅这个开销，他一个月需要花多少钱吗？"

顾九思愣了片刻，轻咳了一声，道："那个，他脾气不太好，要是……"

"你为什么这么怕他？"柳玉茹皱起眉头，有些不理解，"他来我们家做客，就该听从我们家的安排。他若脾气不好，不给我们家脸，我们还要给他脸吗？"

听着这一番话，顾九思用了一种"你不知死活"的眼神看着柳玉茹。柳玉茹看着顾九思的眼神，有些心疼，不知道顾九思小时候受了这个舅舅多少虐待，现在才会这么怕舅舅。

柳玉茹抬手握住顾九思的手，温柔地道："九思，你别怕，你已经长大了，你还娶了我，我不会让他欺负你的。他敢在咱们家要横，我就收拾他。"

"可是……"顾九思有些犹豫,"可是……"

"可是什么?"柳玉茹皱起眉头,"你大胆地说出来,我会想办法。"

"可是,他有钱啊。舅舅在牢里的时候和我说了,"顾九思的眼里带着光,"他私下还有一座小金库,住在咱们家这些日子,他愿意负担我们全家的开销。"

一听这话,柳玉茹立刻挺直了身子,认真地道:"舅舅明日才来吗?要不今日我们就去迎接吧。哦,九思,舅舅以前喜欢打你吗?喜欢用什么棍子,我给他准备一下。"

顾九思:"……"

江大人没有立刻来顾家,但很讲究地让顾九思先去准备了。

江柔非常熟悉这位弟弟的作风,领着柳玉茹去买了马车,挑了美女,然后买了一堆金灿灿的衣服挂在柜子里,最后熟门熟路地训练了一批专门照顾江河的人。

柳玉茹看着江柔临时抱佛脚,忍不住道:"婆婆,既然舅舅这样麻烦,我们为何不早点儿训练人?"

江柔叹了口气:"玉茹,咱们家不比以前富有,万一他出不来,这钱不就浪费了吗?"

柳玉茹一听,觉得江柔所言极是,这买马车买美女买衣服和训练下人的钱,的确是一笔不菲的费用。

一切都准备好了,顾朗华便带着全家去刑部门口等着江河。路上顾九思给她大概介绍了一下这位舅舅。

他们江家原本是东都首富,江柔有一个哥哥一个弟弟,江河是江老爷最小的儿子。江老爷原本的打算是,大儿子江山从政,小儿子江河经商。谁知道江山当官不过五年,就因为牵涉皇子夺嫡一事被流放到南疆,然后病死在了路上。此后,江老爷被政治斗争伤害到了之后,更是不愿意江河当官。没想到江河十五岁那年偷偷参加了科举,还连中三元成了天子门生。自此,江河在官场上平步青云,而立之年便扎根于朝堂,从工部、户部到吏部,最后成了六部之首吏部尚书,主管大荣所有官员的考核。如果不是出了梁王的事情,江河或许已经位居丞相。

当然这些都是比较官方的说法,顾九思的说法是:"我这个舅舅脾气特别差,虽然平时笑眯眯的,可你记住,一定不要招惹他。他性格嚣张,要是说话伤到了你,你一定要见谅,不要反驳,我会帮你骂他的,你只要叫好大夫……哦,还要记得给我上药,他喜欢打我脸。其他的你不必害怕,一切有我,你只要叫好大夫就可以了。"

顾九思渲染了很久的氛围,柳玉茹终于跟随大部队到了刑部门口,然后他们全家规规矩矩地站在门口等着。不一会儿,里面传来了脚步声,紧接着,一个身影出现在了门口。

柳玉茹见到这个人的第一眼,就满眼金色,他穿着金灿灿的外袍,内着白色单衫,腰上悬着和田白玉,头上戴着镶珠的金冠。

他看上去三十出头,生得极为英俊,眉眼和顾九思相似,或许是因为长开了,江河的五官更加明艳。他手里拿着一把小扇,走出门来,阳光落在他的身上,他把手里的小扇唰地一张,反挡在了额前。他抬眼看向远处,用华丽的声线感慨道:"啊,真是好久没见到这么刺眼的太阳了。"他转过头来,扫了一眼顾家众人,随后笑了笑,"好久不见啊,姐姐、姐夫,小九思。"

"念明,出来啦。"顾朗华强撑着笑容,叫了江河的字,随后道,"家里我们都准备好了,赶紧先回家吃顿好的吧。"

"让姐夫操心了。"江河收了扇子,颔首表示感谢,随后便抬眼一扫,直接往江柔买好的那驾金灿灿的马车走了过去。

那马车是用金粉涂面的,看上去极为奢华。事实上,如果有贼大着胆子去刮一刮,真的可以偷点儿金粉去换钱,但江河不在乎。他就喜欢这种有钱的感觉。

江河上了马车之后,柳玉茹靠近顾九思,悄悄地道:"你舅舅看上去挺好相处的。"

顾九思勉强勾起一个笑容:"你开心就好。"

江河上了马车,所有人都松了口气。柳玉茹和顾九思正打算去另一驾马车,江河就挑起了帘子,同顾九思热情地道:"小九思,干吗和舅舅这么生分呢?上来和我叙叙旧。哦,"江河的目光落到柳玉茹的身上,"这是小外甥媳妇儿吧?一并上来吧。"

听到这话,顾九思顿时苦了脸,可也没有违背,低着头认了命,领着柳玉茹上了马车。

这辆马车非常大,里面坐着四个美女,都是江柔选好的。柳玉茹和顾九思进来的时候,江河正靠在一个美女身上让她揉着脑袋;脚搭在另一个美女身上让她捏着；旁边还有一个美女跪在地上给他喂着葡萄；边上坐的一个美女抱着琵琶，问江河："大人想听哪支曲？"

柳玉茹觉得自己是个土包子，在这一刻，真的被江河震撼到了。

可顾九思仿佛已经习惯这种场面了，带着柳玉茹坐得远远的，一脸镇定，道："我先和你说好，你想打人可以打我，你想骂人可以骂我，你想找麻烦可以找我，别动我媳妇儿。"

听到这么严肃的开场白，柳玉茹有些害怕了。

江河抬眼，仔仔细细地打量了柳玉茹一会儿，嗤笑一声，随后撑着身子从女人身上起来，靠在车壁上，道："我什么时候找过女人的麻烦？小九思，舅舅不是这么没品的男人。"江河往柳玉茹身上上下一扫，随后微张折扇，遮住了唇，轻笑道："你的眼光可真不错，怪不得你连公主都不要，非要娶这么个扬州小傻妞。"

这话把柳玉茹说愣了，她头一次听人用这种词形容她，倒也不觉得气恼，甚至觉得这用词有那么几分可爱。

可顾九思明显不觉得这是什么好话，僵着脸道："舅舅，你克制一点儿。"

江河耸了耸肩，摊手道："我还不算克制吗？你们给我一辆这么寒酸的马车，几个这么寒碜的侍女，还有这么一套登不上台面的衣服。这样我都没说什么，你还觉得我不算克制？"

"九思啊，"江河语重心长地道，"我早就和你说了，多来东都见见世面，至少要学会怎么花钱。人家都说外甥像舅，你看看你，只有长相有点儿像我，完全没有继承我半点儿风流气度。你舅舅我又没儿子，你不好好地把我这份风度继承下去，以后别人怎么知道我们江家如今的风貌啊。"

"够了舅舅，"顾九思黑着脸，"你可以给我找个舅妈自己生一个。"

"啊，舅妈，"江河抬手捂住了额头，似乎被提到什么让他苦恼至极的事情。他想了想，抬眼看向柳玉茹，温柔地道："玉茹妹妹，你们家还有和你一样美丽温柔又云英未嫁的姐妹吗？"

"江河你个老色胚！"顾九思抬手就抽了过去。

江河用扇子挡住顾九思的拳头，笑眯眯地看了过去："小九思长大了。"

顾九思不知道为什么，突然就有点儿尿，就在那一瞬间，江河一脚把顾九思踹出了马车。顾九思滚到了地上，柳玉茹立刻惊叫起来："停车！"

江河的扇子压在了柳玉茹的肩上，巨大的力道逼着柳玉茹坐下来。江河同外面的车夫用不容置疑的音色道："不准停。"车夫没敢停。

顾九思翻过身爬起来，就追着马车跑了过去，怒喝道："江河！江河你有本事给我停下！"

江河用扇子挑起车帘，看着顾九思，笑眯眯地道："小九思，你最近身体不行啊，还是锻炼一下吧。"说完，他便放下车帘，笑眯眯地看向柳玉茹。顾九思一走，柳玉茹感觉到整个车厢瞬间被一种无声的压迫感充满了。江河看着她，柳玉茹故作镇定。许久之后，江河轻笑了一声："我倒是真没想过，柳家那种小门小户的人家能养出你这样的一个姑娘来。"

柳玉茹听到这话，松了口气，知道江河这一关，她算是过了。

她不说话，江河重新躺到了美女身上，自己捻着葡萄，慢慢地道："我查过你，也知道你做过的事，顾家能一路走过来，应当多谢你。我这个外甥，个个以为他是个纨绔子弟，但其实他聪明得很。他算我一手教大的，原本我想，他至少要娶个公主这般的人物，没想到让你捡了漏。"

柳玉茹不明白江河同她说这些是要做什么，江河接着道："我不喜欢女人，除非是我姐姐那样的女人。你嫁给九思，别想着自己一辈子就依附于他了，自己好好挣钱，以后你挣钱，九思当官，你们顾家的基石才稳。"江河抬眼看她，"我说这些你听不听得明白？"

"明白的。"柳玉茹的声音温和、面上带笑。

江河皱了皱眉，像是觉得她在敷衍，随后就听柳玉茹道："外甥媳也就一个问题，听九思说，这段时间您在顾家，会承担顾府一切开销，这是九思说着玩的，还是……？"

江河愣了片刻，慢慢地笑起来："你这个小姑娘，"他的扇子靠在唇边，压不住笑，"倒是有趣得很。"

柳玉茹笑而不语。

过了片刻，江河似乎有些疲惫，闭上了眼睛："既然你明白，我也就不多问了。我这里确实有点儿钱，日后你们在东都有什么难处，可以同我说。"

"舅舅这样说，玉茹便有些不解了。"柳玉茹摇着团扇，看着面前面容俊美的青年，"玉茹见舅舅如今容光焕发，料想舅舅在狱中应当也没吃什么苦，不知舅舅在牢狱中待这么久，是自愿的，还是被逼无奈？"

江河转头看向柳玉茹，目光里带着笑："你什么意思？"

"舅舅。"柳玉茹转头看向马车外，顾九思正在艰难地追着马车跑，路上的人都在看顾九思。柳玉茹压着嘴角的笑意，柔声道："九思一直相信您是被冤枉的。他以自己的性命担保，才得以让陛下放您出来，还让您官居户部侍郎。玉茹希望您把九思当家人，坦诚相待。"

"你觉得我有什么不坦诚？"江河笑眯眯地看着柳玉茹。

柳玉茹抬眼看向江河："江大人是真的没有和梁王相勾结吗？"

江河静了片刻，笑了笑，转头看向窗户外："你这个小丫头片子呀。"他的神色里带了些怅然，"人都死了，说这些，还有什么意义呢？"

他没有避讳，柳玉茹便明白了。她迟疑着，终究没有将她想问的话问出口。

马车一路行到顾家大门前，江河在所有人面前下了马车。

顾府如今是在一条巷子里，远比不上江河过去的府邸。

江河一下马车，就忍不住嫌弃道："都来东都了，怎么不买个好点儿的宅子？在这种地方住着，你们不觉得憋屈吗？"

话正说着，一辆马车就停了下来，众人一看，顾家的马车堵住了对方的路。但顾家的马车在正门下了人，要绕到后门入府，从这个角度来说，这辆马车也挡了顾家马车的路。于是两辆马车对峙着，江河挑了挑眉，看了一眼刚刚追着跑了上来的顾九思。

顾九思才刚跑到门口，便看见这种情况，抹了一把头上的汗，赶紧上去道："这位兄台不好意思，麻烦您退一步……"

"顾大人。"顾九思的话没说完，马车里就传来一个带了笑的男声。

顾九思听到这个声音，顿时冷下了脸，随后就看见一把小扇挑起车帘，洛子商蓝衫玉冠，坐在车中瞧顾九思，似笑非笑。

"好久不见。"洛子商抬起眼来，扫了一圈，目光就落到江河的脸上。江河和洛子商对视一眼，江河微微一愣，洛子商面上也现出诧异的神色来。他们俩明显是认识的，却都在这短暂的对视后，迅速将目光错开，明显谁都不想出口认出谁来。

顾九思看见了两个人的互动，道："在下尚未听到太子回东都的消息，没想到洛太傅这就回东都了？"

"太子殿下的仪仗已驻扎在城外不远处，休整之后，明日就会入城。"洛子商笑了笑，"在下身体不适，就提前回来休息了。"

"原来如此。"顾九思点了点头，随后道，"这路洛大人到底让不让？"

洛子商似乎没想到顾九思会问这个话，片刻后，轻咳了一声，道："让是应该的。"洛子商想了想，抬眼看向柳玉茹。

洛子商只是匆匆扫了一眼，顾九思顿时像一只被人觊觎了骨头的恶犬，怒喝道："你看什么呢？！"

洛子商笑了笑，放下了车帘，同下人道："退吧。"下人驱了马退出了巷子，给顾家让出路来。

顾九思到柳玉茹身边，嘀咕了一声："他真是贼心不死。"

柳玉茹有些无奈："人家一句话都没说。"

"他看你了。"

"他还看你舅舅了。"柳玉茹小声道，"下次别这样了，生怕别人不知道他看我？"

顾九思撇了撇嘴，没有说话。

江河倒也没有多说什么，到了顾府吃了饭，便自己进屋休息了。江河休息，顾九思也放松下来。顾九思洗了个澡，和柳玉茹坐在一起做事，柳玉茹算账，顾九思处理公务。两个人一面做事，一面有一搭没一搭地闲聊。

"今天洛子商回来，你就没什么好奇的？怎么不同他多说几句话？"

"有什么好说的？"顾九思翻动手上的文书，道，"他会说的，我应该都已经知道了，剩下的他也不会说，我何必和他浪费这个时间？"

柳玉茹觉得他说的也没错，想了想，道："他到底为什么提前回来？"

"回来看看能不能补救吧。"顾九思觉得很是高兴，抬头看了柳玉茹一眼，道，"我和陆大人聊过了，当初刘春那事就是洛子商指使的。所以洛子商肯定是太后那边的，太后倒了，他还有什么戏唱？等着吧，"顾九思淡淡地道，"太子一回来我就弹劾洛子商，保证不让洛子商好过。"

"你也别逼得太狠了，"柳玉茹叹了口气，"如今陛下都要供着他，他手里还握着扬州，万一被逼急了转投刘行知，到时候陛下怪罪到你的头上，我看你怎么办。"

"他有本事就投，"顾九思提着笔，道，"大不了我辞官。我有媳妇儿养我，他有吗？"

顾九思一脸理直气壮，把柳玉茹逗笑了，她捡了个垫子就砸了过去。

顾九思接住垫子，摇着头道："看看这只母老虎，有了钱，气势果然就不一样了，都敢打自己的郎君了。"

"顾九思，"柳玉茹哭笑不得，"你什么时候才能正经些？"

"想看我正经啊？"顾九思抬手撑着头，似乎开始认真地想这个问题。

与柳玉茹认识近两年，他似乎长高了许多，如今身形修长，面容清俊。他继承了江家人的美丽，又带了顾朗华那份英俊，此刻身着白色丝绸单衫，墨发随意地散开，白皙的肌肤在灯火下泛着如玉的光辉。他随意地撑着头，唇边含笑，认真思索的模样带了一种禁欲的美感。

柳玉茹本只是匆匆扫上一眼，但见着这人的样子就愣住了。

顾九思转过头来，看见她愣神的模样，唇边笑意更浓。他披着外衫站起来，赤脚步行到她身边，然后单膝跪地半蹲下来，一只手搭在自己的膝盖上。

柳玉茹抬眼瞧他，他离她极近，静静地注视着她，墨色的眼里流淌着光。他伸出如白玉一般的手，轻轻地捏住了她的下巴，让她抬头注视他。

柳玉茹有些不好意思，才开口道："郎……"那郎字便被顾九思吞入了口里。

外面明月当空，秋海棠在月下缓缓盛开。顾九思轻轻地放开她，看着柳玉茹带着水汽有些迷蒙的眼，忍不住动了动喉结，原本清朗的声线带了几分沙哑。

他抬手抹过她的唇，低声道："你的郎君，现下正经了吗？"

柳玉茹红了脸。哪怕已经成婚许久了，面对这些事，她始终还是不如顾九思坦诚。

她紧捏着袖子，努力地控制自己的声线，可她的声音还是仿佛能滴出水来一般，低低地道："这哪里是正经？好好去看你的文书去。"

顾九思笑了笑，目光追随着她，他的视线仿佛是一只手，一路慢慢地滑了下去。这目光看得柳玉茹无法呼吸，顾九思从袖里取出小扇，挑开了柳玉茹的衣衫，道："你要我正经，无非是想让我讨你喜欢。现下若你喜欢我，便是我正经，若你不喜欢，便是我不正经。可我又听人说，大多女人爱的就是不正经。你说，当一个男人，是正经好，还是不正经好？"

柳玉茹没说话，捏紧了手里的算盘。

顾九思看着她衣衫凌乱的样子，歪头笑了笑，终于还是不忍让她受苦，将人抱回了床上。

第三章　黄河谋

第二天上朝的时候，顾九思明显心情极好。

旁边的叶世安不由得问："你怎么这么开心？"

不等顾九思回话，沈明便道："肯定是吃饱了。"

叶世安愣了愣，还有些不解。

顾九思轻咳了一声，道："世安，你的折子准备好了吗？"

"什么折子？"沈明不明白。

顾九思抬手撩起落在耳边的碎发，说得云淡风轻："昨日我遇见洛子商了，他提前回了东都，太子今日会入城。"

叶世安的脸色瞬间冷了，他转头就道："我这就去写。"

"那个，"沈明看着叶世安去找纸笔，有些不安，道，"这是要呈给陛下的折子，这么草率不好吧？"

"有什么不好的？"顾九思双手笼在袖中，温和地道，"反正陛下也想让人参子商一本。要不是我最近参的人太多，今天还用得着世安写折子？"

沈明愣了愣，觉得从顾九思的语气里听出了几分遗憾的味道。沈明想了想，道："九哥，昨儿个洛子商是不是又去给玉茹姐献殷勤了？"

自从柳玉茹帮沈明私下找了点儿活儿让他赚了些零花钱后，柳玉茹在沈明这里就变成了玉茹姐，而不是少夫人了。

顾九思被沈明看穿了心思,冷冷地瞟了沈明一眼:"没有,你在想什么?"

"不对啊,"沈明立刻道,"你这么小心眼儿的样子,明显有人得罪你了。洛子商得罪你最狠的事不就是他总关注玉茹姐姐吗?若他昨儿个没有骚扰玉茹姐,你今天会这么积极地弹劾他吗?"

"我喜欢你这个词。"顾九思的声音平淡。

沈明下意识地问:"什么词?"

"骚扰。"顾九思加重了咬字的语气。

沈明有些无奈,就说嘛,洛子商一定骚扰柳玉茹了。

叶世安的办事效率很高,尤其是在报家仇这件事上。他去借了纸笔,趁早朝还没开始,奋笔疾书,赶出了一封折子。这封折子洋洋洒洒地骂了洛子商一通,骂得行云流水,让看的人没有半点儿思考余地,可见叶世安对骂洛子商这件事早有准备。折子通篇都在强调一件事:这个人不配当太傅,赶紧换人。

顾九思看了叶世安的折子,点了点头,道:"很不错,我很动容。"

"那就这样了。"叶世安冷声道,"陛下如今已经开始怀疑他,也确定不再南伐要先安内,就不可能让他继续当太子太傅。他离太子远点儿,以后我好好教导太子,才能保证太子不受他蛊惑。"

顾九思点点头,没有反驳。虽然他打从心里觉得,以叶世安的说教水平,叶世安很难和洛子商这种专业"马屁精"抗衡。可顾九思觉得这并不重要,今日的要事只有一件,参洛子商。

于是早朝开始后不久,听到"有事起奏"时,叶世安就一个箭步迈了出来,大声道:"陛下,臣有本要奏。臣认为,洛子商师德不显,不宜为太子太傅!"

这话一出,顾九思立刻出列,赞成道:"臣附议。"

沈明看着兄弟都站了出去,觉得自己不能落后,于是也跟着出列,一脸认真地道:"臣也一样。"

某种意义上说,叶世安代表了叶家的态度,而顾九思代表了周高朗的态度。于是在沈明站出来后,一大批大臣陆陆续续地站了出来。

洛子商站在前方,神色从容淡然。

范轩看向洛子商,沉声问:"洛太傅,你可有话要说?"

洛子商笑了笑:"陛下是君,臣是臣,陛下英明,微臣怎敢多言?一切听陛下吩咐。"

这话说得大气,若是范轩还要面子,就会给洛子商一个台阶下。然而范轩点点头,直接道:"以洛太傅的才能,当太子的老师未免屈才。朕还是要还玉于宝阁,让洛大人能为朝廷做更多事才好。"范轩想了想,道,"修史乃国之大事,洛大人师从章大师,又是太子太傅,如此重要之事,便交由洛大人来做吧?"

大夏基本延续了大荣的规矩,按照大荣的规矩,每个国君的政绩之一就是修史。因此国家再穷再苦再乱,皇帝也会坚持让人修史。修史之人也常在后期受到重用,因此修史也算是一个政治跳板。比起处理那些杂七杂八的事,修史这件事最不容易出错,又最容易升官。让太子太傅修史,算得上是给太子面子,是给洛子商的恩宠了。

但顾九思心里清楚,范轩是打算先收拾了刘行知再回来收拾扬州。史官并无实权,洛子商若是失了扬州,在朝中也没什么倚仗,到时候范轩要收拾洛子商也方便。不过,朝堂上除了几个老狐狸以外,大多数人不太明白这一点,叶世安紧皱着眉头,打算再次谏言。

在叶世安开口之前,洛子商就跪了下去,恭敬地道:"谢陛下厚爱,但微臣虽师从章大师,在史学一事上却并无建树。陛下想让臣为朝廷、为百姓多做些事,臣心中十分感激,臣过去学过一些杂学,想请陛下调臣入工部,臣愿负责黄河工程,以所学之长回报朝廷,还望陛下恩准。"

"黄河?"范轩皱了皱眉头。

洛子商跪在地上,从怀中取出折子:"陛下,太子今日才入东都,尚未来得及禀报。此次太子巡视黄河,发现黄河多处需加防修缮,殿下已经命人以沙袋加防,但若不加紧修缮,日后怕是要出大乱。"

听到这些话,朝臣都有些担忧。如今到处都需要钱,朝廷财政本就捉襟见肘,要是黄河再出事,怕是不等南伐刘行知,大夏内部就先乱了。

范轩沉默了片刻,终于道:"等太子入城后,你同他一起到御书房同朕细说此事。"

洛子商叩首应声,朝上也无人敢再提撤太傅一事了。

大家心里都清楚,叶世安旧事重提,无非想要趁着太后失势找找洛子商麻烦罢了。虽然洛子商过去在扬州名声不好,但任太傅以来,没有逾矩半分,如今弹劾他,其实理由立不住脚。当初让洛子商当太傅的时候不追究这些,如今追究,分明是找事。在黄河水患面前这么赤裸裸地争权夺利，傻子也不会去干这么不讨好的事。

顾九思和江河从朝堂上一同走出来时，江河面上带着笑。见顾九思似乎有些不高兴，江河手持笏板，笑眯眯地道："参洛子商之前，没想到他有这一手吧？"

顾九思看了江河一眼，觉得有些奇怪，道："你知道？"

"黄河的事我不是不知道，"江河懒洋洋地出声，"可我若是洛子商，进东都之前我就会想到这些了。太后倒了，陆永辞官，你当了户部尚书，皇帝决定暂停筹备南伐之事，那下一个要收拾的肯定是洛子商。再考考你，"江河挑眉，"你觉得，洛子商等一会儿进了宫，会做什么？"

顾九思认真地思考起来。

江河伸了个懒腰："换个说法吧，若你是洛子商，你如今会做什么？"

顾九思顺着江河的话想。如今皇帝心里一定是想换太傅的，因为皇帝怕洛子商继续影响太子。可是洛子商已经教授太子一段时间了，该影响早影响了。太傅这个官职能不能留下是无所谓的，当务之急，是让皇帝信任自己。洛子商毕竟不是刘行知，如果洛子商表现得够忠心，范轩相信了，说不定真的会把洛子商当成一位良臣而予以重任。

"他要取信于范轩。"

"对咯。"江河笑着开口，"所以呢？"

顾九思顿住脚步，片刻后，笑起来，道："舅舅你先回去，我得去找一个人。"说完，他便转过身去找了正打算离开的叶世安。

此番让洛子商躲了过去，叶世安心中气恼得很。叶世安上了马车，冷着脸，正准备打道回府，就听到顾九思的声音。

"世安，等等！"顾九思一个箭步跨了上来，进了马车内，道，"世安，帮个忙。"

"嗯？"

"我带你进宫哭一哭。"

"啊？"叶世安整个人瞬间蒙了。

顾九思打量着他，道："你哭得出来吗？"

"你到底要做什么？"

"没啥，我觉得洛子商今天下午一定会去陛下面前说好话的。咱们要先下手为强，给陛下提个醒，告诉陛下狼崽子养不熟。"

叶世安是个聪明人，经顾九思稍稍说说，便明白过来。

以叶世安的品级，要见皇帝是不太好见的，可顾九思就不一样了，顾九思如今已经是户部尚书，要进宫容易得多。顾九思带着叶世安就回了宫，恭恭敬敬地请人通报之后，由范轩召见，终于来了御书房。

他们到的时候，范轩正在批折子。

"有什么事？说吧。"

"陛下，"叶世安哐当就跪了下来，叩首，道，"洛子商绝不可留做太傅。"

范轩的笔顿了顿。片刻后，他叹了口气，道："世安，你的意思我明白，但如今不好提这事，且再等等。"

"陛下，如今太后刚刚失势，朝内动荡，此时不提，日后便更不好提。"叶世安跪在地上，急切地道，"太子乃我大夏未来之希望，让他这样的人多教导一日，大夏便多一分危险。陛下，此人不可再留。"

"世安，"范轩有些头疼，"我理解你的心情，但朕有朕的考虑，治理黄河水患才是最重要的……"

"陛下！"叶世安提高了声音，"黄河水患重要，难道我大夏的未来、太子的德行，就不重要？！""陛下，"叶世安抬起头来，认真地看着范轩，"过去臣担心陛下会觉得臣是公报私仇，针对洛子商，因而不敢多言。可今日话已说到这里，臣也豁出去了。陛下可还记得，臣的父亲是如何死的？"

范轩愣了愣。

叶世安的身子微微颤抖，他攥紧了拳头，红了眼眶，倔强地看着范轩，道："陛下可知，洛子商掌权之时，有多少百姓冤死，多少人家破人亡？洛子商心中根本就没有百姓，只有权势，他为了权势什么都做得出来。他这样的人，怎么会真心处理黄河水患？那不过是斗争之中的托词，陛下若此时不废他，日后又拿什么理由废他？！"

范轩没有说话。

叶世安直起身子，胸膛剧烈起伏，似乎在极力控制着自己的情绪。他一贯是位翩翩君子，少有克制不住自己情绪的时候，偶然这么一次，便看得人心里无比难受。

"陛下，"叶世安的声音沙哑，"臣当年，父母健在，家中和睦，年少成名，顺风顺水。当年参加前朝科举前，家父还同陛下一起喝酒，说想要看看臣的本事，看臣能否在连中三元，不负我叶家盛名。"

叶世安的眼泪落下来，范轩静静地看着叶世安。

叶世安闭上眼，声音低哑，道："可家父看不到了，只因为叶家不愿意向王善泉低头，只因为家父想守着自己的风骨，不愿向洛子商折腰。陛下，这样没有底线、不择手段的人，您留他，就不怕太子殿下变成下一个王家公子吗！"

"叶大人！"张凤祥在一旁急促地道，"太子殿下怎能同王家那些上不了台面的货色混为一谈？您……"

范轩没让张凤祥说下去，抬起手来，截住了张凤祥的话。范轩看着叶世安，似乎也在回忆往昔。

许久后，范轩道："你的话，朕明白。你回去吧。"

叶世安重重地叩首，同顾九思一起告退。

顾九思同叶世安走出来，并肩走下台阶。顾九思沉默了很久，终于道："当年在扬州的时候，我未曾想过，竟有看见你哭的一天。"

叶世安笑了笑："不过是做戏罢了，都说过去的事了。"

顾九思没有揭穿叶世安的话。叶世安不是个会演戏的人，顾九思知道，可是人总得留些尊严。于是顾九思想了想，抬手搭在叶世安的肩上，高兴地道："我打小就知道你是我认识的人里最聪明最有能耐的，你放心吧，咱们兄弟联手，那就是天下无敌。别管什么王善泉、洛子商、刘行知，打就是了！明天我就带沈明一起先去把洛子商打一顿，等时机成熟了，咱们再把他抓过来，你喜欢清蒸还是油炸？"

叶世安知道顾九思是在说笑，洛子商好歹也是一个朝廷命官，哪里能说打就打？他明白这是顾九思的安慰，于是干脆地说了声："谢谢。"

"谢什么？"顾九思轻轻地捶了他一拳，"你的事就是我的事。"

两个人笑着出了宫，顾九思送叶世安上了马车。顾九思转身要离开时，叶世安卷起车帘，叫住顾九思，道："九思。"

顾九思回头，叶世安认真地看着他，道："有你这个兄弟，我很高兴。"

顾九思愣了一下，有些无奈地摊了摊手："没办法，谁叫我这么优秀呢？"

叶世安笑出声来，摆摆手，放下车帘。

顾九思看着叶家的马车离开，在宫门口站了会儿。宫门之上，白鸽振翅飞过，在阳光下划过一道优美的弧线。他笑了笑，自己回到了顾家马车上,离开了。

他们离开后不久,洛子商便跟着太子进了宫。进御书房之前,洛子商同范玉道:"殿下不必解释,也不必同陛下说情,周大人与陛下是生死之交,殿下说得多了,陛下也只会觉得殿下不懂事。"

范玉冷着脸,克制着愤怒,道:"周高朗那个老头子就是见不得本宫有自己的人。他的算盘本宫清楚,不就是想让父皇再生个儿子,然后废了本宫?以父皇的身子,哪里等得到那个孩子长大?到时候他们不就可以挟天子令诸侯了吗?!司马昭之心路人皆知,父皇念着过去的情谊,他们念着吗?!"

"殿下息怒,"洛子商叹了口气,"陛下是重感情的人,您如今不宜再和陛下置气。您说得越多,陛下对您的成见就越大,不妨先顺着陛下。您是陛下的儿子,天下早晚是您的,一切等时机成熟再说。"

范玉听着洛子商的规劝,终于冷静了一些。

洛子商继续道:"等一会儿殿下就按照我给殿下准备的话说就好,只提黄河水患,其他一律不要多说。"

"太傅,"范玉叹了口气,"若陛下真的让你去工部,日后本宫在宫中就当真是孤身一人了。"

"殿下,"洛子商温和地道,"臣只是去帮殿下做事,微臣永远是殿下的臣子。微臣如今去工部做事,将防黄河水患的工程建好,日后殿下登基,也少几分担忧。"

"太傅,"范玉有些难过,"若朝中大臣都如您这般,不要总想着争权夺利,那便好了。"

"殿下圣明,"洛子商低头道,"等殿下泽被天下,自有这一日。"

两个人到了御书房门口。范玉先进去,洛子商看了一眼守在门口的太监。小太监在洛子商路过时,小声道:"顾叶二人方才拜见。"

洛子商面不改色,仿佛什么都没听到一般,跟着范玉进了御书房,跪下去恭敬地行礼。范轩抬眼看了两个人一眼,让范玉起来,却没管洛子商。洛子商便一直跪着,范轩询问了范玉出行之后的事,范玉恭恭敬敬地答了。

这次范玉答得很沉稳,详略得当,范轩很快就清楚了情况,忍不住看了一眼这个儿子,感慨道:"出去一趟,长大了不少。"

"见了民生疾苦,"范玉沉稳地道,"才知自己年少无知。过去让父皇为儿臣费心了。"

头一次听到范玉说这样的话，范轩不由得感到欣慰。范轩这一生，事事都能掌控，唯有范玉这个儿子让范轩无所适从。如今范玉终于有了几分范轩所期待的模样，范轩不由得高兴起来，道："知道百姓不容易，你终于懂事了。"

范玉笑了笑，转头看了洛子商一眼："是太傅教导得好。"

这话让范轩愣了愣，洛子商还跪在地上，没有说什么。范轩沉默了片刻，同范玉道："情况我明白了，我会吩咐人去办，这次你做得很好，先回去吧。"

范玉犹豫了片刻后，恭敬地道："儿臣告退。"

范玉离开后，房间里只剩下范轩和洛子商。

范轩看着洛子商，喝了口茶，道："洛大人，这些时日，你将太子教导得很好。朕从未见过他这么听一个人的话，实在让朕有些诧异，洛大人果然手段了得。"

明眼人都明白这是嘲讽。洛子商没有抬头，许久后，慢慢地道："陛下，其实您也可以。"

"哦？"范轩笑出声来，"朕可没有洛大人这副玲珑心肠。"

"陛下，"洛子商平和地道，"让一个人听劝，不需要手段，只需要用心。"

"你的意思是，朕对太子不够用心？"范轩皱起眉头。

洛子商慢慢道："陛下作为天子，自然很用心。可作为父亲，陛下扪心自问，算得上用心吗？"

这话让范轩沉默了。洛子商说的没错，范玉成长至今日，范轩作为父亲，的确没有尽好责任。范玉的母亲去得早，以前范轩太忙，总将范玉交给家中的奶娘。等范轩有时间关注范玉时，范玉已经养成了这个性子。

"陛下不了解太子，遇到事情，要么是宠溺退让，要么是叱责辱骂，从未打心底肯定过殿下，让殿下如何认可陛下呢？陛下认为臣手段了得，臣其实也不过是以真心换真心。"

这些话都说进了范轩心里，范轩一时竟真想向洛子商讨教一下。可是范轩的脑海中又闪过一个画面，那是叶世安跪在地上颤抖着的脊梁。

范轩的心顿时冷下来，范轩道："洛大人原本在扬州也是一方诸侯般的人物，如今到了大荣来当太傅，还如此尽心尽力，朕十分感激，都不知该如何嘉奖才是了。"

洛子商笑了笑，道："陛下也不必嘉奖，若陛下真的体恤微臣，还望陛下让臣入工部，允臣主管黄河工程一事，让臣为百姓做点儿实事吧。"

范轩见洛子商说得如此果断，一时也失去了和洛子商绕弯子的想法，端了茶，淡淡地道："洛子商，其实朕的意思你也明白，但你的意思朕不太明白。"

"臣知道，"洛子商平静道，"臣放弃在扬州自立为王的机会，来大荣当一个臣子，陛下不能理解。陛下一直在防范臣，在陛下心中，臣始终是外臣。"

"既然知道，你怎么还留在大夏？"

"陛下，"洛子商抬起头，认真地道，"若臣告诉陛下，臣有不得不留在大夏的理由，陛下信吗？"

"洛子商，"范轩看着他，真诚地道，"你若说出来，朕可以信你一次。"

洛子商听到这话，慢慢地笑起来："陛下，洛某可以同您坦白一件事，"他苦笑，"其实，洛某并非洛家大少爷洛子商，洛某只是洛家的一个私生子。"

"这与你留在大夏有什么关系？"

洛子商一瞬间有些恍惚，似乎想起了什么，片刻后，苦笑起来："陛下，以扬州之能力，扬州不可能自立，最后必然依附于他人。微臣要么依附于刘行知，要么依附于陛下。微臣的亲人不多了，所以微臣不想与自己的亲人兵戎相见。"

"你的亲人？"范轩感到疑惑，"你的亲人在大夏？"

"是。"洛子商苦笑，"微臣的父亲，在大夏。纵然这一辈子，他或许都不知道，知道了也不会认我，而微臣也不想认他，可是微臣还是希望，这唯一的亲人，能够好好的。"

范轩沉默了，许久后，终于道："那你的父亲是……？"

洛子商苦笑起来，将额头点在地上，声音低哑地说出了一个名字。

范轩愣在原地，片刻后，露出恍然大悟的表情，许久后，才开口道："那你……当初为什么还要做那些事？"

"陛下，"洛子商苦笑，"以微臣的手段，若真的下了死手，又怎么会让人逃出去？"他重新低头，额头点在地上，保持着恭敬的姿势，道，"陛下，人生在世，难免身不由己。微臣知道陛下一直介意当年微臣在扬州所做的一切，可是那时候，微臣别无选择。只要王善泉还在，微臣不做那个恶人，自然有人做那个恶人，只有微臣做了那个恶人，才能保下更多人，给大家一条生路。微臣知道朝中许多人对微臣有误解，可是微臣还是希望陛下明白，微臣之所以不做诸侯而来到大夏做一个太傅，不求陛下保留微臣太傅的位置，都只是因为微臣想在大夏谋条生路。这里有微臣的家人、微臣倾慕的女子，微臣在这世上所牵挂的、留恋的一切尽在大夏，微臣不可能对大夏做什么。微臣毕竟也只是个凡人。"

凡人就有七情六欲，有爱恨嗔痴。刘行知能给他的，大夏也能给，而大夏还有洛子商的家人。

范轩看着在地上跪着的青年，一时不知该如何抉择。许久后，范轩叹了口气，道："你先去工部吧，你说的是真是假，朕会慢慢看。"

"谢陛下。"洛子商认真地回答。

范轩点点头，让他退下。洛子商行礼起身，出门之前，范轩突然道："你……要不要我帮你同你父亲说一声？"

洛子商背对着范轩，许久后，出声道："不必了。我自己知道就好。我做过什么，不指望他们明白，我自己心里清楚便够了。如今说出来，对谁都不好。"

范轩知道洛子商说的不错，叹了口气："朕明白了。"

洛子商告退，出宫之后，舒了一口气。

旁边的侍卫看着洛子商靠在马车上，有些担忧，道："主子，如今局势对您不利，我们是否要早做准备？"

"不利？"洛子商睁眼，有些奇怪地道，"我怎么不知道呢？"

侍卫愣了愣，洛子商笑了笑，靠在车壁上，没有再说话。

顾九思回到屋里时，柳玉茹正在屋中算账，算盘打得噼啪响。

顾九思进门就道："我一听这算盘声，就感觉自己听到了银子撞在一起的叮叮当当的声音。"

柳玉茹听到顾九思的话，抿唇抬头看了他一眼，责备道："你以为钱不需要赚的？"

"需要呀，"顾九思赶忙道，"我每天赚钱很辛苦的。"

"那你倒是说说你赚了多少银子？"柳玉茹抿唇笑起来。

顾九思把外套脱给木南，大声道："少说得有几百两吧。"

"这么多银子,我怎么连影子都没见着?"柳玉茹看着他走过来,笑道,"别骗我一个妇道人家。"

"这些银子都是你给的,你还不知道吗?"顾九思坐到她边上来,撒娇一般挽住她的手,靠在她肩膀上,捏着嗓子道,"这可都是人家伺候柳老板换来的卖身银,柳老板都不记得啦?"

柳玉茹哭笑不得,抬手戳了戳顾九思:"德行。"

"你戳了我,"顾九思伸出手来,"给钱。"

柳玉茹愣了愣。

顾九思接着道:"不给钱也行,看在你长得好看的分儿上,用你自己抵也行。"

"顾九思,"柳玉茹见他玩得高兴,不由得道,"今日活儿少了是吧?"

"夫人面前,什么活儿都得让道。"顾九思一脸严肃,"只要夫人临幸顾某,顾某就是赴汤蹈火、翻山越岭,也要来赴夫人的云雨之约。"

他的话刚说完,柳玉茹就把账本拍在了他的脸上,拿了一沓纸,起身道:"就知道耍嘴皮子,我不同你说了,我找财神爷去。"

"嗯?"顾九思愣了愣,"什么财神爷?"

"舅舅说了要负责咱们府上开支的,这也快到月底了,我去看看舅舅给不给得起。若是舅舅给不起,我们还是早点儿让舅舅搬出去吧。"

顾九思赶忙翻身起来,跟上柳玉茹,道:"这么做会不会显得太势利眼了?"

"怎么会是显得势利眼呢?"柳玉茹认真地道,"我们就是势利眼啊。"

顾九思愣了愣,柳玉茹笑着进了江河的院子。顾九思在门口反省了一下自己,觉得柳玉茹说的很对,自己果然太虚伪了。他跟着柳玉茹进去,江河听到通报,让他们进来,顾九思扫了一眼屋里的布置,都是名画古玩金雕玉器。四个美女尽职尽责地服侍着江河,他处理文书都靠美女来念,过得要多滋润有多滋润。

看见他们进来,江河坐起身来,笑着问:"外甥媳妇儿有事?"

"是呢,"柳玉茹柔声道,"如今到月底了,玉茹特地来给舅舅报一下这个月顾府的开销。"

江河听明白了,柳玉茹是来要钱的。他点点头:"你找江韶找钱。"江韶是江河带过来的仆人,听说以前就跟着江河。

柳玉茹应了声,随后同江河道:"舅舅确定不看一下账?"

"不就是一府开销吗?"江河摆摆手,满不在乎,道,"能有多少?"

"那我就去找江先生领钱了。"柳玉茹也没多说,站起身来,道,"舅舅好好休息吧。"

"等等,"江河不知道为什么,突然生出一种不安感,"这个月花了多少钱?"

"两千五百两。"

"什么?!"江河诧异道,"怎么会这么多?"

他觉得自己以前就很奢华了,但一个月一千两已经是极限。毕竟一个普通下人一个月二两银子,上等丫鬟也不过八两银子,两千五百两都够雇一千二百五十个普通下人了,谁家闲着没事在东都这种地价这么高的地方雇用一千多个下人?放人不需要地的吗?

柳玉茹似乎早料到江河的反应,把开销清单递了过去,道:"舅舅,这是开销清单,您过目。"

江河一把抓过清单,从上往下扫了一眼,其他的开销都算正常,只有最后一项写着"顾九思专属疗养费",金额是两千两。

"这是什么东西?"江河立刻指着这个疗养费询问。

柳玉茹笑了笑:"哦,这个是专门为您准备的特别服务。"

"什么?"江河有些蒙。

柳玉茹拉过顾九思,同江河道:"舅舅,玉茹知道您压力大,平时需要发泄,九思皮糙肉厚,您可以随便打。每个月您都可以随意管教他,放心地抽他、骂他,不用手软,这些您都已经交过钱了。九思如今也是个户部尚书了,我算过了,每个月身价也该有两百两,误工费……"

"我明白了。"江河盯着柳玉茹,嘲讽地一笑,"你这是给你夫君报仇呢?"

"舅舅怎么能这么说?"柳玉茹抬眼,面上一派温和,笑着道,"大家都是生意人,有买有卖,不是很正常吗?九思如今是我的人,舅舅要打他,自然是要付一些费用的。您若觉得贵,还有商讨的余地。"

江河不说话。

柳玉茹想了想:"舅舅是想赖账?付不起钱没关系,舅舅,我看了您以前那个府邸,现下……"

"好了好了,"江河摆了摆手,"我明白你的意思了,以后不打他就是了。你这小娘子说话拐弯抹角的,麻烦死了。"

柳玉茹依旧笑着。江河瞪了顾九思一眼："赶紧走吧，免得你家娘子又赶我。"

顾九思忍不住笑了，道："舅舅，下次多踹几脚，多来光顾啊。"

"滚！"江河从旁边抓了个枕头。

顾九思立刻道："砸一下一百两。"

江河的动作僵住了。片刻后，他怒喝："滚滚滚！"

说完，旁边人就拥上来，把他们夫妻推了出去。

柳玉茹和顾九思一起被关在门外，柳玉茹看了看顾九思，轻咳了一声，道："我是不是太过分了？"

"这有什么过分？"顾九思立刻道，"他过分很多年了！"

躺在里面的江河听到外面小夫妻的对话，大吼："滚远点儿！"

顾九思撇了撇嘴，拉着柳玉茹大摇大摆地走了。走出了院子，顾九思忍不住大笑出声，抱着柳玉茹道："还是你厉害，不然他老是欺负我。"

"哪里是我厉害，"柳玉茹笑了笑，"只是你疼爱我，舅舅给我面子罢了。"

顾九思抱着柳玉茹，高兴道："不管怎么样，我有媳妇儿疼，就是高兴。"

柳玉茹抿唇笑了笑，挽了顾九思的手，低笑道："小声些，被人听见，要说你孩子气了。"

两个人说说笑笑，走开了。

江河躺在榻上，旁边的美女给他摇着扇子。江河把手枕在头下，生无可恋地道："他们联手欺负一个老人家，太过分了。"旁边的美女抿着嘴笑。江河看着房顶，话里满是羡慕，道："我也想娶媳妇儿啊……"

顾九思和柳玉茹在江韶那里要到钱，两个人便一同回去。

柳玉茹将弄出一条专门运送货物的道路的想法说出来，顾九思拿了柳玉茹的地图过来，看了看，道："你想得挺好，有什么需要我帮忙的吗？"

有，有很多，她需要钱，也需要有人打通各个地方的关系。这条路线上有十一个停靠点，每个地方她都要建立仓库，要做这件事，她和官府的关系非常重要。可是这些她都没说，她只是笑了笑，道："没什么，我如今只是在筹备，你不用担心。"

顾九思愣了愣，这么大的事，哪能没什么需要他帮忙的？如今他是户部尚书，多少人求着他帮忙都来不及，可柳玉茹却一点儿求他的话都没说。他立刻明白了柳玉茹的顾虑，也没多说什么，只是问："和陆先生那边的人谈得如何？"

"陆先生那边有一些钱，"柳玉茹笑笑，"我手里有好几个可以让他投钱的事，他还在选呢。"

顾九思点点头，两个人一面闲聊，一面回到床上。

睡前，顾九思才道："不久就是你生日了，你想怎么过？"

"这个不急，"柳玉茹笑道，"先等你加冠吧。"

顾九思应了一声，没有多说，昏昏沉沉地睡了过去。

第二天早上，顾九思上朝之后，发现洛子商站的位置不太对，官服颜色也不太对。太子太傅是从二品，着紫服，此刻洛子商却穿着绯色官服。顾九思又打量了洛子商一眼，心里便有了数。这应当是昨日叶世安那一番痛哭的效果。

下了朝，顾九思到了工部去问，果然听到了洛子商被调任到工部任工部侍郎的事。这调令下得悄无声息，范轩明显不想声张。范轩不声张，其他人也不敢张扬，但很快所有人都听说了这件事。

范玉得知这个消息，当晚就去了范轩的寝宫。范玉来得气势汹汹，看见范轩后，忍住气，低声问："父皇，您为什么将洛太傅调到工部去？"

"这不是朕的意思，"范轩平静地道，"是洛大人自己请调的。"

"父皇，您不用拿这一套来敷衍我，"范玉焦急地道，"您不放心他，想调走他，所有人都知道。洛太傅为什么要主动请调，您心里不清楚吗？他就是希望您放心！他都退到这样的地步了，父皇您还不满意吗？！"

范轩低着头，看着洗脚盆里泛着涟漪的水，水面倒映着他有些疲惫的面容。

范玉道："太傅让我不要和您吵架，不要和您争执。儿臣改变不了您的决定，可儿臣还是要说一句，父皇，洛太傅是个好人，不该被这么误解。"他说完，便甩袖离开。

范玉走了之后，范轩叹了口气。谁是好人，谁是坏人，范轩自己都看不清楚，又怎能指望一个不到二十岁的毛孩子看清楚呢？

洛子商调到工部后，所有人都在等着看他的笑话。

工部原本就有两个工部侍郎，洛子商被调过去，其他人的位置也不可能动，于是工部侍郎的位置就增加到了三个，洛子商专门负责今年黄河的修缮。这样突然的调任，一方面，工部的人不服，另一方面，洛子商毫无根基。因此大家都觉得洛子商也不太可能做成什么事情。

然而没几天，洛子商就拟出了一份计划。这是他根据这次陪太子巡查黄河时做的记录做的黄河堤坝修缮计划，从问题到解决方案都写得明明白白，甚至连花销预算都写了出来。

工部找专人看了，所有人都对洛子商的这个方案十分满意，只是这个方案耗费人力巨大。

在洛子商做计划的时候，东都不知道为什么开始流传一个谣言，说黄河今年必有水患。防黄河水患的问题，也就成了大街小巷的热议话题。于是等这个方案出来后，工部虽然知道这个方案十分费钱费人力，还是硬着头皮将方案交了上去。毕竟如果不提出一个方案，是工部的问题，而提出方案后没有钱，就是户部的问题了。

方案送了上去，工部尚书廖燕礼大加赞扬，同范轩道："陛下，黄河堤坝若按照此法修缮，百年之内必无忧患，这实乃罕见之良策。"

范轩点点头，看向在旁边一直站着的顾九思，询问道："九思以为如何？"

"很好啊。"顾九思盯着廖燕礼，皮笑肉不笑地开口，"那先从廖大人家开始抄？"

"什么？"范轩和廖燕礼都愣了。

顾九思拿起折子，指着上面的预算，看着廖燕礼，道："咱们国库有多少银子，廖大人心里没数吗？现下国库没钱，不如从廖大人家里抄起？"

这话把廖燕礼的脸色说得不大好看了，廖燕礼僵着脸道："顾尚书，这个方案虽然比较耗钱，但这是百年大计，此时多耗一些钱财也无妨。工部只负责出方案，钱的问题就是顾尚书该解决的了。顾尚书说来说去，无非想说户部如今没有能力解决这件事。以后其他各部提出的任何方案，户部都只需要说一句没钱就能驳回了，大夏还能干什么？什么都不干最省钱！顾尚书眼里只有钱，人命哪里比得上钱重要？"

这个大帽子盖下去，廖燕礼觉得气顺了。骂架首先得站在道德高地上，无论顾九思再怎么说，只要问出一句"想过黄河百姓没有？"顾九思便输了。

廖燕礼等着顾九思的回应，顾九思却没有出声。

顾九思心里清楚，如果这个事自己拦着，黄河日后出的任何问题都要被赖到自己头上，可是他不拦，骤然动用这么多钱，必然是要出乱子的。

洛子商这是给顾九思送了一道难题，而顾九思又不能不接。

自己该怎么办？顾九思思索着，突然想起了柳玉茹。

如果现在站在这里的是柳玉茹，她会怎么做？她向来不是一个只知节省的人，她觉得开源比节流重要。她的生意需要钱，她又总能弄到钱。如果这件事不能拒绝，他该去哪里弄钱？

顾九思脑子里飞快闪过许多人，突然之间，他想到了答案。

如今最有钱的人是谁？当初王善泉缺钱，就找顾家的麻烦，如今大夏缺钱，就该找把持着扬州的洛子商的麻烦！过去，出于种种考虑，不能轻易动扬州。可如今情况不同了，这是洛子商在争取皇帝的信任，既然是洛子商提出的方案，顾九思就可以找洛子商要钱。洛子商如果不给，皇帝就再也不可能信任洛子商，就算顾九思最后拿不出钱，洛子商也要负一半责任。如果洛子商愿意给钱，那就更好。

顾九思想着，忍不住慢慢地笑起来。他抬眼看向廖燕礼，如宝石一般的眼里带了几分凉意，声音平稳，道："廖尚书，按您所说，解决黄河水患，工部是当真没有其他法子了？"

"没有！"廖燕礼梗着脖子，怒道，"黄河水患可是关系千万百姓的事情，人命关天，不能有半分差池！"

"廖尚书说的极是。"顾九思点头赞成，又道，"敢问廖尚书，这方案是谁提出来的？"

"自然是工部众人合议得出的。"

"那是谁主管的呢？"

"你问这个做什么？"廖燕礼警惕起来，"想找人麻烦？"

"廖尚书误会了，"顾九思笑了笑，"对这个方案顾某没有异议，但有一些细节上的花费，顾某想再细问一下，请问该去问谁？"

顾九思的态度平和，仿佛真的接受了这个方案，廖燕礼一时居然有了几分心虚。

其实大家都明白，这个方案好是好，但实在是劳民伤财，对于刚刚建起来的大夏而言，这笔开销是极大的负担。能建成，的确能保黄河流域百年无忧，可是谁知道大夏能有几个百年呢？

廖燕礼原本的打算是让顾九思提出反对意见，既能废掉这个方案，自己又不用担责。可顾九思居然一口应下了，廖燕礼不由得有些担忧，这么多的银子，谁出？

"廖大人？"顾九思见廖燕礼不应，又问了一遍，"这个方案是出自哪位大人之手？"

范轩见顾九思一口应了，也不好当着廖燕礼的面劝，于是轻咳了一声，道："那就这样吧。"范轩让廖燕礼先下去，之后又犹豫了片刻，慢慢道："九思，年轻人不要太冲动。"

顾九思笑了笑："陛下，我明白您的意思。只是黄河水患的确需要解决，工部提出了方案，我们就得给这个钱。"

"上次你清点国库，国库一共剩下五千万两白银是吧？"

顾九思应声道："是。"

其实国库里原本不足三千万两白银，但是加上陆永吐出来的，后来查办库银案时其他人吐出来的，以及借刘春案抄了几个大臣的家抄出来的，国库里就有了近五千万两银子。银子算不上少，但是到处都要花钱，也就显得捉襟见肘了。

范轩犹豫着问："按照工部这个计划，整个工程修建下来，花销接近一千万两，这一千万两银子，是不是太多了？"

"陛下，微臣会想办法，"顾九思沉声道，"只要陛下允微臣一件事。"

"嗯？"

"微臣打算同扬州要钱。"

范轩愣了。

顾九思平静地道："陛下，民间都说黄河接下来必有水患，现下工部给了方案，如果不实施，一旦黄河出事，必定民怨四起，到时候百姓就会把这件事怪罪到陛下头上。"

天灾临世，对于一个君主而言，本就是极大的打击，要是这个君主没处理好，那可以预知到后续就不仅仅是一场洪灾的问题了。

顾九思见范轩的神色严肃起来，便知范轩听进去了。

顾九思继续道："陛下，这几年来，山河飘摇，扬州独善其身，只有些许内乱，如今黄河要修建工程，扬州是最应当拿出钱来的。一来扬州如今也算是在我大夏境内，库银该尽归大夏，我们跟他们要钱是理所应当；二来黄河通畅，最大的受益者除了百姓，就是扬州的商人。黄河治理得当，日后扬州商人便可经黄河入司州，对于扬州而言，这是好事。"

范轩没有说话，顾九思也不再多说。

过了许久，范轩道："这事让我想想。"

顾九思应声，范轩便让他下去。

晚上，顾九思回了家，心情颇好。

柳玉茹看着顾九思的模样，不由得笑了："你好像很高兴，在高兴些什么？"

"我正愁修黄河堤坝的钱打哪儿来，"顾九思坐到柳玉茹背后，给她揉捏着肩膀，高兴地道，"洛子商就把钱送上门来了。"

"嗯？"柳玉茹挑了挑眉，觉得有些奇怪，正要再问，顾九思就将白日里的事说了一遍。

"我本来还在愁，如果他们这个计划要的钱不多不少，那我肯定是要给的。给了这些钱，我还要考虑怎么节约开支，毕竟还得为其他事做准备。结果洛子商就给我来这一出，一千万，除非我去抢，不然我绝对不可能拿得出这个钱！"

"那，"柳玉茹思索着，道，"若工部如今回去修改方案，重新交出一个花钱不多不少的方案，你不是还得出钱？"

"他们不会的，"顾九思笑了笑，"放心吧。"他靠到柳玉茹腿上，闭上眼，道，"廖燕礼把这个方案夸得像朵花一样逼着我给钱，若是我让洛子商交钱，洛子商就给我一个省钱的方案，你觉得陛下会怎么想？如今啊，洛子商要是不给钱，从此以后他在陛下面前就装不下去了，被陛下收拾是早晚的事。洛子商要是另给个省钱的方案，还不如不给呢，吃力不讨好，陛下肯定会看出他是想借着黄河水患的事为难我。你想，他为什么要揽治理黄河这个烂摊子，不就是为了自己有个好名声吗？要是最后钱跟不上，坏了他的事，他心里可不得难受死？"顾九思高兴地道，"所以呀，今儿个这一千万，洛子商出定了。"

柳玉茹见顾九思高兴成这样，不由得抿唇笑起来，抬手点在他的额头上，笑着道："你别太得意了，他这人聪明着呢，怕是还有后手。"

"不怕，"顾九思摆了摆手，"他斗不过我的。"

"玉茹，"顾九思突然想起来，"再过七日我就加冠了，你想好送我的礼物没？"

柳玉茹愣了片刻，红着脸小声道："准备了。"

顾九思听说她当真准备了礼物，立刻高兴了，也不问她准备了什么，只是拉着她的手道："你给我准备了礼物，今年七夕，我也给你准备了礼物。"

"嗯？"柳玉茹抬眼看他，"七夕也有礼物吗？"

"当然有啊。"顾九思撑着下巴看她，"逢年过节都要有礼物，七夕这样的日子更该有礼物。玉茹，"顾九思抬眼看她，目光里带了些歉疚，他伸手覆在她的脸上，唇边带了些涩意，"你嫁给我以来，我就没让你安宁过，让你受苦了。"

柳玉茹听到这话却是笑了："我没觉得苦。"她用双手握住他的手，温柔地道，"我觉得怪得很，在你身边，过得如何我都觉得不苦。"

第二日，皇帝批了工部的方案，让顾九思和洛子商共同管理此事，所有开支由顾九思负责。

出了大殿的门，叶世安和沈明就围了上来，也不顾还在一边的江河，叶世安急促地问："九思，此事你事先知道吗？"

顾九思眨眨眼，点头道："知道啊。"

"那你为何不拒了？"叶世安立刻着急起来，"洛子商那个方案，户部如何拿得出钱来？户部若是出不了钱，以后出任何问题，责任就都落在你身上了。"

"是啊是啊，"沈明也着急道，"他这明摆着就是坑你啊。"

"无妨，"顾九思笑了笑，转头看向站在一旁的江河，"不是还有舅舅吗？"

"嗯？"江河抬眼看过来，"顾尚书，这事可是您负责，在下区区侍郎，不堪如此大任。"

"舅舅过谦了，"顾九思赶紧道，"您纵横官场二十多年，这事难不倒您。"

"难得倒。"江河点点头，"太难了，我得赶紧回去睡觉了，小九思，"江河把笏板拍在顾九思的肩上，"好好表现，陛下看着呢。"说完，江河便打着哈欠离开了。

江河走了，叶世安和沈明都看着顾九思。顾九思手持笏板，叹了口气，道："舅舅不帮我，我也没办法了，走，咱哥几个去洛府走一趟。"

"嗯？"

"做什么？"

沈明和叶世安同时发问，顾九思摊摊手："要钱啊。"

叶世安和沈明都愣了愣，顾九思自己往前走，片刻后，叶世安猛地反应过来，迈了两步跟上："你这是找洛子商要钱？陛下准许了？"

"没有陛下准许，我敢去要钱？"顾九思淡淡地道，"走吧。"

三个人便直接去了洛府，洛子商接到拜帖的时候愣了，不由得道："他来做什么？"

"怕是要和您商讨治理黄河水患一事。"侍卫笑着道，"您给他这么大的一个难题，他如今怕是焦头烂额了。"

洛子商听着这话，却笑不出来。若顾九思和廖燕礼吵个天翻地覆，那顾九思就真是焦头烂额了。可顾九思这么一口应下了，洛子商反而有几分不安。如今顾九思带人出现在洛府门口，洛子商心中更是难安，但他还是让人将顾九思等人请进了院子。

洛子商抬手请顾九思坐在棋桌对面，顾九思带着叶世安、沈明往洛子商对面一坐，气势十足。

洛子商让人奉茶，笑了笑，道："不知顾大人今日来我府中，所为何事？"

顾九思不说话，摊出自己白净的手来。

洛子商有些不解，发出疑惑的声音："嗯？"

顾九思有些不耐烦，道："给钱。"

"顾大人的意思是……？"

"咱们打开天窗说亮话，"顾九思直接道，"治理黄河，没有问题，你的方案我也特别赞成，但是国库里没有钱，这一千万两，你从扬州拿过来。"

洛子商愣了片刻，低笑道："顾大人说笑了，洛某不过是一个工部侍郎，怎么能从扬州要出钱来？"

"洛大人，何必呢？"顾九思叹了口气，"都什么时候了，还装大尾巴狼，有意思吗？你让人到处散播黄河水患的事情，又在这个时候搞个百年大计出来，无非想从我这里拿钱。钱是最难办的，我要是拿得出来，黄河是你治的，功劳都在你身上，日后陛下要动你都要看看民意。我要是拿不出钱来，就是户部办事不力，你分明就是在找我麻烦。你也别揣着明白装糊涂了，这件事办好了，你能有个好名声，扬州通商也更方便，你只要出一千万两，这笔生意很划算。"

"顾大人对在下似乎有很多误会。"洛子商笑了笑，"洛某提出这个方案，只是觉得这个方案好而已。这个方案是经过整个工部的决议选出来的，并非洛某特意针对您。"洛子商给顾九思倒了茶，恭敬地道，"而扬州是王公子在管辖，在下也只不过是王公子曾经的谋士，如今在下已经来到东都，做了陛下的臣子，又怎么可能从扬州要出一千万两银子？洛某自然可以去试试，可是这钱能不能要出来，却不是洛某能定的。"

"洛大人是在推托？"

"顾大人不要强人所难。"

洛子商和顾九思对视着，片刻后，顾九思轻轻笑开："洛大人，我劝你还是现在给钱，不要把事情闹得太难看。"

"洛某不是不想给，"洛子商皱起眉头，"是当真给不了。"

"行，"顾九思点点头，起身道，"我明白了。洛大人，以后我每天都会上门要一次钱，我一定会要到这一千万两的，您且等着吧。"

"顾大人，"洛子商叹了口气，"何必呢？户部要是没钱，又何必执着于这个方案？工部还有其他方案，廖大人难道没有一并送过去吗？"

"人命关天，钱难道比人命还重要吗？黄河之事，一定要做到最好，我们不能因为心疼钱就选择次一等的方案，我们不能让黄河溃一个口子，不能让一亩良田遭到浸灌，更不能让一个百姓丧失性命！"

顾九思说完一番冠冕堂皇的话，洛子商的笑容有些撑不住了。洛子商勉强道："顾大人说的极是。"

"所以扬州的钱什么时候能到？"

"我说了……"

"黄河之事刻不容缓，钱一到，我们便可立刻开工。"

"顾大人……"

"一千万两，"顾九思靠近洛子商，一把抓住洛子商的手腕，用诚恳的语气快速地道，"洛大人，只要一千万两，你就可以拯救苍生。扬州这么有钱，洛大人你不能这么铁石心肠！"

"顾大人！"洛子商终于压不住脾气，怒道："在下可以尽量同王公子说一些好话，可扬州不是洛某的，顾大人您不要再这么不讲道理地逼迫在下了！"洛子商想要甩开顾九思的手，但顾九思的力气极大。

顾九思抓着洛子商的手腕不放，继续道："洛大人你别这么不讲道理，当初来东都时你和陛下是怎么说的？要不是扬州在你手里，你一个谋士，怎么能成为太子太傅，又怎么成为工部侍郎？你和王家的关系大家都清楚，听说王公子和您有些不清不楚的关系……"

"顾九思！"洛子商听到这样的话，彻底恼了。他从没见过这么不要脸的泼皮打法，用尽全力把顾九思推开了，怒喝道："你这是来我府上找事？你户部想向扬州要钱，就去找王公子要！我告诉你，在我这里，你一分钱都要不到！你给我滚出去！"

说完，洛子商转身便走，同旁边的侍卫道："送客！"

顾九思哪里能让洛子商这么轻易就走了，赶紧追上去，急切地道："洛大人别走，这一千万两我们还可以……"

"顾大人，"洛子商身边的侍卫挡在了顾九思的面前，抬手拦住顾九思的去路，道，"您该走了。"

"洛子商！"顾九思想绕过侍卫去抓洛子商，侍卫一拳就砸了过来。

沈明见侍卫动手，哪里忍得了？赶紧出手相助，三个人顿时和洛府的侍卫打成了一片。

洛子商气极，对管家吩咐了一声："扔出去。"之后，洛子商便直接回房了。

顾九思带着沈明和叶世安在院子里被追得乱窜，洛子商的侍卫可谓卧虎藏龙，有许多人明显是江湖高手。一番车轮战后，三个人都累了，终于放弃了抵抗，被侍卫抓着架到了门口。侍卫打开大门，直接把三个人扔了出去，然后哐一下干净利索地关上了大门。

三个人用狗吃屎的姿势扑在了洛府大门口，都不想动，怕抬起脸来就被人发现。

然而洛府门口早已围满了人，大家对着这三个穿着官袍的人指指点点。

过了片刻，顾九思终于放弃了颜面，撑着身子起来，干脆在洛府门口盘腿坐下了。

顾九思大声道："洛子商，我告诉你，今天你不把治理黄河的钱给我，我就不走了！"

"洛子商！我和你同是扬州人，你的底细我可清楚得很！你这个小杂碎，原先在王善泉身边当个谋士，专门拍马屁，把王家上下哄得服服帖帖。你在扬州迫害百姓，搜刮钱财，贪赃枉法，中饱私囊，自己富得流油,见打起来了,想找个靠山,便来了东都。扬州说是王家人在管,其实都是你在打理,整个扬州官场,哪个不是你的人?!如果不是看这个,你既没功名在身,又没什么功劳,怎么能一到东都就成为太子太傅,不靠扬州你靠什么,靠你那张小白脸吗?!"

顾九思坐在门口,如市井泼妇一般数落起洛子商在扬州做的事来。人们听到顾九思说这些,都围了过来。顾九思说得绘声绘色,旁人听得津津有味。

顾九思在外面胡说八道,洛府侍卫在里面听了几句,就跑去找洛子商,道:"主子,顾九思坐在外面编派您,这怎么办?"

洛子商用手撑着额头,有些痛苦,道:"他都编派些什么?"

"都……都是些不正经、不着调的。"侍卫有些尴尬,道,"就是说您在扬州时的事,他也没直说,但是现下百姓都猜,猜小公子……"

"小公子什么?"洛子商抬起头来,冷声询问。

侍卫闭了眼,干脆地回答道:"说小公子是您的私生子!"

"混账!"洛子商猛地起身,气得一脚踹翻了面前的桌子,怒道,"下流!无耻!混账玩意儿!"

洛子商知道不能再让顾九思这么胡说八道下去,便站起身来,带着人冲了出去。

洛子商一开门,就看见坐在大门口的顾九思。

顾九思脸上带伤,衣衫不整,头发凌乱,但这么坦然洒脱地盘腿一坐,居然就有了几分天为盖,地为席的豪爽。顾九思面前放了杯水,百姓里三层外三层地把他围了起来。沈明和叶世安有些尴尬地站在一旁的柳树下,显然不太想和此刻的顾九思扯上关系。

顾九思还在人群里胡说八道,洛子商让人分开百姓,克制着情绪走到顾九思身边,勉强挤出一个笑容,道:"顾大人,您和在下起了冲突,也不必这么自降身份地在这里诽谤在下。您还是早些回去吧,有什么事,不如明日我们朝中再谈?"

顾九思抬眼看向洛子商,道:"这块地是你家的?"

洛子商僵了脸,旁边的侍卫立刻道:"就算这地不是我们家的,你诽谤公子也是你不对。"

"我诽谤他?我有没有和大家说这些事不一定是真的?"

"说了。"百姓一起回答,亮亮的眼看着顾九思。

顾九思继续道:"我有没有说大家不要相信?"

"说了。"百姓继续回答。

顾九思接着问:"讲故事也算诽谤吗?"

"不算。"大家继续开口。

一个孩子小声问:"顾大人,你还讲不讲了啊?"

顾九思乐了,轻咳了一声,转头同洛子商道:"洛大人你看,我没诽谤你,我讲故事呢,大家都不会当真的,您放心好了。我呢,刚发现了自己新的特长和爱好,贵府门口的这些百姓非常纯朴,也和我有很多共同话题。我现在主要的事,就是向您要黄河的工程款,您拖一日,我就多来一日,正好还能和百姓多交流交流,是吧?"顾九思看向大家,张开手挥了挥,道,"给点儿掌声。"

大家看热闹不嫌事大,赶紧鼓起掌来。在一片掌声中,顾九思转头看向洛子商:"洛大人,我劝你呢,也不要挣扎了,该给钱就赶紧给钱,黄河这事耽误不得,那是要人命的事。反正你再怎么拖,这钱都是要给的,早死早超生,何必为难我们呢?"

"对啊,"一个百姓道,"洛大人,我们刚才都听明白了,扬州有钱,如今国库没钱了,黄河的工程又必须得建,您就发发慈悲,让扬州给钱吧。"

"我没钱!"洛子商努力地压着脾气,道,"各位,你们不要听他胡说,我只是一个工部侍郎,哪里能从扬州搞到钱?"

"那您找姬夫人啊,"一个百姓立刻道,"或者那个王公子,您和王公子,呃……"

"放肆!"侍卫怒喝。

洛子商知道自己说不清楚了。

这世上谣言永远比真相跑得快,尤其是这种带了风月之事的,谁都不愿去探究真相。洛子商辅佐姬夫人的确也是因为他们之间有私交,只是他们之间的关系并非这些百姓心中所想的那样,可这些百姓哪里会信洛子商的话?他们早被顾九思煽动,只等着看热闹呢。

洛子商有些头疼,抬手按着额头,终于道:"顾大人,这事我们明日商量,您也是个三品大臣,这么坐在别人家门口,不好看。"

洛子商的话刚说完,人群中就传来一声诧异的询问:"郎君?"

顾九思一听这个声音,吓得从地上跳了起来。

柳玉茹从人群中走出来，看了看洛子商，又看了看顾九思，有些疑惑，道："这是……？"

"娘子来了。"顾九思没想到自己这副熊样会被柳玉茹看到，有些尴尬，道，"今日怎么没去店里？"

"正巧路过。"柳玉茹的目光落到顾九思的脸上，她立刻惊道，"郎君，你这是怎么了？"

"没……没……"顾九思结巴起来。

他的话还没说完，旁边一个百姓就大声道："夫人，方才顾大人被洛家的侍卫打了。"

柳玉茹惊讶地看向洛子商，顾九思赶紧道："不严重……"

"被扔出来的！"另一个百姓立刻补充。

柳玉茹立刻看向顾九思的脸，顾九思接着道："真的不……"

"脸着地的，哐的一下，听着就疼！"

"你能不能闭嘴？！"顾九思终于忍无可忍，朝着百姓大喝。百姓静静地看着顾九思，顾九思有些尴尬地回头，接着解释道："真的不太疼……"

然而柳玉茹还是当场红了眼眶，一把握住顾九思的手，怒道："夫君，他们欺人太甚了！"

"嗯……"顾九思低着头，没敢说话。

柳玉茹回过头去，盯着洛子商，道："洛子商，我家郎君好歹是正三品的尚书大人，你居然放纵侍卫殴打朝廷命官，还有没有王法，有没有尊卑？！"

"柳玉茹你要讲道理，"洛子商简直要被这对夫妻气疯，抬手指着顾九思，怒道，"是他上我家门来找我要钱，我不给，他就死赖着不走。他不仅想动手打我，还打伤了我家许多侍卫。"

"你胡说！"柳玉茹一把抓过顾九思，道，"我家郎君向来斯文得体，虽然长得高些，可身形瘦弱。你们家侍卫有多少人，他能打得过？洛大人，您要诬陷人也要有个限度。"

"我诬陷？"洛子商一把抓过旁边的侍卫，指着他脸上的淤青道，"那你告诉我这是谁打的？你当所有人的眼睛都是瞎的吗？"

"那明显是沈明沈将军打的！"柳玉茹理直气壮地回答，在旁边的柳树下的沈明噗地把正吃着的刚买的豆腐花喷了出来。

柳玉茹指着沈明道："看体形，看凶狠程度，怎么看这都是沈将军干的！我夫君一个文臣，能做出这种事来？"

洛子商："……"

沈明、叶世安："……"

顾九思站在柳玉茹背后拼命点头。

柳玉茹深吸了一口气，接着道："方才我路过，听明白了，如今要治理黄河，您不愿出钱。钱这东西谁都在意，我是商人，这个道理我懂。可是您为此打人，是不是太过分了？"

"我不是不愿出，而是没钱！"洛子商快要崩溃了，"你们夫妻能不能讲讲道理？"

"九思，"柳玉茹回头，握住顾九思的手，道，"洛大人的心始终在扬州，百姓的生死与他没有半分关系，你也不必求他了，我们自己想办法。我们卖商铺、卖房子、召集百姓一起捐钱，总能把黄河治理好的。这天下没有比百姓安危更大的事，我愿陪你风餐露宿，一起吃苦，你是一个好官，我们不能学某些人。"

"娘子说的对，"顾九思叹了口气，"是我想岔了。我本以为洛大人也是个好官，体恤百姓，没想到……罢了罢了。"他摆摆手，"我这就告辞。"

"告辞。"柳玉茹说完，挽着顾九思便走了。

顾九思走得一瘸一拐，柳玉茹还不忘关心他，道："郎君，你这腿没事吧？"

"没关系，"顾九思叹了口气，"娘子不必担心，应当没断。"

两个人互相搀扶着上了马车。

上了马车后，两个人对视一眼，忍不住笑出声来。

叶世安和沈明跟着上了马车，看见坐在一旁抱着肚子笑的两个人，叶世安叹了口气，道："太浮夸了。"

"管他呢？"顾九思坐在一边，抛着苹果，道，"反正如今该说的都说了，之前他到处散播黄河水患的谣言，净在外面胡说八道，搞得好像这事谁拦着谁就是罪人。今天我就以其人之道还治其人之身，让他感受一下一顶大帽子扣下来的感觉。"顾九思嗤笑一声，"不是站得高就是对的，天天扣高帽，搞得大家都做不了事。这种人，我也得送他个帽子戴戴。"

"你们啊，"柳玉茹叹了口气，拿了药瓶子，坐到顾九思身边，给他上药，道，"去闹就去闹，怎么还让人打成这个样子？我听说你们被人打了，吓死了。"

柳玉茹一听说他们三个人被人从洛府扔出来,便赶紧跑了过来,一过来就遇上顾九思骂街,见顾九思精力旺盛,她心里才稍微舒服了些。

顾九思的伤口被她吹着,有些疼。他龇牙咧嘴地道:"不留点儿伤,明儿个就说不清楚了。还好今天世安和沈明跟着我来了,不然我可能真的会被他们家侍卫揍死在洛府。"

顾九思想起什么来,赶紧同叶世安和沈明道:"明儿个洛子商肯定会参我们一本,脸上的伤千万要留着,明天陛下若开口说这事,你们什么都别说,直接跪下道歉,其他话我来说。"

"那你还上药?"沈明有些气愤,"而且还没人给我们上!"

"自己娶媳妇儿去。"顾九思有些得意。这话出来,沈明和叶世安沉默了。

柳玉茹犹豫了一下:"那这药还上不上了?"

"上上上。"顾九思立刻道,"我还要吹吹。"

"够了!"叶世安和沈明齐声开口,把顾九思拖了过来。顾九思挣扎,两个人就按着他,顾九思哇哇大叫起来,柳玉茹在旁边笑着,转头看向窗外。夕阳西下,正是好时光。

晚上,三个人都没处理伤口。第二天,伤口的颜色更深了,三个人就顶着这样的脸上朝。

朝堂上,商讨完一些大事之后,范轩就道:"顾九思、叶世安、沈明,我接到一封折子,说你们三个人强闯洛大人的府邸,还打伤了许多侍卫,你们作何解释?"

"陛下,"三个人整齐划一地站出来,干净利索地跪下来,齐声道,"微臣知错。"

道歉道得这么诚恳、这么迅速,倒让在场的人都说不出话了。

顾九思抬起带伤的脸,认真地道:"陛下,微臣知错。微臣昨日也是为黄河款项一时着急,才同洛大人起了冲突。微臣报国情切,还望洛大人见谅。"

"无论如何,在他人宅邸动手,都是你们不对。"范轩轻咳一声,随后道,"就罚你们三个月的月俸吧。"

三人谢了恩,这事就算完了。

出门之后,沈明嘟囔道:"咱们该辩解一下。"

"事情解决了。"顾九思开口。

叶世安看过来,有些茫然,道:"什么事情?"

"洛子商同意放钱。"顾九思伸了个懒腰,"我也就放心了。"

"你怎么知道?"沈明有些蒙。

叶世安想了想,道:"咱们三个人脸上带伤,明显是我们占理,可陛下想都没想就罚了我们,必然是在向洛子商表态。而陛下对洛子商的态度好转,只能是因为洛子商答应给钱。"

"聪明。"顾九思将双手笼在袖中,往前走,"洛子商如今怕是要气得吐血了吧。"

"扬州越弱,日后他的路就越难。"叶世安皱起眉头,"不过我不明白,你说他到底为什么一定要来东都呢?"

"是啊,"沈明立刻道,"我怎么想都觉得,他一直待在扬州坐山观虎斗对他而言更好。"

这问题让顾九思沉默了,许久后,他笑了笑:"谁知道呢?他自然有他的原因,我们不必多想,就等——"顾九思勾起嘴角,看向远处洛子商的马车,"事情发生的那天吧。"

叶世安和沈明顺着顾九思的视线看过去,便见远处的洛子商卷起车帘。洛子商察觉到他们的目光,远远地朝他们点了点头,三人回了个礼。

过了几天,范轩就将顾九思叫到了宫中。

"洛子商联络了姬夫人,"范轩敲打着桌面,道,"一千万两银子,扬州会给,但是有个条件。"

"嗯?"

"一千万两银子不是白给的,姬夫人希望大夏将幽州债推广到全国,她表示扬州愿出一千万两银子购买大夏国债。"

听到这话,顾九思沉默了。

天下大乱后,王善泉在扬州自立为王,称怀王。王善泉死了之后,扬州一番内斗,最后王善泉十五个儿子里最小的一个,王念纯,当了怀王,剩下十四个都被洛子商杀了。王念纯的母亲便是姬夫人。

姬夫人虽是舞姬出身,但听闻她也曾是前朝贵族,家道中落后被充作娼妓,后来因善舞貌美被王善泉纳入府中,生下王念纯后当了妾室。

洛子商之所以在一群夫人中选择了姬夫人,最重要的原因就是她容易被控制。王念纯如今不满五岁,姬夫人身份低微,如果不倚仗洛子商,他们母子根本没有压住扬州的能力。如今洛子商和姬夫人合作，姬夫人守住扬州，洛子商在东都当官。

且不论洛子商为什么要留在东都，但以他和姬夫人的关系，很明显，这一千万两的国债不是姬夫人提出的，而是洛子商的意思。

这样看，洛子商还是想为扬州保存一份实力。如果大夏发行整个国家范围的大夏债，自然会保证信用体系。若大夏不偿还国债，就是自毁长城，因为一旦这样做，再想卖国债就很难了，而这是一笔极大的流动资金。

而洛子商就算之后转卖这一千万两银子的国债，也能收回一笔钱。

顾九思突然有些佩服洛子商，洛子商总能在绝境下，给自己找出一条更好的路来。

"你觉得如何？"范轩抬眼看他。

顾九思道："臣并无想法，全听陛下吩咐。"

范轩沉默了很久，道："洛子商同朕说，要扬州拿出这么大一笔钱来，他必须安抚其他人。朕明白他的难处，若朕在他这个位置上，也的确做不到这样。他愿意把一千万两银子拿出来，便已经证明了他的诚心，这事你觉得朕当如何？"

顾九思知道范轩在犹豫，想了想，同范轩道："微臣以为，国债是不能放的。开放国债，其实是基于百姓的信任，前提是有一个稳固政局和好的税收。幽州债之所以能运行，是因为内子清楚地算过未来幽州财政税收以及其他收入，知道幽州有偿还的能力。可如今这笔钱用在治理黄河上，陛下能保证盈利吗？若是不能，陛下又怎能开放国债？扬州购买了国债，然后转手卖出去，接手的就是老百姓，到时候朝廷若是还不上这笔钱，朝廷的名誉怎么办？"

范轩叹了口气，点点头，道："朕明白。但如果不给扬州一些甜头，洛子商怕是也弄不到这笔钱。"

顾九思没有再说话。

范轩抬眼道："算了，你回去再想想，我再找人问问。"

顾九思应声下去。

第四章　悦神祭

顾九思回到顾府，柳玉茹正领着人查看账本。

如今"神仙香"在东都卖得不错，第二批米也从望都运送了过来。柳玉茹看见顾九思回来愁眉不展，有点儿担心。叶韵看了柳玉茹一眼，柳玉茹轻咳了一声，同叶韵道："我先去看看九思。"

叶韵笑了笑便转身离开，抱着账目，想着去清点米粮，想得太入神，低头急急往前走着，突然就撞在了一个人身上。她差点儿摔倒，对方一把拉住了她，笑着道："姑娘走路可要小心了。"

这声音如清泉落峡，叶韵愣愣地抬眼，便看见一张极为俊美的面容。他看上去三十出头，眼中已带了几分历经世事的通透。叶韵一时看愣了，片刻后才回过神来，退了一步，道："见过江大人。"

她早听闻顾九思的舅舅江河住进了顾府，看着这张和顾九思有几分相似的面容，要猜出这个人的身份也不难。

江河挑了挑眉，道："哟，认得我？"

"民女乃神仙香的主事叶韵，听少夫人提起过您。"叶韵回答得恭敬。

江河不由得多看了叶韵几眼，笑眯眯地道："叶家大小姐是这个脾气，倒是出乎我的意料。看来，玉茹身边的姑娘个个都厉害得很。"

叶韵低着头没说话，她从没见过这么好看的男人，这人和顾九思长得很像，却多了几分顾九思没有的气质，这样的气质对女人来说是致命的。

江河见她窘迫,笑了笑,柔声道:"叶小姐有事先去忙,江某便不送了。"

叶韵沉稳地应了声,便退了下去。她出门之后,沈明从院子里出来,高兴地道:"我听说叶韵来了,人呢?"

"叶小姐走了。"下人笑着道,"沈大人下次要来早些才好。"

沈明有些不高兴了:"她也不知道等等我。"

旁边的人都抿着唇笑,江河听了一耳朵,道:"追姑娘呢,可要主动些。"

"谁追姑娘了?!"沈明立刻怒了,嘀咕道,"我……我有事找她呢。"说完他就转身跑走了。

柳玉茹送走叶韵,便去找了顾九思。顾九思进屋之后一直没说话,坐着低着头不知在想什么。柳玉茹走过去,温和地问:"怎么了?"

"洛子商答应给钱了。"顾九思叹了口气,"可他说,光是他答应不行,要扬州拿出这么多钱来,阻力重重,我们必须给扬州一些甜头才行。"

柳玉茹思索着,道:"他说的也不无道理。"

"我明白,"顾九思抬起头来看柳玉茹,"所以我才愁啊。国债不可能放给他,因为这笔钱我根本不打算还。我让扬州出这么大笔钱,就是想削弱扬州。由着扬州天天看着我们和刘行知斗,万一洛子商有异心,简直是养虎为患。"

"陛下应当也想到了。"柳玉茹道,"要扬州出这笔钱,其实也简单。"

"嗯?"顾九思抬眼看向柳玉茹。

柳玉茹笑了笑,道:"九思你想,一般来说,在扬州当官的,家中都有人经商,官商密不可分,对吧?"

顾九思愣了愣。他们俩都来自扬州,对于扬州官场政商一体这事,顾九思也清楚。

柳玉茹温和地道:"所以扬州官场代表的其实是扬州商人的利益,一旦扬州商人同意了这件事,那这件事也就没什么阻力了。他们要甜头,我们给这个甜头就是了。"

"那我们给什么好?"顾九思看着柳玉茹,连忙询问。

柳玉茹犹豫了片刻,想了想,终于道:"九思,不如我去找洛子商谈谈。"

"你去谈?"顾九思愣了愣。

柳玉茹点头道:"对,我私下找他谈。"

顾九思没说话。

柳玉茹抬眼看他,明白了他在想什么,沉默了片刻,又道:"那我让韵儿去谈……"

顾九思深吸了一口气,突然开口:"你去吧。"

柳玉茹有些诧异,道:"你……你不是不喜欢……"

"我是不喜欢,"顾九思苦笑起来,"可是我本来就是个醋坛子。你是做生意的人,我不喜欢,你就不去谈,显得我太小心眼儿了。"他大方地道,"所以你去谈吧,只要你的心在我这儿,你去见谁都行。"

柳玉茹听到这话,用团扇遮住半张脸,低低地笑起来。

"你笑什么?"顾九思皱起眉头,故作不高兴,道,"这时候,你不是该感动吗?"

"郎君孩子脾气,"柳玉茹抿着唇笑,"洛子商与我一共就说过三次话,你就记到了现在,你说自己是个醋坛子,的确没错。"

顾九思也知道是自己敏感了些,觉得理亏,赶忙换了话题,道:"你什么时候去找他?"

柳玉茹想了想,转头看了一眼外面的天色,道:"要不就现在吧。"

"啊?"

"不妥?"柳玉茹转头看他。

顾九思轻咳了一声,随后点头道:"妥妥妥。"

柳玉茹定下来,便让人去准备东西。她拿了自己准备开商道的地图和各种预算方案,换了身衣裳,便去了洛府。

柳玉茹前脚出门,顾九思后脚就换了套衣服,一路尾随她到了洛府。柳玉茹递了拜帖,顾九思便绕到后院去,想要翻墙进去。然而想了半天,他发现,要悄无声息地进去,难度可能有点儿大,而且进去后也做不了什么。他一时有些沮丧,想了想,又有了一个绝妙的主意。

他赶到一家成衣店,一进去就同老板道:"老板,快,来帮我打扮一下!要把我打扮得特别好看,女人见着就喜欢的那种!"

柳玉茹的拜帖送进去时,洛子商正在钓鱼。

管家刚把顾家的拜帖送进来,洛子商看见顾家拜帖特有的花纹,眼皮一跳,立刻道:"不见。"

"是顾少夫人。"管家恭恭敬敬地说。

洛子商愣了愣，下意识地问："顾九思呢？"

"顾大人没来。"

洛子商皱起眉头，想了想，捉摸不透柳玉茹一个人来是什么意思，但最后还是点了头，让人将柳玉茹请了进来。柳玉茹毕竟是女眷，洛子商见她不能像见顾九思一样随意，便先去换了套衣服，然后才到了客厅。

洛子商到客厅的时候，柳玉茹正在看客厅的一幅山水画。她穿着一身水蓝色薄纱长裙，露出她修长的脖颈，如同一只优雅的鹤。

他没有惊动她，在门口静静地站了一会儿，注视着她的背影。

片刻后，柳玉茹回过头来。看见洛子商站在门口，她愣了愣，随后便从容地笑起来，柔声道："洛大人。"

"柳夫人。"洛子商点点头，叫了她的另一个称呼。

她做了许久的生意了，生意场上，大家都开始尊称她"柳夫人"。能够不依附于夫家的女子，才有资格冠上自己的姓氏。

柳玉茹并不纠结于称呼，笑了笑。

洛子商走进客厅，请柳玉茹入座。

坐下之后，洛子商才道："柳夫人对方才那幅画有兴趣？"

"这幅画是洛大人画的吧？"柳玉茹看着洛子商，道，"这是扬州城外的一个地方，妾身识得。"

洛子商喝了口茶，点头道："的确，柳夫人也去过？"

"年少时，母亲每月都会带我去隐山寺祈福，这地方倒也是认识的。"

洛子商喝茶的动作顿了顿，他换了话题，道："柳夫人无事不登三宝殿，应当不是来找洛某叙旧的吧？"

"自然不是，"柳玉茹拿了几张图纸出来，"玉茹此番前来，是想同洛大人谈一笔生意。"她将图纸铺在了桌上。

洛子商走到桌边，看着桌上的图纸，疑惑地道："这是……？"

"这是玉茹日后的商队路线。"柳玉茹的声音平和，她指着图上的路线，道，"这支商队主要取道水路，北起幽州，南抵扬州，西达司州，东出海外，中途可转成陆路，这张运输网可保证在最低成本下，最大限度将货物卖到更远的地方。"

洛子商静静地盯着这些图，不知道柳玉茹是怎么会想到这样的东西。通过建立仓库、规划路线、合理搭配陆路和水路的方式降低成本，他怎么想都不明白，一个女人怎么会想这些东西？

柳玉茹见他不说话，继续道："这条路线里，如果要从扬州到司州，黄河会是一条关键的河道。"

洛子商抬眼看她，勾起嘴角："柳夫人说笑了，黄河并不适合通航。"

柳玉茹摇摇头："黄河适不适合通航，全看洛大人。"

柳玉茹铺开了第二张图，这是洛子商提出来的治理黄河的方案。黄河治理，一方面在于修缮堤坝，另一方面则看分流的方式。洛子商提出的方案中，河道从故道接入泰山北麓的低地中，那里地势平缓，水流自然不会太急。

"如果按照洛大人的这个方案，黄河在百年内都适合通航。"柳玉茹指着洛子商的规划中的几个关键点，"而洛大人的方案里，只要这一个堤坝口往南开，就可以让黄河分出一支，流入淮水。到时候，商队就可以借这条水道从扬州直入司州。"

洛子商盯着地图，确认再三后，发现柳玉茹说的没错。如果按照这个法子治理黄河，那日后扬州水运便会更发达。

柳玉茹见他沉思，就开始细细地解说起来，从哪里开始出发，用什么船，花几日可到……

柳玉茹说话的时候离洛子商不远，因为图纸就这么大，离得太远她就看不清了。可她又没有离他太近，与他保持了一个极其得体的距离。然而她身上的玉兰香若有似无地飘过来，缭绕在他鼻尖，让他有些心绪不宁。

过了片刻，柳玉茹终于说完，抬眼看他："洛大人觉得，妾身这个想法如何？"

洛子商被这一问唤回了神，不着痕迹地退了一步，笑了笑，道："柳夫人的想法是极好的，只是在下还是不明白，柳夫人来说这些是为什么？"

"洛大人，"柳玉茹低头开始收图纸，声音平和，"妾身来说这些，就是希望与洛大人合作。治理黄河所需款项一事，洛大人可以回去同扬州那些人再商讨商讨。方才我给您算过，如果这条航道开通，大家的运输成本都能降低至少一半。扬州以水运发达立足，这件事对扬州来说有利。而洛大人若答应，"柳玉茹笑了笑，"妾身可以将此当作洛大人投入妾身商队的本钱，日后凡是在我的商队运输的扬州货物，我都可以少收一成的费用。"

洛子商点点头，道："在下明白了，柳夫人，"他笑起来，"这是为了夫君来当说客了。"

"既是为了夫君,也是为了自己。"柳玉茹喝了口茶,淡淡地道,"洛大人要不要考虑拿点儿钱入股?"

这话把洛子商说愣了,柳玉茹继续给他分析这个商队的利润。这个商队若是真的建成了,利润可以说是惊人,哪怕是见多识广的洛子商,也忍不住心动起来。柳玉茹说话时很平稳,这种平稳给了人一种说不出的信任感,让人觉得她并非在说服人,而是在说一件客观的、毋庸置疑的事情。

"若洛大人不放心,商队开始运营后,您所投的钱,我每年还您一部分,就当这钱是您借给我的,您看如何?"

洛子商听着这话,心里蠢蠢欲动。虽然他现在在当官,可是谁都想要有私产。他心里非常清楚柳玉茹要做这件事,只要能做下来,就能能赚到多少钱。

柳玉茹看着洛子商的神情,知道他心动了,便道:"洛大人,其实您也不用多想,这件事对您来说,是只有赚没有亏的。您如今只需要做两件事,给钱,治理黄河。在给钱这件事上,如果生意好,您可以每年领分红,要是亏本,本金我还您,对您来说可以说是毫无风险。而黄河的工程修好了,您必将青史留名。而且在工程完工之后,您在百姓中的声望那就不一样了,到时候任何人要动您,都要考虑一下民意。"

"既然这样好,"洛子商想了想,"柳夫人为何要找洛某呢?"

"这个问题,很明显。"柳玉茹喝了口茶,毫不犹豫地道,"因为你有钱。"

洛子商愣了片刻,忍不住笑起来,有些无奈地道:"柳夫人,你这个人真的是……"

柳玉茹面色不变。

洛子商喝着茶,摇了摇头,道:"罢了罢了,柳夫人,说实话,您的口才太好,我实在想不出什么回绝的理由。容在下最后问两个问题。"

"您请。"

"如果我拒绝,你打算怎么对付我?"

柳玉茹抬眼看他,洛子商饶有兴趣地盯着她。

柳玉茹顿了片刻后道:"若洛大人拒绝,我会建议陛下对所有扬州来的货物征税。"

洛子商做出倒吸一口凉气的表情:"果然唯女子与小人难养。那,"洛子商接着道,"最后一个问题。我往日做过那么多伤害顾家和叶家的事,您还与我合作,没考虑过叶世安和顾九思会怎么想吗?"

柳玉茹想了想,道:"我是一个生意人。你们的事与我无关。"

洛子商拍着腿哈哈大笑道:"柳夫人,您可真不会说谎。"

柳玉茹面色不变,洛子商停下笑声,靠到椅子上,盯着柳玉茹,温和地道:"柳夫人不说实话,我替柳夫人说。柳夫人想的必然是,短暂合作无所谓,先把钱骗到手,日后再来收拾我。"

柳玉茹没有半分被揭穿的羞恼。过了片刻,见洛子商还在等她的反应,柳玉茹放下茶杯,淡淡地道:"把话说得这么明白,妾身都有些不好意思了。"

"所以,"柳玉茹的目光落到洛子商的身上,"洛大人的决定是什么呢?"

"嗯,洛某这个人,天生反骨,若是其他人来,洛某大概还要再想想。不过,"洛子商看着柳玉茹,态度放软了,"若是柳老板,在下心甘情愿被骗。"

"哦?"柳玉茹笑起来,"洛大人说的可当真?"

"当真。"

柳玉茹露出温柔的笑容:"那您要不要考虑再拿点儿钱来,我这里还有个工程……"

洛子商愣了愣,随后就听柳玉茹开始介绍她的另一个缺钱的项目。洛子商好半天才缓过来,抬起手拍在自己的额头上,痛苦地道:"啊,柳老板真是不好骗。"

"既然骗不了洛大人,那在下就告辞了。"柳玉茹站起身来,洛子商也没留她,送她出了洛府。

等她走出去后,洛子商回到客厅,看着山水画,许久后,低头笑了笑。

而柳玉茹出门之后,刚进马车,就看见了坐在马车里的顾九思。他身着红色外袍、白色单衫,头顶镶珠金冠,手握一把小金扇。红色袍子上用金线绣着金菊,让他整个人艳丽非常。顾九思的容貌是极其适合这样的打扮的,他本来就美貌惊人,穿成这样,便好看得出奇,让人根本移不开目光了。柳玉茹愣了片刻,便看见顾九思转过头来朝她笑了笑。

顾九思柔声道:"路上想你,便来等你了。"

柳玉茹听到他这样说话，再对上那双漂亮的眼睛，心跳不由得快了半拍。

她笑了笑，低下头，道："那便回家吧。"

顾九思应了一声，让柳玉茹坐到自己身边来。柳玉茹坐到他边上，手里抱着图纸，片刻后，实在没忍住，笑出声来。

顾九思愣了愣，随后道："你笑什么？"

"九思，"柳玉茹抬起眼来，看着面前还特意上了妆的顾九思，压着笑，道，"你吃醋的方式还真是不同寻常。"

顾九思知道柳玉茹看穿了他的心思，也没觉得害臊，干脆地道："优秀的男人从不惧怕竞争。"他笑着睨了柳玉茹一眼，"尤其是，如你家郎君这样俊的。"

顾九思那斜斜一睨，带了种说不出的风流意味。江河在东都当了二十多年风流公子，凭的就是那双眼睛，顾九思的眼睛生得像他，又多了几分少年的清澈。贵公子挑逗人心的本事混杂着少年人的干净，真是能让一个女人快溺死过去。

柳玉茹忍不住红了脸，扭过头去，摇着团扇岔开了话题，道："事情我谈妥了。"

"嗯？"顾九思有些好奇，"如何谈妥的？"

柳玉茹将大概情况说了一遍，顾九思有些不安，道："洛子商会这么好说话？"

"自然是的。"柳玉茹笑了笑，"他愿意入股我这个商队，那他就也是老板了，事关他的钱，他自然会卖力。这件事对于他来说，名已经是他的了，如今又得了利，而且扬州商人那边的问题也解决了，他若还是不听劝，就真该给扬州加税了。"

顾九思点点头，道："还是夫人厉害，夫人出马，什么事都能搞定。"

"我也是为了自己的生意。"柳玉茹想想，又道，"这事你便装作不知道吧，说句实话，我是不愿你同我的生意有太多牵扯的。"

"嗯？"顾九思感到疑惑，"是怕我影响你做生意吗？"

"是怕影响你。"柳玉茹叹了口气，道，"九思，我不想有一日，我会成为你的拖累。"

"这怎么会？"顾九思笑起来，"放心吧，我们家若要说拖累，也是我拖累你。你瞧瞧，今日你又为了我，去给人送钱了。"

"这哪里是送钱？"柳玉茹瞪了他一眼,"我明明是去谈生意的。他若不治理黄河,我这边到东都还需绕好几条道。他治理了黄河,我的商道就能直通到扬州了。"

"是是是,"顾九思点头道,"都是你聪明。"

两个人一路说说笑笑回了家。

过了几天,洛子商便转交了来自扬州的折子,扬州愿意承担全部工款。朝臣都放心了,紧接着就开始做前期准备。柳玉茹也开始四处游说商家,筹钱建商队。

筹备商队这件事绝非她和洛子商两个人的钱就足够的,洛子商出了三成。为了保证话语权,柳玉茹自己出资两成,又作为整件事的主管,以工代资另外拿了两成股份。至此,柳玉茹还需要找其他人来买下余下三成的股份。

柳玉茹知道陆永和江河手里有钱,便天天上陆府找人,晚上则回来了就念叨江河。

江河不堪其扰,只能找到顾九思,同顾九思道:"你管管你媳妇儿,她想钱想疯了,张口就找我要一百五十万两银子。一百五十万两银子！她以为国库是我家的？！她简直是疯了。"

顾九思看着江河发火,双手笼在袖中,斜靠在长廊的柱子上,笑着道:"舅舅,不就一百五十万两银子吗？玉茹这么可爱,她想要,你就给她嘛。"

江河听到这话,震惊地看了顾九思片刻,深吸了一口气,道:"是我错了,你脑子有病,我不该同你说这些。"江河给了顾九思一锭银子,挥了挥手,道,"赶紧走吧,找个大夫好好看看,多吃药,别耽误病情。"

"谢谢舅舅打赏。"顾九思高兴地道,"我这就走了。"

江河见告状无效,只能躲着柳玉茹,这一躲,就躲到了顾九思加冠那天。

顾九思加冠那天宴请了很多人,连范轩都来了。范轩能来,足以让众人看出范轩对顾九思的恩宠,顾九思连忙让范轩上座。

"我今日是以长辈的身份来的,若不嫌弃,便让我做个大宾吧。"范轩落座后,便朝顾朗华开了口。

顾朗华微微一愣,随后立刻和顾九思等人一起跪了下来,高兴地道:"谢过陛下。"

做大宾,就要赐字,得皇帝亲自赐字是比做天子门生更大的荣耀。顾九思心里明白,这是范轩在给他铺路。

顾九思行了个大礼,认真地道:"谢过陛下。"

一切准备就绪后,正式的加冠礼开始。这一天的顾九思没有嬉笑打闹。他神情严肃,按照礼仪,在江河的帮助下,分别戴上了缁布冠、皮弁、爵弁。顾九思每换一次头冠,都要向所有人展示一遍,请范轩唱一遍祝词。

柳玉茹看着顾九思身着礼服,头顶华冠,神色郑重地向众人行礼的样子,有种说不出的感觉从心里涌上来。那就像是种了一朵花,亲自播了种,然后看它破土而出,看它张扬盛放。这一路她陪他走过,看见花开的那一瞬间,自然会比旁人更动容。

加冠完毕,顾九思便跪在地上,等着范轩赐字。

范轩看着顾九思,温和地道:"爱卿今年二十,就已是朝廷栋梁,朕的肱股之臣。朕常对太子说,日后的天下是你们年轻人的,这话如今朕也要同顾爱卿说一遍。日后的天下,是你们年轻人的。顾爱卿有惊世之才,日后当为国之重器,朕愿顾爱卿有玉之品性,似玉之高华,因而给爱卿赐字'成珏'。"

听到这个字,顾九思眼神微微一动,低头叩首谢恩。

礼成,大家留下来用宴。范轩被单独安排在一个厅中,由顾九思陪着。

范轩看着面前这刚加冠的青年,笑了笑,道:"你可知朕为何给你取字成珏?"

"珏乃双玉,"顾九思平淡地道,"玉中王者。陛下一来希望微臣成为一个君子,二来是在提醒臣好好辅佐太子。"

两块玉才成珏,若只是一块玉,也不过是个普通的君子罢了。没有主子的臣子,不过是在黑暗中摸索的路人。

范轩笑了笑,温和地道:"朕向来知道你聪明。九思,"他抬眼看向顾九思,叹了口气,道,"你还年轻,时日还长。日后,太子便靠你了。"

顾九思听到这话,垂下眼眸,终于还是躬身行礼,道:"臣必当尽力。"

范轩似乎就是在等着顾九思这句话,点了点头,有些疲惫地道:"行了,你去陪你的朋友吧。朕老了,在你们这些年轻人的局里,也不大合适。"

顾九思恭敬地将范轩送到了门口。

范轩离开后,顾九思一回院子,就看见石桌上摆满了酒坛子。沈明、江河、叶世安等人围了一圈,就等着顾九思回来。

江河撑着下巴,看着走过来的顾九思,笑着道:"来,小九思,今日你加冠,舅舅便让你知道,一个男人该如何喝酒。"

顾九思露出害怕的表情,退了一步,道:"那个……不必了吧?"

"九哥,你别怕。"沈明立刻拽住了顾九思,"我会帮你看着的,等你醉了,我把你扛回去。"

"这个……玉茹会不高兴的。"顾九思继续推辞,"万一喝醉了怎么办?"

"无妨,"叶世安笑了笑,"我已同玉茹说过,玉茹不会说什么的。"

三个人一连串说下来,顾九思叹了口气,坐到石桌旁,道:"没办法,那我只能舍命陪君子了。"

顾九思举起酒坛,看着江河,一脸赴死的表情,道:"舅舅,来吧。"

江河兴致勃勃地同顾九思喝起酒来。

酒过三巡,明月当空,三个人都趴在了桌上,只有顾九思依旧保持着清明。

顾九思撑着下巴,用另一只手拨弄着碗沿,淡淡地道:"还喝吗?"

江河摆摆手,有些痛苦地道:"不喝了。"

顾九思嗤笑一声,站起身,道:"不喝我就回去了,你们没媳妇儿,我还有呢。"

三人:"……"

说完,顾九思便转身回去。等他飘飘然走了之后,江河撑着头,艰难地开口:"他怎么这么能喝?"

"江……江叔叔,"叶世安打了个酒嗝,道,"他在扬州……扬州……"

话不用说完,江河懂了。顾九思这小子以前在扬州每天醉生梦死,只知斗鸡赌钱,酒量也非寻常人能比。江河看着满脸通红的叶世安,知道叶世安醉得厉害了,正打算让人带叶世安回去,就听到一个平稳的女声道:"哥哥。"

三个男人回过头去,便见到叶韵站在长廊上。

叶韵看着叶世安,走上前来,和下人一起扶住了叶世安,叹了口气,道:"哥哥怎么喝成这样了？"

"叶……叶韵！"沈明听见叶韵的声音，一下就清醒了，看着叶韵的眼睛亮晶晶的，他高兴地道，"你也来了？"

"沈公子。"叶韵点了点头，随后吩咐下人，"沈公子醉了，扶他回房吧。"

下人来扶沈明，沈明却不肯走，抓着叶韵的袖子嘀咕道："叶韵，你最近怎么总是在查账，你做的红豆糕不够分。"

叶韵哭笑不得。江河撑着下巴，酌着小酒，笑着看着沈明埋怨叶韵。叶韵哄了半天，沈明才跟着下人走了。这时候叶韵才回头看江河。

她犹豫了片刻后道："江大人，可需要人扶您回去？"

江河挑眉笑了："怎么，我需要的话，你还来扶我不成？"

江河见叶韵呆住了，才想起这是个晚辈，摆了摆手，笑着道："逗你玩的。芙蓉。"他朝着一直候在一边的侍女招了招手，两个侍女赶紧过来扶起他。江河瞧了叶韵一眼，同旁边还站着的侍女道："给叶小姐拿件外套，夜里风大露寒，她可别接了哥哥，病了自己。"说完他也没看叶韵，把手搭在侍女的身上，便由侍女送回房了。

叶韵在院子里站了片刻，才回过神来，让人扶起了叶世安，走到门口的时候，江河的侍女已经拿了外套等在那里。

看见叶韵后，侍女将外套递过去，笑着道："这披风是从少夫人那儿借的，少夫人还没穿过，叶小姐别嫌弃。"

叶韵点了点头，看了那侍女一眼。江河身边常跟着四个侍女，这个侍女是其中之一，似乎叫白芷，生得最为清丽。

叶韵看着她，恭敬地说了声："谢谢。"

那侍女愣了愣，全然没想过一个世家小姐会同她说这样的话。

叶韵披上披风便上了马车。

叶世安的酒还没醒，坐在马车里，见叶韵上来了，低声道："韵儿，哥以后，会给你找个好人家的。"

叶韵愣了愣。

叶世安低声说着胡话："以后哥哥，不会再让你受欺负了。"

叶韵垂下了眼眸，好久之后，才出声："我过得很好，哥，你别担心。"

叶韵领着叶世安离开的时候，顾九思刚刚从净室出来。他头发上带着水汽,柳玉茹便拿了帕子给他擦干。

她一面擦,一面随意地道:"方才舅舅来同我借了件衣裳,说是给韵儿的。他当真细心得很,不仅想着给韵儿加衣服,借衣服的时候还能想到以韵儿的身份,他的侍女的衣服韵儿是不方便穿的。"

"那是自然,"顾九思轻嗤一声,"你也不想想,他这辈子哄了多少姑娘。我娘说,他还是个婴儿的时候,就只要漂亮女人抱。他十四五岁时,喜欢他的女人就能从东都排到扬州。他十六岁在扬州待过一段时间,不用报自己的身份,只凭一张脸都能在扬州哄姑娘。你说他对女人细心不细心,体贴不体贴?"

柳玉茹微微皱眉:"舅舅到底几岁了?"

顾九思轻笑:"你猜?"

"三十三得有吧?"柳玉茹认真地思索了一下。

顾九思摇摇头,道:"三十六了。"

柳玉茹愣了愣,完全没想到江河已经三十六岁了。

顾九思叹了口气,随后道:"我知道你的意思,你想撮合一下叶韵和他,但是我觉得这事你还是先放一放吧。"

"怎么说?"柳玉茹感到疑惑。

其实柳玉茹倒也不是特意要撮合他们的,只是江河给叶韵送了衣服,她就突然想起这事来。叶韵还年轻,总归要有个着落,孤孤单单地过一辈子,若是自愿的,倒也还好,可柳玉茹清楚,那从来不是叶韵想要的人生。

江河好,有阅历,有能力,最重要的是,以江河的性子,必然是不会介意叶韵的过往,甚至还可能会对叶韵有几分欣赏。

顾九思想了想,终于道:"你可知他为何至今未娶?"

柳玉茹当然不知道。

顾九思接着道:"具体的,我其实也不清楚。但我知道一件事。我小时候在他的府邸里见过一个牌位,那牌位上没有写名字,但是他一直放着,谁也不知道这个牌位是谁的,我娘猜是他喜欢的人。"

"喜欢的人?"

"对。"顾九思点点头,接着道,"我娘说,他也不是一直不想娶妻,十六岁的时候,他是同家里说过打算娶一个姑娘,但是后来就再没提过了。家里问,他就说那姑娘死了。过了好几年,他突然就在自己府里放了这个牌位。他不娶妻，只有一个歌姬给他生的女儿，到现在也没个正儿八经的子嗣。这事家里人早说过好多次，听说我外公曾经把他打到卧床一个月，都没扭转他的意思。所以你千万别想着撮合他们，若是叶韵心里有什么想法，劝着点儿，别往上面扑。这些年我见往上面扑的姑娘，多了去了。"

这番话说得柳玉茹心情有些沉重。顾九思看了柳玉茹一眼，见她似乎忧虑起来，赶紧道："别想这些了，我今日及冠，你打算送我什么？我先同你说好，不上心的东西可打发不了我。"

柳玉茹抿了抿唇，笑了起来，站起身道："早给你准备好了。"

她从旁边的柜子里取了一个木匣子出来。

顾九思有些兴奋，想知道这木匣子里是什么。

柳玉茹把木匣子放到顾九思面前，抿着唇笑笑，道："你猜猜是什么？"

顾九思想了想，内心带了点儿激动。他轻咳了一声，有些不好意思，道："是不是香囊？"绣着鸳鸯戏水的那种。

柳玉茹摇摇头："比这个好，你再猜。"

比这个还好？顾九思立刻严肃了，继续道："是不是同心结？"你亲手编的那种。

柳玉茹继续摇头："比这个实在。"

"那……那是鞋垫？"亲手绣的那种。顾九思皱起眉头。他其实不是很想收这个，以前柳玉茹给他送过，他并不觉得惊喜。

"再想想。"

这下顾九思真想不出来了，不知道一个女子捧一个木匣子给自己的郎君，到底能送出什么花样。

柳玉茹见他想不出来，也不再为难他，打开了木匣子。

顾九思愣了，匣子里面放着一个令牌，令牌下面压了一沓纸。

"这是……"顾九思愣愣地看着里面的东西，说不出话来。

柳玉茹将头发撩到耳后，拿出了令牌，平和地道："这个是玄玉令，你拿着这个令牌，以后在我名下所有的商铺里，见到这个令牌就等于见到我。我还私下开了学院，培养了一批护卫，过些年这些孩子长成了，你拿着这个令牌，他们都会听你的。"

顾九思听得呆呆的，然后又看见柳玉茹拿出了好几份契书，继续道：

"这些都是我的商铺的契书,花容、神仙香,以及将建好的商队,所有我经手的产业,我都给了你分红。你二十岁了,应当有一些自己的产业。"

柳玉茹抬眼看着顾九思,顾九思呆呆地看着面前的东西。柳玉茹看不出他的喜怒,一时有些忐忑,犹豫了一会儿,慢慢地道:"我不知你喜不喜欢,但我向来是个实在人,想送你东西,也不知道该送你什么。我原本给你准备了银子,想想又觉得银子用了就没了,不比这些东西。原本在大户人家里,这些东西都该是家里给你的,你在官场上,有些东西得有,只是以家里目前的情况,公公婆婆也给不了你,我心里就一直为你盘算着。"

"其实不用的……"顾九思的声音有些沙哑,他垂下眼眸,看着面前的契书,勉强笑起来,"玉茹,你这样,让我觉得自己很没用。"

柳玉茹听到这话愣了愣,沉默了,心里有种难以言说的酸楚。"他们也同我说,"她低声道,"一个姑娘家,为郎君谋划这么多,郎君未必喜欢,甚至会觉得我太强势了。可我心里总想着要为郎君多做些什么。我也知道这些事不需要我做,你将虎子从幽州带到东都来,便是让他在东都城里给你布眼线,你也有自己的护卫,可是……"柳玉茹叹了口气,抬眼看向顾九思,"你别介意,我不是觉得你不行,只是想让自己配得上你,想为你多做一些事。"

顾九思慢慢笑了,伸过手去,将柳玉茹轻柔地揽进怀里。柳玉茹靠着他的胸口,听着他的心跳。他的肩膀宽了许多,有了青年人的模样。柳玉茹靠着他,听见他道:"玉茹,你没有什么配不上我的,别总这么想。"

"你如今太好了,"柳玉茹叹了口气,"九思,有时候我看着舅舅,就会想,你未来是什么样子。每次想,我都觉得不安。"

"老匹夫害我啊。"顾九思用手捂头,有些无奈地道,"玉茹,其实很多时候是我在想,你这姑娘怎么这么好,我该怎么回报你。你喜欢的东西不多,钱你自己会赚,还不让我帮忙。凡事你都帮着我,我却帮不上你什么。你什么都替我想好了,什么都准备好放在我面前。每次你这样做,我都觉得,你怎么能这么好?每次我以为这已经是我能见到的最好的你,你就能给我看到更好的你。若说不安,当是我不安才对。我给不了你你喜欢的,却一直接受你的付出,我该如何是好?"

柳玉茹抬头看他,顾九思唇边带笑,但笑容里满是无奈,像在说真拿她没法子。

他长得太俊了。柳玉茹瞧着他的模样,心里想着。哪怕成了亲,哪怕他是她的人了,可是每一次瞧着,她都会觉得有种说不出来的新滋味。

此刻他长发散披,身着单衫,外面笼了件月色长袍,低着头,宝石一般的眼里只有她。他们挨得太近,风吹过来时,花香卷着他的发轻抚她的脸,像是他无声的触摸。

柳玉茹忍不住红了脸,将头埋在他的胸口,伸手环住他,小声道:"我喜欢的,你已经给我了,不用多想的。"

"嗯?"顾九思发出一声鼻音。

柳玉茹听着他沉稳的心跳,声若蚊蚋:"我喜欢你。"

顾九思愣了片刻,忍不住笑出声来。柳玉茹感受到他胸腔的震动,听见青年在夜里止不住的笑声,没敢抬头。

"柳玉茹啊柳玉茹,"顾九思道,"我这辈子,可算是栽在你手里了。"

他怕是再找不到另一个这么实诚又这么撩人的姑娘了。

加冠礼之后,顾九思休沐了三日。等顾九思回朝时,负责治理黄河的官员名单已经出来了。

这是大夏建国以来耗资最大的工程,范轩看得极重。顾九思本以为,此次的主管应当就是洛子商,毕竟方案是洛子商提的,钱也是洛子商弄来的,其他人就算去,也只能当眼线。

然而圣旨当庭宣布时,顾九思听到了自己的名字。

"令户部尚书顾九思领工部侍郎洛子商负责……"

顾九思皱了皱眉,抬头看了一眼宝座上的范轩。

范轩看上去有些疲惫,这个旨意明显没有任何更改的余地,所以他也没有提前通知顾九思。

下朝之后,顾九思去找范轩。

顾九思一进御书房,范轩就道:"朕知道你的意思。"

顾九思将话咽回肚里。

范轩批着折子,淡淡地道:"如今户部很忙,你刚当上尚书,需要稳住户部,不宜外出,你的意思,朕知道。"

"那陛下为何做出这样的决定?"顾九思皱起眉头。顾九思这户部尚书的位置还没坐稳,范轩就将他调离东都,到底是什么意思?

范轩淡淡地开口:"九思,你年纪轻,根基不稳,得做出一些实事,才能在百姓心中有位置。有了民心,日后在朝堂上,大家要对你做什么,都会多掂量几分。洛子商拼了命地抢来这个机会,便是这个意思。"

顾九思静静地听着,范轩放下折子,揉揉自己的额头:"朕想抬你,这事交给你办。最重要的是,兹事体大,朕左思右想,都不放心洛子商一人主管。若是他有异心,在这事上做了手脚,日后黄河出事怎么办?"

顾九思得了这话,面上立刻严肃了起来。范轩继续道:"户部这边,毕竟在东都,江侍郎足以应付,你放心。"

范轩这一串话说下来,顾九思明白了。

范轩始终对洛子商不放心,而且顾九思作为范轩有心培养的人,必须有一个表现的机会,因此范轩把这事交给顾九思。如今钱已经到位,图纸也在朝廷手上,就算临时撤走洛子商,对工程也没有影响。所以范轩临时换了主事,洛子商也没办法。将江河任命为户部侍郎,是因为江河在东都根基颇深,又是顾九思的舅舅,就算顾九思不在东都,江河也一定会帮顾九思摆平户部。

范轩这是帮顾九思把内外的障碍都扫除了。顾九思不知道范轩是从什么时候开始计划这件事的,或许在把江河任命为户部侍郎的时候,范轩就已经开始筹备给顾九思一个在百姓中扬名的机会,而洛子商又正好送上门来。

顾九思看着面前的范轩,突然就有了几分敬意,恭敬地行了个礼:"臣必不辜负陛下。"

"这件事,最难的不是钱,也不是具体怎么修。"范轩淡淡地开口,"而是整个过程中,处理官员之间的关系。朕给你天子剑,你到时候不仅要修建工程,黄河沿岸三州的账目,你也要给朕查清楚。此行怕是波折颇多,你要多加小心。你把陆永带上,人情关系上,你得听他的。"

"微臣明白。"顾九思神色郑重。

范轩点点头,道:"你明白就好,可还有什么要问的?"

顾九思没说话,范轩抬头看他。

顾九思犹豫了片刻,还是跪了下来,恭敬地叩首,道:"陛下,还望保重。"

范轩愣了片刻,笑起来:"你这孩子。"他的语气温和下来,像一个长辈一样同顾九思道,"去吧,别耽搁了。"

顾九思回到家里时,柳玉茹正在清点家里的东西。

顾九思见着了,不由得有些好奇:"你这是在做什么?"

"陆老同意给我钱了，"柳玉茹笑了笑，道，"还有舅舅和城中的一些富商，我如今有了足够的钱，该去做点儿事了。你来得正是时候，我正要同你说呢，我打算远行。"

"又要远行？"顾九思皱起眉头，又想起柳玉茹是要去做什么，便道，"你是不是要去买船？"

"买船我不擅长，"柳玉茹走上前来，从他手里拿过他脱下来的官袍，跟在他身后，细细解释，"我拜托公公婆婆去做这件事了，以前公公买过好几条船，比我有经验。"

"那你是去做什么？"顾九思有些不明白。

柳玉茹给他递了杯茶，笑着道："去建仓库。"

顾九思愣了愣，这才想起来，在合理的地方建立仓库，方便分发货物和转运，才是柳玉茹这个计划体系里最关键的环节。顾九思把她设置的十一个点在脑子里一过，立刻高兴起来，道："好呀，刚好和我一路。"

柳玉茹有些不明白，顾九思回身抱住她："陛下让我去管黄河的工程，你地图上黄河那一带仓库的位置都和我要去的位置差不多，你要同我一起去吗？"

"你管此事？"柳玉茹诧异："这不是洛子商的活儿吗？"

"陛下的主意。"顾九思的笑有些无奈，将范轩的算计给柳玉茹讲了一番，柳玉茹不由得有些担心。

顾九思看了她一眼："你愁眉不展，是在担忧些什么？"

"洛子商出了这么大的力，"柳玉茹紧皱着眉头，绞着手帕，"如今却被陛下这么摆了一道，以他的性情，我怕他心有不甘。"

"他与我们本就是死敌，"顾九思满不在意，"难道我还要怕他报复不成？我担心的倒不是洛子商。"

顾九思思索着，和柳玉茹一起往饭厅走去。

"那你担心什么？"柳玉茹有些好奇。

顾九思叹了口气："我是担心陛下，如今陛下太冒进了。我升得太快了，陛下想让我站稳脚跟，我自然感激，但这也太着急了。他先是强行把我推到了尚书的位置上，又逼着陆老放手，还要陆老做我的后盾，如今又将黄河之事交给我，若我猜得没错，秋试的时候，我很可能会是主考官。"

大夏第一场秋闱，顾九思若是主考官，就将收获自己的第一批门生。

"这样一说，陛下的确太着急了。"被顾九思点明，柳玉茹也跟着担忧起来,"陛下是如何打算的呢？"

"我担心,陛下这么做是因为他时日无多了。"顾九思叹了口气,接着道,"其实陛下身体不好,这件事我来东都时便已知道。如今他这样做,我怕他的身体比我们所有人想象的都要差。太子不是个可靠的,陛下如今怕是想给太子打造一个班底,等太子登基后,由这群人继续维持朝廷的运行。"

顾九思停在了院子里。

院子里蝴蝶落在刚刚开放的夏花上。顾九思注视着,慢慢地道:"陆永贪欲太强,又是坚定的废太子派,所以陛下把他拉下去。如今陛下扶我上来,就是希望我能接替陆永的位置。陛下如今收拾好了太后党,肃清朝野。如今周大人对付外敌,朝中有左相张钰统筹,财政上有我,民生有曹文昌、廖燕礼,有这样的格局,只要太子不乱来,大夏继续稳稳当当地发展,日后南伐,便有望一统天下。"

"陛下如今对你这样好,也算是施恩了。"柳玉茹说。

顾九思叹了口气,将柳玉茹拉到怀里,提高了声音,道:"算啦算啦,不说这些啦,我们去吃饭吧。陛下命我后日启程,我刚好能和你好好过个七夕。"

柳玉茹抿唇笑了笑:"都什么时候了,还过七夕。"她抬手轻轻戳了戳顾九思的额头,"不正经。"

"下朝之后,也要有个人生活的呀。"顾九思振振有词,"国家国家,有国有家,不能有了百姓忘了媳妇儿。"

柳玉茹被他这歪道理说得忍不住笑起来。

两个人拉着手进了饭厅。沈明已经在饭厅里等着了,见顾九思进来,高兴地道:"九哥,来,这两天赶紧好好吃几顿,马上就要上路了。"

"胡说八道什么呀。"苏婉听到这话,忍不住开口,"什么上路不上路的。"

"对不住,"沈明赶紧抽了自己一小巴掌,同苏婉道,"瞧我这张嘴,乱讲什么。是启程,我们马上就要启程去治理黄河了。"

"治理黄河？"江柔诧异地看着顾九思,道,"当真？"

顾九思笑了笑,坐到江柔边上,点头道:"当真,我后日启程,同玉茹一起。"

"治理黄河不是小事,"顾朗华轻咳了一声,道,"别太跳脱,稳重些。"

— 110 —

一桌人正说着话，江河就走了进来。他手里拿了一方手帕，明显是姑娘送的。他看了一眼众人，笑着落座："怎么，在说小九思去治理黄河的事？"

"你也知道？"江柔抬眼看向江河。

江河将帕子塞进怀里，耸耸肩，道："陛下在早朝上下的圣旨，我想不知道也难呀。"

"这是好事吧？"江柔有些忐忑。

江河想了想，低头开始夹菜，随意地道，"办成了就是好事，办不好就不是好事。"

"那便是好事了。"柳玉茹笑着道，"以郎君的能力，怎会有办不成的事？"

全场沉默了，片刻后，苏婉尴尬地笑起来："吃菜吃菜。"

顾家一家人其乐融融地吃东西时，洛子商站在自己的书房里，看着书房里的山水画。

洛子商身后，他的谋士议论纷纷。

"出了这么多银子，治理这个黄河，不就是为了让主子赚些名声？如今钱主子出了，图纸主子画了，他顾九思突然冒出来抢了功劳，这算怎么回事？！范轩真是欺人太甚！"一个谋士愤愤不平，旁边的人点着头，像是赞成。

"事情还不算太坏，"另一个谋士慢慢地道，"顾九思是主管，但具体怎么治理，不还是主子的事吗？只要实事是咱们主子做的，便足够了。"

"拿一千万两银子来做这么一件事，"最开始说话的谋士开口，"是不是代价太大了？"

"可日后扬州交通便利，货物成本就会降，商贸发达之后，税收自然也就多了。张先生，目光要长远一点儿。"

"可是……"

"好了。"洛子商终于不耐烦了，回过头来，淡声道，"别吵了。"

众人停止了争辩，恭恭敬敬地站在洛子商面前。

洛子商回到了书桌前，把弄着手中的玉球，淡淡地道："你们说的都有道理，如今让我来治理黄河，这便已经不亏了。但他们的所作所为，太子是看在眼里的。我是太子的人，打压我，便等于打太子的脸。范轩每次这么做，都是在把范玉往我这里推。这天下终究是范玉的，"洛子商的声音平静,"一千万两银子,总会赚回来的。而且黄河治理好了,也是积德嘛,大家火气别这么大。"

这话出来,大家都不敢说话了。

洛子商的手指灵巧地转动着玉球,他继续道:"不过张先生说的也没错。一千万两白银,我不仅不想让它变成亏损,还想要再多赚点儿。顾九思这人吧,太碍眼了。"

"主子的意思是……?"张先生有些忐忑。

洛子商抬眼看向在场的所有人,笑了笑,抬手撑住了头,淡淡地道:"等一会儿。"

大家不敢说话,这一等就等了许久。大伙儿都站着,但没有一个人敢出声打搅撑着头像是在午睡的洛子商。

等到了夕阳西下,终于有人从外面匆匆进来。那人步入厅中,朝着洛子商恭恭敬敬地行了礼,道:"主子,打听清楚了。"

洛子商没有睁眼,道:"说吧。"

"明日顾九思会在悦神祭上做主祭,到时候人又多又杂,是个好机会。"

七夕悦神祭是东都每年最盛大的祭祀之一,主要由礼部操持。礼部会挑选出人来,到时在东都护城河边献舞悦神。这种场合一般要挑长得好的青年,这一年挑中顾九思,也没什么奇怪的。

洛子商得了消息,慢慢地睁开眼睛:"联系上太后那边了吗?"

"联系上了,"下人没敢抬头,继续道,"消息送过去了。"

"嗯。"洛子商点点头。

"主子,"一直站在旁边的侍卫低声问,"我们这边是否要准备人?"

洛子商想了想:"北梁那边的队伍是不是带过来了?"

"是。"侍卫应声道,"一直养在暗处。"

"那就行。"洛子商笑起来,眼里带了冷光,"若是太后没动手,那也无妨,我们亲自送他上路也行。"

侍卫立刻跪了下来,应声道:"是。"

洛子商布置好了一切,而顾九思在七夕当日,天一亮就出了门。

他似乎十分高兴,走之前同柳玉茹道:"你今天别出门,就在家里等我信号。我叫你出来你再出来。"

柳玉茹知道他又有什么要做的,便笑着道:"好。"

顾九思高高兴兴地走出家门,便见江河环胸靠在门口。

江河扇子轻轻敲打在顾九思的肩上:"小九思,"江河勾着嘴角,"舅舅为你算了一卦,你今日不宜出门呢。"

顾九思下意识就问:"你什么时候学会算命的?"

"哦,"江河耸了耸肩,"昨天。"

"那算了吧,"顾九思露出嫌弃的神情来,"半路出家,怕是不准,我先走了。"

"小九思,"江河站在顾九思背后,笑着道,"不听舅舅的话,可能会被人打哦。"

顾九思顿住步子,片刻后,摆摆手道:"老年人就好好休息,别来管年轻人的事了。"

江河呆了片刻后,嗤笑一声:"小崽子。"

片刻后,一个侍卫走到江河边上,小声道:"主子,这次负责城防的官员名单在这里。"

江河接过名单,看过之后,有些好奇:"咦,南城军军长陈茂生为何负责悦神祭的区域?"

陈茂生是太子一手提拔上来的人,可以说是太子的嫡系,陈茂生现在负责的这个位置原本是沈明负责的。如今沈明临时被换了,一看就是熟人手笔。

"据说是昨夜调的。"侍卫恭敬地道,"大公子去了周大人府上一趟后,陈大人就被换过来了。"

江河看着名单,片刻后,笑了笑:"这小子。"说完,他将名单折好,放在了怀中,同侍卫道,"他有自己的打算,你带几个人盯紧一点儿。哦,你等一会儿和负责这次悦神祭的杨大人说,今夜临时改一下环节。"

"改环节?"侍卫不大明白。

江河将双手笼在袖中,往长廊上走去,淡淡地道:"主祭献舞之前,让替身先热场。但这事先别说,谁都不能告诉,在顾九思上场前再告诉杨大人。"

悦神祭献舞,一般都会准备两个人,就怕临时出事。只是这么多年从来没出过事,因此替身虽有,但极少上场。

侍卫愣了一下,随后笑起来,道:"主子还是不放心大公子。"

"望莱,他还年少,"江河叫了侍卫的名字,笑了笑,道,"能想到这么多已经不错了。只是洛子商这个人吧……"江河停下来,抬手摘了庭院边树上的叶子,笑着的眼里带了些冷意,"尸骨堆里爬出来的毒蛇,难捉摸得很。"

望莱站在江河旁边,似乎在回忆什么,许久后,开口道:"主子,要不要……"

"不必。"江河像是已经知道望莱要说什么,打断了他,"什么都不必做。"

望莱叹了口气,应声道:"主子,望莱先退下了。"

江河应了一声,站在门口,没再多说什么。

顾九思独身出了门,一路过街穿巷,走得极快。他兜兜转转地绕进了一个民宅,屋里聚集了一群人。

虎子是领头的。他如今长高了许多,每日习武,看上去也强壮了许多。顾九思一进来,虎子赶紧上前去:"九爷。"

顾九思扫了一圈,所有人跟着虎子恭敬地道:"九爷。"

顾九思点了点头:"都准备好了?"

"准备好了。"虎子立刻道,"今天我们在城中安排了五百人,只要有人动手,我们便立刻拿下。"

"嗯。"顾九思道,"看好夫人。"

"明白。"虎子点头道,"您放心,一切都会按计划进行。只要您给了暗号,我们这边立刻放箭。"

顾九思拍了拍虎子的肩膀,又和虎子确认了一遍今日的流程,等到中午才走出门去。

刚一出门,顾九思就看见沈明靠在门口。

沈明挑眉看着顾九思,道:"路上杀了两个跟着的。你的胆子真大呀。"

"不是有你吗?"顾九思笑了笑,"你以为我特意把你换出来做什么?"

沈明轻嗤一声,道:"我要让柳老板给我涨工钱。"

"瞧你这出息。"顾九思鄙夷地看了他一眼,随后道,"今晚帮我看着玉茹,别让她受惊了。"

"加钱。"

"你真的掉进钱眼儿里了。"顾九思瞪他一眼,随后道,"她约了叶韵夜里逛街。"

"约就约呗，关我什么事？"沈明一副满不在意的模样。

顾九思叹了口气："沈明，我说你也老大不小了，别幼稚了。"

"你说什么我听不懂。"

顾九思呵呵笑了两声，没有多说。

顾九思去了礼部，沈明跟着顾九思到了礼部之后，又悄悄回去了。沈明刚走，顾九思便让人去了叶家，同叶世安说了一声，让叶韵夜里同柳玉茹一起出去。叶世安得了顾九思的口信，犹豫了片刻，同传话的侍卫道："让他务必小心。"

七夕的东都热热闹闹，白日里就挂起了花灯，兵部派人布防，礼部在护城河边准备夜里用的游船。敏锐的东都官员清晰地感觉到了这热闹忙碌之下涌动的暗潮，而普通人对这暗潮浑然未觉。

柳玉茹在家里好好地打扮了一番。

入夜，下人来报："少夫人，叶小姐来了，问您要不要一道出门。"

柳玉茹顿了顿，道："大公子可说了时辰？"

"叶小姐说，"下人恭敬地道，"是大公子叫她来的。"

听到这话，柳玉茹放下心来，点了点头，笑着道："那就走吧。"

叶家马车等在门口，柳玉茹上了马车，便见叶韵坐在车里，手里还拿了一卷书。

叶韵抬眼看她，笑了笑，道："你家郎君今夜怕是有得忙，特意让我来陪你逛集市。"

柳玉茹道："我是成了婚的人，哪里需要这些。倒是你，今日在街上要多看看，若是遇到喜欢的，你告诉我，我帮你打听去。"

"柳玉茹，"叶韵有些无奈地道，"我觉着，你真是越来越像我娘亲了。这大概就是成了婚的女人不受待见的原因吧。"

柳玉茹叹了口气："罢了罢了，今日也别多想，随意逛逛集市就好。"

马车一路往热闹的地方驶去，到了正街，马车不能进入，柳玉茹和叶韵下了马车，由下人护着，走在大街上。此刻人不算特别多，倒十分适合闲逛，两个姑娘手挽手走在街上，一路买着零碎的东西。

柳玉茹笑着道："我发现打从我认识你，年年七夕都是同你一起过的。以往咱们不能出门，都在你家院子里穿针。七夕出来游玩，今年倒是头一遭。"

叶韵挑着路边的簪子，道："也算是长大的好处吧。"

柳玉茹伸手指了一根白玉簪，道："这个好看些。"

柳玉茹一面挑着簪子，一面打量着四周。叶韵察觉柳玉茹的警惕，不由得问："你一直四处张望着，是在找什么呢？"

柳玉茹挽着叶韵，压低了声音道："陛下将治理黄河一事交给了九思，你可知道？"

"听兄长说了。"

"今日早晨，九思特意同我说，听到他的吩咐之后再出来。他平日里是不会同我说这些的，所以我想，今日应当是有什么事要发生。"

柳玉茹说话的声音小，叶韵也是能听到的，但没作声。柳玉茹继续道："而且明日就要启程，他竟然还接下了悦神祭主祭。他从来不做无用的事，之所以这样，必然是想要做什么。"

"玉茹，"叶韵忍不住笑了，"你这人就是心眼儿太多。顾九思还什么都没跟你说呢，你就已经猜得透透的了。"

"嗯？"柳玉茹感到疑惑，"你知道什么了？"

"你可知道沈明本是今日城防主管之一？"叶韵见柳玉茹好奇，便也不藏着了，"我听说，昨儿个顾九思去了周府，后来沈明就被换下来了，换上去的是太子近臣，陈茂生。"

柳玉茹迅速思考着，试探着问："此次主事的是周大人？"

"周大人负责安排人手，具体的还是这些年轻人去做。要是出了岔子，自然还是下面的人担着。"叶韵分析道，"我听到兄长和叔父悄悄商议，说顾九思这一次特意把陈茂生换过来就是为了防着洛子商。"

"防洛子商？"柳玉茹愣了愣，随后反应过来，"九思的意思是，若是陈茂生管这件事，只要洛子商在这时候动手，陈茂生的官位就必定不保？"

陈茂生是太子插在东都军中的一颗举足轻重的棋子，若是因为洛子商而废了，洛子商和太子的联盟也就完了。

街上的行人渐渐多起来，叶韵一边看街边的花灯，一边道："我问了兄长，兄长便是这么说的。他让我们放心，说顾九思已经安排好了，咱们好好逛街赏花灯就好。原本他们还不让我告诉你。"

"怎的？"柳玉茹笑着道，"他们做什么，还不告诉我？"

"顾九思同我兄长说，这些事他不想让你知晓，反正你也不必知晓，他只希望我今日来陪着你，看看花灯，然后看他给你的惊喜就好了。"

柳玉茹愣了愣。

叶韵笑着回头，眼神里带了几分揶揄："他说呀，他家玉茹平日已经操心得够多了，他不忍再让你为这些俗事烦忧。"

"他真是……"柳玉茹一时不知道该说他好还是该说他坏。

叶韵明白她的意思，忙道："可我知道你这个人是操心惯了的。他的心意是好的，可是你太聪明，我们是瞒不住的，所以我便告诉你了。"

"知我者，韵儿也。"柳玉茹笑着道，"他总是想将好的给我，我知晓他这份心意，便已经很是高兴了。"

"所以你也别辜负他的心意，"叶韵忙道，"我听说，这次七夕的安排是顾九思特意和礼部一起商量的，花了许多心思呢。"

叶韵买了两张面具，自己戴了一张，抬手将另一张盖在柳玉茹的脸上，遮住了柳玉茹的半张脸。柳玉茹的面具是只狐狸，叶韵的是只兔子。叶韵看着柳玉茹笑："瞧，这小狐狸多像你。"

柳玉茹露出些许责怪的眼神，低声道："你才狐狸，不正经。"

叶韵笑出声来，又挽着柳玉茹逛了起来。

他们在街上游玩时，洛子商正领着人走在大街上。他穿了一身红色绣金长袍，戴着玉冠，面上罩了一张纯白色的面具，面具将整张脸遮得严严实实，只露出一双带着艳色的双眼。

一个行人匆匆朝他走来，低声道："主子，人手都安排好了，但沈明负责的位置现在是陈茂生在负责了。"

洛子商的脚步微顿，他身后跟着的侍卫立刻道："主子，这怕是局，要不要收手？"

洛子商沉默了片刻，轻轻笑起来："看来顾九思是赌我不会动手了。可惜啊，"洛子商抬眼看向远处护城河上灯火辉煌的花船，淡淡地道，"在我心里，他的命比他想象的值钱多了。"

"那主子的意思是……？"

洛子商将手中的金扇张开，吩咐侍卫："派个人去给太子报信，就说顾九思让陈茂生顶替了沈明的位置，怕是要生事嫁祸于陈茂生，如今换人是来不及了，太子要早做准备。"

"是。"侍卫又问，"之后的刺杀计划呢？"

"叶韵在哪里？"

侍卫愣了愣，道："属下即刻去查。"

"查到叶韵的位置，把叶韵掳走。叶韵出事，叶世安必会乱了阵脚，找沈明帮忙。等他们调人去找叶韵，只要顾九思在主神祭上冒头，便让人用强弩将他当众射杀。"

侍卫得令，便立刻行动，没过多久，他们便找到了叶韵和柳玉茹的位置。

"叶韵和顾少夫人在一起。"侍卫提醒。

洛子商拿着扇子的手顿了顿，他淡淡地道："只抓叶韵，柳玉茹……"他犹豫片刻，随后笑起来，"毕竟还是合作伙伴，我还指望着她挣钱呢，别管她了。"

洛子商将大半人马调到叶韵和柳玉茹附近，让人埋伏起来。

柳玉茹和叶韵正在猜着灯谜，为一盏兔子花灯和老板讨价还价。沈明带着叶世安和许多暗卫潜伏在她们周边，盯紧了四周的情况。

"你说，今天这种情况，还让她们出来闲逛，是不是太危险了？"沈明嗑着瓜子，看着对面的叶世安。

"她们哪天出来不危险？"叶世安淡定地回答，看了一眼旁边的街道，平静地道，"而且，洛子商的目标在九思，人手又不多，总不至于为了杀两个小姑娘泄愤而费尽心机。洛子商如今要做的是铲除九思，接管治理黄河一事，不让一千万两银子打水漂。不过他今日也不太可能会动手，只要他动手，陈茂生就完了。加上我们这么多人守着，相比平日，今日怕是最安全的了。"

"若他不在意陈茂生呢？"沈明有些好奇。

叶世安瞥了他一眼："不在意陈茂生可以，他还能不在意太子吗？他若有心辅佐太子，就不可能废掉陈茂生。"

沈明还是不太明白："那万一他也不想辅佐太子呢？"

叶世安被这话问愣了："不想辅佐太子，他来东都做什么？"

叶世安的话刚说完，周围突然冲出一批人来。这些人毫不遮掩，拔刀就朝着叶韵冲去，沈明和叶世安反应极快，抽出刀剑便一把将柳玉茹和叶韵挡在了身后。

街上突然乱了起来，也不知道是哪里来的人，无孔不入，密密麻麻地直冲叶韵而来！

叶世安挡在叶韵身前，低声道："韵儿莫怕。"

话刚说完，叶世安和叶韵便被人一刀隔开，叶韵被人一把拉走。沈明原本护着柳玉茹，看见那些人都朝着叶韵冲过去，脑子一热，也顾不上柳玉茹了，一脚飞踹过去，刀横劈而过，斩下一人的头颅。血喷溅到叶韵和沈明的脸上，叶韵强忍着惶恐和恶心，被沈明推到叶世安的身边。

沈明大喊道："带着她走！"

而柳玉茹在沈明抽身的那一瞬间，便见一把刀骤然砍了下来，一个侍卫飞扑到她身前，她惊得整个身子动弹不得。也就在这一瞬间，一只手将她猛地往后一拉，那只手的主人抬手用合拢的金扇扛住了飞来的长刀，一脚踹开持刀的人便拖着她跑出了战局。

刀光剑影之间，柳玉茹瞥见那双带着艳色的眼睛，惊喜地喊："九思！"

那人动作一僵，并不回答，踹开拦路的人，拖着她便一路狂奔。

而另一边，沈明领着人和一群人打得难舍难分，那些人不顾性命地朝着叶韵和叶世安的方向冲。叶世安带着叶韵躲进巷子，刚进巷子，就看见江河手执花灯，笑眯眯地站在巷子里，身后还带着一队人马。

叶世安愣了愣，随后立刻大声喊："江叔叔！"

"哟，"江河高兴地道，"平日不见你这么嘴甜。"

叶世安抓着叶韵朝着江河冲过去，后面有一批追兵跟着。

江河啧啧两声："年轻人火气真旺，好好的七夕，都被他们糟蹋成什么样了。"他朝着身后的人仰了仰下巴，"去，把尸体都拖进来。放在外面，多吓人啊。"

江河的话刚说完，叶世安和叶韵身后的追兵瞬间拉弓放箭。羽箭飞来，叶韵朝着江河飞扑过去。江河眼神一冷，一把抓住叶韵，将她往身后一扯，身体一转，便将她护在了身后。这时望莱已经挡在了江河身前，用刀斩下了飞来的羽箭。

叶韵躲在江河身后，江河身形高瘦，却如泰山般立于她身前，让她安心。

在羽箭射过来的瞬间，江河的人已经冲了上去，瞬间就将冲到巷子里的追兵斩了个干干净净，血水流了一地。

沈明终于冲了进来，着急地问："叶韵没事吧？"

江河看了看满脸焦急之色的沈明，又回头看了看站在他后面的小姑娘，嗯了一声后，打量了一下紧张得抓着袖子的叶韵，道："看上去，应该没什么事。"

江河朝着巷子外面走去："外面解决了？"

沈明的眼睛不停地往叶韵身上瞟，他擦了一把脸上的血，道："解决了。"

"那容在下问一个问题，"江河露出苦恼的神情来，"在下的外甥媳妇儿呢？"

所有人都愣了，沈明骂了一声，转头就领着人冲了出去。

叶世安从地上爬起来——方才为了躲箭，他干脆就趴了下去，此刻才直起身来。他掸了掸带着泥土的衣袖，朝着江河行礼，道："江世伯。"

"唉，"江河叹了口气，"方才叫我江叔叔，如今叫我江世伯。世安，你这样，以后我可就不救你们了。"

"世伯说笑了，"叶世安恭恭敬敬地道，"九思说您不会不管我们的。"

"哟……"江河顿时露出头痛的表情来，"他在这儿算计着我呢。"

江河见叶世安不动，转头看过去："守在我这个老骨头这儿做什么？还不去找玉茹？"

"玉茹没事。"叶世安神色平静。

江河挑挑眉："哦，何以见得？"

"江世伯还在这里和晚辈气定神闲地聊天，"叶世安沉稳地回答，"玉茹自然没事。"

"你们这些小狐狸，"江河哭笑不得，"一个两个的，就算计我的时候算得精。"

叶世安笑笑，没有说话。叶韵终于缓过神来，来到江河面前，行礼道："谢过江世伯。"

"行了行了。"江河摆摆手，"你也受惊了，先回去吧。"

江河领着自己的人要走，才走了两步，就觉得有人在看自己。他回过头去，看见叶韵垂下眼眸。江河愣了愣，想了想，笑了，低头看了一眼自己手里的花灯，走到叶韵面前，将花灯交给她，道："这盏兔子灯孩子都喜欢，你拿着吧，压压惊。"

叶韵愣了片刻，伸出手去，接过这盏花灯。然后她在原地站了好久，才听见叶世安道："还不走吗？"叶韵回过神来，瞧见叶世安温和的面容。

叶世安笑了笑："我们家韵儿果然还是个小姑娘啊。"

叶韵心里微微一颤，声音低哑地道："走吧。"

叶世安领着人护着叶韵迅速回撤，江河带着人去清剿剩下的洛子商的人。而这时候，洛子商正抓着柳玉茹一路狂奔。

姑娘的手腕又细又软，他拉着她穿过人群，穿过小巷，她没有半分怀疑。

那一瞬间，洛子商不知道为什么，居然有种自己还年少，还在浪迹天涯的错觉，只是这一次他带着一个姑娘。这个姑娘很娇弱，却一直咬着牙跟着他的步伐，没有拖累他半点儿。她那娇弱的身躯里蕴藏着令人惊叹的力量，让他忍不住为之赞叹。

两个人一路跑到护城河边，才终于甩开了身后的人。洛子商和她喘息着停下来，旁边是吆喝着的小贩和来来往往的游人，护城河水静静地流淌，小船载着人从容摇过。两个人一面笑，一面看向对方，然而柳玉茹在看第二眼时便觉得有些不对劲。

面前的人戴着面具，穿着顾九思一贯爱穿的红袍子，有一双和顾九思极其相似的眼睛，可是在他抬眼看她，她仔细注视时，便察觉出异样来。

顾九思的眼永远通透澄澈，这双眼睛却带了种说不出的深沉，仿佛埋葬了无数过往在眼睛里，化作一口深井。但他看着她，眼里的笑便冲淡了那股阴沉。

柳玉茹看着他，试探着开口："九思？"

他笑着歪了歪头，柳玉茹一时也拿不准这人是谁了。这人也看出她的疑惑，伸出手来，握住她的手，将她的手放在了他的面具上。她用了力，掀起了他的面具，也就是在这一瞬间，远处的烟花冲天而起，猛地炸开。烟火照耀下，她看清了面前这人的模样。

苍白的脸，薄凉的唇，长得有些阴柔的五官，除了那一双眼睛以外，这是与顾九思截然不同的长相。他们的差别太大，大到如果不是只露出那一双眼，旁人根本无法察觉他们的相像。

柳玉茹呆呆地看着面前的人，洛子商嘴角噙笑，烟花一朵接一朵地炸开。

洛子商从柳玉茹手里取走面具，笑着道："柳老板猜错了。"他将面具重新扣到脸上。他一直保持着笑容，只是这一次，笑意没有到眼里。他一直看着柳玉茹，注视着柳玉茹脸上的表情，慢慢地道："我不是顾九思，我是洛子商。"

"洛公子，"柳玉茹反应过来，稳住了心神。她心中有诸多问题，许久后,她终于问:"洛公子为何带我到此处?"

"你往东方看。"洛子商转过头,看向烟花绽放的方向。

柳玉茹跟着他的话抬头,看见远处的烟火。

洛子商道:"我听闻,这里是最佳的观景地。"

柳玉茹蒙了。

她知道,洛子商如今出现在这里一定不是什么好事,方才袭击他们的人肯定是洛子商派来的,可她不明白,洛子商为什么要袭击他们?洛子商不是要杀顾九思吗?他不应该把所有人手拿去埋伏顾九思?他为什么要抓她和叶韵?他难道还打算用她和叶韵威胁顾九思?

她偷偷地看了一眼旁边的洛子商,觉得这很有可能。可他亲自出手掳了她,就是要和顾九思来个鱼死网破了。可洛子商已经在东都经营了这么久,只为了这么一项工程,就要走到这一步吗?

柳玉茹不知道,她只知道,如果洛子商真的是这样打算的,她应该就活不了了。她飞快地思索着,想要从洛子商这里打听到更多消息。

只听洛子商道:"柳夫人不必多想,在下今日救你只是顺道而已。"

"你会这么好心?"柳玉茹忍不住说。

洛子商笑了笑:"柳夫人,我给了你这么多钱,那可都是真金白银。现在还没回本呢,我怎么会让你死?"

柳玉茹听到这话,放下心来。

远处的烟火已经放完了,小船都被清理开,只剩最大的一条花船停在河中央。花船上搭了架子,架子边上有一群鼓师。明月当空,四周都安静下来,鼓声慢慢响了起来。

洛子商看着前方,慢慢地道:"柳夫人,洛某不做无用的事。杀你并没有什么好处。"

鼓声缓慢,月光流淌在河面上,带了一种萧索庄重的意味。

柳玉茹的目光忍不住跟着转了过去。她估摸着洛子商不会杀她,便大着胆子开口道:"但您劫持我,可以威胁顾九思。"

洛子商像是觉得好笑,转头看了她一眼,道:"那您觉得,顾大人能为您做到哪一步呢?"

"我不赌人心。"柳玉茹神色平静。江风带着寒意,吹得她的发丝凌乱地拍打在她的脸上。她看着远处的花船,淡淡地道:"所以我不会让他选择。这样,在我心里,他就永远只会选择我,我永远是最重要的。"

洛子商愣了愣，看着面前的姑娘在月光下的侧颜。

她生得美丽，如今她十八岁，这正是一个女人最美的时光。她的美丽娴静又坚韧，盛开在他的眼里。他感觉自己的心像一架古琴，被人拨出了声响。但这轻轻的拨动对于他来说并不意味着什么。它什么都阻碍不了，什么都改变不了，只是化作音律缭绕于心。

他没有说话，转过头去，看向远方。

笛声响了起来，洛子商的声音里带了几分叹息："我不知道在他心里你是不是最重要的，可我知道，在你心里，他必然是很重要，甚至是最重要的。"

柳玉茹笑起来，脸上带上这个夜晚里的第一丝暖意。她转头看向洛子商，认真地道："那是自然。"

"为什么呢？"洛子商有些不理解。

柳玉茹笑着回答："他是我的夫君啊。"

"每一个女子都是如此吗？"洛子商继续问。

柳玉茹不太明白："什么每一个女子？"

"每一个女子心里，她的夫君都是这么重要的吗？"

"那自然不是。"柳玉茹转过头去，看向远处的花船。她似乎有些冷，抱住了自己。

这个时候，人群喧闹起来，一个白衣男子从花船中走了出来。他穿着庄重的礼服，头顶羽冠，手持响铃法器，踏着庄重又美丽的步伐出现在了所有人的视野中。

柳玉茹的眼神变得温柔了，她遥遥注视着那个白色的身影，柔声道："更重要的是，他不仅是我的夫君，还是顾九思。"

花船上，主祭手中的法器丁零零地摇着举了起来，也就是在那一刻，十几支羽箭破空而去，台上的白衣主祭甚至还没来得及转换下一个动作，身体便被羽箭贯穿了。

全场静默。片刻后，尖叫声、呼喊声、哭声交织成一片。

柳玉茹震惊地看着花船上的景象，洛子商站在一旁，静静地看着她。

柳玉茹盯着花船，张了张口，却发不出声音。她想叫那个人的名字。她知道他是今天的主祭。她颤抖着身子，转过头去，看着旁边的洛子商。

洛子商的神色里甚至带了些许怜悯。

"抓你们是为了调开他身边的护卫，你想报仇，我随时等着。"他的声音冷静又平和,"你若快一些,或许还能来得及同他说最后几句话。箭上淬了毒,他活不成的。"

柳玉茹一把推开洛子商,朝着花船的方向狂奔。此时所有人都想逃离那里,她却逆着人群一路狂奔。

洛子商远远地看着那姑娘的身影。

她跑得跌跌撞撞,那么柔弱的身躯,却仿佛带着拨海平山的力量。他不明白自己为什么要告诉她这些,只是觉得这个姑娘来得匆忙,去得也这般果断,就好像他从未靠近过她一般。

远处乱成了一片,侍卫走到洛子商身后,恭敬地道:"主子,一切已经办妥,接下来如何?"

"接下来……"洛子商神色平静。远方山水一色,河水的腥气夹杂在夜风里,灯火倒映在水中,洛子商注视着柳玉茹已经跑到对岸的身影,轻笑一声:"自是另一番天地。"

第五章　少年意

柳玉茹一路狂奔，刚到花船所停靠的岸边，便看到四周布满了守卫，似乎已经开始排查。柳玉茹擦了把眼泪，走上前去，吸了吸鼻子，故作镇定地道："这位大人，我……我……"

她让自己冷静一点儿，再冷静一点儿，却再也说不下去了，眼泪扑簌而落，让她整个人看上去娇弱可怜得不行。

守卫看着这样的柳玉茹，心都软了，忙问："这位夫人可是有什么事？"

柳玉茹从怀里拿出顾九思给她的令牌，攥紧了拳头，用疼痛让自己冷静下来，深吸一口气，才哽咽着道："我要……我要见顾大人。"

她生要见人，死要见尸。

守卫接过令牌看了看，赶紧安排了人护送她进去。

此刻花船上到处都是士兵，似乎经过了一番厮杀。柳玉茹被带到内舱，而后便看见一个人躺在地上，他被白布盖着，孤零零地躺在船舱里。柳玉茹忍不住退了一步，差点儿摔下去。身后跟过来的奴婢忙扶住了柳玉茹，道："夫人小心。"

柳玉茹的身子微微颤抖，用手中的帕子捂住嘴，让自己不要太过失态。

奴婢扶住她，也不明白她为什么有这么大反应，忙道："夫人，若您不太舒服,奴婢扶您到门口去站着。"

"不……不必。"柳玉茹喘息着,朝那男子走过去,慢慢地蹲下来,声音沙哑地道,"他……走得可痛苦?"

"没什么痛苦的。"那奴婢立刻道,"抬下来的时候,人已经凉透了。"

柳玉茹听着这话,觉得心上像压了一块大石头。她想掀开那布,又不敢,就蹲在那尸体边上,沙哑着嗓子道:"你出去吧,我想一个人在这里坐会儿。"

"顾夫人……"奴婢犹豫了一下。

柳玉茹流着泪,猛地大吼:"我让你出去!"

那奴婢愣了愣,忙行礼退了下去。

人一走,柳玉茹整个人就软了下去,跪在尸体边上,低低抽泣着。

"你倒是好了……"她哭着道,"人一走,什么都留给我。平日同你说过多少次要小心谨慎,你就是不听我的,觉得全天下就你最聪明,就你最厉害……"

柳玉茹数落着,眼泪啪嗒啪嗒地落下,仿佛成了她唯一的慰藉。

这时候顾九思刚刚从船舱下面回来。他刚才在下面审问抓来的凶手,听说柳玉茹来了,转身就想去上面找她,但身上染了血,只能先去换了套衣服,又洗过了手才回来。他才走到门口,就听见柳玉茹在里面哭。

他的步子顿了顿,柳玉茹在里面继续哭着数落:"你这个人……若是要死,怎么不早点儿死,你如今死了,让我怎么办?"

顾九思有些不明白,弯了腰在窗户纸上戳了个洞,就看见柳玉茹在里面哭。她哭得十分动情,特别委屈,哭着哭着,抬手狠狠地拍了那尸体两下,怒道:"顾九思,你给我起来!"

那两下拍得扎实,顾九思瞧着就觉得疼,不由得缩了缩。他大概明白这是什么情况了,也知道应当进去和柳玉茹说清楚,可不知为什么,又有点儿好奇,想知道若是他死了,柳玉茹会怎么办。好奇心终究压过了理智,他决定继续看下去。

柳玉茹打完了尸体,不再动了,静静地看着那尸体,好久后,哑声道:"罢了,你都去了,我和你计较什么呢?"说着,她颤抖着手慢慢地伸向那块白布,道,"你放心,我会让洛子商去给你陪葬。你……"

话没说完,她拿着手里的白布,看着地上躺着的陌生人,愣了。

这时候,外面传来江河调笑的声音:"哟,小九思,你撅着屁股在这儿看什么呢？"

顾九思正看得专心，冷不防地被江河一扇子抽在屁股上，当场跳起来，吸了一口凉气，道："你打我做什么？！"

话刚说完，他整个人就僵住了，意识到柳玉茹必然会听到的。

他一回头，便看见门轰然被打开，柳玉茹扶着门站在门口，冷冷地看着门前捂着屁股的顾九思。

她哭花了妆，冷着脸，眼里像结了冰，死死地看着顾九思。

顾九思保持着捂着屁股的姿势不敢动弹，看着面前盛怒的柳玉茹，小脑瓜疯狂转动，艰难地挤出一个比哭还难看的笑容："玉茹，你在这儿啊……"

"听了多久？"柳玉茹直戳重点。

顾九思怎敢说实话，假装什么都不知道，道："什么听了多久？我刚到门口……"

"他听了快一刻钟啦。"江河立刻补充，"我在他后面都站了这么久了。"

"江河！"顾九思愤怒地瞪向看热闹不嫌事大的江河。

江河靠在柱子上，用扇子敲着肩膀，露出看戏的表情，道："怎么，还不让人说实话了？"

"你……"

"顾九思。"柳玉茹冷冷地开口。

顾九思立刻转过头，堆出笑容，往柳玉茹面前走去，讨好地道："玉茹，怎么了？有什么想要的？有什么想做的？"

柳玉茹伸出手，盯着顾九思，顾九思有些不解，就听见柳玉茹道："手。"

顾九思伸出手去，柳玉茹拉过他的手，撩起他的袖子，看见白嫩无痕的皮肤，又去拉另一只，最后还想去拉他的衣襟。顾九思吓得赶紧一只手捂住衣服，另一只手握住她作乱的手，小声道："这里人多，回家再脱。"

"你……"柳玉茹的眼里又带了眼泪，"你没事吧？"

顾九思愣了愣，随后明白过来，柳玉茹这是吓坏了。他心里又暖又高兴，还有几分心疼。他赶紧道："没事，我还没上好妆呢，杨大人就突然让我先别上，说是怕我的体力不够，演不完整场，就先让替身上了。我还在上妆，这替身一上去，人就没了。"

说着，顾九思的眼神冷了几分，但他又想起柳玉茹在身边，怕吓着柳玉茹，忙把人拉进了怀里。他抱着她，用手抚她的背和头发，道："你被吓着了吧？别害怕，我没事的。"

"都处理完了吗？"柳玉茹抓紧他的衣襟。

顾九思想，她必然是害怕极了。他赶紧道："都抓起来了，也审完了，我现在让人去端了他们老巢。玉茹，你是不是累了，我们回家。"

柳玉茹抽噎着点头，顾九思抬头看向江河，江河正看着天上的明月。

一回头就对上了顾九思的目光，江河立刻道："关我什么事？我还与佳人有约，再会。"

"舅舅！"顾九思立刻叫住江河，哀怨地道，"我娘她说……"

"住嘴。"江河立刻打断他的话，道，"你回去吧，我去处理。"

顾九思点点头，赶紧道："谢谢舅舅，我就知道您对我最好。"

"滚！"

得了这个"滚"，顾九思兴高采烈地护着柳玉茹下了船，到岸边上了马车。

柳玉茹似乎是真的被吓到了，一路上都依偎着他，顾九思作为一个男人的虚荣心空前膨胀。他从来没见过这么小鸟依人的柳玉茹，一路又哄又劝，想让柳玉茹放心。

"真的，我向你发誓，这一切都在我的意料之中。"

"你说谎，"柳玉茹哭哭啼啼地道，"若是在你的意料之中，那个替身怎么会死？你是会让人白白送死的性子？今日若不是他死，就是你死了！"

"不……不是，"顾九思赶紧道，"以我的身手，怎么可能被暗箭射中？这真的是意外。那时候我刚听说你们出事，就把人送过去了，想着洛子商应该没有多余的人手，觉得他不会在祭祀开始就动手。"

"那他不还是动手了？"

"他只派了十个人就敢埋伏我，我真的没想到他艺高人胆大啊。"

"那你说，"柳玉茹坐正了身子，一边擦眼泪，一边道，"替身是意外，那我和叶韵出事呢？你总不会说，你把我也算计了。"

"这个……"顾九思艰难地开口，"也……也是意外……"

"不是全在你的意料之中吗？"柳玉茹立刻反问，泪眼汪汪地看着顾九思，"你早已意料到会有这么多意外？"

"对……对呀，所以我才让沈明、叶世安跟着你们嘛。而且我舅舅肯定也会跟着,有他在,你们绝对不会出事。玉茹,我都是做了安排的。"顾九思信誓旦旦地说。

这时候马车到了顾府。柳玉茹也不争了,吸了吸鼻子,和顾九思下了车,顾九思扶着她,同她一起进了屋子。

柳玉茹像是哭到脱力了,进屋便坐在床上,靠着床头不说话。顾九思赶紧让人去打水,柳玉茹看见印红进来,招了招手,小声吩咐道:"将搓衣板拿来。"

印红愣了愣,也不明白是什么意思,但还是去拿了。等印红把搓衣板拿回来,柳玉茹已经洗过脸,卸了妆。她只穿了一身单衣,靠在床头,一副生无可恋的模样。顾九思在一旁忐忑地拧着帕子,时不时偷瞟柳玉茹一眼。柳玉茹看着印红,点点自己身前,印红便将搓衣板放了下去。柳玉茹挥了挥手,印红便走了。

房门关上后,屋里只剩下了柳玉茹和顾九思。

顾九思看着面前的搓衣板,不大明白:"玉茹,这个板子拿过来是做什么的?"

柳玉茹靠在床头,声音哀切:"今日我以为郎君去了,也差点儿跟着去了。玉茹心中的苦楚,郎君可知?"

"知……知道。"顾九思总觉得有什么不好的事要发生了,说话都有些结巴。

柳玉茹坐直了身子,吸了吸鼻子,看着顾九思,道:"但玉茹也想明白了,成婚时玉茹就想,郎君性情张扬,虽然聪明,但做事不够谨慎,玉茹应当时刻提醒郎君。可后来郎君让玉茹太过放心,玉茹便没有干涉太多,但就今日来看,郎君做事还是太过冒失,今夜好好悔过,明日路上也能睡得好。"

顾九思心里明白了,看着面前的搓衣板,感觉膝盖有点儿疼。

柳玉茹看着他,声音温和,道:"郎君可要上来睡?"

"不了,"顾九思一脸沉痛,"夫人说的对,我太冒失,让夫人受惊了,我这就跪板自省,痛思己过,感激夫人提醒。"说完,他立刻跪到搓衣板上,严肃地看着柳玉茹,道,"夫人,我这个姿势可还英俊?要不要我再往前两步,帮你挡挡光?"

柳玉茹被他的话逗乐,但知道自己不能笑,于是转过头去,故作冷淡地道:"你别给我贫嘴,自己想想错在哪里。"

"我不该看着你哭还在外面不进去。"顾九思忐忑地看了柳玉茹一眼。

柳玉茹回头看他,淡淡地道:"这是小事,还有呢?"

"我吓着你了。"顾九思继续悔过。

"我问你,"柳玉茹回过头来看他,"这次的事情,是不是你一手安排的?"

"是。"顾九思倒也坦然承认,没有半分遮掩。

"你猜到了洛子商会在这时候动手?"柳玉茹皱起眉头。

顾九思点头道:"他这次损失惨重,不会轻易罢休。如果我死了,治理黄河一事就会重新落回他手中。而且最近城里异动频频,虎子报给我听,我猜到了,自然不会放过这个机会。"

"你还把这当机会?"柳玉茹气得笑了,"别人要杀你,你拿着自己的命去赌?"

"玉茹……"顾九思鼓起勇气,道,"我……我也是有分寸的。我在昨夜去找周大人,临时将陈茂生调过来,就是想着,他见太子的人负责巡防,就不会随便动手。若他真的动手了,陈茂生也就完了。我已经让太子府的线人去给太子报信了。洛子商明知负责巡防的人是陈茂生还动手杀我,洛子商和太子的联盟也就破了。"

"所以他原本有两个选择。第一个选择,他顾忌陈茂生,不刺杀我,但他不动手,我也会动手。只要有个借口,我便可以让人直接追踪他的杀手的位置,今夜做干净,我们接下来的出行才安全。"

柳玉茹静静地听着顾九思的谋划,他鲜少同她这么详细地说这些。

"第二个选择,刺杀我。可他千里迢迢来东都,就是想要获得太子的信任,从而像把控王家一样把控太子。要为了刺杀我而得罪太子,太不明智了。虽然他还是这么做了,但我早已做好了防范,如今全城都是我的人,他们就算作乱,也掀不起什么风浪。"

柳玉茹静静地听着,顾九思有些着急,道:"我知道今夜吓着你了,可是我……"

"我被洛子商带走了。"柳玉茹平静地出声。

顾九思愣了愣,柳玉茹转眼看他,顾九思整个人都是蒙的。

柳玉茹走失这件事,沈明的人还没来得及通知顾九思,顾九思这边就遇上了刺杀,而后柳玉茹便出现了,之后江河才过来,而江河没来得及告诉顾九思这件事,顾九思自然不知道。

顾九思呆呆地看着柳玉茹，片刻后，问："沈明出事了？"

顾九思让沈明照看柳玉茹，依照沈明的性子，除非沈明死了，不然不可能让柳玉茹被洛子商劫走。

柳玉茹有些疲惫。她不想让顾九思责怪沈明，因为她清楚沈明当时那个选择的意义，那只是人的本能，她并不怪沈明。她转了个话题，道："九思，你太冒进，你以为一切都被掌握在你手中，可现实中不会事事都如你所料的。"

顾九思沉默许久后，慢慢地开口："这次是我思虑不周……"

"不是你思虑不周！"柳玉茹见他还不明白，实在克制不住情绪，猛地提高了声音，"是你根本就不该赌！"

顾九思垂下眼眸，柳玉茹的胸口剧烈地起伏着，她走上前去，半蹲在顾九思身前，看着他，道："九思，你什么都能拿去赌，唯独命不可以，你明白吗？钱没有了，我们可以再挣；官没有了，还可以复官；唯独命没有了，就真的什么都没有了。"

"我不明白。"顾九思抬眼看向柳玉茹，克制又冷静，"过去我们俩便是这样走过来的，如果命不能赌，你为什么要回扬州？你为什么要继续当我的妻子？你为什么要去扬州收粮？你为什么要在望都被困时和我守城？你为什么要喝下那杯毒酒？玉茹，你我一直在赌命。"

"那是过去。"柳玉茹看着顾九思，认真地道，"九思，过去我们是不得不赌，如今我们有的选。有的选，为什么要赌？你今日赌这一场是为了什么？为了离间洛子商和太子？为了拉下一个陈茂生？你明明可以选择多加防范，可你为了你的政治目标选择了更冒进的道路。"

"今日不让洛子商动手，若我们出发后他动手，事情会更麻烦。"顾九思的声音平静。

柳玉茹深吸一口气："这是你事后的想法。你若不是觉得自己有极大的胜算，怎么敢让我和叶韵上街？"

顾九思终于不出声了。其实柳玉茹说的没有错，他的确失算了，只是江河在他身后，为他补了最后的漏洞。不管如何说，他差一点儿就失去了柳玉茹，柳玉茹始终是被洛子商带走了。

他心里既害怕又愧疚，低着头没有说话。

柳玉茹拉住他的手，叹息道："九思，你的赌性太大，你也太自负了。"

当年在扬州顾九思敢同杨龙思赌四亿跳马，这样的性子永远埋在他的骨子里。

柳玉茹看他跪着，想了想，起了身，道："起来吧，到床上睡。"

"我不去。"顾九思果断地开口。

柳玉茹不由得笑了："和我使性子？"

"没。"顾九思低着头道，"我犯了错，该长长记性。"他深吸了一口气，抬起头来，看向柳玉茹，"我让你置身险境，这是我的错。我思虑不周，太过冒进，这也是我的错。可今日之事，我当时决定要做，我不觉得有错。"

柳玉茹静静地看着他，他接着道："玉茹，我们还没到可以安安稳稳地过日子的时候。一来，我们与周大人同气连枝，而太子对周大人态度不明，我们的未来尚不可确定。二来，洛子商留在东都，怕是另有所图。如今我们与洛子商已经势如水火，日后他不会放过我们。我如今若不往上爬，日后洛子商若掌权，顾家会如何？"

柳玉茹只感到疲惫："九思，"她叹了口气，"要一直这么斗下去吗？"

"玉茹，"他看着她，"我不仅有你，有家庭，还有兄弟。"

"我与周大哥是兄弟，所以我不可能站在太子那边，只要周大哥不负我，我便得和周家站在一条线上，而太子不一定容得下周大人。

"我与世安也是兄弟，他与洛子商有灭门之仇，我答应过他，会替他报此血海深仇。若太子贤德，洛子商良善，或许我还会有所顾虑，但以太子如今的脾气，日后大夏必有纷争，而以洛子商的性子，今日的扬州就是未来的大夏。所以于私，我只能斗下去；于公，我也必须斗下去。"

柳玉茹坐在床边，看着他明亮的眼，他没有半分躲避，也直视着她。

这样的顾九思让她无法移开目光。她看着面前的人，感觉着自己的心跳，那是她内心深处那个小小的人所有的爱和仰慕。

一个人爱另一个人，必是因为对方值得被爱，而不是因为那个人爱你。

柳玉茹觉得自己其实是个心冷的商人，她的心很小，她只希望自己和家人活得好好的，她的世界没有天下，也没有苍生。她只求自己不做个坏人，但也不想承担更多。

可是顾九思不一样，顾九思的眼里，是君子之义，是友人之情，是烽火连绵，是大夏千里江山，是这厚土之上的千万黎民。他自己都没有意识到,柳玉茹却从他眼里,清晰地看见他内心深处那些天真又炙热的期盼。

她感觉自己像是被这个人点燃了,内心的那一点儿热血跟着他躁动起来。这让她无奈又喜欢,她叹了口气,道:"你既然觉得自己没错,还跪在这里做什么?"

"不,我错了。"顾九思果断地说。

柳玉茹注视着他:"什么地方错了?"

"让你遇险,让你受累,让你不安,便是我错了。"

柳玉茹愣了愣。他心中有丘壑,也有她。她回过神来,吸了吸鼻子,张口想说什么,又哽咽无语。她抬起手,指着顾九思,几番想要开口,却终究无言。

顾九思知道她的情绪,伸手握住她的手,将她的手掌贴在自己的脸上,看着她,神色温柔:"下次不会了。我本不想让你知道外面的风雨,希望你该看花灯看花灯,该做生意做生意。可如今我知道了,我没这么厉害,做不到神机妙算。日后,我半点儿危险也不会让你遇到了。"

"我不怕的。"柳玉茹终于找回了言语,感受着手下的温度,看着顾九思,笑了起来,"其实除了你出事,其他事我都不怕。你是对的,"她垂下眼眸,"你说的,我都明白。叶大哥的仇,该报。太子无德,我们该做打算。我就是……就是……"柳玉茹抬眼看他,漂亮的眼里,眼泪扑簌落下,"就是不明白,怎么总要你去犯险?"

"你说我是个男人多好?"她认真地道,"我若是个男人,就替你出仕,替你谋算,替叶大哥报仇,帮你实现你想要的太平人间。这样你就能好好的,当你的纨绔子弟。我可以给你好多钱,你每天都去赌钱,去斗鸡,去护城河夜游,然后骑着马唱着歌回来……"

"不好。"顾九思打断她,道,"你若是个男的,我就娶不了你了。"

柳玉茹愣了愣。

顾九思看着她,满脸严肃地道:"让我受苦吧,我愿用生生世世的磨难换你当我媳妇儿。"

"你……"柳玉茹心里欢喜,脸上泪迹未干便忍不住扬起嘴角。

顾九思见她高兴了,跪在搓衣板上,抱住坐在床上的柳玉茹的腰,将头靠在她的腿上撒娇道,"玉茹,其实,做这一切我都不觉得苦,不觉得累。我可以斗一辈子,只要你在我身边,我就什么都不怕。"

柳玉茹轻轻地梳着他的头发,看着面前的人,眼神平静又温柔。她没有多说，她不是顾九思那样喜欢把心意说出来的人。她只是用手指梳着他的头发，一下又一下。

顾九思闻着她身上的味道，许久后，终于低声问："洛子商是怎么把你掳走的？"

"当时太乱了，沈明顾不上我。洛子商戴着面具，拉住我，我以为是你，便跟着他一起跑了。"

顾九思道："以为是我？"

"嗯，"柳玉茹想了想，"我今日才发现，他的眼睛当真像你。今日他的穿衣风格也和你像，当时太乱，我没仔细看，便认错了。"

顾九思靠着她，静了好久才又开口："他掳你做什么？"

"大约是怕我被误伤吧。"柳玉茹思索着，道，"他这么多银子放我这儿，还指望我给他赚钱呢？"

"是他把你送到花船上的？"顾九思继续追问。

柳玉茹摇了摇头："他带我到了渡口，我瞧见替身中箭，自己跑去找你了。"

"倒是要谢谢他。"顾九思低声开口，柳玉茹察觉他不高兴了。

她想了想，低声道："他是看在钱的分儿上，你别想太多。"

顾九思闷闷地应了一声。

他没有说出口的是，渡口本是看烟火最好的位置。他原本的计划就是让叶韵将柳玉茹领到那里去，这样柳玉茹就可以看到烟花，看到他为她献上的悦神曲。可是陪着她看烟火的不是他，而是洛子商。男人最懂得男人，他一想到洛子商同柳玉茹站在渡口看烟火，心里就快难过得想吐血。可他不能说，柳玉茹现在什么都没察觉，但若他说了，她便会知道。

他就将头靠在柳玉茹身上，认认真真地跪着。

他跪了一阵子，她终于道："别跪了，睡吧。"

"嗯。"顾九思终于不要赖了，站了起来。

顾九思洗漱躺到床上后，从背后抱住了柳玉茹。柳玉茹半醒半睡，察觉他闹腾，按住他的手，道："明日便要启程了，便不闹了吧？"

"刚好在马车里睡。"顾九思低声说。

他的耐心好得很，柳玉茹有了感觉，也就放任他了。今夜的顾九思与平日的有些不一样，他小声地问她："玉茹，你喜不喜欢？"柳玉茹红着脸，咬着牙关没说话。顾九思察觉到她高兴了，抱着她，低声道："玉茹，我是样样都比洛子商好的。"

柳玉茹意乱情迷中听到这句话，无法思考。完事之后，她躺在床上将睡未睡时才慢慢反应过来。

这个人当真孩子气得很。

顾九思一觉睡到五更天，外面就传来了闹哄哄的声音，他瞬间张开了眼睛，抬手捂住了柳玉茹的耳朵。

柳玉茹迷迷糊糊地睁了眼："怎么了？"

"你继续睡，"顾九思温和又小声地道，"沈明回来了，我先去处理点儿事。"

柳玉茹放下心来，含糊地应了一声。

顾九思起了身，披了件外袍，便走了出去。院子内，沈明、虎子和手下的人挤满了院子。边角处，几个人举着火把，将院子照亮。沈明见顾九思出来，赶紧用清亮的声音开口道："九哥……"

顾九思竖起一根食指抵在唇上，沈明顿住了。

顾九思转头看了看房里，小声道："你嫂子还在睡觉。"说着，他轻手轻脚地朝着院外走去，对众人挥了挥手，低声道："小声些，别惊着她。"

顾九思走得小心翼翼，其他人顿时也紧张起来，蹑手蹑脚地跟在他后面，几乎没发出任何声音。

到了正厅，顾九思坐下来，沈明才上前道："九哥，处理干净了。"

"没留活口？"顾九思皱起眉头。

虎子立刻道："爷，我们特意留下了几个，但他们都自尽了。"

顾九思端茶的动作顿了顿，片刻后，他继续问："今晚一共清理了多少人？"

"近五百个杀手。"沈明冷静地道，"他们动手后，我立刻请示了周大人，周大人派了人手给我。"

顾九思点点头："去太子那边通风报信的人呢？"

"进了太子府就没出来。"

顾九思端着茶，静了片刻，淡淡地道："洛子商是有几分本事。"

此番洛子商行事完全不顾陈茂生，顾九思派人将这个消息报给了太子，按理太子该和洛子商翻脸，太子却将报信人扣下了，甚至杀了也不一定，看来是打算保下洛子商。

此刻天还没亮，顾九思看了看天色，继续道："参陈茂生的折子准备

- 135 -

好了？"

"世安哥那边准备了。"沈明立刻道，"明日会让御史台出面参陈茂生，世安哥说让你放心，剩下的事他会办妥。"

顾九思点点头，如果太子要保下洛子商，自己这一次没抓到洛子商动手的证据，还是动不了洛子商，但也算是把洛子商在东都的人都清理了一遍，短时间内，洛子商很难再有大的动作。

这一次，算是顾九思这边占了上风。

拔掉了陈茂生，等于拔走了太子手里少有的军权上的钉子。除掉洛子商的爪牙，也意味着这次远行的路上，洛子商再难策划第二次暗杀。太子就算现在还选择保洛子商，心里也难免埋下了怀疑的种子。

顾九思闭着眼，在脑子里将今日的事情过了一遍后，终于道："好，"他睁开眼，看了看大家，笑起来，道，"辛苦各位了。"

"不辛苦，"虎子笑起来，"跟着九爷混日子，有前途。"

顾九思笑了笑，同木南招了招手，木南便让人拿了两打红包过来。顾九思亲手将红包一一发给在场的人，笑着道："拿个红包，回去洗个澡，好好睡一觉吧。"

众人没想到还能领到红包，都不由得有些高兴，朝着顾九思连连道谢。顾九思挥了挥手，让众人下去，随后转头同站着的虎子道："我此次东巡，顾府就交给你照顾，你好好看着。若有什么情况，你便找我舅舅，户部侍郎江河江大人，一切听他安排。"

"是。"虎子应了声，顾九思点点头，便让虎子先回去睡。

虎子离开后，顾九思让下人先出去，屋内只剩下沈明和顾九思。沈明从刚刚打斗所带来的激动中慢慢缓过来，顾九思不说话，只低着头喝着茶，似乎在等着沈明开口。沈明打了一个激灵，猛地反应过来，抿了抿唇，解了剑，便在顾九思面前跪了下去。

"我今日失职，"沈明闷声开口，"没看好少夫人，您罚我吧。"

他用了"少夫人"和"您"，彰显了此刻他与顾九思的身份。哪怕平日称兄道弟，他们始终还是上级和下属的关系。

顾九思听了，抿了一口茶，看着外面的院子，慢慢地道："怎么丢的？"

沈明没说话，低着头。

"说话。"

"叶大人护不住叶小姐，"沈明深吸一口气，终于出声，"我一时情急……"

顾九思转头看沈明，沈明自觉有愧，不敢迎向他的目光。顾九思盯了沈明好久，终于开口道："沈明，每个人都有自己的责任。"

"属下知错！"沈明叩首，闭起眼道，"九哥，你怎么罚都成！今日就算你杀了我，我也觉得应该。"

顾九思定定地看着沈明，说不愤怒是假的，顾九思虽看着不着调，内心却比谁都理智。

好久后，顾九思站起身来，取了沈明的剑鞘，递给沈明。沈明不明所以，只见顾九思上前跪到地上。月光落在大门前，顾九思将外袍脱下，整整齐齐地叠在一边。

顾九思身着白色单衣，背对着沈明，道："你叫我九哥，我便是你的兄长，你做了错事，我得替你担着，剑鞘在你手中，击背三下，你来动手。"

"九哥！"沈明吓得声音都颤抖了，"你打，我受着。"

"若今日你不动手，那便是我管不了你，你自己离去，不要再回来，也不必叫我九哥。"顾九思的声音平静，沈明愣了愣，看着顾九思，心里难受极了。

沈明低声道："九哥，你这样，比打我还让我难受。"

"我不能打你，"顾九思冷静地开口，"你的心思，我明了。在你心里，叶韵的分量太重，你见她遇险，不能置之不理，这是人之常情。我本就不该把叶韵和玉茹放在一起让你选，这是我思虑不周，是我逼着你做错事。我当时不该把你放在绝境里，事后更不能惩罚你。所以这是我的错，应当你来罚。"顾九思低下头，冷声道，"马上要上朝了，打。"

沈明提起剑鞘轻轻地拍了一下顾九思的背。

顾九思抬眼看他："下不去手，就一直打下去。"

"九哥，"沈明颤抖着声音道，"你在逼我。"

顾九思定定地看着他，沈明终于深吸了一口气，抓着剑鞘，狠狠地抽打下去。每一声闷响，都像剑鞘是打在沈明的心上，让沈明疼得整颗心都在抖。打完了，沈明一把扔了剑鞘，红着眼就要出去。

顾九思叫住他："站住。"

沈明背对着他，咬着牙关不说话。

顾九思撑了一下地,站起来,道:"我等会儿让人给你准备一盒胭脂,走之前去叶府给人家叶韵送过去。"

"不去。"

"不去也行,"顾九思捡起外袍披在身上,走出去,道,"你自己想清楚,这次一去可能就是大半年,叶韵也快二十岁了,我上次和世安聊天的时候可听说,叶家打算给叶韵找门亲事。"

"这么急?!"沈明惊讶。

顾九思停在门口,转头看他,勾起嘴角:"沈明,男人不能总是让女人等着,她正值大好年华,你凭什么让人家等你?"

沈明愣了愣,顾九思也没多说,转头回了屋里。天刚有了些亮色,柳玉茹已经起身了,看见顾九思进门来,笑了笑:"可梳洗好了?"

"还没呢。"顾九思看见柳玉茹,笑容就软了下来。他接了帕子擦了脸,漱口束冠,穿上了官袍。柳玉茹给他系好腰带,声音平和:"昨夜已经做了太多了,今日要收敛一些,朝堂之上,便不要太露锋芒了。"

"你放心,"顾九思笑了笑,"我心里有分寸。你在家收拾好东西,可能我下朝回来,我们便得启程。"

"嗯。"柳玉茹低声道,"早已打点妥帖,等你回来便可启程。"

"有你操持这些事,我是放心的。"顾九思低头亲了亲她,道,"我这便走了。"

顾九思出了门,而太子府里还乱成一团。范玉在正堂里踱步,探子一个又一个地进来,送上最新的消息,侍从念给范玉听,洛子商坐在边上静静地喝着茶。

"顾九思就是周高朗的一条狗!"范玉一面来来回回地踱步,一面低低地骂着,"本宫当初在扬州就看出他不是什么好东西,目无尊卑,和周烨简直是狼狈为奸。父皇就我一个皇儿,他们不好好辅佐我,如今还这样处心积虑地动我的人,他们这是什么意思?是想造反吗?"

洛子商吹了吹茶,缓缓出声:"殿下,顾九思既然动手,便不会留下破绽。殿下不如想想接下来的事?今日早朝,周高朗那边的人必然要对陈将军发难,殿下打算如何应对?"

范玉顿住步子,有些犹豫,抬头看向洛子商,道:"太傅觉得,应当怎么办?"

"殿下,陈大人的位置大概是保不住了。"洛子商叹了口气,"这样的盛会，陈大人主管的地方出现了这么大的混乱，游人当街被掳，户部尚书遇刺，即使顾九思最后没事，这事也不可能被轻易原谅。"

"那怎么办？"范玉皱起眉头。

洛子商低头道，"如今我们只能以退为进，争取陛下的同情了。"

"以退为进？"范玉有些不明白。

洛子商用小扇敲着手心，看了一眼有些志忑的陈茂生："等一会儿陈大人脱了衣服，背捆荆条，去路上拦下顾九思，道歉。"

负荆请罪。

"这事怕没这么好了吧？"范玉皱着眉头。

"陈大人先去，"洛子商看着陈茂生，催促道，"否则怕是来不及，一定要在大街上拦。"

陈茂生点点头，赶紧出去了。

陈茂生出去后，洛子商继续道："陈大人可能要暂时从南城军领军的位置上退下来，殿下可有替代他的人选？"

这一问把范玉问住了，他皱着眉头问："必定保不住？"

"保下，陛下怕是会不喜。"

范玉沉默片刻，终于道："本宫手里是有一些人，可茂生让了位置，周高朗那边肯定会推选其他人上来，我手里的这些人怕是都没有这么合适，就算本宫肯举荐，他们也上不去。"

洛子商顿了顿，道："那微臣给殿下举荐一个人？"

"快说。"范玉立刻出声。

洛子商笑了笑："南城军第十三队的队长，熊英。"

"这是你的人？"

洛子商摇头："不，他谁的人都不是，但是他父亲熊思捷当年被江河参奏，最后被斩。江河是顾九思的舅舅，顾九思是周高朗的人，咱们大可以先把熊英推上去，再将他收入麾下。"

得了这话，范玉立刻击掌道："好。今日早朝，本宫就让人举荐他！"

这边太子和洛子商商量好了计划，那边顾九思和沈明正坐在马车里。顾九思闭着眼睛休息，马车行到半路，突然停住了。

顾九思睁开眼，有些茫然："到了？"

沈明撩起帘子看了看外面，随后同顾九思道："九哥，有个人不穿衣服背着荆条在路上跪着。"

一听这话，顾九思脸色大变，沉默了片刻，抓住沈明，道："你赶紧冲出去把他扛走。"

"扛……扛走？"沈明有些蒙，顾九思点头。

"赶紧的，不管用什么方法，别让我见着他，也别让他开口说话！"顾九思把沈明一推，沈明一个踉跄，刚站稳在地上，陈茂生察觉到有人出来了，立刻仰起头道："顾……"话没说完，陈茂生就见一只脚从天而降。沈明把陈茂生直接踹蒙了，一把将人扛到肩上就狂奔而去。

这一切发生得很快，顾九思听见外面没什么动静了，小心翼翼地探出头询问驾车的木南："走了？"

木南神色复杂地点点头："扛走了。"

"你说什么？"洛子商有些蒙，"沈明把人怎么了？"

"扛……扛走了。"侍卫跪在马车里，把情况报给了洛子商和范玉。

范玉和洛子商面面相觑，两个人都有点儿蒙——从未见过如此不按套路出牌的人。人家负荆请罪，他难道不该停下马车，在一番你哭我哭之后和对方达成和解，收获大团圆结局吗？再不济也是当街痛斥陈茂生，哪怕来一番冷战也可以啊。连说话的机会都不给，当街打了就把人扛走，这是什么操作？

"这……这怎么办？"范玉下意识地开口。

洛子商稍稍镇定，道："殿下无须慌张，扛走了就扛走了，殿下按计划举荐熊英便好。"

范玉点点头，没有多说。洛子商见即将早朝，便先告辞了。

洛子商退下去后，范玉开始穿朝服，一面穿，一面想着什么。太监刘善打量着范玉的神色，小心翼翼地问："殿下似乎心有忧虑？"

"嗯。"范玉应了一声，又想了想，道，"你说，太傅这个人怎么样？"

刘善笑了笑："奴才只是奴才，哪里有殿下眼光精准？"

"本宫让你说。"范玉的声音带了不喜。

刘善赶忙道："奴才觉得洛大人十分聪明。"

十分聪明。范玉的心沉了沉。

刘善打量着他的神色，赶忙道："殿下，洛大人是您的太傅，与您是一根绳上的蚂蚱，他聪明，便是您手中的一把好刀，您该高兴才是。"

范玉抬眼看了一眼刘善，嘀咕道："你们这些阉货，天天给他说好话，怕不是收了他银子吧?"

"殿下乃日后的圣人,英明神武,奴才是忠是奸,殿下心里清楚着呢。"

刘善一番好话终于让范玉高兴了些。范玉点点头,板着脸道:"疑人不用,用人不疑,本宫心里清楚。"

说完之后,范玉也穿戴好了,直接往大殿走去。

天刚刚亮起来,众人会聚在大殿外。

顾九思走到叶世安面前,小声问:"都准备好了?"

叶世安应了一声,随后道:"你报上来的那个兰尚明我去查过了,没有问题。"

"他是个刚正不阿的人,"顾九思低声道,"这一次要动太子的人,陛下心里必然想选个没有参与党争的。所以这个兰尚明今日不要提,等太子那边举荐人了,你们反对就是。太子举荐一个,你们参一个,最后陛下一定会亲自选。那时你这边再把兰尚明写进候选人里,其他人选要多少有点儿不合适,这样陛下自然会选中兰尚明。"

叶世安点点头:"明白。"说着,他抬头看了顾九思一样,"沈明呢?"

"哦。"顾九思转头看了看宫外,沈明正匆匆跑过来。顾九思仰了仰下巴:"这不来了吗?"

"他没同你一道?"叶世安感到有些奇怪。

顾九思笑了笑:"方才陈茂生拦路,想玩负荆请罪,我让沈明把他扛走了。"

"那他估计得被参了。"叶世安皱了皱眉头。

顾九思满脸无所谓的神情,道:"反正今日我们就离开东都了,他们爱怎么参怎么参。"

顾九思受命总管治理黄河一事,专门请调了沈明来协助,早已得了范轩的应许。叶世安不太赞成地看了顾九思一眼。

沈明刚到,太监就站到门外了。众人在唱喝声的指挥下回到各自的位置,随后按序而入。

范轩坐上金座之后,便道:"朕听说昨日悦神祭出事了?"说着,他看向顾九思,"顾爱卿,没事吧?"

"谢陛下关爱,"顾九思脸色有些苍白地一笑,"微臣没事,但是微臣差一点儿便再见不到陛下了。"

"出事的区域是哪位大人管辖的？"没有人说话，范轩的目光落到周高朗身上。周高朗出列，恭敬地道："回陛下，是南城军领军陈茂生陈大人。"

"陈茂生呢？"范轩环顾四周，无人应话，范轩不由得气笑了，"怎么，早朝都敢不来了？"

"陛下，"洛子商出列，平静地道，"微臣听闻，今日沈明沈大人当街将陈大人打了，不知沈大人之后将陈大人带往何处了。"

众人都愣了一下，范轩皱起眉头。这时顾九思诧异地道："今日带着武器来拦我马车的竟是陈大人？！"他看向洛子商，佩服地道："还是洛大人神通广大，在下在路上既不见其他马车，也不见其他大人，在下自己都不知道那是陈大人，洛大人便知道了。"

洛子商被顾九思噎了这么一下，脸色有些僵。

顾九思上前一步，恭敬地跪了下来，道："陛下，今日微臣上朝，得知有人带着武器拦路，因微臣昨日刚遭刺杀，以为又是闹事之人，便让沈大人帮忙将那人驱逐。微臣和沈大人过去与陈大人从未有过交流，没能认出陈大人，这是微臣的不是，沈大人只是帮忙，陛下若要责怪，臣愿一力承担。"

"陛下！"沈明终于反应过来，赶紧出列，道，"陛下恕罪，微臣也只是见那人背上背着凶器，又气势汹汹，一时情急才动了手。人是我打的，还望陛下不要怪罪顾大人！"

两个人一唱一和，太子党憋了一口气。

武器？什么武器？背上背个荆条就算武器？！

可此刻谁也不敢去说陈茂生背上背的不是武器，顾九思刚才暗指洛子商指使陈茂生，若他们连细节都讲出来，就真的说不清了。

范轩听着顾九思和沈明的话，也有些想不通，陈茂生好好的去袭击顾九思做什么？还嫌昨夜的事不够多？

"罢了。"范轩烦闷地道，"朕看他的位置是该换个人了。"

范轩开了这个话头，周高朗这边的人纷纷支持，太子的人一言不发。范轩盯着范玉，洛子商给范玉使了眼色，范玉收到了洛子商的眼神，憋了口气，上前道："父皇，儿臣也认为陈大人不堪留任，不如举荐新人。"

范轩的表情明显好了许多，他点点头，道："皇儿说的不错，可有人选？"

范玉沉默了，洛子商抬头看着范玉。范玉抿了抿唇，开口时却说出了一个与洛子商嘱咐的不同的名字："南城军第六队队长黄宏。"

洛子商愣了愣，片刻后，像是明白了什么，慢慢地笑了起来。他垂下眼眸，再不管太子了。

顾九思细细地打量着这一切，不由得乐开了花。

黄宏是太子亲信，但劣迹斑斑，御史台的人一听，立刻出声："陛下，不妥！"

朝堂上唇枪舌剑，直到下朝了也没能定下人选。

顾九思、沈明和叶世安三个人出了大殿，一派君子风度，刚走到角落里，顾九思和沈明就爆发出一阵大笑。

顾九思扶着墙，一面笑，一面道："这个傻缺哈哈哈……居然推黄宏哈哈哈哈……"

叶世安紧张地打量着四周，露出几分不赞同的神色，道："你小声些。"

"不行你让我笑笑。"顾九思摆摆手，"笑完我才能说正事。"

叶世安无奈，只能看着沈明和顾九思笑。两个人笑够了，顾九思才看向叶世安，正色道："我这就去和陛下告别，等一会儿我直接回府，然后就启程了。我不在的时日，麻烦你帮我照看顾府。"

"你放心。"叶世安点点头，"我会照顾好伯父伯母。"

"还有一件事。"顾九思突然想起来，皱起眉头，同叶世安道，"你再帮我查查洛子商。"

"还查？"叶世安有些不明白，他们已经查过两遍了。

顾九思犹豫了片刻，终于道："我想知道他的亲生父母是谁。你回扬州去，查一查他出生那年，扬州城里……"顾九思抿了抿唇，犹豫片刻，附在叶世安耳边小声道："我爹或者我舅舅，是否有什么风流事。"

叶世安睁大了眼，有些震惊。顾九思觉得有些难堪，低声道："你也别多问了，还有另一个事，你看看能不能查到。"

"什么？"

"洛子商到底想做什么？"顾九思冷下脸来。叶世安有些不明白，沈明也茫然。

顾九思解释道："过去我们一直以为，洛子商是想辅佐太子，把控太子，之后像在扬州把控王家一样，挟天子令诸侯。可你想，如果他真的一心一意辅佐太子，为什么这次他完全不在意陈茂生的仕途？陈茂生作为太子少有的在军部的棋子，对太子而言有多重要，洛子商不清楚吗？他根本不在意太子。"顾九思冷静地道，"但他若是不在意太子，那他来东都到底是为了什么？"

"我明白了。"叶世安点点头，"我会去查。"

"我也会派人再查，不过前一件事我不想惊动家里，只能拜托你了。"顾九思拍拍叶世安的肩膀，"行了，我走了。"

说完，顾九思便转身要离开，叶世安叫住他："九思。"

顾九思回头，叶世安抿了抿唇，道："若查出来，他当真与你血脉相连，你当如何？"说着，叶世安抬头看着他，捏着拳头，冷声道，"我与他有血仇。"

顾九思注视着叶世安，片刻后，轻轻地笑了。

"叶世安，"顾九思有些无奈地道，"我说你是不是书读多了，脑子都读傻了？就算是我顾家血脉又如何？没有感情的血脉一文不值，你放心吧，"顾九思认真地道，"你是我兄弟，你的仇就是我的仇。他那种垃圾要真是我顾家血脉，我就更得清理门户了，不能辱了我顾家门楣。"

说着，顾九思转身走到叶世安面前。这两年顾九思长得快，已比叶世安高了半个头。顾九思抬手就给了叶世安一个栗暴："你要再乱想，我就打死你，活活打死。"

叶世安愣了愣，顾九思也没时间和他再说，转身摆了摆手，就去了御书房找范轩。

顾九思走后，沈明走上来，撞了撞叶世安，道："行了，你别多想，你信九哥，不管怎样他都会和你站在同一个战线上的。"沈明放低了声音，小声道，"就算不是为了你，我听嫂子说，洛子商当年差点儿害死顾家全家，还砍了和九哥从小一起长大的兄弟呢。"

叶世安经过提醒，想起来了，抿了抿唇："动手的是王善泉，洛子商那时也只是王善泉的一条狗而已。"

"那又怎样呢？"沈明接着道，"世安哥，"他叹了口气，将手搭在叶世安身上，"多给自家兄弟一点儿信任。"

叶世安沉默片刻，叹了口气，道："是我自己想太多了。"

跟着叶青文在朝堂上待久了，人的心思也就多了。

叶世安恢复了情绪，同沈明道："行了，你赶紧回去收拾收拾，九思从宫里回来,估计就要启程了,你别耽搁了他时间。"

"没什么好收拾的了。"沈明立刻道,"该弄的早就弄好了,你现在要回府对吧?"

"嗯,怎的?"叶世安感到有些奇怪。

沈明立刻道:"我送你回去。"

"你送我回去做什么?"叶世安有些不理解。

沈明赶紧挽着他道:"我马上就要走了,咱们兄弟一场,我送你回趟家。"

"我又不是女人,"叶世安皱起眉头,"你送我回家做什么?"

"哎呀我说你这个人,"沈明有些不高兴了,强行拖着叶世安往前走,道,"我就想同给你多说几句话,你至于这么刨根问底的吗?"

叶世安虽然学过一些强身健体的武术,但同沈明这种专门拜师学艺、又当过山匪的人在力气上完全不能相比,所以还是被沈明强行拖到了马车上。沈明这样热情,叶世安只能勉强接受了沈明的理由,就当沈明突然有了那么几分良心,专门要同自己说说话。

两个人上了马车,沈明犹豫着道:"那个,世安哥。"

"嗯。"叶世安低着头,拿了卷书。

沈明支支吾吾地道:"那个……叶韵在家吧?"

叶世安顿了顿,皱起眉头,抬头看向对面的沈明:"你问这个做什么?"

"没没没,"沈明慌得不行,赶紧摆手,道,"没什么,我就是随口一问,随便问问。"

叶世安皱着眉不说话,盯着沈明,一双眼上上下下地打量他。沈明不由得紧张起来,下意识地挺直了腰背。

叶世安看了片刻,转过头去,哼了一声,点头看着书,道:"今日在家里看账,下午才出去。"

"哦哦,"沈明点着头,又道,"她昨晚回去,还好吧?"

"怕是吓着了。"叶世安淡淡地道,"听下人说,她坐在窗口看兔子灯看了一晚上。"

"兔……兔子灯?"沈明有些意外,下意识地道,"她喜欢这种东西呀?"

叶世安瞪了他一眼,用孺子不可教也的眼神看着他,片刻后,实在气愤不过，拿了书就往沈明的脑袋上砸，一面砸，一面道："怎么就这么蠢？怎么就这么蠢！"

"哎哎哎，有话好说，好好说。"沈明抱着头，不敢还手，也不知道为什么，心里就发虚。

叶世安打完了，终于顺了口气，道："她以前是小孩子心性，喜欢的东西也和普通姑娘没什么不一样。沈明，"叶世安的口气软了一些，带了几分苦涩，"她本不是如今的样子的。"

沈明愣了愣，看着叶世安的眼神，不由得连声音都轻了许多，道："她……她原本是什么样的？"

沈明第一次见叶韵时，她就已经是如今的模样了。她像一把出鞘的剑，像一根破开巨石的草，冷静、沉默，带着种无声的决绝，也只有在和他吵嘴的时候，才能偶尔在她眼里瞧见她这个年纪该有的光彩。

"她啊，"叶世安苦笑，"年少的时候，脾气坏得很，成日在家里作威作福，稍微有点儿什么不顺心的，就要抱着我娘哭个不停。家里人都宠着她，她就越发无法无天。"

叶世安说着，忍不住笑起来，眼里带了几分怀念："我那时候讨厌她得很，觉得她不知礼数，说过她好几次，她便四处同人说我对她不好。她那时喜欢的东西都是些不着调的，在家里养了许多小宠物，尤其是兔子，当年叶家后院，养了十三只兔子，都是她的。这些兔子买的时候都是些兔崽子，那人同韵儿说这兔子不会长大，哄得韵儿花了重金去买，结果……"

"是肉兔？"沈明聪明了一回。

叶世安点点头，道："这些兔子被她养得膘肥体壮，还要人专门伺候，而且谁都欺负不得，要是谁敢动她的兔子，她能和谁拼命。"

沈明听着叶世安的话，忍不住笑了。

到了叶府门口，叶世安领着沈明从马车上下来，一面往叶府里走，一面同沈明道："韵儿说到底还是个孩子，只是被逼着长大了。你别总是气她，要学着好好说话。她已经吃过很多苦了。"

论起来，这些话说得已经算是过了，然而沈明还是听不明白其中的深意，点着头道："行，我以后骂不还口就是了。"

叶世安停下脚步，面无表情地指着一个小院，道："这就是她的院子了，你自己让人通报吧，我走了。"

"行,"沈明点点头,"等我回来,再找你喝酒。"

叶世安呵了一声,转头便走了。

沈明站在小院门口,有些紧张。他握紧了袖子里的东西,来来回回地走了几遍,里面的丫鬟见着了,认出他来,便在他犹豫的时候就进去通报了叶韵。叶韵正在看神仙香的账本,听到沈明来了,愣了愣,道:"请进来吧。"

沈明还在想等一会儿怎么说话才能不气着叶韵,就听里面道:"沈大人,您进来吧,别再转圈了。"

沈明愣了愣,心里却放松下来,不用想怎么开口了,直接进吧。

他跟着丫鬟进去,到了屋里,瞧见叶韵正跪坐着看账本。

叶韵看上去有些憔悴,他开口就想问她是不是没吃饭,看上去没精打采的。开口之前,他突然想起顾九思和叶世安的话来。叶家有意给叶韵安排婚事。她吃过很多苦,他不能再气她。他一下僵住了。

叶韵没抬头,看着账本,道:"无事不登三宝殿,说完就滚。"

沈明轻咳一声,觉得有些尴尬。

他厚着脸皮坐到叶韵面前。

叶韵的坐姿很优雅,很端正。他坐在叶韵对面,无端地有了几分拘束。

他挺直了腰背,紧张地握紧了手里的胭脂盒,轻咳了一声,道:"那个,你今天看上去气色不太好,是不是最近太累了?"

"吃错药了?"叶韵抬眼看他,入眼就是沈明通红的脸,愣了愣,随后皱起眉头,"你这脸怎么回事?跑过来的?这么红?发生什么大事了?是不是昨晚的事情……"

"没事没事。"沈明赶紧摆手,不敢再看叶韵,低着头,小声道,"昨晚的事都解决了。"

"那是什么事?"

"那个,"沈明深吸了一口气,鼓足了勇气,把花了一个早朝的时间才想出来的话说出来,"我……我……马上就启程了。我……我可能一时半会儿也回不来。"

"嗯,所以,你有什么要拜托我的吗?"

沈明没说话,红着脸把顾九思早上让人给他的胭脂盒从袖子里拿出来。沈明的手一直在抖,他颤抖着把胭脂盒放在叶韵面前。

叶韵愣了愣，只听沈明道："那个，这个，你收着用。"

叶韵还有些蒙，好半天，才慢慢地问："你……你这是……？"

"我……我听说叶家在安排你的婚事。"沈明抬起头来，觉得这时候他得看着叶韵。他盯了叶韵好半天，终于才道："你……"

"沈明，"叶韵截住了他的话，仿佛清楚地知道了他的心意，定定地看着他，神色里有了难得的温柔。她将胭脂盒推了回去，平和地道："婚姻大事，父母之命，媒妁之言，没有私相授受的道理。"

沈明得了这话，一时有些蒙，片刻后，见叶韵如此坦诚，反而镇定了许多，低声道："我也得来问问你。你若是同意，我自然……"

"我没有什么同意不同意的，"叶韵神色平静，"沈大人，叶韵残花败柳之身，配不上正妻之位。您虽然如今官位低微，但日后前途无量，如今娶了我，日后是要被人笑话的。"

沈明心里骤然一紧。叶韵的神色很镇定，镇定得看不出半点儿情绪。沈明看着她，慢慢攥起了拳头："叶韵，你别这么说你自己。"

"这是事实。"

"这不重要！"沈明猛地提高了声音，"我不在意！"

叶韵定定地看着他，慢慢地笑了，一字一顿，认认真真地道："可是我在意。我不想祸害你，也不想伤害自己。沈明，"她叹息，"你终究还是太小了。"

"我比你年纪大。"沈明说得认真。

叶韵摇了摇头："我的心比你要老。"

"我不管年纪大不大，也不管你心老不老，"沈明盯着叶韵，"我就只问你一句话，你心里有没有我？"

叶韵没说话，注视着面前的青年。沈明将刀哐的一下放在桌面上，桌面微微震动。沈明认真地注视着她："只要你心里有我，老子就把命给你。"

叶韵被这话惊到了。许久后，她慢慢镇定下来，垂下眼眸，淡淡地道："抱歉，我心里没你。我也不想要你的命。"

沈明握紧了刀，觉得眼睛有些酸，但仍固执地看着叶韵："我有什么不好？"

"沈明，"叶韵深吸了一口气，抬头道，"你没什么不好，你很好，是我不好……我喜欢不了谁，你明白吗？"

"你胡说八道,"沈明怒斥,"你除了眼睛瞎看不上老子,你有什么不好?"

叶韵被这骂法骂得哭笑不得。沈明吸了吸鼻子,似乎觉得有些难堪,扭过头去,将刀拿回来。

他转头,视线落在窗口的兔子灯上,沙哑着声音道:"我听说你看兔子灯看了一晚上了。"

叶韵没答话,沈明接着道:"我做兔子灯也做得好得很,我还会做兔子笼,还会刻小兔子,我养兔子也是一把好手,绝对不给你养死一只。"

"你还是骂我吧……"叶韵低着头道,"我听着心里好受。"

"我不骂你。"沈明立刻道,"我以后再不骂你了,不仅不骂你,还要天天和你说好话,让你难受死。"

叶韵一时也不知该哭还是该笑。

沈明站起身来,提着刀道:"我今日和你说的话不是开玩笑的,我这就走了,你哪日改主意了,就来告诉我。"

"抱歉。"叶韵低低出声。

沈明摆摆手:"没什么可抱歉的,也不是什么大事,大家都是成熟的人,这些我不放在心上。"说完,他大步走了出去。

叶韵见他走得飞快,忙拿起胭脂,大喊道:"沈明,胭脂!"

"不喜欢就扔了。"沈明没有回头,颇为大气地道,"反正不是我花的钱!"说完,他便走过了转角,看不见了。叶韵手里拿着胭脂,一时竟也不知道该怎么办。

沈明强撑着从叶府走出去,走到大路上,就再也忍不住了。

他一个快二十岁的男人,拖着把刀,垂头丧气地走在路上,眼泪完全憋不住,啪嗒啪嗒地掉。成熟的人也觉得失恋太难受了。

他突然就有些怨恨顾九思,要是顾九思不提醒他,他自己也不会想这么多,不想这么多,就不会冒冒失失地上门来说这些。他又觉得叶韵也不对,其实他本来只是想送盒胭脂,发展发展感情,结果她把话挑得明明白白,连点儿余地都不留。

他也不是多喜欢她,他和自己说,只是总是念着她,总是想和她说说话,哪怕被骂也喜滋滋的,收她一块红豆糕,就要乐好几天。她送人的红豆糕,他都要偷偷抢回自己房里去。他只是觉得她好看,比谁都好看,见过她,再不想娶别人。没多喜欢,只是这辈子除了她再没想过娶别人的喜欢；没多喜欢，只是希望这辈子能有缘分，下辈子有缘分，下下辈子还有缘分的喜欢。

沈明越想越难受，走到顾府门口的巷子时，就有些忍不住了，哭出了声。这一哭，他顿时感觉到心里爽透了，想着巷子里也没人，就低着头，拖着刀，一面走，一面抹眼泪，想着走到顾府门口时再收声。

结果哭得太忘情，直到被东西挡住了，他才回过神来。他用红肿的眼睛一看，正在搬运行李的顾家人都站在门口，呆呆地看着他。

顾九思和柳玉茹一脸震惊之色，顾九思紧张地问："怎……怎么了？"

沈明觉得自己这辈子的脸都在这一刻丢尽了。他这么一想，更难受了，干脆破罐子破摔，往顾九思身上一扑。顾九思脚上用力一蹬，才受住了这个汉子的冲击。沈明抱着顾九思，号啕大哭："九哥啊，我被抛弃了啊呜呜呜呜！"

"行了行了，"顾九思察觉到四周的人打量的眼神，有些尴尬，拍了拍沈明的背，道，"先别哭，到马车上再细说。"

"那我能先上马车吗？"沈明放开顾九思，抽噎着询问。

顾九思挥挥手："赶紧去，你这样子也太丢人了。"

沈明二话不说，掉头就跳上了最大的那辆马车。

顾九思挑了挑眉："他倒是会挑。"

"文书、官印都带好了吗？"柳玉茹走到边上来。

顾九思想了想，道："带好了。"

"陛下御赐的天子剑也带好了？"

临走前，范轩赐了一把天子剑给顾九思，面剑如面天子，有这把剑在，顾九思行事会方便很多。

顾九思点点头："我已经让木南放好了。"

柳玉茹应了一声："东西我都清点好了，可以启程了。"

两个人去屋里同父母告别过，便上了马车。

上马车之后，两个人坐在沈明对面，沈明已经哭得差不多了，镇定了很多。车队启程，顾九思拨弄着茶叶，道："说吧，怎么哭成这样了？"

"你这样问，我就不说了。"沈明顿时就不乐意了，扭过头，道，"自己猜去。"

顾九思轻哂一声："就你这样还需要猜？"

"那你猜猜呀。"沈明挑眉，颇为嚣张。

顾九思倒了水，慢慢地道："去给叶韵送胭脂了吧？"

沈明面色不变："你让我送的，我不就去送了？"

"人家不要吧？"

沈明的面色有些不自然了。

顾九思放下水壶，盖上茶碗，笑着看向沈明："没忍住就和人家说了自己的意思吧？"

沈明的脸色彻底变了。

顾九思的笑意更深："说不定还没说完呢，就被人家拒绝了？"

"顾九思！"沈明怒喝，"你派人跟踪我！"

"跟踪你？"顾九思嗤笑，声音里满是不屑，"浪费人力。就你和叶韵那点儿小九九，我不用脑子都能想出来。"

沈明涨红了脸，一副有气没处发的模样，剧烈地喘息着道："那你……那你还让我去丢这个脸！"

"这能叫丢脸吗？"顾九思一脸理所当然地道，"追姑娘，被人家拒绝，这叫情趣，这能叫丢脸吗？你喜欢她，你得说出来，不说出来，她一辈子都不知道。说出来了，她不喜欢你，那不挺正常吗？谁会生来就喜欢某个人？她不喜欢你，你就好好追求人家，好好对人家，好好哄，好好骗，多送礼物，多送钱，嘘寒问暖，多说好话，好话会不会说？"顾九思见沈明被骂蒙了，顿时高兴了，"不会说吧？我和你说，你这人就得吃点儿苦头，被拒绝一下才知道轻重。今天你不哭这一遭，你这张嘴就会继续胡说八道下去，要是那样叶韵还愿意做沈叶氏，我就改口叫你哥。"

"行了，他如今心里不好过，你也少说两句。"柳玉茹见顾九思说得太过，暗暗瞪了他一眼。顾九思轻咳了一声，立刻收敛了许多，也不说话了，低头喝茶。柳玉茹瞧着沈明，安抚道："你也别难过，韵儿她心里有结，一时半会儿不会轻易接受别人，也不是针对你。你贸然去说，她肯定是不能同意的，日后路还长，慢慢来就好了。"

沈明听着这话，心里稳了许多，叹了口气："嫂子，你说的慢慢来是怎么慢慢来？"

"你就多想想怎么对她好就是了。"柳玉茹叹了口气，"她吃过苦，你也知道。吃过苦，她心里就多多少少会不安，不敢对未来有什么期待，也不敢对婚事有什么寄托。韵儿如今估计就是等着叶家安排，安排成什么样，便是什么样。你若当真喜欢她，这次好好做事，回来提个位置，先不说她喜不喜欢你,至少让叶家先看得起你。"

沈明愣了愣。他素来是不会想这么多的。柳玉茹见他愣神,便明白他不懂得这些,于是说得更仔细了:"叶家再怎样也是书香门第,以叶韵的身份,她本是应嫁入高门的。只是她经历了那些,叶家要给她找到一门太好的姻缘怕是也难,她日后要么嫁给高官做妾,要么低嫁给没落的士族做妻,当然,最好的便是找一个年纪稍大的高官,给人家续弦。只是这样嫁过去,他人心里多少是看不起她的,叶韵便永远都会觉得当年的事真的毁掉了她。你若真喜欢她,至少先得到叶家的认可,让韵儿觉得,就算到了今日,她也和过往没什么不同,不必下嫁。这是你给她脸面,也是在治愈她的伤。她心里的伤好了,才能学会喜欢一个人。"

柳玉茹说着,沈明安静下来。许久之后,他问:"她以前,是不是挺傲的?"

柳玉茹笑起来:"傲得很。她那时说,她要嫁的人不仅要英俊潇洒,文武双全,还要有高官厚禄,能顶天立地,是个英雄。"

这些话说起来,便有些孩子气了,沈明却认认真真地听着,许久后,道:"我知道了。"

第六章　至荥阳

柳玉茹正要说些什么，马车停了下来。顾九思撩起帘子来看，他们到了城门口。守城的人得了文牒，放他们出了城门。到了城门外，顾九思便看见六部的人正候着，洛子商的车队也已经停在了门口。

洛子商似乎早就等在了这里，见顾九思来了，和六部的人一起走到了顾九思的马车前。顾九思领着沈明下了马车，行了礼。

吏部尚书将名单给了顾九思，介绍了一下朝廷安排给顾九思的人，顾九思把这些人交由沈明带领，沈明应下来便去同队伍里的人聊天去了，他们需要互相熟悉熟悉。而顾九思和吏部尚书寒暄了一番，便将人送走了。这时顾九思回过头来，看向洛子商。

洛子商穿着常服，见顾九思看向他，面上的笑容如春风一般，不见半分阴霾，见着这样的笑容，谁都不能想象，昨夜的一番刺杀是这人安排的。

顾九思还没说话，洛子商就先开口了："这次出行，望顾大人多多照顾了。"

顾九思含笑看着洛子商，回礼道："应当是顾某托洛大人照顾才是。"

"此番出行，顾大人是主事，一切听顾大人安排，哪里有洛某照顾大人的说法？"

洛子商笑了笑，恭敬有礼的模样让人难以生出恶感。顾九思也笑了笑:"天色不早,我们还是启程吧。"

双方见过礼,顾九思便派沈明领头,领着两队人马往东行。按照洛子商的规划,这一次他们从荥阳开始切入。荥阳是黄河的分流点,连接汴渠,大荣之前几次试图修理黄河防护工事都半途而废。此事劳民伤财,每次朝廷规划好了,拨款下去后都发现远远不够。可是修,朝廷得花钱,不修,黄河附近的多处产粮重地一旦遭遇洪灾,朝廷更得花钱。最后朝廷的态度便成了得过且过,只要自己在位的时候没问题就行了,谁有问题谁倒霉。

看了一会儿皇帝让人誊抄给他们的过去黄河治水的记录,柳玉茹抬起头来,有些踌躇,道:"你说,这一次陛下为什么下定决心治理黄河?"

"嗯?"顾九思抬眼看向柳玉茹。

柳玉茹皱着眉头:"你看过去,大荣还算强盛时,每次治理黄河,君主都觉得吃力。如今大夏内忧外患,刘行知野心勃勃,扬州的态度暧昧不明,这时候来治理黄河,陛下不担心吗?"

"你倒是想得多,"顾九思笑起来,"不过你说的也不无道理。治理黄河治理得好,那就是国泰民安;治理不好,亡国也不是不可能。陛下决心治理黄河,当然有他的考量。"

"你说来听听?"柳玉茹放下卷宗,满脸好奇之色。

顾九思懒洋洋地撑着下巴,翻着卷宗,漫不经心地道:"其一,陛下笃定刘行知如今不会发兵。据我们所知,刘行知那边的内斗还没结束,就算结束了,刘行知估计也要再等等。荆益两州不比大夏,大夏是完全继承了大荣的家底的,可荆益两州什么都没有,都得自己重新弄,所以刘行知要发兵,估计还得等两三年。陛下说了,明年夏天之前,黄河必须治理好。"

柳玉茹听着,皱了皱眉头。

顾九思抬头看她,叹了口气:"看看你,说这些就操心,若知道你这么操心,我便不说了。"

"你要是不说,我才操心呢。"柳玉茹赶忙笑起来,凑过去,道,"其二呢?"

"其二便是,陛下考虑,如今新朝初建,正适合大刀阔斧地改革,日后朝廷稳当了,要再动什么,就难了。之前大荣治理黄河屡次失败,最核心的原因便是东都根本管不了地方官员,钱拿过来,他们一层一层地贪下去，自然永远不够。陛下是节度使出身，对这些东西心里清楚。他赐我天子剑，意思很清楚，我不仅要治理黄河，还得修理这些官员，要把他们打理得老老实实的，免得日后政令出不了东都。"

柳玉茹听着心里发沉，总算明白了江河说的，这事做得好就是好事，做不好……怕是性命都难保。

柳玉茹叹了口气："咱们就这么点儿人，要是他们起了歹心……"

"所以我得给沈明找个位置。"顾九思思索着。

柳玉茹有些疑惑，顾九思笑了笑："你别担心，这些我有数。我再同你说说陛下的想法，其三便是陛下考虑得长远，汴渠离东都太近了，汴渠一旦发大水，对东都也是很大的威胁。而且黄河附近都是良田，处处是产粮重地，能让百姓休养生息，大夏的国力才能慢慢强起来。解决了内患，日后的粮食不用再担心，和刘行知打起来，也有底气。加上陛下也认可了你的构想，决定直接将汴渠和淮河连接，日后国内粮食运输便不用担心，这是百年基业。最重要的是，这么多好处，还是让扬州出钱，扬州出了这笔钱，至少五年内没有出兵的能力，陛下也就安心了。"

柳玉茹听着，点了点头，道："陛下思虑甚远。"

顾九思应了一声，将她揽在怀里："你也别担心太多，到了荥阳，你该做什么做什么，其他的事我来安排。你到荥阳是打算建立仓库？"

"对。"柳玉茹点点头，"一方面建仓库，另一方面再看一看在那里有没有什么生意可做。"

两个人一路商量着，过了十日便到了荥阳。

荥阳的官员早就听说顾九思要来，早早等在荥阳城门口。顾九思一行人先在城外客栈休息了一晚上，第二天清晨，顾九思等人都穿上官服，大家打理妥帖，才往荥阳走。

到了城门前，柳玉茹坐在马车里，挑帘望过去，百来人或穿官服，或穿锦袍，整整齐齐地站在门口，看上去似有迎天子车仗的架势。柳玉茹放下车帘，回过头来朝顾九思笑："来迎接你的看上去有上百人，荥阳县令也算是有心了。"

"这里最大的官就正六品，我正三品，"顾九思挑眉笑笑，"可不得好好巴结我吗？不过呀，"顾九思放下书，掸了掸自己的衣服，神色平淡地道，"这些人给咱们好脸，可不是为了咱们，改日就算换了一条狗，穿着我这身官袍过来，他们也会恭恭敬敬地磕头，夸这是一条皮毛光滑的好狗。他们的话别放在心上，也不能放在心上。"

"我明白的。"柳玉茹说。

说话间，马车停在了荥阳城门口，马车刚停下来，顾九思便听见外面传来一声热情又激动的呼唤："顾大人！"

顾九思用手中的白玉折扇挑起车帘，便见到一张白白胖胖的脸。那人四五十岁的模样，眼神里全是激动，仿佛是见到了什么崇拜已久的大人物，高兴地道："顾大人，下官荥阳县令傅宝元，在此恭候顾大人多时了！"

顾九思笑了笑，谦和地道："让傅大人久等了。"

木南卷起车帘，顾九思刚探出头，就看见一只白花花的手。

傅宝元恭恭敬敬地道："顾大人，我扶您。"

顾九思："……"他如今刚刚弱冠，需要一个快五十岁的人来扶吗？

他只是那么一顿，傅宝元像是立刻猜出了顾九思的想法，忙道："顾大人身强力壮，正值好年华，下官这是急于表达关心，顾大人千万不要介意。"

顾九思勉强笑了笑，这么多人看着，他也不好一上来就打傅宝元的脸，只能笑着道："傅大人应当算是在下的长辈，哪里有让长辈来扶的道理？谢过傅大人的心意了。"

说着，顾九思直接下了马车，朝着马车里伸出手。

这时候大家才注意到，一个身穿紫衣落花锦袍，头簪白玉的女子坐在马车里。她的手落在顾九思的手上，顾九思瞧着她，小声嘱咐了句："台阶高，小心些。"

女子低低应了一声，扶着顾九思走了下来。众人都在观察两个人的举动，傅宝元立刻道："这位想必是夫人了？"

顾九思终于露出了一个发自内心的笑来："对，这是我夫人。"

顾九思的话刚说完，傅宝元就对柳玉茹一阵狂夸，柳玉茹被夸得蒙了蒙，顾九思在一旁却笑得更高兴了。傅宝元看出该怎么讨好顾九思了，说话便更往夸柳玉茹的方向说。也不知这个傅宝元是吃什么长大的，夸起人来不带重样的，听得柳玉茹都忍不住飘飘然起来。

多说了几句，洛子商也从马车上下来，傅宝元扫了一眼洛子商的官服，立刻道："这位便是洛侍郎吧？"

洛子商笑了笑，应声道："见过傅大人。"

傅宝元又对着洛子商一阵猛夸，夸完了之后，请顾九思和洛子商回头看站在门口的百来人，二人一回头，傅宝元便挥手道："大声些！"

两条红色条幅从城门上飞泻而下："顾尚书亲临荥阳得生辉蓬荜，荥阳民恭祝尚书愿事事如意。"横幅："恭迎尚书。"

条幅落下来后，众人一齐跪下大喊："恭迎顾尚书亲临荥阳！"

这一番动作把顾九思给吓蒙了，柳玉茹也愣了半天，沈明看着这景象也不知道该说什么，只有洛子商早已见惯了溜须拍马的，面色不变，依旧笑若春风。

好半天后，傅宝元靠近顾九思，小声问："大人，您还满意吧？"

顾九思皱起眉头："无须做这些劳民伤财又无用之事。"

"不劳民，不伤财，"傅宝元赶紧挥手道，"都是大家自愿的，听到顾大人要来，大家都高兴得很。顾大人要治理黄河，这是有利于荥阳，有利于大夏，有利于千秋……"

"傅大人，"顾九思终于忍不住打断了他，"我们先进城吧？"

"哦对，进城进城，"傅宝元赶紧道，"顾大人舟车劳顿，也该进城好好休息一下了，我们先入城用饭吧。"

傅宝元给顾九思在城中最好的位置准备了一座宅院，这宅子和主街相隔一条小巷，这距离不算远，又恰恰能让院子安静了很多。宅院不算大，但处处可见奢华雅致。

傅宝元一面领顾九思进去，一面道："这是城内富商王老板借给官府用的宅院，王老板说了，您在这儿，想住多久就住多久，若是夫人喜欢，一直住下去也无妨。"意思很明显，这座宅子送给顾九思了。

顾九思忙道："傅大人说笑了，租借这宅院的费用，顾某会按市价付给王老板。"

"下官明白，"傅宝元看了看顾九思后面的洛子商，笑着道，"顾大人高风亮节，下官懂。这借宿的钱本就该是地方官府出，不劳大人费心。"说着，傅宝元将人带到了饭厅。饭厅里已经准备好了饭菜，傅宝元邀请顾九思等人入座，随后道："顾大人，夜里下官领着荥阳官员给您设宴，为您接风洗尘，您先休息，晚上下官再派人来接您，您看如何？"

顾九思巴不得他赶紧走，应了声就让沈明送他出去。

傅宝元走后，众人坐下来，洛子商笑着道："傅大人倒是个会做事的。"

顾九思看了洛子商一眼:"看来是让洛大人觉得高兴了。"

"傅大人一直跟在顾大人身边,哪里有洛某的事?"洛子商说着,主动拿起了筷子,抬头却同柳玉茹道,"一早上也饿了,吃饭吧。"说完便不再看柳玉茹,低头开始夹菜。

柳玉茹愣了愣,反应过来后,装作没听见,拿了筷子开始夹菜,同顾九思道:"九思,吃饭了。"

顾九思应了一声,倒也看不出喜怒,从侍女手上拿了帕子,净了手,将一盘白灼虾放到了自己面前,开始慢条斯理地剥虾。

他一面剥,一面同洛子商说晚上酒宴的安排。剥完之后,他也不吃,直接放到了盘子里。

沈明回来就看见顾九思面前堆了一堆剥好的虾,顿时高兴起来,忙道:"九哥,剥好虾等着我呢?分我一个……"说着,筷子就探了过来。

顾九思手疾眼快,用筷子挡住了沈明的筷子,将盘子往柳玉茹面前一推,嫌弃地对沈明道:"要吃自己剥。"

柳玉茹看着面前堆的虾愣了愣,这才意识到,这虾原来是剥给自己的。

"许久没吃虾了,"顾九思又同侍女要了热帕子,重新净了手,转头朝柳玉茹笑了笑,"这么堆着吃是不是更舒服?"

顾九思这么问,柳玉茹便笑了,道:"吃饭吧,你也剥了一会儿了。"

顾九思终于拿了筷子开始吃饭,一面吃,一面继续和洛子商、沈明说话。吃完饭后,管家来安排了大家的住所。

顾九思和柳玉茹进了房门,顾九思便开始四处检查。

"你在做什么?"柳玉茹有些疑惑。

顾九思一面检查墙壁和窗户,一面道:"看看有没有隔间,有没有偷窥的洞。咱们住在这儿,要小心些。"

柳玉茹坐在床边,看着顾九思忙活,摇着扇子道:"你觉得傅宝元这人怎么样?"

"老油条。"顾九思张口就道,"怕是不好搞啊。"

"那你打算怎么办?"柳玉茹有些好奇,"是先整顿,还是……"

"整顿也得再看看。"顾九思思索着道,"荥阳咱们不了解,先让他们放松警惕,等我搞清楚他们的底细之后,再做打算。"

柳玉茹点点头,想了想,又道:"今晚的宴席我便不去了。"她转头瞧着外面的日头，道，"等一会儿我带着人出去看看场地，你治理黄河我赚钱，"她转过头来，朝着顾九思笑了笑，"相得益彰。"

柳玉茹和顾九思聊了一会儿，休息片刻后便领着人出去了。

她这一趟主要是踩点，四处看看位置，寻找适合的仓库、门面以及适合这一条航道的船。

下午她先随意逛了逛，了解了一下当地的物价以及生活习惯。

荥阳已经是永州的州府，但是柳玉茹在东都待习惯了，也就不觉得这里有多么繁华热闹。规规矩矩的一些店铺算不上出彩，也没什么花样，东西都是很便宜的，房租更是便宜。

柳玉茹坐在一家老字号酒楼里，听着茶馆里的人说话。隔壁包间似乎是几个富家小姐，正絮絮叨叨地说着荥阳无趣，不如东都、扬州繁华。茶馆里的师傅操着方言，规规矩矩地说着沙场将士报效国家的故事。

柳玉茹坐在长廊上，看着街上来来往往的人。一顶轿子从路边缓缓行来，那轿子前后有人护着，鸣锣开道，百姓纷纷避让，柳玉茹看出来，这是官家的人。

轿子行到半路，突然有一个女子冲了出来，拦在了轿子前方，跪着磕头。轿子停了下来，这停轿的位置距离柳玉茹说远不远，说近不近，柳玉茹听得那女子在哭喊些什么，但因为是荥阳方言，柳玉茹听得有些艰难："那是家里唯一的男丁……"人群议论纷纷，很快就有士兵冲过来，要拖走那女子，那女子尖锐惨叫着："秦大人！秦大人！"

柳玉茹不忍心听下去了，正要出声，就听见轿子里传来一个冷静的男声："慢着。"

那男声说的是大荣的官话，官话中带了些极其难以察觉的扬州口音，此人似乎已经在外漂泊了多年，这点儿口音若不是仔细听着，根本听不出来。

柳玉茹不由得有了几分好奇，只见那官轿被掀起帘子，一个四十出头的男人从轿子里走了出来。他穿着绯红色的官服。在荥阳这个地方，能穿绯红色官服的，应当是个大官。大夏官员五品以上才能穿绯色官服，哪怕是傅宝元，也只穿了蓝色。柳玉茹打量着那个男人，他生得清俊，看上去颇为沉稳，身上有种说不出的肃杀气。他从轿子里一出来，众人便都安静了。

他走到那女子面前，四周的士兵有些为难，道："秦大人……"

"放开。"那男人冷声说。士兵也不敢再拉着,那女子赶紧朝着这绯衣官员跪爬了过来,流着泪磕头,道:"秦大人,求求您,只有您能为我做主。"

"夫人,"那男人神色平静,"这事不归秦某管,秦某做不了主,您也别再拦在这里,对您不好。回去吧……"他说着,声音小了许多,柳玉茹听不见他说了什么,只看那女子终于哭着起身,让开了路。这官员回到了轿子上,轿子继续前行。柳玉茹还在瞧着,小二上来,她不由得问:"方才路过的是哪位大人?"

"是刺史秦楠秦大人。"小二笑着给柳玉茹添茶,"秦大人刚正不阿,有什么事,老百姓都喜欢找他告状。"

柳玉茹点点头,随后又问:"为何不找县令呢?"

小二的笑容有些僵了,他道:"县令大人忙啊,而且,秦大人长得好,大家伙也喜欢多见见。"

这话纯属胡说,可柳玉茹也听出来,小二这是不愿意提太多。她也不强求,换了个话题,只问了问地价。小二答得很是谨慎,多说几句,额头上便冒了冷汗。柳玉茹见他害怕,也不再问了。让小二下去后,柳玉茹坐在包间里,同印红道:"你说这些人怎的这么警惕?"

"姑爷来巡查,"印红笑了笑,"下面人不得给这些老百姓上好眼药吗?"

柳玉茹皱了皱眉头,想了想,道:"你让人跟着方才那女子,最近看着她些,要是官府找她麻烦,及时来报。"

柳玉茹在酒楼里吃饭,顾九思换好了衣服,同洛子商、沈明一起,由傅宝元的人领着去了傅宝元设宴的地方。

傅宝元是在王家设的宴。顾九思在路上听明白了,这个王家就是当地最大的富商,家族庞大,荥阳县大半官员都和王家有关系,要么是王家的宗族子弟,要么是王家的姻亲,最不济也是王家人的朋友。

王家如今的当家人叫王厚纯,已经五十多岁了,听闻顾九思一行人来了,立刻献了一套院子给顾九思等人落脚。

路上给顾九思驾马的车夫一直在给他说王厚纯的好话,顾九思听着,既没有赞赏,也没有不满。

到了王家,顾九思领着洛子商和沈明下来,便看见傅宝元领着几个人站在门口。一见顾九思,这几人就迎了上来,傅宝元介绍道:"顾大人,这就是王善人王厚纯王老板了。"

顾九思看过去,那是一个快五十岁的男人,看上去十分和蔼,脸上笑意满满,朝着顾九思行了个礼,道:"顾大人。"

"王老板。"顾九思笑着回了礼。

见顾九思没有露出不满,傅宝元顿时放下心来,引几个人进去。

王家这座别院极大,从门口走到设宴的院子,竟足足走了一刻钟。院子里小桥流水,颇有几分江南园林的样子。王厚纯借故同顾九思攀谈:"听闻顾大人是扬州人氏,草民极爱扬州景致,特意请了扬州的工匠来修建园林,不知顾大人以为如何?"

"挺好的。"顾九思点点头。得了这赞赏,王厚纯接着话就同顾九思聊起来。一行人笑语晏晏地进了院子,顾九思目光匆匆一扫,在场的人要么穿着官服,要么穿着锦服,应当都是本地的官员、富商,本地有头有脸的人物怕是都被傅宝元请来了。

其中有一个人十分惹眼,穿着一身绯红色官袍,一个人端坐在高位上。他的位置离主座很近,从位置和官服来看,他的品级应当不低,但和四周的人都没什么交流,自己坐着,低头翻阅着什么。

他应当也是四十左右,但仍旧十分英俊。他的坐姿端庄,有种说不出的庄重优雅,这是出身于世族名门才有的仪态,让顾九思想起叶世安那样的世家子弟。

顾九思的目光落在那人身上,王厚纯见了,赶忙道:"那是秦楠秦刺史。"

"秦刺史?"顾九思重复了一句,心中明了。

刺史作为朝廷委派的监察官员,品级自然不低,但人缘也必然不好,毕竟在东都也不会有人闲着没事就去找御史台的人聊天。作为御史台的地方官员,刺史这个位置不招人待见,顾九思懂。

而一个监察官员出现在这样的宴席上,而不是第一时间拒绝然后参奏,可见这个秦刺史也做了一定的妥协。

顾九思问着每个人的名字和来历,心里渐渐有了盘算。入席后,众人逐一上来给顾九思、洛子商、沈明三个人敬酒,只有秦楠纹丝未动。傅宝元赶紧走了过去,低头同秦楠说了什么,秦楠皱了皱眉头。

许久后,秦楠终于站起身来,却是往洛子商的方向走了过来,先给洛子商敬了一杯酒,道:"敬洛侍郎。"顾九思心里有些诧异,不明白秦楠为什么先给洛子商敬酒。洛子商面色如常，似乎料到了，甚至还刻意将杯子放低了一些，做出晚辈的姿态："秦大人客气了。"两个人把酒喝完，秦楠点点头，也没多说，转过身去，走到顾九思面前，给顾九思规规矩矩地敬了一杯酒，然后就回去了。

他这一出将众人搞得都有点儿蒙，傅宝元见顾九思盯着秦楠，像是怕顾九思不喜，赶忙上去向顾九思解释："秦大人与洛侍郎是亲戚，他生性腼腆，上来先同洛侍郎喝一杯，定定神，您别见怪。"

"亲戚？"顾九思有些疑惑，当年洛家满门都没了，这又是哪里来的亲戚？

傅宝元赶忙回答："他是洛大小姐的丈夫，算起来是洛侍郎的姑父。成婚后没几年，洛大小姐就没了，洛大小姐走后不到两年，洛家就……"

傅宝元看了一眼秦楠，见秦楠神色如常，觉得他应当听不到这边说的话，于是继续蹲在顾九思身边小声道："我听说，他原本是寄养在洛家的，洛大小姐和他私奔到荥阳，一直没回过扬州。当年洛大小姐去得早，只留了一个儿子给他，他也一直没续弦。如今孩子大了，考了个功名，被派到了凉州当主簿，而秦大人就一个人在荥阳照顾老母亲。一个人过久了，性情上多少有点儿古怪，好不容易见到了一个亲戚，做事没分寸，您也别见怪。"

顾九思听着，一时竟也不知道傅宝元是在给秦楠说情，还是在挤对秦楠。顾九思也没表现出什么情绪，只是问："这么多年了，他也没续弦？"

"没有。"傅宝元叹了口气，"秦刺史对发妻一片痴心，合葬的坟都准备好了，估计是不打算再找一个了。"

顾九思点点头，正打算说什么，外面就传来了一声通报："王大人到！"

听到这话，在场众人都面带喜色，连忙站了起来，王厚纯更是直接从位置上跳起来，朝门口急急地赶了过去。顾九思转过头去，便看到一位头发斑白的老者走了进来。他穿着绯红色的官袍，笑着和人说话，王厚纯凑上去，高兴地道："叔父您来了。"

"家里遇到了些事，来得迟了。"那人同王厚纯说了一声，便走到顾九思边上来，笑着行了个礼，道，"下官永州知州王思远，见过顾大人，家中有事来迟，还望顾大人见谅。"

他虽然自称"下官"，可举手投足之间没有半分恭敬。知州是一州的长官，范轩称帝后，吸取了大荣的经验，军政分离，知州和节度使共同管理一州，只有幽州由周烨一人统管。如今没有战乱，王思远就是永州的土霸王，虽然品级不如顾九思，但实际权力不比顾九思的小。顾九思心里稍一思量，便知道了王思远来迟的原因。傅宝元等人唱红脸，王思远就唱白脸，一面拉拢他，一面又提醒他，永州，始终是王思远的地盘。

顾九思假装不知，想看看荥阳的水到底有多混浊，于是赶紧起身来，故意做出奉承的样子，道："王大人哪里的话？您是长辈，我是晚辈，您家中有事，应当让人通告一声，改日在下上门拜访。您能来，已经是给了在下极大的脸面了。"说着，他给王思远让了座，招呼道："您上座。"

王思远眼里立刻有了赞赏之意，笑着推辞，顾九思拉着他往上座走，于是两个人互相吹捧着，半推半就地换了位置，王思远坐在高座上，顾九思在一旁陪酒。

王思远入座后，气氛顿时就不太一样了，所有官员都没有了之前的拘谨，看着顾九思的眼神也有了几分看自己人的意味。

顾九思心里明白，自己算是上道了。

顾九思和王思远攀谈起来，几句话之后，便改口叫上了"王大哥"，王思远则叫他"顾老弟"。

沈明叹为观止，一句话不敢说，只敢喝酒。

傅宝元看王思远和顾九思谈得高兴，笑眯眯地走到王思远边上，小声问："王大人，您看是上歌舞，还是酒水？"

"都上！"王思远十分豪气，转头看向顾九思，道，"顾老弟打从东都来，见多识广，我们永州穷乡僻壤，唯一一点好，就是够热情，顾老弟今年几岁？"

"刚刚及冠。"顾九思笑着回答。

王思远大声击掌，道："好，青年才俊！那正是好时候，可以体会一下我们荥阳的热情，上来，"他大声道，"都上来。"

顾九思还不知道会发生什么，转过头去，就看见一群莺莺燕燕，身上笼着轻纱，踩着流云碎步，从院子外进来。

她们身上的衣服在灯光下看几乎等于什么都没有，顾九思的笑容僵住了。缓过神来后，顾九思僵硬着将目光移开，故作镇定地看着远处，而沈明则低着头，开始疯狂地吃东西，再不敢抬头了。

终于见顾九思露怯，王思远等人都笑了，傅宝元在一边开玩笑："顾大人果然还是年轻。"

"家里管得严,"顾九思笑着道,"还是不惹祸的好。"

"顾老弟这话说的,"王思远立刻有些不高兴,"女人能管什么事?怕不是拿女人做托词,不想给我们面子吧。"说着,他点了十几个姑娘,道:"你们都过来,伺候顾大人。"

顾九思的笑容有些挂不住了。那十几个姑娘立刻凑了上来,跪在顾九思面前。王思远喝着酒,同顾九思道:"顾老弟,这个面子,你是给还是不给呢?"

顾九思不说话,看着跪在地上瑟瑟发抖的姑娘。

王厚纯不咸不淡地道:"主子都伺候不好的姑娘,有什么用?顾大人不喜欢你们,那你们也该废了。"

一听这话,姑娘们立刻往顾九思身边围过去。顾九思见着这姿态,便明白,今晚想要得到王思远的信任,就必须露出自己的弱点来。美色,金钱,或是其他,他不能总在拒绝。荥阳水深,如果他今晚拒绝了,就失去了和荥阳官员打交道的机会。顾九思看了看几乎快哭出来的姑娘,叹了口气,道:"行了行了,王老板你看看,你都把人家吓成什么样了?这么多姑娘,你们让我怎么选?"他做出无奈的表情,随便点了一个:"你来倒酒。你……"他指着另一个,想了想,转头问王思远:"那个,王大人,您介意今天开个局吗?"

众人愣了愣。顾九思笑了笑,道:"和您说句实话,小弟对女色没什么兴趣,就是好赌。今天有酒有女人,不如放开点儿,大家摇色子喝酒赌大小,行不行?"

王思远听着这话,慢慢放松下来:"顾大人喜欢,怎么玩都行。"

傅宝元在他们交谈时,便让人支起了桌子。顾九思将沈明拉到自己边上来,吆喝着:"来来来,王大人,我们分组来玩,我输了就让我这边的人喝酒,您输了您喝。"

"喝酒多没意思,"王厚纯笑着道,"输了让姑娘脱衣服才是,来,把姑娘分开,哪边输了,就让哪边的姑娘脱衣服。"

"那我喝酒吧,"顾九思立刻道,"怎么能让美人受委屈?"

"那您喝,"王厚纯抬手,笑眯眯地道,"万一输多了,怕是您也喝不了,护不住美人了。"

这一番你来我往,气氛顿时热络起来。

顾九思和沈明凑在一顿,沈明小声道:"你玩就玩,把我拖过来做什么?"

"你把姑娘隔开,"顾九思小声道,"我害怕。"

"你害怕我不怕?!"沈明瞪大了眼。

顾九思赶紧安抚他,道:"不说了不说了,还是赌钱高兴点儿。"说着,他便带着大家开始玩起来。

押大小、数点、划拳……赌场上的东西没有顾九思不会玩的。他赌起钱来兴致就高,场面被他搞得热热闹闹的,王思远都不由得放松了警惕。

顾九思的赌技不算好,有输有赢,对面输了就让姑娘脱衣服,他这边输了就喝酒,没一会儿,顾九思和沈明就被灌得不行,洛子商在一旁时不时替他们喝两杯,优哉游哉地看戏。

他们在王府闹得热火朝天,柳玉茹也逛完了荥阳城,正准备回府。此刻天已经黑了,柳玉茹经过一家青楼,发现门前冷冷清清,几乎没什么女子坐在楼上揽客。柳玉茹愣了愣,感到有些奇怪,道:"荥阳城里的花娘,都不揽客的吗?"

"揽客啊,"车夫听得柳玉茹发问,不紧不慢地道,"不过今晚生得好些的花娘都去招待贵客了,生得丑的,哪里好意思让她们出来揽客?那不是砸招牌吗?"

"贵客?"柳玉茹只觉心里咯噔一下,不由得道,"什么贵客?"

"就最近从东都来的客人。"说着,那车夫有些好奇,道,"听您的口音,您应当也是东都那边的吧?最近朝廷派了人来,说是要治理黄河,您不知道?"

柳玉茹心里一沉。

车夫没听见她的声音,心里不由得有些忐忑,回头道:"这位夫人,怎么不说话?"

"大哥,我想起来些事,"柳玉茹突然开口道,"您先将我放在这儿吧。"

车夫感到有些奇怪,但还是将她放下了马车。柳玉茹领着印红和侍卫下了马车,随后便道:"给我再找驾马车,我要去王府。"

印红立刻道:"明白!"

印红很快便找了辆马车,柳玉茹上了马车,看了看天色,紧皱着眉头。

印红看柳玉茹像是不高兴,忙安慰道:"夫人您别担心,姑爷性情正直,就算他们叫了花娘,姑爷也一定会为您守身如玉的!"

"我不是担心这个。"

柳玉茹摇了摇头:"九思一心想要混进他们的圈子,但他们不会这样轻易让九思混进去,必然要拿住九思的把柄,今日叫了这样多的花娘,九思如果拒绝得太强硬,后面再和他们打交道怕是就麻烦了。这些姑娘是要拒绝的,但不能由他出面。"

"您说的是。"印红点点头,"您去替他拒了就是了。"

柳玉茹应了一声,转头看了一眼街道,叹了口气,道:"这样肆无忌惮地公然召妓,也不怕刺史参奏,荥阳城这些官员,胆子太大了。"

王府此刻灯火通明,站在门前就能听到里面男男女女嬉闹之声,听到这些声音,印红的脸色顿时大变,跟着来的侍卫也不由得看向柳玉茹。柳玉茹神色镇定如常,同门房道:"妾身乃顾九思顾大人之妻,如今夜深,前来探望夫君,烦请开门。"

门房得知柳玉茹的身份,脸色就不太好看了,赶紧恭敬地道:"您且稍等。"

"都通报身份了,"印红不满道,"还不让您进去,这是做什么呢?"

柳玉茹想了想,点头道:"你说的对,我不该给他们时间。"

印红还没反应过来,柳玉茹就转头吩咐侍卫:"刀来。"

侍卫有些发蒙,却还是把刀递给了柳玉茹。柳玉茹提着刀上前,敲响了大门,门房刚把门闩打开,柳玉茹就直接把刀插进了门缝,冷静道:"妾身顾九思之妻,前来接我夫君回家。"

院里,顾九思正玩得上头,整个院子里的人都在酒的刺激下变得格外放肆,只有秦楠始终保持着一分格格不入的冷静,眼中全是厌恶之色。

整个院子里都是人的喊声,大大小小的下着注,顾九思和王思远分别在赌桌两边,各自拿着一个色盅。顾九思坐在椅子上,靠着沈明,两个人都是醉眼蒙眬的样子。顾九思看着对面的王思远,打着酒嗝道:"王大人,顾某这次就不客气了,顾某这一定会开六六大顺……"

"公子!公子!"顾九思的话没说完,木南就挤了进来,焦急地道:"夫人来了。"

"你说什么?"顾九思眼神迷蒙,一边把手摇晃着放到耳朵边,一边大声地道:"你说大声点儿,太吵了,我听不到。"

"少夫人来了!"木南继续急切地喊。

顾九思还没听清楚,继续道:"大声点儿,听不到,听不到!"

木南深吸了一口气,大喊:"公子!少!夫!人!来!了!"

这一次,不只顾九思,在场的人都听到了。

全场安静下来,大家就看见顾九思低着头,僵住了动作。片刻后,本来一直醉着的他仿佛被迎面泼了一盆冷水,瞬间清醒了过来,猛地站了起来,道:"后门在哪里?快,我要从后门走!"

"顾大人不必惊慌,"王厚纯看顾九思的模样,赶紧上来安抚,道,"您别担心,我让门童把夫人拦在外面,这就给您备车……"

"大人!不好了!"外面传来一个奴仆的大喊:"顾夫人打进来了!"

一听这话,众人的脸色都变了。

顾九思立刻道:"你别拉我了!你拦不住她的!你没见过她提刀的样子!"顾九思猛地拉开了王厚纯的手,大喊,"快,后门在哪里?给我备车!备车!"

顾九思没等下人回答,就按着一般房屋的设计,朝着后门应在的方向奔了过去,下人急急地跟在他后面,这时候柳玉茹也带着侍卫到了。

在众人心里,会这样直接打上门来抓丈夫的,必然是一个五大三粗的泼妇,所以柳玉茹出现的时候就让众人都惊了。这是个典型的江南水乡的姑娘,身形瘦弱,皮肤白皙,气质温和如春风拂柳,面容清丽似出水芙蓉。她入室时,众人便都不自觉地将目光移了过去。她进来之后,朝着众人盈盈一福,道:"见过各位大人,请问我家夫君顾九思何在?"

在场的人都不敢说话。

柳玉茹目光一扫,见到躲在人群中发着抖、还没来得及跑的木南,温和地笑了,道:"大人呢?"

木南闭上眼睛,带着一种破釜沉舟的气势,朝着顾九思逃跑的方向抬手一指。柳玉茹仰了仰下巴,吩咐侍卫:"去追。"

侍卫立刻朝着后院冲了过去,柳玉茹转过头,扫了一眼,便看出来这群人里最有地位的是站在一边的王思远。她笑着走上前去,恭敬地道:"叨扰各位大人了。"

众人的面色都不太好看,王思远憋了片刻,终于道:"顾夫人,有一句话,在下作为长辈,还是想劝两句……"

"大人要说的话,妾身明白,"不等王思远说完,柳玉茹便先开口了,抬起手将头发往耳后轻轻一拨,柔声道,"女子应贤良淑德,不该如此善妒。只是妾身就是这样一个性子,当初陛下想给郎君赐婚时,妾身也是这样说的。"

这话出来,大家不敢再劝了。皇帝赐婚都赐不下去,谁还劝得了这个女人?一时之间,在场众人对顾九思都有了几分怜悯,明白一开始顾九思对那些女子敬而远之的态度、不好女色的说辞并不是在敷衍他们,而是他家里真的有只母老虎啊。

柳玉茹正和庭院里的人说话,侍卫已将顾九思架了过来。

顾九思喝高了,脚步还有些踉跄,到了柳玉茹面前,柳玉茹望着他。

柳玉茹什么都没说,顾九思就觉得有种恐惧感袭遍全身,心生一计,冲上前去便抱住了柳玉茹的大腿,委屈地哭道:"玉茹,不是我自愿的,都是他们逼我的啊!"

在场众人:"……"

王厚纯的脸色有些不好看了,他勉强堆起笑容:"顾大人醉了,这是正常酒宴,大家行乐而已,夫人看得开。"

"我看不开。"柳玉茹果断地开口。

顾九思继续假哭,道:"我说了不喝了不喝了,大家一定要我喝。喝了还要赌钱,我戒赌很久了,你也知道的。我今天真的是被逼的,他们说不喝酒、不赌钱就不是朋友,不给他们面子,我真的是被逼的……"

"对对对,"沈明反应过来了,赶紧道,"嫂子,都是被逼的。那些姑娘也和我们一点儿关系都没有,这里姑娘虽然多,但是我们一眼都没看过。"

柳玉茹抬起头来,看向王思远,道:"妾身听闻,按大夏律,官员不得狎妓,不得赌博,这荥阳的官场,规矩比天家的律法还大?"

王思远听柳玉茹这样说,脸色顿时冷了下来。顾九思悄悄看王思远,拼命给他使着抱歉的眼色,道:"王大人对不住,我家这位娘子就是见不得我出来做这些,叨扰大家了,我给大家赔罪,赔罪。"顾九思说着,赶忙起身来,给众人作揖,道,"在下这就走了,改日再聚。"

顾九思说完便拉着柳玉茹要走,柳玉茹也没说话,板着脸同顾九思走了出去。沈明抹了一把脸,低着头和大家伙儿赔罪。众人的脸色都不太好看,王厚纯见柳玉茹和顾九思走远了,直接同沈明道:"顾大人这样也太失尊严了,女人当好好管管才是。"

沈明勉强笑笑,道:"要是管得了早管了,只能让各位大人多多担待了。"

沈明给众人赔了罪,回了马车上,便看见柳玉茹和顾九思各自坐在一边,顾九思用小扇给柳玉茹扇风,道:"我们家玉茹真聪明,今日真是来得好来得巧,发了这么一通脾气,以后谁都不敢来请我吃饭了,真好。"

"离我远些,"柳玉茹捂着鼻子,淡淡地道,"身上有酒味。"

顾九思立刻往后退了些,用扇子给自己扇着风,脸上堆着讨好的笑容。

沈明坐在他们对面,往外仰了仰下巴,道:"不管洛子商了?"

"管他做什么?"顾九思转着扇子,"人家有自己的大事要做,留几个人盯着就行了。"

沈明点点头,叹了口气,道:"今儿个好,一来就把荥阳当官的得罪了个遍。接下来不知道该怎么办咯。"

"哪里是得罪个遍?"顾九思摇着扇子,"就是让他们看看我这个人有多少弱点罢了。他们送钱,我接了,全数上交给朝廷,那还好。送女人,我可就真洗不清了。玉茹这么闹一出,他们估计也不敢给我送女人了,还看明白我是个妃耳朵,从明天开始就会想方设法地讨好玉茹。"

"那这些钱我要接吗?"柳玉茹小心翼翼地询问。

顾九思抬眼看她:"接,怎么不接?不但要接,还要记清楚都是谁给的,给了多少,整理下来,收多少,就要送多少到东都去,让御史台和皇帝清清楚楚地知道。把网铺好了,再一起打鱼。"

"洛子商这边……"沈明还是有些不放心。

顾九思用扇子敲着手心:"先看着。派人盯着他,别出什么纰漏。"

"黄河这边估计出不了什么纰漏。"柳玉茹摇摇头,"他投了这么多钱来治理黄河就是为了后期利于扬州。而且他在我的商队里投了钱,不会和自己的钱过不去。我只怕他找九思的麻烦。"柳玉茹皱起眉头,"如今大家在外,还是要小心才是。"

顾九思应了一声,想了想,吩咐沈明:"你找人去查查那个秦楠。"

沈明点点头:"明白。"

三个人商量着正事,到了门口,沈明才笑起来,同柳玉茹道:"嫂子,你今儿个不生气啊?"

柳玉茹有些疑惑,抬眼看向沈明。沈明朝着顾九思努了努嘴:"九哥今天又喝又赌又……"

"你滚下去！"沈明还没说完，顾九思抄了个盒子就砸了过去。

沈明笑嘻嘻地接了盒子，最后道："又帮了好多小姑娘，快活得很呢。"

顾九思冲过去要动手，马车恰好停了，沈明在顾九思抓住他的前一秒跳下了马车。顾九思扑了个空，转过头来，看着柳玉茹，讪讪地道："玉茹，你别听他胡说。"

"我没听他胡说。"柳玉茹开口，顾九思心里顿时安定下来，笑着正要接话，就听见柳玉茹道："我瞧着呢。"

顾九思的脸色僵了，柳玉茹笑意温和："郎君官场应酬，我有什么不明白的？郎君过虑了。"

话是这么说，想也当是这么想，但不知道为什么，顾九思心里总觉有点儿毛毛的。

夜里顾九思想找柳玉茹说话，但酒意上来了又困，强撑着说了两句，柳玉茹不理会他，他也撑不住，便搂着人睡了。

第二日，顾九思早早起来。柳玉茹才起身，顾九思就巴巴地端了洗脸盆过来，一双大眼里全是讨好，他道："玉茹醒了？我伺候你起床。"

柳玉茹笑了笑，道："劳烦夫君。"

顾九思赶紧给她端水递帕子，动作笨拙。伺候她洗漱之后，顾九思又伺候她穿衣。柳玉茹看着他苦恼地把带子扭过来系过去，腰带系得歪歪扭扭，实在忍不住笑出声来，按住他的手，道："罢了，不必了，我不气了。"

听到柳玉茹的笑声，顾九思才舒了口气，环住她的腰，如释重负地道："你可算笑了，我心里怕死了。"

"你又怕些什么？"柳玉茹感到有些奇怪，"错也不在你，我气也是气那些官员。"说着，她抬手整理了一下顾九思的衣领，有些无奈地道，"这世界对你们男人太过偏爱了，外面好吃好玩的这样多，你不乐意都有人逼着你去享受，我想享受也没个地方……"

"你说什么？"顾九思抓住了重点，震惊地道，"你想享受什么？"

柳玉茹哽了哽，赶紧道："没什么，我就是嫉妒你。你瞧瞧你这日子，"柳玉茹叹了口气，"有酒喝，有钱赌，有姑娘陪，花花世界无限精彩，我……"

话没说完，木南就从门外走了进来，笑着道："公子醒了，昨夜跟着洛子商的侍卫来报信，可要听？"

"说吧。"柳玉茹率先开口。

顾九思应了一声，木南立刻道："昨夜洛子商和所有官员在酒桌上都喝了一遍，与永州官员相处甚好，夜归时醉酒，是秦刺史送回来的。"

"嗯？"顾九思抬眼，"可知他们说了什么？"

"门房说，在门口听见秦楠约洛子商后日扫墓。"

顾九思皱起眉头，秦楠约洛子商扫墓，应当是事关洛依水。顾九思心里对洛子商的身份始终有疑问，他挥了挥手，道："盯好他。"

木南应声，顾九思又嘱咐了些其他的，让木南下去了。

这么一打岔，顾九思和柳玉茹也不再多说其他的了，两个人一起吃了饭，顾九思便领着洛子商和沈明去了县衙，柳玉茹自己去街上找可做仓库的地方。

荥阳是黄河的分流段，也将是柳玉茹水路规划上最大的一个中转站，柳玉茹首先要建一个仓库，用来存放需要分流的货物，之后要去购入一批小船，用来从黄河切换到小渠。

柳玉茹在城里转了一天，仓库不能离码头太远，交通必须便利，而且地价不能太贵。她一面打听各处的地价，一面询问各个店铺的人力。她忙活的时候，家里传来了消息，许多官太太来了。

柳玉茹赶紧回到府邸，收拾了一下，便去了前厅。

前厅里坐了十几位夫人，年纪都和柳玉茹相仿，王府的管家一一给柳玉茹介绍。这些人是由傅宝元的妻子陈氏领过来的，同柳玉茹聊天。她们都极会说话，和傅宝元一般，见缝插针地夸人。

柳玉茹小心地应酬着，气氛热络起来，陈氏邀请了柳玉茹去逛园子。她们两个人像好姐妹一般手挽着手进了院子，其他人都远远地坐着，柳玉茹看出陈氏明显是有话要说，便直接开口道："傅夫人可是有什么话要同我说？"

"顾夫人真是仙人下凡，我们这些凡人的心思都被顾夫人看得透透的。这次我呀，的确是有些话想同顾夫人说说。我听说顾大人这次来，是主管治理黄河的，这可是大事。我夫君在县令这个位置上待了二十多年，眼见着黄河治理过三次了，每次主管的大人回去都升官发财，运气好得不得了，这就是积德呀。"

柳玉茹露出惊讶的神情，向往地道："竟有这样的福气吗？"

"一年黄河道,十万雪花银。"

陈氏笑着道:"过往治理,都是小打小闹,这次听闻朝廷拨了一千万两银子下来,可是真的?"

柳玉茹露出诧异的神色:"竟有这么多?"

"看来顾夫人还不知道?"陈氏假装不知道柳玉茹在演戏,继续道,"我听我夫君说了,足足一千万两银子,想必顾大人是要干一番大工程。这做事,总要有一些做事的人,今儿个跟着我来的夫人,都是过往治理黄河的紧要人手的夫人,她们听说顾夫人来了,就想过来,多多少少也露个脸,让顾夫人在顾大人面前替她们的夫君美言几句。"

柳玉茹心里有了底,看了一眼屋里那些女子,笑了笑,道:"只要不给我夫君送女人,一切都好说。"

陈氏愣了愣,笑出声来:"明白,昨儿个的事我们都听说了,顾夫人做的好,我们都极为欣赏。"

柳玉茹像是不好意思,笑了笑,没有说话。

陈氏靠近了柳玉茹,小声问:"夫人是喜欢白的,还是喜欢物件?"

柳玉茹知道陈氏这是在问礼该怎么送,白的应该就是银子,物件应该就是将银子折成物品。柳玉茹想了想,道:"白的吧,"她故作淡定地道,"你夜里抬到府里来,今儿个的人,等一会儿我陪你再见一遍。"

陈氏高高兴兴地应了,便给柳玉茹介绍了一遍。柳玉茹细致地记下每一个人,又一起吃过饭,才送走了这些夫人。

柳玉茹在府里应付这些夫人的时候,顾九思领着洛子商和沈明在县衙同王思远、傅宝元等人说了这一次的计划。

"这次治理黄河,全程预计耗费一年,从今年七月到明年七月,如果速度快些,在明年四月能结束,那就最好。国库准备拨银一千万两白银,这是全部的钱,多了,一分没有,所以大家用钱一定要小心。"顾九思铺开了图纸,同众人介绍。

"一千万?"傅宝元笑起来,"用来修那几个堤坝,倒也是足够的。"

"不是修堤坝,"顾九思看了一眼傅宝元,"整个计划分成三个阶段,第一个阶段是七、八月份,要给所有堤坝加防,迎接夏秋大汛。这个阶段大家主要加固以前的堤坝,随时观察流向,及时通知下游百姓疏散,以及灾后赈灾。"

"那后面两个阶段是……?"王思远皱起眉头,顾九思指了指图上的几条虚线，声音平静，道："修渠改道。黄河两岸之所以频发灾害，主要还是因为河道不够平直，这次我们重新规划了河道，一方面将曲度过大的弯道改直，另一方面增加分流渠道，改变黄河的流向，这个工程趁着秋冬做完。我们有四个大弯需要修整，修整之后，在荥阳下游，黄河改从梁山、平阳、长青、济南、济阳、高青、博兴流进，然后直入渤海。"

"顾大人，"傅宝元皱起眉头，"最难解决的问题其实不在下游，而在荥阳。荥阳乃黄河分流处，弯道急，水势高，您就算把下游修平了，最大的问题也还是没有解决。"

"所以我们不仅改道，"洛子商开口，将手点在了荥阳处，"我们最重要的，还是修渠。"

"修渠？"王思远有些不明白。

顾九思点了点头："荥阳这里，前朝曾经试图修一条汴渠来分流，但是汴渠没有完工，这次我们就将汴渠彻底修好，让黄河一路接到淮河。"

傅宝元和王思远对看了一眼，王思远放下了茶杯，语气有些硬："那第三个阶段呢？"

"第三个阶段就是设立水闸，在外加筑堤坝。"顾九思冷静地道，"如此修整之后，黄河水势平缓，日后便可通航。每十里加设一水闸，洪涝时可以用以拦洪、排水，日常可保证通航，还可以灌溉农田。傅大人，"顾九思抬头看向傅宝元，笑着道，"若黄河治成，荥阳日后必为水路枢纽，傅大人前途无量啊。"

傅宝元干笑着没敢接话，顾九思看向王思远："王大人以为如何？"

"很好，"王思远点头，"顾大人有宏图大志，让老朽觉得，少年人果然敢想。黄河水患乃千百年之疾，顾大人打算以一己之力一年内解决，真是后生可畏。"王思远虽然是夸赞，在场众人却都听出这言语里的讥讽之意。

顾九思笑了笑："王大人，九思年轻，有许多事思虑不周，您觉得有什么不合适的，适当提醒一下。"

"没什么不合适，"王思远见顾九思服软，笑着道，"就是钱吧，可能不太够。"

"钱这事简单，"沈明适时开口，大大咧咧地道，"陛下说了，一千万两银子是朝廷给的，要是不够就从永州税赋里补。修个河道，一千万两银子，怎么也该够了。"

"是吗？"王思远喝了口茶，淡淡地道，"那就修吧，本官觉得顾大人深谋远虑，这事全权由顾大人负责就好。也到正午了，"王思远站起身来，双手负到身后，走出去，道，"本官还有其他事，便不作陪了。治水这件事，傅大人，"王思远看了一眼傅宝元，"好好协助顾大人，不得怠慢。"

傅宝元低着头，连连应是。

顾九思看着傅宝元送王思远出去，端起茶喝了一口。顾九思知道王思远话里有话，但洛子商在，顾九思不好多说。

傅宝元回来了，笑着同顾九思道："顾大人，要不吃过饭再说吧？"

顾九思应了一声，洛子商站起身来，道："二位大人，洛某还有些私事，后续的事情二位大人协商完告诉洛某结果即可，洛某先行告辞。"

顾九思正想着如何和傅宝元商议接下来的事，洛子商主动提出离开，顾九思自然也不会阻拦。洛子商离开后，顾九思转头看向傅宝元："傅大人，"顾九思笑着道，"您能不能给顾某提点一下，这个钱，要多少才够哇？"

傅宝元听顾九思的话，双手放在身前，笑道："顾大人为难在下了，钱的事，下官一个县令怎么能知道呢？"

傅宝元推托，顾九思便知道傅宝元是不肯同他透露实话了。

一千万两银子是工部认真算过的数据，下来不够用，那中间的许多钱就肯定不是花在治水上了。顾九思问这个问题，也不过是想试试傅宝元的口风，探探这永州的底，但傅宝元明显不信任他。

顾九思苦笑了一下："那九思就去找其他人问问了，不过修坝的事耽搁不得，今天下午就将人叫齐，明日就动工吧？"

"全听大人吩咐。"

傅宝元领着顾九思去吃了午饭，随后去通知了负责施工的人过来，下午详谈。下午来了一大堆人，整个县衙大厅都挤不下，好几个人站在了外面，顾九思见了这么多人也丝毫不乱。他来之前就已经把整个流程都梳理得清清楚楚，现场便将任务分了下去，要求第一阶段的修整堤坝工作要在一个月内完成，以迎接八月大汛。

众人听了他的话都面带难色，顾九思抬头看了一眼众人，道："各位有难处的，不妨说一声。"见在场没有人说话，顾九思直起身，道，"若是没有异议……"

顾九思话没说完，人群里响起一个极为犹豫的声音："大人。"

顾九思看过去，这是一个专门负责填沙袋的工头，姓李，叫李三。从打扮来看，他就是一个一直在工地干活儿的，来见顾九思，鞋上还沾染了泥土，明显是刚刚从工地赶过来。

顾九思缓了缓神色，尽量柔和地道："你若有什么问题，大可说出来。"

"大人，"李三见顾九思态度好，终于大着胆子道，"钱，可能不太够……"

顾九思皱起眉头，李三开了口，众人也纷纷说，钱不够，人手不够，时间不够……都吵嚷着要把完工时间放宽到十月。

顾九思的眉头越皱越紧，他只问："若是十月才能完工，八月大汛的时候怎么办？"

"顾大人，我们明白您的忧虑，"傅宝元赔着笑道，"可是这做不到的事，也是没办法的。大人，还是算了，将时间推迟一下吧？"

顾九思静了片刻，道："你们说钱不够，那你们给我一笔一笔地算，我听着。"

众人面面相觑，没有人敢上前。顾九思指了李三，道："你说，我听着。"

李三犹豫了片刻，慢慢地道："顾大人，比如说，您拨给我两百两银子，可如果是加沙包，要在一个月内完工，两百个人是打不住的，按照荥阳的市价，一个工人一月二两五十钱……"

"慢着，"顾九思抬手道，"两百个人？二两五十钱？我来之前就问过，这样的长度，只需要一百劳役……"

身旁传来了一声低笑，顾九思扭过头去，看见傅宝元一副"我不是故意的，我只是没忍住笑出了声"的模样。

顾九思皱起眉头，傅宝元立刻轻咳了一声，认真地道："顾大人，您年纪轻轻就官居尚书，是关心天下大事的人才。但这天下的事能从书上学，这百姓的事却不行，您还是听听下面做事的人的说法吧。毕竟，"傅宝元的笑里藏了几分看不起，"您还年轻。"

顾九思没有说话。他何尝听不出来，傅宝元明夸他是重臣，有能耐，实际上是笑他年少无知。顾九思心中怒火渐盛，但还是压住了，静了好久，勾起嘴角，道："算了，今日也晚了，改日再说吧。"

顾九思同众人告别，起身领着木南出了门。走到大门口，顾九思就听见了里面传来的压低了的笑声。

顾九思耳朵敏锐,可这一刻恨不得自己耳朵不要这么敏锐。他攥起拳头,大步回到了家里。

这时已经入夜,柳玉茹还在屋里算着建仓库的成本,顾九思一把推开门,整个人往床上一躺,喘着粗气不说话。

柳玉茹吓得赶紧过去,以为他病了,靠近他后便发现他明显是气狠了。

柳玉茹站在边上,小心翼翼地问:"怎么了?谁将你气成这样?"

"傅宝元,傅宝元!"顾九思一个鲤鱼打挺,从床上翻起来,怒骂了一句脏话。

"消消气,"柳玉茹给他端了杯水,温和地道,"他做什么了,你同我说说?"

顾九思梗着脖子不说话,柳玉茹轻拍着他的背。柳玉茹这么温柔地陪伴着他,顾九思忽地就觉得有几分说不出的委屈。可他又觉得,若是将这份委屈表现出来,显得太幼稚。

他深吸了一口气,平缓了情绪,道:"我让他明日开工,八月之前加固好堤坝。他答应了,然后弄了一大批人来,这个说钱不够,那个说人手不够,还说我是书呆子只知道纸上比画。我就算是书呆子也知道他们这么左右推阻,无非是想要好处。"

"今天来了许多官家夫人。"柳玉茹坐在顾九思身边,抬手给他揉着太阳穴。

顾九思靠在她身上,放松下来:"来做什么?"

"想讨好我,让我给你吹个枕边风,把事交给他们办。"

这在顾九思意料之中,他闭着眼问:"送钱了?"

"他们问我是要白的还是物件,我想着,送物件,中间绕了太多道弯,你收了钱是要告诉陛下的,若是送物件,到时候要证明是他们行贿的罪证怕是麻烦得多。"

"你要银子了?!"顾九思猛地弹起来。

柳玉茹被他的反应惊到,发觉自己做得不对,立刻道:"可是有什么不对?"

"这群老滑头!"顾九思耐着性子解释,"她要送礼,准备好就送了,哪里会问什么白的还是物件的?这分明是在刺探。我一个正三品户部尚书，我要收钱能这么大大咧咧地把银子抬到家里来吗？那必须是把钱洗了又洗，洗得干干净净清清白白的才能到我手里来。"

柳玉茹顿时就明白了，忙道："那我再改口……"

"不用了。"顾九思摇摇头，"他们这次就是来试探你的，如今你再改口，他们也不会信。"

柳玉茹不说话了。顾九思抬起头来，看见坐在床上有些忐忑的人，愣了愣，叹了口气，走上前去，将人抱在怀里，温和地道："你别自责，他们都是老泥鳅，咱们还是太年轻。"

"是我想少了。"柳玉茹垂下眼眸，"这事，责任在我。"

"哪儿能呢？"顾九思放开她，看着她的脸，笑着道，"按你这么说，这事责任该在我才对。我是管你的，你是办事的，我该知道你的性子，知道你会不会被骗。我自己就想着自己要怎么演戏，没能想到你这边，你说是不是我的问题？"

柳玉茹听他胡搅蛮缠，勉强笑起来："你也不用安慰我了。"

"玉茹，"顾九思叹了口气，握着她的手，柔声道，"是人都会犯错的，更何况，这也不是什么错。我以后也会做错事，也会犯傻，到时候，你也得包容我，对不对？"

柳玉茹抬眼看他，顾九思的眼睛温柔又明亮，仿佛带着光。

"玉茹，你才十九岁，别这么为难自己。那些人哪，都是在泥巴里打滚了几十年的老泥鳅，你别把自己想得太厉害，也别把别人想得太蠢。如果你总想着自己会赢，想着输了就是错，那就太自负了。"

"这话我仿佛说过。"柳玉茹忍不住笑了。

顾九思想了想，也想不起来，最后摆了摆手，道："我们互相影响，也是正常。"

"那如今，他们刺探到了结果，又打算怎么办？"

"等一等吧，"顾九思想了想，接着道，"也许也是我们想多了。你们约了什么时候送银子？"

"就今夜。"

"看看今夜银子到不到吧。"顾九思歪了歪头，道，"若是不到，那明日……"顾九思想着，眼里便带了冷色，"明日我就不同他们客气了。他们既然知道了我不是和他们一道的，那我干脆就办几个人。他们要是还是拦着，我就把他们统统办了！看谁还拦着不上工。"

"这也不是办法，"柳玉茹思索着，道，"你也不要一味相信工部给出来的数字，虽然你不爱听，可傅宝元有一点的确没说错，路得靠自己走，不能看书知天下。他们或许是想中饱私囊，万一不是呢？"

顾九思慢慢冷静下来，应声道："你说的是。明日我先催他们开工，也不与他们争执工程时间，等下午我亲自去看看。"

当天晚上，两个人等了一夜，陈氏果然没有送钱过来。

第二天早上，顾九思早早便抓着沈明和洛子商出了门，吃午饭的时候，三个人便回来了。只要不固定工期，傅宝元便让人即刻开工，所以事情也还算顺利。

三个人回来时，柳玉茹老远就听到沈明骂骂咧咧的声音，到了饭桌上，沈明还在骂傅宝元。

顾九思一言不发，沈明一边骂，一边吃，柳玉茹听笑了。没一会儿，洛子商便吃饱了，提前离了饭桌。他离开后，沈明才道："他走这么快做什么？老子干扰他吃饭了？"

"他今天有事。"顾九思道，"不是说秦大人约他去扫墓吗？"

沈明猛地想起来："对，秦楠约他扫墓。"他凑过去，看着顾九思，小声问，"咱们去吗？"

"不去。"顾九思吃着饭，平静地道，"今天你要启程去平淮帮我监工，那边的堤坝去年就已经上报缺损，你好好盯着，不能出任何问题。"

"哦。"沈明对此兴致缺缺，还是想要再争取一下，便道，"秦楠的夫人是洛依水，去给洛依水扫墓，他们肯定会讲点儿过去的事情。咱们都知道洛子商是洛依水的孩子，你不想知道洛子商的身世？之前你不是还特意让世安哥去查洛子商的爹吗？"

"赶紧吃，"顾九思瞪了他一眼，"吃完就走，别给我废话。与其和我说这么多，不如去书房多给叶韵写几封信。"

听到叶韵，沈明的表情就有些不自然。他轻咳了一声，赶紧扒了几口饭，便匆匆离开了。

顾九思带着柳玉茹慢悠悠地吃完饭，便回了房。顾九思换了一身粗布常服，随后同柳玉茹道："今天不是出门吗？我同你一起去。"

柳玉茹本是要出门去看地的，见顾九思跟在身后，笑着应了。

两个人一起出了门，顾九思拉着柳玉茹在街上闲逛了一会儿，便拉着她拐入了一个小巷，小巷里有一驾马车。

柳玉茹有些茫然:"这是……?"

顾九思没有多说,拖着她上了马车,在马车上换了衣服,马车夫拉着他们出了城。

"这是做什么去?"柳玉茹感到有些奇怪。

顾九思也没有瞒她:"去洛依水的墓。"

"你不是说不去?"

"谁知道府里有没有洛子商的人?"

"那不带沈明?"

"他太冒失了。"顾九思说得很直接,"洛子商小心得很,带他我不放心。"

柳玉茹知道了顾九思的打算,跟着他出了城后,由他的人领着,从后山到了洛依水的墓地。

给他们带路的人熟门熟路,明显是提前来踩过点的。

洛依水的墓地修在半山腰,在这山上圈出了一块地来,铺上了青石板砖,修成了一个地面平整的园子。这个园子里就这一座孤坟,坟墓修得十分简洁,却种植了各类花草,还建了座凉亭。坟墓前种着两排兰花,郁郁青青。凉亭里设了一个小石桌,秦楠跪坐在石桌边上,石桌上放着酒,似乎要同人对饮,酒桌上放了两个酒杯。他没有穿官服,穿了一身蓝色常服,头发用发带束着,看上去简单又儒雅,像一个再普通不过的中年书生。

顾九思和柳玉茹潜伏在树丛里,顾九思拉着柳玉茹趴下,又给她在脑袋上顶了一丛小树丛,然后两个人就趴在地上,默默地等着洛子商来。

等了一会儿,洛子商来了,穿了一身素色锦袍,头戴玉冠,上前去和秦楠见礼,两个人都客客气气的,可见过往应是没有什么交集。

秦楠领着洛子商上了香,洛子商让仆人拿酒来,平和地道:"我听闻姑母好酒,她在扬州尤好东街头的春风笑,我特意带了一坛过来,希望姑母喜欢。"说着,他倒了半坛酒在地上。

秦楠看着那坛春风笑,低垂了眼眸:"你来时,便知道要见到她了?"

"没什么亲友,"洛子商的语气平淡,"还剩几个亲戚,自然都是要打听清楚的。这次知道会来荥阳,便打算过来祭拜了。"

"她得知你这样孝顺,会很高兴。"

洛子商没有说话,两个男人在洛依水墓前站了一会儿。

秦楠道:"剩下半坛酒,我们喝了吧。"

洛子商应了一声,和秦楠一起坐在了石桌边上。洛子商给秦楠倒酒,两个人什么都没说，只是默默喝酒。

许久后，秦楠感慨道："好多年没喝过扬州的酒了。"

"姑父到荥阳，应该有二十年了吧？"洛子商摩挲着酒杯，慢慢地道，"快了。"

秦楠笑了笑："我走的时候，子商还没出生，大嫂还怀着。"

洛子商喝酒的动作顿了顿，秦楠的这个句子很奇怪，他没有说全，正常人说这句话，应当是"你还没出生，大嫂还怀着你"，可他隐去了"你"这个字。

顾九思和柳玉茹在暗处对视了一眼。

秦楠慢慢地道："你长得很像依水，尤其是鼻子和唇。我早听说你要来，前天酒宴，你一出现，我就认出来了，都不需要别人说。"秦楠笑了笑，随后转过头，慢慢地道，"你早该来见见她的。"

"这些年太忙了。"洛子商苦笑，"您也知道，这些年事多。"

"是啊，"秦楠感慨，接着却道，"什么时候事都多，只是这些年尤为多。东都不好待吧？"说着，他抬眼看向洛子商。

洛子商笑了笑："还好吧，也没什么不同。"

秦楠没有说话，和洛子商静静地喝酒。

他眼里很清醒，那似乎是一种超出众人的清醒。因为过于清醒，所以又有几分痛苦和悲悯。

两个人喝了会儿酒，洛子商才问："姑母是个什么样的人？"

秦楠笑了："你不是打听过吗？"

打听自然是打听过的，可打听这个洛家大小姐，能打听到的都是外面的传言，扬州曾经的第一贵女，扬州的一代传奇。

她出身百年名门，五岁能诵，八岁能文，十岁一首《山河赋》震惊整个大荣。她不仅有才，还貌美无双。十六岁时，扬州花灯节发生踩踏事件，她登楼击鼓，用鼓声指挥众人疏散。月光下她白衣胜雪，仿若仙人下凡，自此艳冠扬州，美名传天下。那时扬州传唱着她的诗词，闺中女子仿着她的字迹。她是洛家的天才，洛家的骄傲。

人人都以为，这样一个女子，日后入主中宫也不无可能。出乎人们意料的是，她在十七岁那年草草嫁给了一个普普通通的洛府世交子弟，跟随那个人远去荥阳，从此杳无音信。那个人便是秦楠。

"听说姑母再不回扬州，是因为祖父不喜你们这门婚事。"洛子商笑了笑问："当真如此？"

秦楠不由得笑了，眼里带了苦涩之意："这门婚事，伯父自然是不喜的。我们秦氏也曾是高门，只是后来涉及党争，我父亲与祖父都被问斩。那时我与母亲无依无靠，幸得伯父收留。我不会讲话，十七岁也不过是个进士。依水与我有云泥之别，伯父不喜欢我是应当的。"

"有一句话，颇有冒犯，"洛子商见秦楠没有说到正题，便直接道，"只是除了姑父，我也无处可问。既然姑父一直说姑母与您有云泥之别，祖父为何会同意你们的婚事呢？"

秦楠静静地看着洛子商，洛子商没有回避他的目光，许久后，秦楠慢慢地道："你是不是以为，她是与我私奔来的荥阳？"

"不是我以为，"洛子商张合着手中的小扇，"是许多人。他们都是同我这么说的。"

秦楠喝了一口茶，而后挺直了脊梁。他认真地看着洛子商，一字一句地道："其他话，由他们说去。可有一点你得明白，洛依水，是我明媒正娶的妻子，是我三书六礼、八抬大轿迎进门的，没有半分苟且。我与她更无半点儿失礼之处。他人可以误解她，独独你不能。"

"那为何不回扬州呢？"洛子商讥讽地笑了。

秦楠看着他的笑容，语速很慢，道："你怨她吗？"

"姑父说笑了，"洛子商垂下眼眸，"我与姑母从未谋面，只有孝敬之心，何来埋怨？"

秦楠听着他的话，眼里全是了然。他喝了一口茶，慢慢地道："洛子商这个名字，是她取的。"

洛子商顿住了张合着小扇的手。

秦楠道："当时她与大哥都还未成亲，她取了这个名字，说洛家的第一个孩子就叫这个名字。这的确是你的名字。"

洛子商的手心开始冒冷汗。

秦楠继续道："你问她为何不回扬州，我告诉你。我与她的婚事，伯父虽然不喜，但她的确是伯父许给我的，而她也的确是自愿嫁给我的。她嫁给我时只有一个要求——"秦楠抬起头，看向洛子商，清明中带了几分寒意的眼映着洛子商的影子。

"永不入扬州。"

第七章　忘年交

永不入扬州。

多大的恨，多大的怨，多大的悔意，才能让她对扬州这个出生地发出如此毒誓。

柳玉茹和顾九思静静地听着，心里都充满了疑惑。

洛子商喝了一口酒，慢慢道："为什么不入扬州？"

"扬州有她太爱的人，也有她太恨的人，太爱、太恨都足以让一个人离开。"

洛子商捏着酒杯，好久后，又慢慢放开，转过头去，看着洛依水的坟墓，低声道："罢了，都过去了，过去了的事没意义，姑父，"他转头，朝秦楠艰难地笑笑，"你我都该向前看。"

"我不能向前看。"秦楠摇摇头，站起身来，走到洛依水坟墓面前，声音平和，"我会永远记得她的好。子商，我同你说这些，也是希望你不要忘记。你不知道你的母亲为你付出了多少。"秦楠的手指拂过洛依水的名字，声音里带了几分遗憾，"她是真的很爱你。"

"我不信。"洛子商冷声开口。秦楠的动作顿住了。

洛子商慢慢站起来，攥紧了拳头："如果她真的爱我，"他盯着墓碑，"就不该把我带到这个世间又不闻不问！不该为了一己之私生下我，又假装我不存在。"

秦楠背对着洛子商，张了张口："子……"

"秦大人，"洛子商打断他，"你的意思，我明白。你要同我说的道理，我也知晓了。可我也得告诉秦大人，"洛子商说得认认真真，"前二十年不曾说的，如今也无须说了。我活得很好。我洛子商，"洛子商握紧了手中折扇，盯着墓碑上的字，从唇齿之间挤出一个个字音，"一个人，也活得很好。"

秦楠没有说话。在言语之事上，秦楠呈现出了一种与他的刺史身份不符的笨拙。洛子商恢复了冷静，恭敬地行礼，而后告辞离开。

秦楠一个人在墓碑前站了好久，叹了口气，道："我说服不了他，也不愿多说。依水，"他低笑，"我终究还是有私心。既想他认了你，你会高兴；又希望他，或者那个人，永远不要再出现。我们在荥阳活得很好。"秦楠坐在地上，轻轻地靠着墓碑，温和地道，"往事不可追，过去了，你也别惦念了，好不好？你看这个孩子，他活得比我想象的好太多了。他不愿意，也就别羁绊他了。"

秦楠靠在墓碑上，没再动了，似乎是睡过去了。

柳玉茹举着小树苗，小声问："他是不是睡过去了？"

顾九思想了想，扔了个小石头过去。

秦楠没有反应，顾九思给柳玉茹使了个眼色，两个人匍匐退到远处才跳起来拉着手跑开。两个人跑远了，互相给对方掸着身上的泥土和树叶。

柳玉茹一面给顾九思掸身上的土，一面低声问："秦楠说的话奇奇怪怪的，到底什么意思？"

"很明显。"顾九思抬手用袖子擦着柳玉茹的脸。

柳玉茹赶忙道："轻点儿。"

顾九思放轻了动作，接着道："秦楠看出这洛子商是假的了。"

"现在就看出来了？"柳玉茹愣了愣，"那他不问问？"

"他不仅看出洛子商不是真的洛子商，还知道洛子商是洛依水生的，以他对洛依水的情谊，又怎么会对洛子商做什么？"

这么一说，柳玉茹就明白了，皱了皱眉头："秦楠是怎么知道这些的？"

"活久了的老妖精，总有咱们不知道的法宝。"顾九思拍完了身上的土，拖着柳玉茹，道，"走，陪你去看地。"

"这么急？"柳玉茹感到有些奇怪。

顾九思挑了挑眉:"太阳还在呢,还有点儿时间。"

顾九思坚持要去看地,柳玉茹也没再推托,上了马车,便领顾九思往她预备去看的几个地方过去。

两个人坐在马车上,柳玉茹思索着,道:"所以你觉得,洛子商这事到底是怎么回事?"她分析着,慢慢地道,"按秦楠的说法,当年洛大小姐名满扬州,他只是和洛大小姐青梅竹马的一个仰慕者。后来洛大小姐遇见一个人,未婚先孕,生下了洛子商,然后跟着秦楠来到荥阳,与家里彻底决裂。再加上我们打探的消息,也就是说在二十一年前,洛家大小姐遇到一个人,和对方一见钟情,未婚先孕,结果发现对方家中有正室,洛依水不甘做妾,便生下这个孩子,交由家中人处理。但下人不忍杀掉一个孩童,于是孩子被抛到了城隍庙附近,被一个乞丐收养,而后洛依水嫁给秦楠,远走荥阳,是这样吗?"

顾九思没有说话,看着窗外的人流。柳玉茹继续道:"秦楠说洛依水很爱自己的孩子,所以当年那个孩子应当是洛依水的父亲强行抛弃的,洛依水也是因此与家族决裂,决定一生不回扬州。那么当年那个男人到底是谁呢?"她皱了皱眉头,见顾九思一直不说话,不由得叫了他一声:"九思?"

"嗯?"顾九思回过头,见柳玉茹正等着他回应,笑了笑,"别想这个了,想想你的生意吧。"

"九思,"柳玉茹盯着他,道,"你是不是知道了洛子商的父亲是谁?"

"这个事,"顾九思平静地道,"等我搞清楚了,再同你说。"

柳玉茹听了,知道这件事可能还牵扯了一些其他事,也不再发问。

两个人一起到了柳玉茹要买地的地方,顾九思跟在柳玉茹身后,就看她到处问价。她看地看得仔细,每个地方都一一检查,顾九思一直不说话,就听她和人交谈,讨价还价。

他们来的时候已是日薄西山,入了夜,他们手拉着手一起回去。走在路上时,两个人的影子交叠在一起,顾九思拉着她,给她用手比画出影子来唱戏。柳玉茹听他咿咿呀呀地唱戏,笑得停不下来。

顾九思用手比画着小人,捏着嗓子道:"洛子商,你这小泼妇,看我不打死你。我打打打!傅宝元,你这老贼,我也打打打!还有你,李三!哪里跑!"

柳玉茹见他越比画越上头,眼见要到家了,小声提醒:"小声些,别让人听见了。"

"听见就听见呗。"顾九思耸耸肩,"反正我想打他们,他们难道不知道?"

话刚说完,傅宝元的声音就响了起来:"呀,顾大人!"

顾九思立刻昂首挺胸,装作一副端庄的模样,朝着傅宝元拱手,道:"啊,傅大人!怎么在门口,不进去坐坐?"

"才同洛大人议完事。"

傅宝元似乎没听到方才的话,顾九思舒了口气,和傅宝元寒暄了片刻后,把傅宝元送走了。

"大半夜的,"顾九思心有余悸,"还来议什么事?"

柳玉茹挽住他的手,笑着道:"知道背后说不得人了吧?"

顾九思这次不放话了,轻哼了一声,同柳玉茹一起进了屋里。

柳玉茹睡下后,顾九思想了想,还是拿出纸张,给江河写了信。顾九思先将荥阳的情况大概说了一遍,写到最后,还是加了一句:"偶遇洛依水之夫秦楠,其乃扬州人氏,不知舅舅可识得?"

顾九思夜里将信寄出去,看着信使离开,忍不住叹了口气。

第二日,顾九思便动身,打算亲自去河堤看看。

柳玉茹看着他一身粗布衣衫,不由得笑起来:"你这是什么打扮?还要自己亲自下工地不成?"

顾九思听了便笑:"傅宝元不是说我书呆子吗?那我便亲自去看看,多少钱,怎么做,多少用料,我若比他更清楚,他不就说不赢我了?"他看了一眼外面的天色,"钦天监说今年八九月会有大水,我们必须在八月前固堤。"

"我明白。你去忙。"柳玉茹抬头笑笑,"我也有要忙的呢。"

顾九思去工地的第二日,柳玉茹便敲定了一块地,开始建仓库。

幽州那边的大米十月份成熟,所以在十月之前,他们的仓库和船队就要能负担大量运送。而在此之前,神仙香也需供货,不仅是米,其他粮产也得分别从幽州和扬州运输过去,仓库和船队都是越早建成越好。

于是柳玉茹加班加点地工作,先是招聘了人手,又画了仓库图纸,同时联系了另外几个点的人,一起建起仓库来。

柳玉茹这边忙得脚不着地,顾九思先赶去了平淮。平淮是沈明在监工,当地没有几个官员认识顾九思。

顾九思到了平淮之后,也没通知其他人,直接找了沈明,道:"你同我一起装成老百姓去河堤上干活儿去。"顾九思身份特殊,一个人怕遇上危险,叫上沈明,两个高手,总是安全些。

沈明吓得不行,赶紧同顾九思道:"九哥,你细皮嫩肉的,干这些粗活儿不行的。"

这话把顾九思激怒了,当场就给了沈明一个过肩摔,随后道:"说你哥细皮嫩肉?"

"不是不是,"沈明爬起来,赶紧道,"修堤坝和打架不一样,你要去看你去监工就行了,何必自己上呢?"

顾九思瞪了沈明一眼:"别废话,要么我自己去,要么你跟我去。"

沈明哪里敢让顾九思一个人去上工,只能也换上粗布衣衫,跟着顾九思把脸涂黑,一起去河堤上找工作。

河堤上有一个小桌,是监工坐的。顾九思和沈明用了化名,在监工那里领活儿干,一两银子一个月,顾九思想还价,被对方迎面给了一鞭子,沈明和顾九思怕被人看出来,没敢还手,只能连连道歉,终于得了上工的机会。

上工第一天,顾九思和沈明背了一百个沙袋,这数量还是河工里面最少的。

顾九思和沈明背着沙袋在烈日下前行的时候,看见好多男人,头发已经花白了,还佝偻着身躯,背着沉重的沙袋。那些人看起来几乎要被压垮,却还是疾步往前走。他们脚踩在泥泞之中,身子暴晒在烈日之下,汗大颗大颗落下来。

晚上,一群河工就挤在一起取暖吃饭。

河工的饭食由官府供应,一个人两个馒头。顾九思沈明两个人和他们挤在一起吃馒头。这些河工虽然苦,却都很高兴。夜里大家盘算着一个月的工钱,盼望着工程结束,他们就能修补自己的房子,给孩子买新衣服,给家里买点儿肉……

顾九思身边的老者特别爱说话,有个女儿。看见顾九思和沈明,老人就问他们:"小伙子娶亲了吗?"

"娶了。"

"还没。"

两个老实人回答完之后,老者就开始给沈明推销自己的女儿,但形容起女儿来，一会儿一个样。

沈明忍不住了："大爷，您这女儿一会儿胖，一会儿瘦，到底是胖是瘦啊？"

"这个，"老者犹豫了片刻，有些不好意思地道，"我也不知道。有几次我回家去，看见她是胖的，有几次是瘦的。我这次回家，她该十五岁了，或许就瘦了。"

顾九思和沈明对视了一眼，沈明有些犹豫，道："大爷，您多久回家一次啊？"

老者笑起来，认真地想了想："两年没回去了吧？"说着，他像是有些难过，"我走的时候小儿子刚出生，回去他要是会叫我爹就好了。不怕大家笑话，我那女儿啊，到了八岁才知道我是她爹。"

"怎么不回去呢？"顾九思皱了皱眉头。

老者苦笑起来，"没钱啊。"

"家里地薄，"老者吃着馒头，面无表情地道，"随便种点儿地说不定就被水淹了，不如在外面待着，给人打点儿杂工，总能生活。"

"那也该常回家看看。"顾九思继续劝说。

老者看了他一眼，感到有些奇怪，道："回家不要钱的？"

这话把顾九思给哽住了。

夜里，老者蹲在火堆边拿着块木头雕小娃娃。这个小娃娃他是准备送他小儿子的。他每天从官府那里拿两个馒头，吃一个馒头，另一个卖给其他不够吃的人。他用攒下来的钱给孩子买了许多东西。等这次修完堤坝，他就回家去。

顾九思和沈明背对着老者，面朝火堆蜷着躺在地上。沈明见顾九思还睁着眼，就凑过去，问："哥，你瞧什么呢？"

顾九思没回答。

沈明叹了口气，又问："哥，你想嫂子吗？"

"嗯。"顾九思低低应了一声。

沈明睁着眼，有些不好意思地道："唉，说了你别笑话我，我想叶韵了。她脾气不好，老骂我。"沈明说着，捡了一块石头。这块河石被打磨得光滑，瞧着还有几分漂亮，沈明将它揣进了怀里，接着道："但我突然觉得，这时候她要是能来骂我几句就好了，我心里说不定就没这么难受了。"

"你也会难受啊？"顾九思笑起来。

沈明瞪了他一眼："瞧着大爷这样，我不难受吗？我也会想啊，"沈明看着火堆，有些发愣，"要我爹当年还活着，没饿死，应该也是这样吧。"

顾九思一时哽住了，看着沈明，好久后，拍了拍他的肩头，没有说话。

顾九思和沈明干了三天活儿，便离开了平淮。

走之前，顾九思给了老者十两银子，道："让你儿子去读书，若能考个功名，让他到东都来，找顾九思。"

老者虽然不知道顾九思是谁，但也知道那应该是个有头有脸的人物。老者接了钱，对顾九思连连拜谢。

顾九思领着沈明回了荥阳，回来后，谁也没告诉，就装成老百姓混进河工里，待了好几天。

荥阳的河工的待遇比平淮的差太多了，或许是因为平淮还有沈明管，而荥阳没有人管。一个河工的工钱就是一两银子，而这一两银子，还要被各种克扣。吃的按规格该是两个大馒头，但实际上都是一些清汤寡水的粥，吃几碗都不顶饱。

顾九思在这里待了两天，终于回了家。顾九思回家的时候，家里全是人，柳玉茹正带着工匠，指着图纸在讨论仓库的设计，听说顾九思回来了，她开始还有几分诧异，抬头一看，当真是顾九思回来了。

她几乎认不出他了，不到十天，他整个人就黑了一圈，他底子好，哪怕晒黑了看着也比旁人要白嫩，但比起过往，始终是显得精干了一些。他瘦了，眉眼间都带着憔悴，明显是吃了苦。柳玉茹见他这副模样，心疼得不行。

顾九思忙道："没事的，就是黑了点儿。我洗个澡，这就走了。"

顾九思洗完澡，便换上官服，去了府衙，连夜将傅宝元找了过来。傅宝元打着哈欠，有些不高兴，道："顾大人，这么晚了，还不歇息吗？"

"傅大人，我过来是想同您商量一下固堤的事，"顾九思说着，铺开了河道图，"我重新想了，之前的方案的确有不妥当之处。这样吧，银两数目不变，时间限制改为八月中旬之前，人手问题，"顾九思抬头看向傅宝元，"本官想过了，从城防营里拨出三千人来，由沈明统领，帮着固堤。多了这三千人，就能保证在八月初三之前完工，您以为如何？"

如何？不如何。傅宝元被这个要求当场吓清醒了。

拿三千城防军去固堤,还让沈明带领,这就是赤裸裸地要兵权。虽然荥阳兵少,一个城池也就四千人马,但毕竟和望都那种常年征战的边境城池不太一样,这里已经是永州兵力最多的地方。要能调兵,固堤工程是能完成,可是王思远怎么可能真的放人?

傅宝元勉强露出一个笑容:"顾大人,您怎么突然想起这事来了?不是说好了不限期吗?"

"我可没和你说好不限期,"顾九思嘲讽地笑了笑,"陛下命我明年夏季前完工,钦天监也说了八月有汛,若是因为我们没有完成固堤工程而导致黄河水患,到时候你我的乌纱帽怕是都保不住。无论如何,你我都得想办法在八月前固堤。"

"顾大人的想法是极好的。"傅宝元轻咳了一声,道:"但是未免有些激进了。直接让士兵来修河,军队的人怕是不答应。"

"我会请奏陛下。"

"那就等陛下的圣旨吧。"傅宝元立刻道,"陛下的圣旨来到之前,怎么可以乱动军防呢?顾大人,您也就是来治理黄河,总不至于比知州管的事还多吧?"

"我是来治理黄河的,"顾九思抬眼看向傅宝元,冷声道,"可也是拿着天子剑过来治理黄河的。"

"顾大人不要吓唬下官,"傅宝元坐在一边,端起茶,"有天子剑,也不能草菅人命,是不是?凡事都要讲个道理。"

"好,"顾九思点点头,"那我就讲个道理。给脸不要脸是吧?"他坐下来,"这一次修堤坝,一共耗银七十万两,其中人力费用共计四十万两,材料费近三十万两。一共招募十万河工,一人给银二两五十文,包食宿,每日三餐,每顿至少两个馒头加一荤一素一汤。这是工部给你们的钱,你们和我说不够用,那你告诉我,荥阳、平淮平均一个劳役一个月只拿一两银子,工部给的是二两五十文,怎么你们还说不够?!"

傅宝元的脸色变了,立刻道:"顾大人是听哪个不长眼的瞎说,一两银子哪里能招到劳役?"

"这话得问你们啊。"顾九思嘲讽地笑了,拿出了河堤上的监工给的契约,"这个是你们开给别人的契约,这上面写得清清楚楚,总不至于是我诬赖你吧?"

傅宝元看着上面的数字,脸上青一阵白一阵。

顾九思看着他，继续道："还不死心？那我继续问，按照规定，你们包食宿，管饭菜，可是无论是平淮还是荥阳，最好不过是睡桥洞，给两个馒头，荥阳甚至连馒头都没有，就让河工喝点儿粥。要不要我去查一下，到底钱都去哪儿了？你们说钱不够钱不够，可钱总得有个花处吧？天子剑是不能滥杀无辜，"顾九思靠近傅宝元，冷着声音道，"可是能杀有罪之人。这把剑可是上打昏君下斩奸臣的。"

"顾大人……"傅宝元端着茶，抬头看向顾九思，有些无奈地道，"您非得做到这一步吗？"

"不是我想做到这一步。"顾九思平淡地开口，"我也是被逼无奈。傅大人，"顾九思坐下来，态度软了些，"我负责这件事，就不能让它出岔子，您明白吗？"

钦天监明明白白地说了会有水患，顾九思拿了一千万两银子出来，上来就治水失利，那顾九思的官路也就算走到头了。

傅宝元沉默了许久，终于道："顾大人为何非要将每件事都做好呢？提前和陛下说一声时间太紧，把百姓先疏散，到时候再补贴安抚，继续治理黄河，不好吗？"

"先捞一笔治理黄河的钱，再捞一笔安家费？"顾九思忍不住嘲讽，"你当陛下是傻子？"

"若您这么想，"傅宝元收了笑容，道，"不如换一个人来管这事吧，这事，您管不了。"

"我乃正三品户部尚书，拿着天子剑到一个小小的荥阳，连这点儿事都管不了？！"顾九思怒喝，"傅宝元，我知道地方关系错综复杂，可你别欺人太甚！"

傅宝元拿着杯子，静了好久，笑了笑，道："行吧，顾大人要修，那就修；要八月中旬修完，那就八月中旬修完。也不用去请调城防营的军队，按照顾大人的算法，七十万两银子固堤应当是足够了。"说着，他站起身来，恭敬地道，"一切听顾大人吩咐。"

傅宝元不再阻拦，第二天，顾九思亲自到堤坝上去，看着监工招人，二两银子一人，每顿饭两个馒头一荤一素一汤，包吃包住。

顾九思怕他们从中吞银子，只能每天去堤坝上蹲守，和河工一起吃饭、一起做事，每天数人。

他不只要盯荥阳，许多地方都要盯，于是派了几个亲信到各处去盯着。

他不敢再把沈明派出去。他这样强硬，下面怕是会不满，接下来恐怕刺杀不断。

也因为他这么盯着，工程有了前所未有的进度。

当地官吏叫苦不迭，纷纷到王思远那里去诉苦。

王厚纯直接同王思远道："叔父，这个顾九思真是太不懂事了，以往来的，谁会像他这样蛮干？简直是不识趣！"

王思远喝着茶，淡淡地道："年轻人嘛，不懂事，很正常。多吃点儿亏就明白了。"

"叔父，"王厚纯转过头去，压低了声音，"您看，是不是……"他抬起手，对自己做了一个抹脖子的动作。

王厚纯低笑："人家可是正三品户部尚书。"

"吓唬吓唬他，"王厚纯冷笑起来，"一个毛孩子，我看有多大的能耐。"

"别直接动粗。"王思远慢慢地道，"多给他找点儿事做，自然就垮了。"

王厚纯想了想，便明白了王思远的意思，笑了起来，恭敬地道："明白了。"

于是顾九思就发现事情多了起来。

河堤上，只要他离开一会儿，就会有人出事。要么是有官兵用鞭子抽了河工，要么是饭菜出了问题。按规定，遇到这种事，顾九思只能按律责罚那些人。可那些人对责罚似乎完全不放在心上，顾九思才罚了一个人，只要他一走开，类似的事便会再次发生。

他没有办法，只能一直耗在河堤上，早上天没亮就要起来，深夜才回家。

他迅速消瘦下去，柳玉茹一面督促仓库的建立，一面关心顾九思这边的事，但她几乎见不到顾九思。好几次她去的时候，都看见顾九思在河堤上。他就穿一件粗布长衫，戴着一个斗笠，甚至还光着脚，手里拿着一根竹杖，在河堤上和监工一起说话。偶尔他还会去搭把手，把上百斤沙袋扛在身上，鼓舞着众人一起干。

每次他下去干活儿，大家都会很激动，鼓足了干劲做事。最初河堤上的人都叫顾九思"顾大人""顾尚书"，后来有一些年轻人就大着胆子，叫上了"顾九哥"。众人见到的他永远精力旺盛，如朝阳般绚烂。

然而柳玉茹清楚地知道，他回家后，有时候只是等一等她洗脸的工夫，就趴在床上睡着了。每天晚上他洗澡都是迷糊着的，洗完了，他往床上一倒，就昏睡过去了。

她会在夜里端详他的眉眼。她觉得很是奇怪，顾九思的眉目长得越发硬挺，失了几分精致，多了几分刀刻一般的硬朗，她却觉得无论怎么看，他都十分英俊。

她趴在他胸口，听他的心跳声，就觉得世界特别安稳。她觉得她像一只鹪雀，他如参天大树，为她撑起一片天地，让她安然入睡。这是少年顾九思不能给予的安全感，她在心跳声中感觉到他作为男人的沉稳。

她这么静静地趴着，顾九思迷迷糊糊地醒过来。他抬手放在她的背上，低喃道："玉茹，对不起。"

"嗯？"柳玉茹不明白他为什么要说对不起。

"没时间陪你，让你担心了。"

"没事。"柳玉茹笑起来，想了想，又道，"不过，你也不能这么一直熬着，总得适当放一放。"

"不能放啊。"顾九思叹息，"那天有个老伯和我说，多亏我在，他们才有了几天好日子。我一走，那些人背着我不知道又会做些什么。"

"可总这样也不是事，"柳玉茹低声道，"还有一年呢，这么熬，你怕是两个月都撑不住。"

然而话说完，顾九思没有回应，柳玉茹抬头看看，他竟已睡过去了。

柳玉茹有些无奈，叹了口气。第二天，顾九思照常上了工地。当天下了雨，顾九思和众人一起挤在棚子里躲雨。

一个少年走过来，同顾九思道："顾大人……"

顾九思回过头，也就是在那一瞬间，一把刀猛地刺了过来！

顾九思反应得快，一把抓住了那少年的手，沈明同时按住了那少年，一脚将那少年踹到了地上，但同时，十几个杀手从人群中跑了出来，人群大乱。顾九思立刻叫人，然而侍卫都不知道去了哪里，只剩下几个影卫跟着他。四周都是人，影卫和顾九思被人群隔开，顾九思的人怕伤着普通百姓，艰难地靠近顾九思。混乱之中，只有沈明护在顾九思身边。

当时柳玉茹坐在马车上。她见下了大雨，想去接顾九思。她还在大路上，就远远地看见河堤上的人群乱起来。她从上方往下看，看得清晰，顾九思和沈明在人群里和十几个人纠缠。柳玉茹惊得立刻大喊："去救人！"她随身带着的十几个侍卫当即冲了下去。

柳玉茹不敢出马车。她没有什么武艺，若出现，难保贼人不会劫持她，要挟顾九思。她坐在马车里，咬紧牙关，看着那混乱的人群。

一批人不断地阻拦影卫靠近顾九思，那些人很多，看上去都是些老百姓，影卫也不敢把他们怎么样，也正因如此，靠近顾九思变得十分艰难。柳玉茹捏着马车的车帘，心里忽地觉得有些悲哀。

顾九思和沈明武艺高强，对方明显没想到顾九思有这样的身手。顾九思和沈明拖延了一段时间，柳玉茹的侍卫到了，顾九思反而主动出击去抓那些刺客。

那些刺客算不上专业，四处逃窜，顾九思和沈明带着人将他们包围了，一网打尽。柳玉茹见事情已经了了，走下马车，这时候，才看见洛子商的马车也在。

不知道洛子商看了多久，他的侍卫队列整齐，柳玉茹冷着脸，走到洛子商的马车边，低声道："洛大人。"洛子商坐在马车里，车帘敞开。他本从窗口看着河堤上的事，听到柳玉茹的声音，转过头来。天下着小雨，姑娘披了披风，神色平静地立在他面前，看似镇定，眼睛却有些发红。洛子商静默了片刻，才道："柳老板。"

"可否借几个人一用？"柳玉茹冷静地开口。

洛子商点了点头："可。"

柳玉茹说了句多谢便转过身去，招呼了洛子商的人跟着她下去。

洛子商见她往下走去，提高了声音，道："柳老板。"

柳玉茹回过头。

洛子商犹豫了片刻，终于道："人本自私，无须为此伤心。"

柳玉茹愣了愣，笑了起来："多谢。"这一次的多谢，她说得格外真挚。

说完之后，她领着洛子商的人一路疾行下了河堤，顾九思已经将刺客制住，之前不在的士兵也回来了，把河堤围了起来，不让人离开。

柳玉茹走进人群中，顾九思转过头来，看见柳玉茹，有些不安，道："玉茹，你怎么来了？这里脏……"

"这个，这个，这个……"柳玉茹开始迅速地点人，一连点了几十个人，在众人的一片茫然中，直接下令："全都抓起来。"这一声令下，侍卫立刻动手抓人。

她点的一群人都是百姓，立刻哀号起来："冤枉，冤枉啊，不关我们的事……"

"不关你们的事?"柳玉茹冷笑,"不关你们的事,你们方才拦着我们的侍卫去救顾大人做什么?"

"冤枉,"那些人大喊,"我们没有啊,我们只是在逃命,没有拦谁!"

"带走送到府衙,由沈大人亲自审问。"柳玉茹冷着脸道,"搞清楚是谁让他们做的。"

"玉茹……"

"闭嘴!"顾九思才开口,柳玉茹就厉喝,"看看你护着的是一群什么人!为了钱什么事做不出来?你别想着开口求情!明日开始,你也无须再来河堤,这里有河监有荥阳的官员,你一个户部尚书天天在这里混着成什么样子?!"

顾九思没敢再说话,侍卫押着人就开始往外走。柳玉茹扭过头去,昂首往前。顾九思站在原地,不敢动弹。柳玉茹走了两步,回过头来,看见顾九思还站在原地,伸出手去,冷声道:"还不走?"

顾九思抬眼看见柳玉茹伸出来的手,高兴起来,赶紧跟过去。他走到柳玉茹面前,又有些不好意思,道:"我手脏……"

话还没说完,柳玉茹就伸手拉住了他。他的手上还留着泥土和血,她的手干净又柔软。他觉得有些不好意思,她却牢牢拉住了他,像是怕他跑了一般。

顾九思有些不好意思,低着头小声道:"都把你的手弄脏了。"

柳玉茹不说话,顾九思同她一起爬上坡,走上大路。她脚上的鞋子沾了泥,顾九思蹲下身来,用袖子给她擦。

他已经在泥土里滚了一天,也不在意再沾这一点儿。柳玉茹看着顾九思蹲在地上,认认真真地给她擦鞋,眼泪就啪嗒啪嗒地落下来了。

眼泪滴到顾九思的袖子上,顾九思愣了愣,随后道:"怎么哭了呀?给你擦个鞋,就感动成这样了?"

"顾九思,"柳玉茹的声音低哑,"那些百姓,肯定是他们拿钱雇的,用来隔开你和侍卫。我在上面看得清楚,他们就是故意的。"

"哦,"顾九思低着头,捡了竹片替她刮泥土,"我知道,看出来了。"

"你本不该来河堤的。"

顾九思没说话。

柳玉茹继续道:"他们吃不饱也好,过不好也好,钱拿不到也好,那都是荥阳官府的事,只要他们不闹事,把河堤修完了,那就都与你无关。你耗在这里,把自己置身险境,你图什么?"

顾九思低着头,道:"好了,都弄干净了。"说着,他蹲着身子,仰起头来,朝着柳玉茹露出笑容,"坏人也就是少数,大多数人还是很好的。这都是小事,我不放在心上。"

他笑得很灿烂,在这乌压压的一片世界里,明朗如晨曦。

他看着柳玉茹:"大家各自有各自的难处,他们拦我也有他们的理由。我当官,让百姓过得好,让我定的规矩执行下去,本也是我的职责,这事很正常,我想得开。你别难过了,你的鞋子弄脏了,我陪你去买双新的吧?别哭了,嗯?"

柳玉茹没说话,噙着眼泪,看着面前仰头看着她的青年。她爱极了这人的笑容,因为爱极了,所以这一刻,才心疼极了。

"我不难过,"她低声开口,"我是为你委屈,顾九思,你知不知道?"

她这辈子,委屈她忍得过,苦难她吃得了,她自己的事,狂风暴雨,她都能冷静自若。可唯独遇到这个人,哪怕是看着这个人有一点点委屈,遇到半分不公,她都觉得疼。因为这个人在她心尖尖上,稍稍触碰,也是万箭穿心。

顾九思愣愣地看着柳玉茹,柳玉茹蹲下身来,哭着抱紧了他。

"顾九思,"她抽噎着道,"你能不能对你自己好一点儿?"

顾九思愣着说不出话。

柳玉茹哭着道:"你没心没肺,可我替你委屈啊。"

你给了世界多少爱,我便希望世界给你多少爱,没有半点儿不公,没有半分委屈,这个世界上的所有温柔都应当给这么美好的你。

顾九思听着柳玉茹哭,叹了口气,有些无奈地回抱住了她。

"你这姑娘啊,"顾九思叹气,道,"怎么还没明白呢?上天把你给了我,这已经是这世上最大的不公了,那我这辈子也就不需要其他的公平了。"

柳玉茹不由得愣了。

顾九思扶着她起身,温和地道:"别傻愣着了,你看看,这么一抱,你自己身上都是泥土了。我陪你回去,把身上洗干净了。"说着,他将柳玉茹扶上了马车。上马车前,顾九思回过头去,洛子商坐在自己的马车里静静地看着他们。

看见顾九思回过头来，洛子商朝他们点了点头，没有多说什么。

顾九思抬起手来，恭敬地道了声多谢才进了马车。

他没坐在座位上，就往地上一坐，将双手放在座位上，把下巴枕在手上，仰头看着柳玉茹，道："玉茹，我发现你真的很爱哭呀。"

柳玉茹擦着眼泪，似嗔似怒地瞧了他一眼，斥道："起来，别坐地上。"

"别把垫子坐脏了。"顾九思笑得有些傻气，"地上椅子上都一样，而且我这么瞧你，觉得你更好看了。这叫什么，拜倒在你的石榴裙下？"

柳玉茹知道他在逗她，叹了口气，抬起手来，抚着他的面颊，柔声道："我真是怕了你了。"

"我知道的。"顾九思抬手捂住她的手，"我会处理好，你别担心。"

柳玉茹没有多说，两个人一起回去，顾九思去洗了澡。

之前在马车上不觉得，如今彻底放松下来，顾九思顿时感觉到一种说不出的疲惫感，浑身都疼。

他受了伤，把浴桶里的水都洗成了血水。他匆匆洗了洗，便起身走出来，一穿单衫，血就渗了出来。

柳玉茹低骂了一声，赶忙让人去请大夫，自己坐在一边给他上药。

"受了伤怎么不说？"柳玉茹不满地道，"还去洗澡？不怕伤口感染是不是？"

"身上都是泥，"顾九思解释道，"都不好意思碰你，一些小伤，还是洗洗。"

柳玉茹抬眼瞪他，正要说什么，沈明就走了进来。沈明来得很急，进来就大喊道："九哥，出事了……"话没说完，沈明就看见柳玉茹坐在一边，犹豫了片刻。

柳玉茹绑着纱布直接道："说。"

沈明看了顾九思一眼，确认没有问题后，终于道："九哥，人没了。"

"什么叫没了？"顾九思皱起眉头。

沈明赶紧解释："押回去的路上，有几个百姓挣脱了链子跑了，人一跑就乱了，然后出现另一批杀手，他们把我们扣下来的杀手劫走了。"

"一个不剩？"顾九思有些诧异。

沈明摇摇头："剩一个，那个也被当街射杀了。"

顾九思没说话。柳玉茹有些不满，道："几个百姓，又不是大力神，怎么就能挣脱了铁链子跑了？明明就是有人故意放纵，那几个衙役呢？"

"已经处置了。"沈明立刻道，"傅大人说他们玩忽职守，让他们走了。"

"就这样？！"柳玉茹震惊。

顾九思："没有确凿证据证明是他们放走的，也就只能这样了。"

"那不查下去吗？！"柳玉茹站起身来，觉得不可思议，道，"傅宝元不细查？"

"他说查过了。"沈明冷着脸。

顾九思轻笑："这上上下下都是他们的人，有什么好查的？"

柳玉茹没再说话，握紧了拳头。顾九思拍了拍她的手，吩咐沈明："给陛下去信，让他准备一支军队进驻司州，荥阳恐要生乱。"

话刚说完，外面就传来了许多人的脚步声。顾九思有些疑惑，看了一眼沈明，沈明也是不解，但没有多久，王思远的声音响了起来："顾大人！"

顾九思皱起眉头。

王思远走了进来，感慨道："顾大人，听说您遇刺了，我特意过来看看，您还好吧？"

"没事。"顾九思笑了笑，"王大人的消息倒是很快。"

王思远叹了口气："本也在过来的路上，没想到人还没见到，就听见您遇刺的消息了。"

顾九思忍不住皱紧了眉头："不知王大人找在下何事？"

"顾大人哪，"王思远叹了口气，慢慢地道，"您被参了！"

顾九思猛地抬头。

王思远笑起来，道："不过还好，江大人在朝堂之上舌战群儒，力保大人，陛下对顾大人没有什么处置，但还是觉得顾大人在荥阳太过横行霸道，决定将沈大人调离荥阳。"

沈明听到最后一句，顿时怒了，正要开口，顾九思一眼扫了过来，沈明僵住身子。

顾九思回过头去，面上露出笑容来："九思不知，是何人参的我，所参何事？"

"啊，顾大人不知道吗？"王思远故作诧异地道，"也是，我也是今日才接到的消息。是秦刺史，参顾大人在荥阳作风不检，与商人聚会、仗势欺压当地官员，还参沈大人殴打官员、欺压百姓，你说说这个秦楠，"王思远啧啧两声,"简直是无中生有,这都哪里有的事嘛。"

顾九思听到秦楠的名字,也有几分诧异。他原以为,第一个参他的荥阳官员应该是王思远或者傅宝元,没想到是看上去最刚正不阿的秦楠。秦楠也和王思远是一伙的,还是说秦楠才是这个荥阳最大的贪官?顾九思的脑子有些乱,也不理解,就算秦楠参了他,这样没有真凭实据的事情,为什么皇帝会决定处罚他,还选择将沈明调离荥阳?他想不明白,感觉头都有些痛了。

王思远看着他的样子,颇为关心,道:"顾大人怎么了?"

顾九思摇了摇头,抬手道:"无妨,多谢王大人告知。沈明要调到什么地方?可是回东都?"

"是啊。"王思远笑了笑,"回东都继续任职,其实也算不上是处罚,对吧?"

顾九思笑了笑:"的确。"

王思远看了看顾九思,站起身,道:"罢了,顾大人今日不适,我也不打扰了,顾大人好好休息。"

顾九思行了个礼,让木南送王思远离开。

王思远被送到门口,上了马车,回头看了一眼顾九思,嘲讽:"秦楠,不自量力。"说完,他叫人过来,在那人耳边嘀咕了几句。

王思远一走,沈明立刻道:"我出去散散心。"

"你站住!"顾九思怒喝,"你去做什么?"

"我散心!"沈明说完就冲了出去。

顾九思正要说什么,突然急促地咳嗽起来,沈明趁着这个机会跑了出去。

顾九思咳完了,靠在床头缓了缓,终于道:"去让人把他追回来。他肯定去找秦楠了。"

柳玉茹赶紧吩咐人出去找沈明,随后回过身来守在顾九思身边,握住他的手,道:"你是不是发烧了?我怎么觉得你有些烫?"

"可能吧。"顾九思躺在床上,闭着眼睛,道:"你别担心,让人看着沈明,别让他乱跑。我先睡一觉。陛下的旨意到了,舅舅也该回信了。等舅舅的信到了,再做打算。"

柳玉茹应了一声。

顾九思握着她的手,小声道:"玉茹,我困了。"

"困了你便睡吧。"柳玉茹温和地道,"我在呢。"

顾九思躺在床上,闭上了眼睛。

柳玉茹看着他的呼吸平稳下来才放开他的手,将他的手放在被子里,又给他上了冰袋,随后召了印红和木南过来,吩咐印红:"通知东都那边的人,将我训练的所有暗卫全部派到荥阳来。"

印红应了一声是。

柳玉茹接着吩咐木南:"夜里应该还会有第二拨刺客,你们警惕些,别让人钻了空子。"

木南愣了愣,随后应道:"是,夫人。"

柳玉茹吩咐完,拿了一把刀,放在顾九思身边,又拿过账目,让人搬了小桌过来,一面照顾顾九思,一面算她的账。

柳玉茹守着顾九思时,沈明甩开了人,便去找秦楠。

秦楠刚刚从府衙回来,他的轿子远远地出现在沈明的视野里。沈明不能在人多的地方劫走秦楠,也还没傻到这种程度。于是沈明埋伏在一条秦楠每天必经的小巷子里,趴在屋顶上,就等着秦楠入巷。然而秦楠的轿子刚刚进了巷子,沈明就听见秦楠突然说了句:"慢着。"

轿夫停了下来。

沈明有些疑惑,秦楠怎么停了下来?

片刻后,秦楠道:"是不是没有声音?"

沈明不太明白秦楠在问什么,然而秦楠在问完之后,突然道:"走。"

那些轿夫极其聪明,立刻就转身换了条路。沈明惊呆了,左思右想,觉得自己应当藏得极好。

就在这一瞬间,羽箭朝着轿子飞了过去。轿夫大喊了一声:"大人!"

羽箭刚停,几个黑衣人从巷子里冲出来,直直地朝着秦楠的轿子扑了过去。

秦楠的轿夫不是泛泛之辈。杀手扑过去时,轿夫迅速从轿子下抽出刀来,然而黑衣人来得太快,轿子被直接踹翻。在轿子翻过去的前一瞬,轿夫将秦楠一把抓了出来,往外一推,大喊:"大人快走!"

秦楠朝着反方向疯狂跑去,两个杀手提着刀冲了过来,眼见就要砍到秦楠身上,沈明看不下去了,从天而降,一脚一个地踹了过去,拍了拍手,道:"老子给你们机会跑,三、二……"

杀手对视了一眼,明显是认识沈明的。在沈明喊"二"时,他们掉头就跑,沈明立刻就想追,却被秦楠一把抓住袖子。秦楠低声道:"小心埋伏,别追了。"

听到秦楠的声音,沈明才想起自己的来意,一把揪起秦楠的衣领,把他往墙上一压,靠近他,道:"嘿呀呀你个老不死的,一大把年纪了还学人家搞什么政治斗争!你要搞你搞那些贪官污吏啊,你来搞老子,你说老子殴打官员,欺压百姓?你信不信老子真的打死你?"

话没说完,秦楠的脸色就有些白,他推着沈明,道:"你……你走……"

"我走?"沈明笑了,"老子今天特意来找你的,还让我走?我偏不,我偏……"

话没说完,秦楠一口血就喷了出来,喷了沈明一脸。沈明当场就蒙了,秦楠头一歪,就昏了过去。

沈明呆呆地看着秦楠,还没反应过来,就听见轿夫的惊叫。

"秦大人!"

"你个贼人放开秦大人!"

"你对秦大人做了什么?!"

"那个……"沈明慌得没空摸脸,急忙解释,"我没打他啊。"

"你跟我去见官。"一个轿夫拉住沈明,激动地道,"我认出来了,你是顾尚书身边那个侍卫,当街殴打朝廷正五品命官,你等着,我这就去找你家大人!"

"等等,这个事真和我没关系。"沈明赶紧道,"先救人,赶紧的,先救人再说。你们都被打得不行了吧?我来,我来背,我将功赎罪好不好?"说着,沈明在四双眼睛的注视下,把秦楠扛了起来,往最近的医馆跑去了。

沈明一面跑,一面想,自己到底是作了什么孽,被这个人参就算了,救了人还被喷一脸血,现在还得背着这人去求医?自己简直是天底下第一好人。

秦楠被送去医馆的时候,远在千里之外的东都,叶韵刚刚收到了从荥阳传来的书信。

沈明打从离开东都就开始给她写信,他的字难看,狗爬的一样,絮絮叨叨地说的都是一些琐事。叶韵很少回信,几乎都是看过就烧了。

信使从正门进来之前,江河同叶青文正在府中对弈,叶世安候在一旁。他们正商议着顾九思的事情。

前些时日秦楠一封奏折从荥阳过来，一石激起千层浪，朝中对顾九思这么快的升迁速度本就不满，许多人趁着顾九思不在，落井下石地参奏。

众人都说不清楚，这批跟着搅和的人里有多少是看顾九思不舒服的，有多少是受太子指使的，又有多少是被荥阳地方官员买通的。

范轩想保顾九思，但是参奏的人太多，多少要做点儿样子，最后是江河说，治理黄河不可无主管官员，等顾九思回来再说。但这样保住了顾九思，保不住沈明，范轩也不想计较一个六品小官的去留，便顺着朝臣的意思，把沈明弄回来听训。

"他们的意思，陛下想不明白，你我却清楚。"叶青文淡淡地道，"沈明是顾大人的一把刀，他们把顾大人的刀抽走了，要下手，顾大人连个防身的都没有。"说着，叶青文有些不理解，"你就这么放任沈明回来？"

江河听了，不由得笑了笑："叶兄还真当我是神仙，能只手通天？陛下要让沈明回来，我又能怎么办？"

"你若想有办法，总能有。"叶青文直接开口。

江河哈了一声，撑着下巴，落了棋子，想了片刻，道："不用担心，九思是个聪明孩子。"

叶青文看了他一眼，还要再说什么，便听见外面传来脚步声。三个人抬头看去，便见信使匆匆忙忙地往叶韵的宅院走去。

江河挑了挑眉，道："这是哪里来的信使？"

叶青文抬头看了一眼信使，随后道："荥阳。"

"哦。"江河了然，道，"那应当是我那外甥媳妇儿了。"

"你对我这侄女似乎很关注？"

叶青文低着头，看着棋盘。

叶世安不着痕迹地看了一眼江河，江河愣了愣，随后笑起来，道："我对哪个姑娘不关注？"

叶青文没说话，落了子，片刻后，喝了一口茶，同叶世安道："世安，换玉山春尖。"

叶世安明了叶青文是有话要单独对江河说，便起身离开了。叶世安走后，叶青文看着江河落子，慢慢地道："我也不多说了，我这个侄女也快二十了。扬州的事，你应当也知晓一些。我终归还是希望她能找个好去处，她是我叶家的姑娘，我不愿她因为过去就随意许一个人家。她虽有瑕疵，但品貌皆优，你年岁也大了……"

"胡说八道什么呢，"江河瞪了叶青文一眼，"什么我年岁大了？有你这么说话的吗？"

叶青文被哽了哽，接着道："我也就比你大上几岁，如今儿子都二十有二了。万殊，你总不能一直这么一个人。"

江河没说话，看着棋盘，端起茶杯，抿了一口："其实吧，我觉得叶韵这个小姑娘样样都好，唯独一点，"说着，他抬眼看向叶青文，笑眯眯的眼里带了几分悲悯之意，"她生在了你们叶家。"

叶青文皱起眉头。

江河叹了口气："叶兄，我说这话可能有些冒犯，但既然今日你同我提及此事，我便不得不说。叶韵还年轻，"他看着叶青文，认认真真地道，"过去的事不是她的错，且不说她并非自愿，哪怕是自愿，一个女子追求一份感情难道是错？她没做过错事，为何要惩罚她？"

"没有谁惩罚她。"叶青文紧皱眉头，张口反驳。江河抬手做出一个"停"的手势，直接道："你不必多说，你们是不是在惩罚她，我心中有评判。若你们没觉得她做错，她一个品貌皆佳、二十不到、出身书香门第的好姑娘，为什么你们要和我这么一个年近四十的老男人说亲？"

"你……"

"我知道我长得好，又有钱，又聪明，又风趣，而且我在朝中官职与你们家旗鼓相当，外甥更是平步青云。我条件好得很，可没有一个正儿八经的大家闺秀会主动来同一个年近四十岁还流连花丛、与一个歌姬育有一女的浪荡子说亲。这样的浪荡子，再优秀都不行。这事你们与叶韵说过对不对？"

叶青文没说话，算作默认。

江河想了想，嘲讽地笑了笑："你说说你们，她遇了事，你们不想着告诉她人生路可以走得更好，不想着让她活得光明正大，反而同她说我这样的人是她最好的归宿，荒唐！她若没遇到事，你们会这样对她？既然你们觉得她没犯错，你们为什么要这么对她？"

叶青文垂下眼眸，看着眼前的茶汤。

江河叹了口气："叶兄，她若是我家的孩子，我便会告诉她，这事她没错。她不仅没错，还值得嘉奖。一个孩子能在当时那样的乱局下，为保父兄与仇人周旋，最后还能手刃仇人救出兄长与友人，如此气魄胆量，世间难得。她这样的姑娘值得人喜欢。她当年想嫁的是怎样的男人,如今该更好才是。"

"万殊……"叶青文口中苦涩,"能如你这般想的人太少了。"

"那又如何?"江河摇着扇子,"好男儿自然是少的,不好的,嫁去做什么?难道你们叶家还养不起一个姑娘?"

叶青文没再说话。

江河想了想,似乎也觉得说得太过了,轻咳了一声,道:"罢了,不想这些了,你我是好友,想哄我降辈分,别想了。"

叶世安的声音传来:"叔父,到喝药的时间了。"

叶青文抬起头来,点了点头,同江河道:"失礼了,今日对弈就到这里吧,在下先行告辞,我让世安送你。"

"不必了,我熟路。"江河摆手道,"我喝完这杯茶,自己走。"

叶青文应了声,起身领着叶世安离开。

叶世安走远了,江河才道:"出来吧。"

旁边没有动静。

江河朝着一个方向看过去,笑道:"一个小姑娘躲着,我都听不出来,你也太瞧不起我了。"

听了这话,叶韵才从转角处慢吞吞地走了出来。

江河从容地取了杯子放在棋桌上,抬手道:"坐吧。"

叶韵没说话,规规矩矩地来到江河身前,江河替她倒了茶。

叶韵神色平静,江河仰了仰下巴:"你叔父还没下完,你来吧。"

叶韵应了一声,抬手落子。

两个人一直没有说话,只有棋子啪啪而落。

江河棋风老练,看似散漫无章,却总在每一颗落下后,布下对手插翅难飞的局。相比江河,叶韵的棋风虽然沉稳,却幼稚了许多,虽步步谨慎,仍总被江河的棋着杀得措手不及。

叶韵见棋盘上的棋子渐少,终于开口道:"年少时母亲曾对我说,嫁人最重要的是合适。"

江河没有说话。

叶韵慢慢地道:"其实我与大人,哪怕没有情爱,也可做一世夫妻。叶家与顾家联合,会是最好的联盟。"

江河顿住,片刻后,抬起头来,看着叶韵,慢慢地道:"你一个小姑娘,别在这个年纪想什么结盟不结盟。若你真有这个想法,你记住我一句话。"江河靠近她,神色认真,"这人世间最牢固的盟约便是利益一致,除此之外,什么婚姻,什么誓言,都不堪一击。"

这话把叶韵说愣了。

江河低下头去,落子之后,又吃了她一大片棋子。江河捡着棋子,慢慢地道:"婚姻无法保证这些,所以与其想着如何把自己的婚姻变得更有价值,不如想想如何把自己变成一个有价值的人,然后嫁个自己喜欢的人。"说着,江河笑起来,他的笑容带了几分看透世事的明亮。

"别拿自己人生中最重要的东西,去换一些用其他东西更容易换来的东西。你还小呢。"

叶韵没说话,那一刻,竟真的觉得自己还小,面前是一位长者,他指引着她在黑暗中摸索前行。

叶韵沉默了好久,慢慢地道:"可是,我不知道自己还会不会喜欢人。每个人的人生都有喜欢的人吗?"

"不一定吧。"江河想了想,"可是如果你坚信自己不会喜欢一个人,可能就真的不会再喜欢上什么人了。"

"江大人,"叶韵犹豫着道,"也喜欢过人吗?"

这话把江河问愣了,他的眼中闪过些什么,这是叶韵头一次从江河眼里看到连他自己也把控不住的东西。然而这情绪只是一闪而过,江河笑起来,慢慢地道:"喜欢过吧。"

"为何不在一起呢?"叶韵有些疑惑。

江河苦笑:"所有的喜欢都要在一起吗?叶韵,"他叹了口气,站起身来,"人这一辈子,遇到一个互相喜欢,还能在一起的人,是很不容易的。你还年轻,喜欢都是慢慢培养的,你要给别人机会,这也是给自己机会。"

叶韵没有说话,看见江河仰起头来。他看着天上的星星。

"我没有机会了。"他轻轻地说。

这话让叶韵忍不住问道:"为什么?"

江河静静地看着天空,好久后,才再次开口:"因为我心里有人了。"说着,他的眼里带了几分怀念之意,"你们都没见过她,要是你们见过便会知道,喜欢过这个人,还想喜欢上其他人,太难了。"

叶韵愣了愣。

江河像是觉得失态,低笑一声,张开了小扇,摆了摆手,故作潇洒地道:"行了,叶韵侄女,你想开点儿,我走了,不用送。"

叶韵静静地看着他离开,自己坐在石桌前想了很久,才从袖子里掏出了一张字条。

这是一个包裹着石头的字条,字条上是沈明歪歪扭扭的字。

"……跟着九哥当河工,晚上躺在河堤上睡觉,风太冷了。这个石头漂亮,送给你。你不要觉得石头破,好看的玉石花钱就能买,这么好看的石头得靠运气才能遇到。不过你要是喜欢玉石也行,我攒钱给你买……"

叶韵静静地看着上面的话,七月底的风带着夏日的燥热轻轻拂过。

她的内心像一口结了冰的古井,她躺在冰下,仰头望着这人世间所有的热烈与美好。有人固执地拿石头砸着,她听见冰面砰砰砰的声音。

她轻轻地叹了口气,将纸慢慢折好,收了起来。

他还是太傻了。叶韵想。

顾九思第二日醒来,便收到了江河的信。他高烧刚退,从柳玉茹手里拿了江河的信来看。

江河简短地说了一下朝廷里的状况,最后留了两条关键消息:"沈明自便。秦楠,现在认识了。"

顾九思看着这两句话,柳玉茹从他手里拿过信,感到有些奇怪,道:"这是什么意思?"

顾九思想了想,道:"舅舅的意思是,沈明的去留由沈明自己决定,而秦楠,舅舅之前不认识他,这次秦楠参了我,舅舅就算认识他了。"

"舅舅为什么提到秦楠?"柳玉茹感到有些奇怪。

顾九思低着头思索着,道:"上次写信的时候,我同他提到了秦大人,问他认不认识。"

柳玉茹点了点头,没有多说。

顾九思靠在床上想了一会儿,忍不住道:"你说秦楠为什么要参我?"

"他看不惯你和傅宝元这些人同流合污?"柳玉茹斟酌着开口。

顾九思皱起眉头:"那他怎么不去参傅宝元?"

这话把柳玉茹问住了,她想了想,又道:"所以,他和傅宝元这些人是一伙儿的?"这就能解释为什么这么久以来,王思远在荥阳作威作福,朝廷却半分消息都没有。

两个人脑海里同时浮现出秦楠那挺直了腰背的背影,尤其是柳玉茹,忍不住想起初来荥阳时那跪下的女子,于是道:"可是……秦大人看上去……"

"我明白。"顾九思说着,看向窗外。

沈明正急急忙忙地赶过来。

顾九思见他神色慌张,皱眉道:"你昨儿个是不是犯事了?"

"哥你听我说,"沈明走上前来,跪到顾九思床头,认真地道,"秦大人吐血了。"

"你把他打吐血了?!"顾九思震惊。

沈明赶紧道:"不是不是,你听我说,昨儿个我路过,本来我想打他。"

顾九思和柳玉茹对视了一眼,沈明没注意到两个人的眼神交流,接着道:"没想到,人没打成,刚好遇到他被人追杀,我就出手救了他。然后当时拉他起来的时候激动了点儿,他那个……旧疾就犯了……"说着,沈明有些心虚,"就……就喷血了。"

"你……你是怎么个激动法?"柳玉茹试探着询问。

沈明不好意思地笑了笑,比画着道:"就……抓着领子,砸……砸到了墙上,手压在胸口……"

顾九思慢慢地道:"还真是激动啊……"

"那人呢?"柳玉茹皱起眉头。

沈明不好意思地道:"还……还躺着呢。"

"活着躺着,还是……?"顾九思幽幽地开口。

沈明赶紧道:"活着!绝对活着!我昨晚守了一夜,大夫说没事了,只要好好养着就行了。"

顾九思沉默了片刻。

沈明小心翼翼地道:"哥,他们说,等秦楠醒了就要去告我,说殴打大臣犯法。我不怕犯法,我就想着,我现在被参,是不是会给你带来麻烦啊?"

"你不怕被参?"顾九思转头看他。

沈明疯狂点头:"哥,我是一心一意为你着想的啊。"

顾九思想了想,脑子里闪过什么,突然道:"快,我帮你写封信回去,你辞官去。"

"啊?"沈明有些发蒙。

顾九思接着道:"我现在就写,你在救秦大人的时候不小心导致秦大人旧疾复发，于是你为了弥补过错，好生侍奉秦大人，决定辞官留在荥阳。"

"我懂了。"沈明立刻道，"这样一来我就可以继续留在荥阳。而且事提前说了，他参就参去吧，老子都为他把官辞了，还有人能说什么？"

"对。"顾九思点头道，"而且你这几天给我老老实实地盯着他。"

"盯着他做什么？"

"看看他到底为什么参我。"顾九思沉声开口。

沈明立刻点头道："放心，这事包给我。"他拍了胸口，下午便去找了秦楠。

秦楠刚刚醒过来，沈明便冲了进来，大大咧咧地喊："秦大人。"

秦楠抬眼看他，皱起眉头，眼里还带了几分警惕之意。

沈明扛着大刀，认真地道："秦大人，我是来和你道歉的。"

秦楠放松了些许，慢慢地道："无碍，本就是旧疾。沈大人救我，我当向沈大人道谢才是。"

"是我鲁莽了。"沈明有些拘谨，偷偷看了一眼秦楠，慢慢地道，"那个，秦大人最近不方便吧，要不我照顾您？"

"在下还有其他下人。"秦楠神色平静道，"不劳沈大人费心。"

"那你总还需要个人保护吧？"沈明接着道，"我武艺高强，比你那些轿夫强多了。"

秦楠抬眼看了沈明一眼，有些不解："您到底要做什么？"

"嗐呀，"沈明终于道，"现在外面都传我把你打了，你给我个赎罪的机会呗。"

"您似乎要调离荥阳了。"

"这个没事，"沈明高兴起来，大大咧咧地道，"我辞官了。"

秦楠愣了愣，片刻后，似乎明白了什么，恢复了一贯拒人于千里之外的冷漠态度，道："既然如此，沈大人自便。"

"那我从今天开始保护你。"沈明立刻道，"秦大人你自便哈。"

秦楠没说话，既不拒绝，也没接受。

第二日沈明上秦家，秦家就不给他开门了。但这难不倒沈明，他翻了墙，进了秦楠的院子里，高兴地道："秦大人，我来了。"

秦楠："……"

沈明怀揣着监视秦楠的任务，便每天过来看望秦楠。沈明本来以为，一个会参他和顾九思的官员一定是个大贪官，应该有丰富多彩的生活。但是跟着秦楠好几天,沈明发现,秦楠的生活非常简单,每天就是去县衙办公,然后回来。

秦楠在百姓心中似乎很有声望,大大小小的事,百姓总喜欢来找他,大多时候他也的确会处理。

刺史的事不算多,秦楠官阶高,每过七日便可休沐一日。他休沐的时候才会离开府衙,也不做其他事,就是到隔壁村子去给隔壁村子里的孩子上上课,发点儿吃的。

这个村子里的人不多,大多是老幼,沈明跟着秦楠到村子里,一起帮着村子里的人修房子,给孩子们讲课。

沈明不由得感到奇怪:"这个村里的男人呢?"

"没了。"秦楠的语气很平淡。

沈明诧异道:"怎么没了?"

"这里原本是没有村子的。"秦楠敲打着钉子,同沈明解释,"后来城里有一些人,家里的男人死了,老幼在城里待不下去,最后我便让人都安置在了这边。这边有些薄地,他们能干活儿的会种点儿地,我也会接济。"

"这一整个村,"沈明诧异地道,"都是你在接济?"

秦楠点点头。

沈明不由得回头看了一眼:"你有这么多钱吗?"

秦楠皱起眉头,认真地道:"在下月俸二十两银子,每月五十石粮食,每年绢布二十匹,棉布一百匹,这个村一共五十人。加上他们自己的钱,绰绰有余。"

"你……你挺有钱的哈。"沈明察觉到秦楠生气,打着哈哈。

秦楠看着沈明,憋了半天,什么都没说。

沈明每天跟着秦楠,日子一天天过去,固堤工程也到了尾声。

八月连着下了七八日暴雨,洪水如约而至。

那几日顾九思都睡不好,每次大雨,黄河两岸都会有洪灾,这一次顾九思虽然按时完成了固堤工程,但也不确定最后的结果会如何。这一次的洪水来得比过往要凶猛,夜里柳玉茹都觉得雨声大得她睡不安稳。

每天晚上,顾九思和柳玉茹都不敢睡得太死,顾九思在等急报,怕哪里受灾,他睡得不熟,就能第一时间赶过去。

黄河可能决堤的位置,顾九思都已经让人提前把百姓疏散了,大雨结束之后,各地灾情报上来,虽然大堤还是决了一些口子,但是因为提早的疏散，此次并没有人员伤亡。这是近百年来，第一次黄河泛滥而没有造成人员伤亡。顾九思拿到了结果后，整个人都瘫软了，还是柳玉茹扶住了他，他才舒了口气，赶紧道："我这就上报陛下。"

顾九思忙着写奏折的时候，傅宝元坐在书房里，呆呆地看着面前的折子，一句话没说。

陈氏走进来，看着傅宝元，笑着道："今年黄河终于没事，可得感谢老天爷了。"

傅宝元慢慢地笑了，白白圆圆的脸上带了一丝疲惫："哪里是感谢老天爷？该感谢的，是顾大人才对。老天爷？"他嘲讽一笑，摇了摇头，起身离开了。

固堤工程有了效果，整个永州的气氛都有些不太一样了。第一个阶段完成，顾九思就要开始做第二件事——改道修渠。

这是整个工程里难度最大、耗银最多、耗时最长的阶段。按照顾九思的规划，这个阶段会从今年八月中旬持续到明年三月，需要十万人参与施工，两万人负责后勤，一共需要十二万人，可谓百年难有的浩大工程。

这样一个工程，稍有不慎，便会是拖垮一国的灾祸。

所以顾九思不仅要压住下面，还要时时刻刻安抚范轩，让范轩相信这里绝不会出事。

顾九思思索着，要办这件事，不能再像之前那样，是个人就敢来搞一次刺杀。顾九思琢磨了片刻，暗中联络了范轩。范轩给了他五千兵力，这五千人马驻扎在司州和永州交界处，安阳。

这时候，柳玉茹从东都调来的人也到了荥阳，顾九思有了人，心里就有了底。人到的第二日，他便邀请众人，将第二个阶段的计划厘清，而后同王思远道："王大人，在此之前，在下想请您帮在下主持一个公道。"

王思远有些疑惑："什么公道？"

"前些时日，有人刺杀本官，"顾九思扫过众人，"之前事务繁忙，本官没有追究，如今堤坝都已经稳固，那么也是时候清一清老账了。"

王思远听着这些话，脸色不太好看："顾大人，这个案子一直在查。"

"本官怀疑荥阳部分官员官官相护，打算让自己的人亲手接管此案。"顾九思说得很直接。

王思远皱起眉头："你这是在暗示我们荥阳官府办事不力？"

"这么久了，什么都查不出来，难道我还要夸你们？"顾九思嘲讽。

- 209 -

他在东都舌战整个御史台都不在话下,放开手脚来,王思远又哪里是对手?一句话过去,便刺得王思远几乎要站起来。

王思远在永州作威作福多年,已经许多年没人这么和他说过话。他喘着粗气,气得笑起来:"好好好,顾大人厉害。顾大人要查,那王某就让顾大人去查,放开了查!"

"多谢。"顾九思淡淡地开口。

众人将会开完,王思远走出来,立刻同人低声道:"去把那几个衙役处理了。"

而与此同时,顾九思也在吩咐手下:"去将当时押送杀手和百姓的衙役给我找来。"

两边人马同时往着那几个衙役所在的地方赶过去,沈明跟着秦楠一起走出来。

秦楠看见沈明跟在他身后,淡淡地道:"沈大人不去抓人,跟着本官做什么?"

"别叫沈大人。"沈明摆了摆手,"辞官了,你叫我沈明就行了。"

秦楠没说话。

沈明跟着秦楠,嘀咕道:"我说秦大人,你当一个刺史,得罪的人一定很多吧,你就不害怕吗?我保护你,你应该觉得高兴才是。天天这么嫌弃我,真是狗咬吕洞宾,不识好人心。"

秦楠上了马车,闭着眼不说话。沈明坐在边上,嘴里叼了根草,手里拿了本书在看。

秦楠见他安静了,睁开眼睛,看见他在看书,不由得问:"看的什么书?"

"哦,"沈明转过头去,回道,"在看《左传》。"

"你看《左传》?"秦楠有些诧异。

沈明有些不好意思:"大家都觉得我出身低,没读过什么书,我想着得培养一下,就从《左传》看起。"

看着沈明那不好意思的模样,秦楠慢慢地道:"有喜欢的姑娘了吧?"

沈明愣了愣,脸上的表情明明白白地出卖了他。

秦楠继续道:"姑娘还很有学问,你觉得自己配不上她?"

"秦大人,"沈明震惊了,"你算命的啊?"

秦楠笑了笑,道:"都年轻过。"说着,他眼里带了几分怀念之意,"我以前也这样。"

"您是成功人士，"沈明赶紧道，"来来，分我一点儿经验。我现在喜欢的那个姑娘吧，"他有些不好意思地道，"就……出身比我好，长得也比我好，人脾气虽然大了点儿，但终归比我好，还比我会读书，嗐，就什么都好。"沈明说着，竟然感觉有几分绝望。什么都比他好，人家能看上他啥？

秦楠见沈明苦恼，就问："你为什么跟着顾九思？"

沈明感到有些奇怪："他是我兄弟，我自然就跟着他了。"

秦楠静了一会儿后，道："你人不错。"

"那是，"沈明有些高兴，"相处过的人都这么说。"不过想了想，他又道，"不过以前也不是，以前不喜欢我的人可多了，都觉得我这个人，脾气差，刁钻，还有些愤世嫉俗。跟了九哥以后，也不知道怎么的，"沈明想着过去，慢慢地道，"我就感觉自己吧，像一块被打磨的石头，越来越光滑。我不是说不好——"沈明转头看秦楠，笑了笑，道，"就是不像以前那样，看这世界哪儿哪儿都不好。我现在脾气好多了，挺开心的。"

秦楠听着沈明说的，不知道在想些什么，看着外面，好久后，终于道："现在这个时间点，衙役一般在外巡逻。"

沈明愣了愣，一开始不明白秦楠这是什么意思，随后就反应过来了。顾九思派出去的人根本不清楚荥阳的制度，按照东都的习惯，此时此刻是衙役休整的时间，于是他们都直奔县衙去了。

"快去吧。"秦楠催促了一声。

沈明反应过来，说了句多谢，赶紧上了街。他挨着人问过去，就怕那些衙役提前遭了毒手。然而在街上晃荡了一会儿，他就看见顾九思派出去的人已经提了人回来。

沈明舒了口气，赶紧上前，高兴地道："你们不是去县衙了吗？我才知道这个时间点衙役都在外巡逻，不在县衙，人是怎么抓到的？"

"运气好。"侍卫高兴地道，"本来是要去县衙的，结果路上遇到个衙役，我们就觉得奇怪，这个时间点怎么还有衙役，找路人问了，才知道原来现在是巡逻时间。于是我们就去了县衙，拿到了他们执勤的时间表，便赶过来把人抓了。我们动作快，一个没少。"

听到"一个没少"，沈明也笑了起来。他转头看向被抓的衙役，露出和善又诡异的笑容，道："很好，一个都没少。落到我们手里，我劝你们还是招快点儿，不然……"沈明看着众人，笑了一声。

第八章　柳夫人

这些衙役被带回了顾九思的府邸，沈明和顾九思连夜审了一晚上，审完之后，便出去抓人。

得知这些衙役被抓，王厚纯在家里狠狠砸了东西。

"浑蛋！浑蛋！浑蛋！"王厚纯一脚踢翻了椅子，怒吼，"他们怎么会抓到的？"他扭过头去，捏起身后人的领子，怒喝，"不是让你们去了吗？怎么比他们还慢？！"

"老爷，不能全怪我们啊。"那侍卫颤抖着身子道，"有人提醒了他们，他们还去县衙拿了执勤表，我们哪儿能有他们拿着执勤表找人快啊？"

"有人提醒……执勤表？"王厚纯念叨着，放开了侍卫，连连点头，"好，好得很，新主子来了，都会咬人了。"他转过身往外跑，道，"去叔父家，快！"

王厚纯一路急急赶到王思远家，王思远还在庭院里逗着笼子里的鸟。

王厚纯扑到王思远面前，道："叔父，救我！救救侄儿！"说着，王厚纯就跪在了王思远面前，惊慌地道，"叔父救命啊！"

"救什么命啊？"王思远懒洋洋地抬起眼皮，"在荥阳这地方，谁还能要了你的命不成？"

"叔父，"王厚纯着急地道，"顾九思抓住那些衙役了。"

王思远的动作顿了顿，冷了脸，抬起头来："抓住了？怎么抓的？我不是让人去找了吗？！"

"您是让人找了，可顾九思的人更快，他们提前把人抓到了。"

"怎么可能？！"王思远震惊，"我特意让人调整了衙役的巡逻时间，他们从东都过来，怎么会比我的人快？"

"他们从县衙拿到了执勤表。"王厚纯没有直说。

王思远有些犹豫，道："这事，还得再查查看，到底是谁给他们通风报信？"

王厚纯没有说话。

王思远想了想："衙役那边是你亲自去的？"

"不是。"王厚纯摇了摇头，"但我给了银子，给银两的人是我府上的。"

"那你还跪在这里？！"王思远怒斥，"去处理啊！"

"处理干净。"王厚纯立刻道，"给银子的人，回来那天就处理好了。"

王思远舒了口气，道："既然如此，你怕什么？"

"那银子……"王厚纯犹豫了许久，终于道，"我给的是房子。"

"什么？！"王思远愣了愣。

王厚纯咬了牙，终于说出实情："当时那个衙役的头儿，赵九，同我要了一套王家名下的产业，我给了他，同他签了契约。那契约上落了我的名字，衙役都是赵九的人，如今他们在顾九思手下，如果赵九伙同其他人指认我，加上那份转让房产的房契，我逃不掉的啊叔父！"

王思远静了许久，才道："这个赵九是逼着你捞他啊！"

"就是这个意思。"王厚纯点头道，"叔父，无论如何都得把赵九捞出来，要是捞不出来，也得弄死啊！"

王思远闭着眼睛，思索许久后睁开眼，道："试试吧，如果不行，"他看向王厚纯，"那就看你的造化了。"

沈明和顾九思把这些衙役审了一夜。其他人都招了，只有赵九一个人没说。他们供出来的人是王厚纯府上的一个下人。

顾九思一听是王厚纯府上的人，沉默了片刻，吩咐沈明："你们分成两路，一路去抓王府上的人；另一路，沈明你带着，直接去找赵九的家人，若是找到了，一个人别少，全给我带过来，若是没找到，便去找人在哪里，抢也要抢过来！"

沈明立刻应下走了出去。

顾九思转过头，又吩咐木南："你出城去，时刻准备着，若是有异动，立刻去司州调兵过来。"

最后，他抬眼看向坐着的柳玉茹："玉茹，你这边从东都调过来多少人？"

"三百好手。"

顾九思点点头，道："够了。将府邸围起来，尤其是赵九这边。"

柳玉茹应声出去，吩咐从东都调过来的人。

沈明出去抓人，顾九思休息了片刻，又回了牢房，坐到了赵九面前。

牢里就赵九和顾九思两个人。没有开窗，屋里有些黑。

赵九一直没说话，低着头，顾九思看着他，平静地道："你很冷静。"

赵九不接话，顾九思端了杯茶，拨弄着茶碗里的茶叶："不怕吗？你们这样的小喽啰，死了也就死了，其他人都招了，你硬挺着什么都不说，有什么意思？"

赵九还是不开口，一个晚上，其他人都招了，就这个头目，无论怎样都不说话。

顾九思看着他，慢慢地道："你是不是在等王厚纯？"他观察着赵九的神色。

无论顾九思说什么，赵九都是一个样，根本看不出态度。顾九思知道这是个棘手的人物，但并不因此而焦躁，只是道："你手里拿着王厚纯的把柄，笃定他会来救你。毕竟，合谋刺杀钦差大臣，判得重了，是要株连九族的。"

这一次，赵九终于抬起头来。

顾九思扯了册子过来，用手指翻着页，道："哟，你还有三个妹妹，还有一儿一女，只有一个娘子，很恩爱吧？"说着，顾九思笑眯眯地抬眼看向赵九。

赵九冷声道："娶不起多的。"

"别担心，"顾九思放下册子，用一只手撑着下巴，端详着赵九，"诛九族不至于，一般你这种情况，也就杀你一个，从此妻女入娼籍，儿子流放，入奴籍。"

赵九盯着顾九思，一双眼里全是寒光，像是要把顾九思生吞活剥了。

顾九思轻轻一笑："不服气？想着怎么当时没让刺客杀了我？觉得我为难你家人？你恨我为难你家人，"他靠近赵九，猛地提高了声音，"你就不想想我的家人吗？！"

"我若是死了,你让我家里人又怎么办?!"

赵九捏紧了扶手。

顾九思盯着他,冷声道:"我知道你心里怨恨,你就是个小喽啰,这事你不做,要被王思远找麻烦;你做了,要被我找麻烦。所以我给你保证,赵九,你不用指望王厚纯,他,我斩定了。你若是愿意指证他,我留你一条活路。"

"留我一条活路?"赵九忍不住笑出声来,"顾大人,这话,您敢说,我不敢信。"

顾九思知道,王思远在荥阳的影响太深了,自己的一句话根本不足以取信于赵九,于是道:"等一等,你便信了。"

这一等就等到了晚上。

外面早已是一片混乱,先是王厚纯府上那人不见了踪影,顾九思的人搜遍全城都搜不到;而后沈明发现赵九的家人没了影子,于是领着三十个影卫突袭了王厚纯的府邸,直接将人捞了出来。

沈明领着人急急忙忙地赶回来,顾九思还在房中看着书,赵九坐在他对面,聚精会神地盯着他。

过了一会儿,赵九听见外面隐约有哭声,突然紧张起来:"外面什么声音?"

顾九思懒洋洋地抬起眼皮,慢条斯理地翻过书页:"别着急,一会儿就知道了。"

果不其然,话音刚落,木南便开了门,道:"公子,人没抓到,人不见了。"

顾九思点点头,对于这个结果,他毫不意外。

赵九嘲讽:"顾大人想要保住谁,似乎也保不住。"

顾九思不说话,端着茶喝了一口,仿佛什么都没听到。

外面的哭声近了,随之而来的是沈明的声音:"进去,赶紧进去。"

一听这哭声,赵九的身子就僵了,而后他就看见他的妻子抱着一个孩子,身边跟着一个孩子,被沈明逼着走了进来。

赵九一看见他妻子进来,猛地站了起来,怒道:"你们放她走!"

听得这一声吼,女人怀里的孩子哇哇大哭起来,赵九听到哭声,克制住了情绪,转头看向顾九思,道:"你好好安置他们,有话,我们好好谈。"

顾九思勾唇笑了笑，合上了手中的书，同沈明道："是不是一天没吃饭？先带着去吃点东西。"

女子担忧地看向赵九，赵九控制着情绪，道："你先带孩子去吃饭，照顾好三位小妹，我这边没事。"

女子犹豫了片刻，终于还是道："我明白，你放心。"说完，女子便领着孩子离开了。

顾九思挥了挥手，让旁人都下去，而后坐到赵九面前，抓了张纸，拿着笔，懒洋洋地道："行了，说吧。"

赵九似乎努力克制着情绪，深呼了一口气，刚要张口，顾九思就道："我先和你说好，我把你媳妇儿孩子妹妹大费周章地从王厚纯那里抢过来，可不是为了威胁你。"

赵九愣了愣，顾九思接着道："你别当我是那些狗官，我和他们可不一样。我把人弄过来，就是为了给你证明，你不是说我没能耐保住你吗？"说着，顾九思抬起头，朝着赵九挑眉，神色颇为张扬，"我就让你瞧瞧，我不仅保得住你，我还保得住你全家。"

赵九呆呆地看着顾九思，顾九思开始在纸上写字，一面写，一面道："本官看得出来，你也不算坏到根里，只是荥阳上下都是如此，你也没有办法。可是人病了总得医，树有虫总得挖。病医好了，你也就不用怕它反复发作让你疼了。"

"你的家人我会送到东都，在东都地界，王家没这翻天的能耐。你知道什么，便可以安安心心地说了，若能立功，还能将功赎罪，未来说不定甚至能在东都当个小官。怎么样，想好了吗？"

赵九听着顾九思的话，不知在思量什么。顾九思静静地等着，等了许久，才听见赵九道："您当真要管黄河的事？"不等顾九思说话，赵九就抬眼看他，眼里全是警告之意，"既然要管，就得管到底。别让人拿命和你一起拼，你又回头说一句'对不住，我做不到'。"

顾九思抬眼，迎着赵九的目光，赵九显得十分紧张，像在进行一场赌注极大的赌博。顾九思看了他片刻，轻笑："你当我是什么人？我既然管了，"顾九思平稳地道，"便会一直管下去。我同你透个风吧，"顾九思靠近他，平静地道，"你以为这一次，陛下真的只是让我来治理黄河吗？"

赵九得了这话，愣了愣，片刻后，猛地靠在了椅子上，仿佛泄了气一般。他抬手捂住眼睛，平静地道："你把我妻儿送出永州，送出去，我就开口。"

"好。"顾九思果断地应下来。

第二日,顾九思早早带着人去了府衙。府衙里,傅宝元正在审一桩公案,顾九思等傅宝元审完案子,找到了傅宝元。

案子要审,但治理黄河的工程也不能停。洪灾之后,一面要安置流民,一面要修道开渠,一分钱顾九思恨不得掰成两半花。他叫了傅宝元过来,将后续的事安排下去。

先是要安顿流民,这一次受灾的只有几个村子,不到两千人,十分好安置。原本这几个村落所在的地方,就是黄河改道后容易受灾的位置,顾九思的建议是,趁着这次机会,直接将这两千人换一个地方安置。

可换一个地方,就得换一块地给他们,傅宝元摇了摇头,道:"此举不妥,还是让他们回去吧。"

顾九思皱起眉头,抬眼看向傅宝元,不能理解他的意思,明知日后要时常发大水,还让百姓回去?顾九思想了片刻,便道:"是没有地可分吗?"

傅宝元点点头:"正是。"

顾九思冷笑了一声,不在这个问题上纠缠,直接开始说改河道的事。

这件事过程复杂,要与许多人合作,顾九思将整个流程细化成了很多步骤,每个步骤用多少钱、多少人、谁来负责一一说清楚,说完之后,抬眼看向傅宝元:"傅大人以为如何?"

傅宝元看着顾九思的名单,许久后,笑了笑,道:"下官以为甚好。"

傅宝元的笑容让顾九思心里发毛,顾九思记在心中,没有多说。沈明在一旁瞧着,出了门,立刻发了脾气:"这个傅宝元不就是找我们的麻烦吗?这样不行那样不行,什么都不行,那还来做什么?"

顾九思看了看天色,没有多说,只是问沈明:"不是让你盯着秦楠吗?还不去?"

沈明哦了一声,赶紧去找秦楠。

秦楠这个位置没什么大事。自从有沈明跟着,秦楠更是不怎么做事,早上去县衙里晃一晃,下午就回家。

秦楠住得偏僻,家里也没多少人,就几个侍卫跟着他,还有几个下人陪着他照顾他母亲。

秦楠的母亲周氏年近七十,眼睛几乎看不见,平日里就是秦楠照顾,沈明来了，没事也帮秦楠照顾一下。原本秦楠不喜欢沈明，但沈明话多，来了陪着周氏，周氏听他说笑，心情就会好上许多，秦楠也就没有多么排斥了。

沈明被顾九思赶回来，陪了一会儿周氏，便去找秦楠说话。秦楠坐在一边用竹条做扇子，他闲下来就喜欢做扇子，屋子里挂着各式各样的扇子，不知道的还以为他是一个卖扇子的。

沈明闲着无聊，躺在一旁看他做扇子，手枕在脑下，慢悠悠地和他聊着天："我说你们这个荥阳啊，池浅王八多，你一个刺史，这么多王八你不参，你盯着我九哥干吗？我九哥多好的官，你这么参他，你下得去手吗？"

秦楠不说话，取了一幅画好的桃花扇面，慢慢地铺在扇子上。沈明盯着看了半天，觉得有些意思，便走过来，开始跟着他一起做扇子。

先是削竹条。沈明刀工好，很快就把竹条削干净了。

沈明一面削，一面道："你瞧着也不是个坏人，怎么和傅宝元、王思远这批人是一丘之貉呢？我说，你别闷着不吭声啊，说句话啊。"

"眼睛看到的，不一定是真的。"秦楠平静地开口道："你就这么笃定，顾九思是个好人？"

"你说别人我不知道，"沈明认真地道，"你要说九哥，我告诉你，他绝对是个好人。"

秦楠嘲讽地笑了笑，没有多说。

沈明看着他这样子就急了眼，立刻道："嘿，我和你说……"

"竹片定歪了。"秦楠提醒。

沈明赶紧去看自己的竹片，知道秦楠不想同他说这些事，便低着头换了个话题，道："你天天做这么多扇子做什么？打算开扇子铺啊？"

"她喜欢扇子。"秦楠只说了这一句。

沈明愣了愣，随后反应过来，他说的是洛依水。沈明忍不住回头，看了一眼秦楠。秦楠的神色很平静，没有悲喜。沈明想了想，凑过去，道："我说，你这么一个人过，不难过啊？"

"有什么难过的呢？"秦楠动作不停，铺好了纸面，从旁边取了笔，淡淡地道，"她活着，我好好陪她，她先走了，也是常事。生死轮回，有什么好难过？"

"你没想过再娶一个？"沈明眨眨眼，看了一眼四周，"你看你一个人，多孤单啊。"

秦楠顿住，片刻后，抬眼看向沈明："她虽然去了，可我的心在她那里。每一份感情都当被尊重。"

"我也没说不尊重呀，"沈明赶紧道，"我就是关心你……"

"若她还活着，你会同我这样说吗？"秦楠垂眸，点上桃花，平静地道，"你们都不过是欺她死了罢了。"

这话把沈明气到了，他嘲讽地笑了笑。他坐到一边，道："行行行，好话听不进去，你就自己过一辈子，谁管你？"

过了片刻，秦楠低低地道："你也有喜欢的人。"

沈明愣了愣。

秦楠道："若有一日她走了，你便会知道，你喜欢的这个人，哪怕走了，也一辈子活在你心里。最难过的不是她死了，而是连你喜欢她这件事都变了。她若不喜欢你，便也罢了。可她若喜欢你，泉下有知，该有多难过？"

沈明没说话，低着头，给扇子粘上扇面。

外面传来雨声，秦楠抬头看向外面的大雨，声音温和："其实我过得很好，没谁规定一个人就是孤孤单单过得很惨。我有自己的事要忙，有母亲要照顾，有公务要惦记，闲暇时还能想想她。我是真的过得很好，多谢你的好意。"

沈明听到这话，心里舒服了很多。他想了想，才吞吞吐吐道："你与你妻子，感情很好吧？"

"或许吧。"

"她也这么喜欢你吗？"

秦楠手里的动作停住了，似乎是回忆起了什么，沈明不由得抬头看他。秦楠呆愣了很久，才慢慢地道："我不知道。"

"秦大人？"沈明有些诧异。他以为他们夫妻十分恩爱，所以在秦夫人死去这么多年后，秦楠依旧愿意为她苦守。然而这句"我不知道"让沈明惊诧。

秦楠看着窗外，慢慢地道："我本以为她不喜欢我。在她死前，我还让她见她喜欢的那个人，他们俩见过面，她就让他走了。最后一刻，是我在她身边，她和我说，都过去了。"秦楠有些茫然，"我那时候觉得，她心里或许……还有那么一点点，有那么一点点……有我的。"

沈明听着，心里有些难受，低头做着扇子，闷声道："秦大人，我说，你也太痴心了。你都不确定尊夫人心里有没有你，就守这么几十年，心里不难过吗？"

秦楠温和地笑了，这一次，似乎真的是开心了。

秦楠低下头，绘着山水，慢慢地道："喜欢一个人，怎么会难过呢？她不喜欢我，也不过是有点儿遗憾罢了。倒是你，"他抬头看向沈明，提醒道，"花开堪折直须折，别学我，当个闷葫芦，闷好多年，人都走远了，才知道伸手。"

沈明没有回应，秦楠以为他没听进去，摇了摇头，没有再说。

过了很久，秦楠听到青年有些不好意思的声音："那个，"沈明小心翼翼地道，"你教我画株桃花呗。"

沈明在秦楠那里学会了画桃花。太阳下山，沈明才将扇子画好。他小心翼翼地包上，和一堆信一起交给了信使。

秦楠和他高兴，两个人就一起在院子里喝酒，随意聊聊天，多是沈明在说。沈明就和秦楠说说自己的苦恼，他的苦恼很少，无非是叶韵的事。秦楠笑着听，沈明的话让他感觉自己年轻了二十岁，仿佛自己还是个少年人，听着朋友的絮叨。

说到夜里，酒喝完了，沈明也起身回了府邸。顾九思和洛子商也刚回来，他们都亲自去河上监工，弄得一身泥。

顾九思看了一眼沈明，让他把秦楠一天的行踪报一遍。沈明说完后，同顾九思道："九哥，其实秦大人这个人吧，看着也不坏。"

顾九思皱着眉头道："那他为什么对我有这么大偏见？"

沈明愣了愣，抓了抓头发，有些苦恼，道："你说的对哦。"

顾九思有些无奈地看了他一眼，叹了口气，道："你啊，什么时候才能长进些？"

这话说得沈明有些难过了，他勉强地道："我也想啊。"

"好了，"柳玉茹见沈明真往心里去了，赶紧道，"沈明有自己的好，你总说他做什么？"

顾九思耸耸肩，看了看天色，随后道："罢了，你今夜还有事干。"

"嗯？"沈明有些不理解。

顾九思仰了仰下巴："今晚要送赵九的家人去司州，我把司州军令给你，你过去把人安置好。"

沈明立刻正经起来，从顾九思手里拿了军令，便走了出去。沈明带了三十几个人，又领了马，让赵家人坐在马车上。沈明正要出发，就听到一个低沉的声音。

"我也去。"

众人转头看过去，发现赵九站在门口。

沈明笑起来："你别去了，放心吧，我罩着他们。"

赵九摇了摇头，径直走了过来，直接坐到了马车上，转过头，同坐在里面的家人道："你们别担心，我护送你们。"

沈明这才反应过来，赵九要去，不仅仅是想保护妻儿，还因为他知道，此刻他的家人一定惶恐不安，他是他们的定心石，他无非是想给家里人一份安抚罢了。

沈明和赵九一起坐到了马车上，送赵家人出永州。不出所料，他们刚出荥阳，就被人追杀。这是预料之中的事情，沈明倒也没有多畏惧，他武艺高强，带的人又都武艺不俗，于是一路且打且逃，在天明之前出了永州。

这一路赵九一直守在马车前，无论什么时候，都像一道开不了的门，一尊守护着那驾马车的神，虽然武艺不怎么样，却让沈明有了几分敬意。

天亮的时候，他们到了司州地界。沈明亮出军令之后，将人放在了司州，而后和赵九一起打马回去。

走在路上，沈明笑着道："我说，你来的时候我还以为你武艺高强得很，结果就这么点儿三脚猫的功夫，都没杀过几个人吧？挡在马车前面，不怕吗？"

安置好家人，赵九也轻松了许多，笑了笑，有些不好意思地道："可我是家里的男人，再怕也得挡在前面啊。你说咱们辛苦拼拼这一辈子，"他转过头去，看着前方，"不就是希望他们的日子好过些吗？"

沈明听着，脑海中想起了许多，片刻后，应声道："你说的是。"

两个人回到荥阳，刚入府邸，就看见顾九思穿了官服正准备出去。

沈明刚要开口，顾九思就道："回去休息一下，赵九，准备你的证据和供词，我回来再说。"

赵九恭敬地行了礼，看着顾九思走了出去。

顾九思手里拿了一张图，这是昨天让人跑下来的。昨日傅宝元说地不够分，顾九思没有反驳，但出来之后，便去找人对照着荥阳的舆图看了一遍,然后发现城郊那些本该是无主之地的土地都有了主人,那些人大多是王家人。他们霸占了大片土地,在上面种上了麦子。

顾九思标注好了,在县衙里等着傅宝元。傅宝元来了之后,顾九思将纸往桌前一摊,平静地道:"傅大人昨日说地不够,我特意去看了看。"说着,他抬手,点在了西北处的一片空地上,"就把这块地拿出来分给流民,傅大人以为如何?"

傅宝元看着那舆图,脸色就不太好。顾九思还要说什么,就听外面传来了王思远的声音。

"傅大人。"王思远走进门来,看见顾九思也在,笑起来:"顾大人也在?"

顾九思笑了笑:"没想到王大人也来了。"

"昨日顾大人说赈灾的事情,在下没来得及过来,今天当然要过来。"

既然是说赈灾,顾九思也没隐藏,立刻就将整个想法说了,王思远静静听着。听完之后,王思远笑起来:"顾大人的想法很好。"他看向傅宝元:"傅大人,你觉得有什么不妥吗?"

王思远这么问,傅宝元的笑容有些撑不住了,他勉强出声道:"顾大人说的极是。"

"既然是,那就做啊。"王思远立刻道,"傅大人,这真是你的不对了。顾大人想做什么,你应当竭尽全力帮忙,这么左右为难,你是几个意思?"

"冤枉,"傅宝元立刻道,"实属冤枉,的确是我没有搞清楚荥阳的状况。这是下官失职,好在顾大人搞清楚了,顾大人,"傅宝元立刻道,"见谅。"

"无妨。"顾九思笑了笑,"把事情做了便好。既然大家没有异议,那明天开始,就将地划分给那些流民,然后准备灾棚救济吧。"

王思远开口了,傅宝元也不会为难,顾九思这么一说,两个人便都应下。

王思远见流民的事谈完了,笑了笑,道:"顾大人,既然正事谈完了,不如谈点私事吧。老朽听说,昨日沈大人冲进我那侄儿的府邸,不分青红皂白就打了人,还抢走了我那侄儿的贵客,这件事,不知顾大人可知道?"

"哦,这还真不知道。"顾九思摆出无辜的姿态来,"沈大人毕竟已经辞官了,不是本官的下属。他做什么,与我实在没什么干系。不过说起此事,下官还想问,下官接到赵捕头报案,说王老板强抢了他的家人,王大人可知此事?"

"竟有这事?"王思远也装傻,立刻道,"不可能,这必然是诬陷。我那侄儿敦厚老实,绝做不出这样的事来。要是不信,顾大人可以将那几个人叫出来,大家当面对质。"

"对质,倒也不必了。"顾九思把手随意一抬,便合上了账目,道:"叫王老板来牢里一趟,审审便知道了。"

"顾大人说的是,"王思远点头,将顾九思的话意味深长重复了一遍,"将沈大人叫到牢里来一趟,审审,便什么都知道了。"

顾九思含笑不语,眼神却冷了下来。

王思远纹丝未动,慢悠悠地喝着茶,道:"顾大人可以再想想,有些事别冲动,有些话呢,也别随便说。"

顾九思打了一早上嘴炮,中午才回来吃饭,而后就赶到了工地上,和洛子商一起监督着人挖渠。

当天下午,顾九思就听到了开始赈灾的消息。流民被引入城,排着队领地契,粥棚搭建起来,顾九思终于放心。

夜里赵九的口供也写好了,还附带了一张王厚纯签字的房契。顾九思看着证据,想了想,抬眼看向赵九,道:"以你对荥阳的了解,如今我是把王厚纯直接抓起来比较好,还是再等等更好?"

"王厚纯并没有实权,"赵九提醒,"他只是个商人。"

顾九思没有说话。一个商人,就算斩了,也不会动摇到他身后人半分。

"一个萝卜一个坑,一个坑里千万根。"赵九慢慢地道,"斩了王厚纯,对于荥阳来说,其实并不会有什么改变。说不定行刑的时候,连人都换了。"

顾九思听着,翻转着手里的扇子,许久后,再次开口道:"赵九,你愿意继续查吗?"说着,他抬眼看向赵九和沈明:"把案子查下去,等到最后,一锅端。"

赵九的眼神亮了亮,但他克制住了情绪,跪下去,恭敬地道:"听大人吩咐。"

而沈明素来是不会多想的,直接点头道:"行。"

因这件事,第二日,顾九思就把赵九一行人放了回去。

见顾九思没有发难,王厚纯心里的气才顺了。王厚纯去找了王思远,有些疑惑:"您说这个顾九思是什么意思?说得信誓旦旦的,好像一定要把我办了,如今不声不响地就把人放了,您说,"王厚纯小心翼翼地道,"他是不是怕了?"

王思远敲打着椅子扶手,慢慢地道:"若是这样倒还好,就怕这个年轻人胃口太大。"

王厚纯有些不明白,撑着笑容道:"叔父的意思是,他如今不抓我是为了抓个更大的?"

王思远没明说,思索了很久,终于开口道:"还是得把他们送走才行。"

王厚纯静静地等在一旁。

王思远想了想,突然道:"最近城里是不是建了个什么仓库?"

"是。"王厚纯立刻道,"我让人搞清楚了,这个仓库名义上是一个叫虎子的人开的,但是探子经常看到柳玉茹出现在那儿。不仅是荥阳,好几个地方都在建仓库。"

"他们建的走向和顾九思修过后的黄河一致?"王思远来了兴趣。

王厚纯点头道:"对,基本一致。"

王思远想了想,轻嗤了一声:"我还以为多清高,不都一样是以权谋私的人,还给我装什么?这个仓库什么时候开业?"

"快了。"王厚纯立刻道,"明日就要剪彩。"

王思远点点头,仔细询问了这个仓库的作用。王厚纯知道有人来荥阳做这么大的生意,出于生意人的本能,把事情了解得清楚。如今王思远一问,他就清清楚楚把柳玉茹的打算说了出来。

"远的地方多是用大船,但是荥阳之后的河流只有小船才能过,我听说她买了许多小船,就在荥阳。这样分段选择最合适的船只运输,运货量又大,成本也就降了下来。"王厚纯解释道,"如果她在大夏都这么做,日后其他商队为了节省成本,多会选择把东西交给他们运送。这样一来,全国大半商人会给他们交钱。"

王思远听着,过了片刻,慢慢地道:"不是明天剪彩吗?她的商队什么时候路过荥阳?"

"应当快了,"王厚纯道,"既然要剪彩,就是打算启用了,第一批货也就快了。"

王思远应了一声,想了想,道:"找一批人,半路把她的货截了。第一批货,绝不让它入荥阳。"

王厚纯愣了愣,有些不理解,道:"叔父为何突然决定找柳玉茹的麻烦?"

王思远淡淡地瞧了王厚纯一眼,道:"照做就是。"

王厚纯看出王思远不高兴,赶紧道歉,回去找人将事情安排下去。

王厚纯吩咐人的时候,柳玉茹正在仓库前清点着东西。

顾九思站在门口等她。他少有休息的时候,让洛子商和沈明去了河堤上监工,自己跟着柳玉茹。

因为是休沐,他没穿官袍,只穿了一身白色绣蓝色云纹的锦袍,手里拿了把小扇,寸步不离地跟在柳玉茹的身后。

他看着柳玉茹从早上清点到夕阳西下,如果不是他提醒,她连吃饭都忘了。清点完毕的时候,顾九思和她一起坐在仓库外的小山坡上休息。顾九思给她递了水,笑着道:"明日就要开业了,你可高兴?"

柳玉茹笑得很内敛,但还是看得出她藏不住的欢喜。她的额头上带着细汗,眼神明亮又温柔。

她注视着不远处的仓库,这个仓库占地近十亩,是少有的大仓库。她刚到这里时,这里只是一片荒地,顾九思修堤筑坝,她修仓库。可在她眼里,这不仅仅是一座仓库,她眼里的它是一颗星星。她清楚地看到,此刻大夏的土地上,她已经建成的仓库连接在一起,就像天上的银河,在她心里发着光。

"九思,"她慢慢地开口,看着远处的仓库,抬手将头发别在耳后,温和地道,"你知道吗?我感觉,我心里有一片天。"

顾九思转过头来,看着凝望着远方的姑娘。柳玉茹压抑着情绪,顾九思却仍旧感觉到她内心的那份澎湃。她慢慢站起身来,看着远方,道:"有一天,在这个国家的每一个地方都有我的商铺。我会让南北变得特别近,不仅是千里江陵一日还,我还想让幽州到扬州,让东都到千乘,让所有地方都变得很近。如果有一天我想你了,无论你在这个世界哪个地方,我都能很快很快地见到你。"说着,柳玉茹转过头去,看着顾九思笑起来,"我希望有一天,当书上留下你的名字时,我的名字也能在旁边。不仅仅因为我是你的妻子，"她转过头去，眼里仿佛映着奔腾不息的长河、绵延不绝的山脉、无边无际的蓝天，嘴角带着笑意，认真又坚定地道，"还因为，我是柳玉茹。"

柳玉茹的仓库在剪彩之后便开始正式运营。第一批货从幽州过来，大半是要送到东都神仙香的货物，另一小部分是幽州一些商家试探着委托他们运输的。

以往，幽州到东都走的都是陆路，需过许多关口，山路难行，又要提防山匪，半个月是最快的了，通常要走一个半月到两个月，而运输成本也不低。这一次从他们规划的水路一路过来，成本上比原来的降低至少五成，而时间上却还不超过一个月。

众人都在观望着，如果这批货走通了，日后从幽州到东都就有了一条新路。可如果第一批货就出了事，柳玉茹这些仓库就只能自己用了。可这么多船、仓库以及各地打点的费用加起来，如果是她自己的生意养着，成本就太高了。

于是从幽州发货起，柳玉茹就一直在跟这批货的消息。

这一路上，柳玉茹最担心的就是水盗，为此她不仅准备了大批人马护着商船，还特意让每一个建立仓库的主事都向当地漕运帮派送了银子，以做"疏通"。有了双重保障，柳玉茹还是有些担心。货在幽州地界还好，毕竟那里如今是周烨管着，当地只要是懂事的都不会动这批货，但是出了幽州地界，柳玉茹就有些睡不着了。她每天夜里辗转难眠，顾九思都察觉到了她的焦虑。

顾九思白天要去河上监工，但常常半夜了，柳玉茹还醒着。

顾九思不由得觉得有些头疼，将柳玉茹揽到怀里，含糊着道："姑奶奶，我求求你，睡觉吧，你睡不着，我也睡不着。"

"抱歉，"柳玉茹带着歉意道，"要不我去隔壁睡？"

"那我更睡不着了。"顾九思叹息了一声，将头埋在她的肩上，低声道，"要不我同你说说话吧，你别想那些事，就能睡好了。都是路上的事，你现在想也没办法。"

柳玉茹知道顾九思说的对，转过身去，伸手抱住了他，慢慢地道："王厚纯那边查得怎么样了？"

"我让赵九先躲着，"顾九思顺着她的话随意地道，"顺便去查其他人。王厚纯作的孽多着呢，现在先让他以为我不打算动他，让他放松警惕，等该查的查完了,这永州上下,我一并办了。"

柳玉茹应了一声:"秦楠那边怎么说?"

"沈明还在守着,"顾九思低声道,"秦楠身边好像跟了一批人,沈明也没搞清楚这批人是哪儿来的,但肯定不是秦楠的人。秦楠都还没发觉自己被盯上了,是敌是友还搞不清楚。秦楠应该不是王思远那边的人,至于为什么参我?我还是不明白。"

两个人说着话睡过去,另一边,王厚纯家中,一个男人跪在地上,神色忐忑地道:"王老爷,东西我带来了。"说着,男人从口袋里拿出了一封信。

王厚纯拿过信来,笑着问:"印章盖上了?"

"盖上了。"男人低着头,赶紧道,"按您的吩咐,还多盖了一份空白的。"

"你辛苦了。"王厚纯从男人手里拿过信,认真地看了一遍,点了点头。

"来人。"

下人捧着一个盒子到了王厚纯面前,王厚纯蹲下身来,将盒子打开,盒子里装满了银子,跪着的男人眼神突然变得很亮。王厚纯拿着盒子,笑着道:"印章都盖上了,再帮我一个忙吧?"

跪着的男人愣了愣,王厚纯接着道:"明日夜里柳通商队的船会从刘三爷的路上过,你把这封信给他送过去,让他把四周所有寨子的人都叫上,告诉他们,这批货劫下来,都算他们的,劫不下来,官府立刻剿匪,明白吗?"

"大……大人!"那男人有些焦急,"我们之前只说偷印章,没说……"

"银子还要吗?"王厚纯看着那男人,男人僵住了。王厚纯把手轻轻地放在他的后颈上,接着问:"命,还要吗?"

柳玉茹休息了一夜,第二天醒来便开始准备船只,等着让夜里入荥阳的商队换船。

夜里,柳玉茹没有回家,就领着人站在码头,等着船只入港。顾九思在河上办完事,回去洗了澡换了衣服还不见柳玉茹回来,就问木南:"少夫人可说今日什么时候回来?"

"没,"木南叹了口气,"不过奴才想着,按照少夫人的脾气,今夜可能不打算回了,估计要把货送出荥阳才会回来。"

顾九思听了,犹豫了片刻,道:"我去码头看看。"

他穿了一身白色常服,从屋里取了剑,领着沈明和木南等人去了后院取马。刚到了马厩,就看见洛子商也在取马,顾九思不由得笑起来:"哟,洛大人,这么晚还不睡?"

"不比顾大人可以靠夫人,"洛子商笑了笑,"在下除了公务,还有些商业上的事要忙。"

顾九思听出洛子商的嘲弄,却毫不在意,还得意地扬眉,道:"是呢,我媳妇儿赚钱可厉害了。"

洛子商:"……"恬不知耻。

"好了,洛大人,你处理事务吧,"顾九思翻身上马,高兴地道,"我呢,就要去看我媳妇儿了,再会。"

说完之后,顾九思带着人高高兴兴地出了府,洛子商面无表情地翻身上马,跟在了后面。

两个人虽然没有问对方的目的地,却都知道目的地是一致的。于是两个人一前一后赶到码头,即将到达时,顾九思忽地勒紧了缰绳。

他远远地看见柳玉茹站在码头上,她穿了紫缎落花外袍,披了一件白色绣鹤披风,头发用白玉簪盘在脑后,露出她纤长的脖子,优雅又高贵,让人移不开目光。江风拂过,她站在远处,衣衫翩飞,顾九思静静地看了片刻,忽然察觉身边有人,看了一眼,是洛子商。洛子商也停了下来,静静地瞧着柳玉茹。

顾九思心里突然就有几分不悦,面上却不表现出来,只是不知道想起了什么,忽地就笑了。听到他的笑声,洛子商不由得转头皱眉道:"你笑什么?"

"哦,没什么,"顾九思解释道,"我就是想起来,我已经有媳妇儿了,而且我媳妇儿真好看,可你还没娶妻呢。"

"呵,"洛子商冷笑,"无聊至极。"

顾九思啧啧了两声:"既然觉得我无聊,你生气做什么?口是心非的人哪!"

洛子商似乎被他说恼了,眼中带了冷意。顾九思哈哈大笑,驾马便冲到了柳玉茹身前。柳玉茹听到马蹄声,回过身来,便看见顾九思翻身下马。顾九思高兴地喊了一声:"玉茹。"

柳玉茹便见顾九思白衣玉冠，腰悬佩剑，朝着她一路小跑过来。

柳玉茹见着人就忍不住笑了，等顾九思来了她身前，她伸出手去，替他抚平了衣服上的褶皱，温和地道："你怎么过来了？"

"听说你在守着货，"顾九思高兴地道，"我便过来陪着你。"

柳玉茹低头笑了，正要说话，就听见洛子商的声音："柳老板。"

"洛大人也来了？！"柳玉茹有些诧异。

洛子商点点头："听说货今晚到，便过来看看。"

"让洛大人操心了，"柳玉茹恭敬有礼地道，"不过您放心，我都准备好了，不会出什么岔子的。"

"无妨。"洛子商摇头，"也不能凡事都让柳老板一人担着。"

双方寒暄了一番，在码头上继续候着。顾九思话多，他在，原本安安静静的码头一下子就喧闹起来。柳玉茹就站在一旁听着他念叨，忍不住低笑。

月上中天，按时辰，商船应该到了，然而河面上不见一盏灯火，只有河水奔腾。

众人都不由得皱起眉头。

沈明觉得奇怪，道："怎么还不来？"

话没说完，河面上就出现了一艘小船，那小船上点了一盏灯，船上传来声音："可是柳老板？"

那声音和河水的声音交织在一起，听得不太真切，柳玉茹却立刻上前一步，大声回应道："是我！可是老黑哥？"

老黑是她派去接人的人，熟悉荥阳的情况。他的声音有些沙哑，十分有特色，柳玉茹立刻听了出来。

"是我！柳老板，"船慢慢近了，对方的声音也明晰起来，"有人把船劫了！"

柳玉茹的神色顿时冷了下来，看着船越来越近，大声问："可知来人是谁？"

"来了十四条船，"老黑大声道，"虎鸣山，刘三爷带的头。十个寨子，人都来了。"说着，老黑的船靠近了码头。

顾九思和洛子商对视了一眼，柳玉茹垂下眼眸，不知在想什么。

片刻后，顾九思道："我这就去官府叫人。"

"等一下。"柳玉茹抬手止住了顾九思的动作，片刻后，抬头看向他，

"你不能去官府叫人。"

"可是……"顾九思正要开口，就听见沈明道："九哥，你真不能去，你要是去了，那就是以权谋私。"

顾九思沉默了。

沈明都明了的道理，顾九思自然知道。纵然这些土匪打劫柳玉茹，官府出兵剿匪再正当不过，可在荥阳的地盘上，柳玉茹之前特意打点过的情况下，刘三爷居然还叫了十个寨子去打劫柳玉茹，这明显不是冲着柳玉茹来的。

如果这后面有什么猫腻，顾九思去官府，官府必然借故推脱。时间稍微拖一拖，这件事就会传出去，就算之后官府出兵剿匪，柳玉茹把货物弄回来了，柳通商队的名声也完了。

第一批货就让人家劫了，还过了好久才弄回来，这怎么行？

而且顾九思一旦去，必然会和官府起冲突，若强行下令剿匪，那就多得是把柄可参。

在场的人都沉默着，片刻后，洛子商终于道："柳老板去报官，我来处理。"

这是最好的法子，柳玉茹报官，洛子商暗地里找人处理了这事。

顾九思想了想，应声道："只能如此了。"

"不。"柳玉茹断然拒绝。顾九思和洛子商愣了愣，洛子商下意识地问："那你要如何？"

"我去要。"柳玉茹冷静地说。

顾九思下意识地阻止道："不行！"

柳玉茹回眸看向顾九思："我去报官，既不知道官府会不会出兵，又不知道官府何时出兵，而且一旦官府介入，我再想私了就没机会了。报官等于把主动权都交给了别人，我不能如此。"

"那你要如何私了？"顾九思皱起眉头。

柳玉茹转过头去，慢慢地道："商队最怕的就是路上这些拦路收费的。日后货物交给柳通商行负责运送，安全便是那些雇主最关注的事情，我若拿不出保住这批货物的魄力，日后再想取信于各大商户那就太难了。荥阳这片地我已经打点过，他们还要来劫我的货，"柳玉茹眼中闪过冷意，"那就得付出代价。"

"嫂子说的对。"沈明插了口，看着顾九思，道，"九哥，嫂子日后想要别人不动她的货,必须像漕帮一样,把他们打到怕。这次明显是官府和山匪勾结,不然刘三爷叫不动这么多人。"

"可是……"洛子商有些犹豫,正要劝阻,顾九思就问柳玉茹:"那你打算怎么做?"

这时老黑的船到了岸边,老黑喘着气上了岸。柳玉茹问:"老黑,船已经被劫走了?"

"还没,"老黑摇头道,"我们的人也不少,货又多,他们一时半会儿啃不下这块骨头。"

"好。"柳玉茹点点头,冷静地道,"你回去告诉领队,东西让刘三爷搬,尽量保证人员安全。"

"是。"老黑应了声

柳玉茹吩咐人护送老黑回去,又转头看向洛子商,道:"洛大人,我只有三百人,您这里能否借我一些人?"

洛子商看着柳玉茹,柳玉茹的神色很平静。洛子商看着她的眼睛,慢慢地笑了,道:"你这个人真是……"他叹了口气,抬起了一根手指,"一百。"

柳玉茹点点头,转身吩咐跟在后面的印红:"叫虎子准备人,立刻去虎鸣山。"

"等等,"顾九思立刻道:"你要去打虎鸣山?"

"是。"柳玉茹立刻道,"打下虎鸣山,审出他背后的人,明天我直接交给官府,你办案。"

"行,"顾九思点头,"我陪你过去。"

"你去做什么?"柳玉茹有些茫然,"你一个三品尚书,"她笑起来,"别来捣乱。"

"我不只是三品尚书,"顾九思拉着她,神色认真,"我还是你的丈夫。"

柳玉茹愣了愣,顾九思转过脸去,吩咐沈明:"叫上我这边的人,同虎子一起准备。"

"既然这样,"洛子商在一旁笑起来,"在下也凑个热闹。"

洛子商转过身去吩咐人,柳玉茹有些无奈地看着顾九思,叹了口气,道:"随你吧。"

说完,柳玉茹疾步走到马前,翻身上马后大喝一声:"叫上人,走!"她领着人如离弦之箭冲了出去。

她从码头往虎鸣山去，印红、木南等人折回城中，叫上了人，急急出了城，往虎鸣山冲了出去。

王思远和王厚纯都没睡，在屋中对弈，管家走了进来，恭敬地道："大人，今夜柳通商铺许多人出城了。"

王厚纯笑起来："现在过去有什么用？"说着，他落了子，"货都没了。"

"她没报官。"王思远平静地开口，"会不会出什么岔子？"

"以为自己能救，"王厚纯看了一眼王思远，"您放心吧，等她回来了，就会来报官了，到时候咱们拖一拖，顾九思就该出面了。等他出面摆平了这事，咱们便参他一本，直接将他办了。"

王思远抬头看向王厚纯："你小子，"他笑着道，"鬼精。"

两个人都笑了起来。

柳玉茹领着人一路急奔到虎鸣山下，稍作等待，余下的人就都来了。

近五百人候在了山下，柳玉茹将沈明叫了过来："这种寨子可以强攻吗？"

沈明抬头认真看了看，点头道："现在没什么人，可以上山。"

柳玉茹心里安定了许多，同沈明道："你指挥。"

沈明应了一声，柳玉茹转头看向众人，大声道："全部听沈公子的命令，上山！"

众人在沈明指挥之下，齐齐往山上冲去。

柳玉茹和顾九思、洛子商三个人在最后面，看着两方人马厮杀。

此刻虎鸣山的人大多还没回来，山上只留了一些操纵着机关布防的人，柳玉茹这方几乎不费吹灰之力便攻下了虎鸣山。此刻山上就剩一些老弱妇孺了，柳玉茹让人将这些人全都安置在一起，然后让沈明带人去恢复了山下的机关，接着便领着顾九思和洛子商等人候在了大堂之中。

没了多久，山下就传来了喧闹声，柳玉茹的人全部都躲在暗处，听着喧闹声越来越近。

"没想到这次羊这么肥。"柳玉茹听到有人说。

"真得感谢傅管家通风报信，早知道柳通商铺这次这么多货，给多少钱也不能放过啊。"

"傻，"另一个人道，"这么多货，那家的东家只会做这么一手准备？现在劫得这么容易，我心里还在发寒，官府那边真的不会出手？他们这些有钱人的商队，总不会和官府一点儿交道都不打吧？"

"谁知道呢？"又一个声音响起来，带了几分担忧，"反正咱们也没得选不是？"

一个声音道："你们觉不觉得不对劲？从咱们上山到现在……"那人突然提高了声音，"看守的兄弟哪儿去了？！"

"睡了吧……都这么晚了。望楼上的两个人还在呢。"

"不，不对，"最初发现不对劲的人道，"望楼上的两个兄弟，姿势多久没变过了？"那人似乎发现了什么，猛地提高了声音，道，"走！有埋伏！"

话音刚落，羽箭四射，外面一片惨叫之声。

柳玉茹端坐在大堂之上，端起茶杯，整个大堂亮了起来，一个女声从大堂之中平静地传出。

"刘三爷。"那女声温和又冷静，在这一片混乱中，有一种意外神奇的、镇定人心的力量。羽箭在这声音出现的瞬间停了下来，刘三爷带着人、举着刀，愣愣地回过头去。

而后他就看见灯火通明的大堂里，红毯从门口一路铺到尽头，紫衣白衫的女子端坐在正上方的金椅上。她生得柔和，并不是那种咄咄逼人的美丽，而是一种优雅如鹤的端庄清丽，出水芙蓉般在这一片黑暗野蛮中金贵又温和地绽放。

她身后一左一右站着两个男人，一个白衣金冠、腰悬佩剑，另一个蓝衫锦袍，手握金色小扇，都是超凡脱俗的好相貌。

她头顶上方，黑底金字的牌匾高挂，上书：顺昌逆亡。

那本是他自己让人写了挂在上面的，然而此刻牌匾之下，一个女人端坐在那里，他不由得有些愣神。就是这一刻，他听见那个女人平静地道："且入座来，喝杯茶吧。"

刘三爷眼神一冷，握紧了刀，有些紧张，道："寨子里的其他人呢？"

"还活着。"柳玉茹知道他关心什么，淡淡地道，"我不会无缘无故对老幼妇孺下手。"

"你是谁？"刘三爷继续追问。

柳玉茹轻轻一笑，抬眼看他："劫了我的货，如今还来问我是谁？刘三爷，您做事情，可真是一点儿都不上心啊。"

刘三爷面露震惊之色："你……你是柳通商行的……"

"在下柳通商行当家柳玉茹，"柳玉茹放下手中的杯子，慢慢站起身来，双手交叠放在身前，朝着刘三爷微微点头，行礼道，"见过刘三爷。"

刘三爷镇定了一些，柳玉茹自报了家门，他便知道了柳玉茹的来意。

柳玉茹观察着刘三爷的神色，做了一个请的姿势，平静地道："三爷请上座。"

刘三爷深吸了一口气，走到柳玉茹左手边上的第一个位置坐了下来。

柳玉茹端起茶杯，淡淡地道："我在这批货来之前，就特意让人来同刘三爷打过招呼，银子我给了，三爷也接了。今日这一出，三爷能否给个说法？"

刘三爷不说话，握着刀，似乎是在思量。

柳玉茹看着他，温和地道："三爷，我时间不多，现下货都去哪儿了？怎么拿回来？您给我一个准话。否则，其他十个寨子我可以之后再找他们算账，可您这虎鸣山，今晚就保不住了。"

"你打算怎样？"刘三爷顿时抬起头来。

柳玉茹低笑了一声："三爷莫不是以为，妾身不敢杀人吧？"说着，她抬眼看他，一双清丽柔美的眼里带了似笑非笑的冷意，"天亮之前我拿不到货，您试试？"

刘三爷抓紧了扶手，喘息着。

柳玉茹站起身来，朝刘三爷走去。顾九思握住了剑，时刻准备出手。而柳玉茹却闲庭漫步般走到刘三爷面前，低头俯视着他，道："三爷，我给您出个主意，您现在就给那些分了赃的人递个话，让他们把货都送到虎鸣山来。要死，总不能您虎鸣山一个寨子死，对吧？您想想，要是只有你们死了，你们的家人还活着，那些平日里受过虎鸣山气的匪贼会放过你们的家人吗？"

"三爷……"站在外堂的人立刻出了声。

然而刘三爷还是不说话，柳玉茹瞧了他许久。

见他内心还在挣扎，柳玉茹点点头，道："我明白了。我说山匪什么时候这么讲道义了，连平日里的敌人都要护着，您是不敢说吧？能让您刘三爷这么害怕的，是官府的人？"

刘三爷的神色动了动，柳玉茹坐回主座，继续道："我猜也是，官府里内斗，拿咱们老百姓当棋子儿，三爷您不知道发生了什么，我可清楚得很。如果是官府的人，那您可就要想清楚了，今日您如果要当一条好狗，那妾身就只好心狠手辣，葬了你们虎鸣山。要是您能想清楚，该说的说出来，该做的做到位，今夜之事，我不但可以既往不咎，还能保你不被你身后那位处置。"

"你一介商人，"刘三爷冷声开口，"凭什么这么大口气？"

"我是商人不假，"柳玉茹笑着道，"可是能从幽州一路建商队到东都，没有倚仗，你以为我敢？"

刘三爷思索着柳玉茹的话，柳玉茹却道："三爷，我也没时间同您耗了，从现在开始，我数十声，十声之后，你们中间要有人站出来去报信，让他们把我的货全给我搬回来。十声之后，如果没有人站出来，我数一声杀一人，直到天亮。天亮之前货回不来，"柳玉茹冷笑，"我保证虎鸣山上下，鸡犬不留。"

"你敢？！"刘三爷怒喝，"这么多人，我不信你敢一个不留。到时候……到时候……"

"到时候怎么样？"柳玉茹抬眼看向刘三爷，"你以为谁敢来找我的麻烦？我借他王思远十个胆，他也不敢！"

这一声怒喝将众人震住了。

王思远就是永州的天，王思远都不敢得罪的人物，这……这到底是哪路神仙？

刘三爷一时拿不准柳玉茹的话是真是假，而柳玉茹已经开始数数了。

"十、九、八……"

她数得很快，没有任何拖长或迟疑，众人的心都狂跳起来，感觉这似乎是挂在他们头上的一把剑，随时就要落下来。

当她数到三的时候，终于有人受不了，猛地跪了下来，大喊道："我去！不要杀我，我去！"

"很好，"柳玉茹抬眼看向其他人，"还有吗？"

"我，我也去！"人群中陆陆续续响起了声音，柳玉茹确认了几个人的身份，随后让他们的家人站了出来。

她挑选了几个有妻儿老小的，随后让人捧了一盘银子出来。

众人看见这么多银子都睁大了眼，柳玉茹瞧着那几个人，笑着道："你们把我的货带回来，我不仅会放了你们的家人，还会给你们一大笔银子,将你们送出永州,保证你们的安全。你们大可放心。"

那几个人愣了愣,道:"是,我们一定把您的货带回来!"

说完之后,这几个人立刻出发了。

刘三爷坐在椅子上,似乎认真思索着什么,柳玉茹回过头来,坐到主位上,看着刘三爷,道:"趁着天还没亮,三爷您还有很多时间来想想其他事。"

"您……你要我想什么?"刘三爷及时纠正了他的敬称,有些迟疑地开口。

柳玉茹提醒道:"想想明日,你如何同官府交代幕后的人。"

刘三爷听见这话,眼里闪过一丝轻蔑之色。

柳玉茹瞧着他,继续道:"我说的可不是永州的官府,而是朝廷派下来的钦差大臣。"

刘三爷愣了愣,心里突然有些慌乱,似乎明白了柳玉茹的底气从何而来。

柳玉茹点到即止,不再多说,沈明带人埋伏在外面,没多久,就听见外面闹了起来,柳玉茹同顾九思商量:"外面应该没问题吧?"

"没事。"顾九思安抚道,"我们早有准备,都埋伏好了,阿明又本来就是山匪出身,他们的路子他熟悉,不用担心。"

柳玉茹听到顾九思的安抚,点了点头。

天还未亮,沈明便提着染血的刀从门外进来,同柳玉茹道:"处理干净了,你来点货。"

柳玉茹点了点头,吩咐了一声"都绑起来"之后,便急急走了出去。

货都堆积在门口,这时候原本押运货物的人也都来了,柳玉茹让人拿了册子,一边清点,一边装箱,装好了就直接送出去。

他们人多,清点得很快,天亮之前,货就都到了码头,柳玉茹让人把这些货装上早已准备好的小船。

目送小船在晨雾中远行而去,柳玉茹转头对顾九思笑了笑,道:"顾大人,我要去报官了。"

顾九思笑起来,双手负在身后,看着面前眼里映着晨光的姑娘,声音都软了几分:"去吧,本官为你主持公道。"

柳玉茹应了,转过头去,看见洛子商站在原地,犹豫了片刻,走上前去,向他行礼,道:"谢过洛大人。"

洛子商点了点头，没有多说什么。

顾九思和洛子商回到府中，各自换上官服，洛子商继续去河上监工，顾九思则往府衙赶了过去。顾九思到府衙之后，让马车停下来，自己坐在马车里，等着柳玉茹的消息。

柳玉茹将刘三爷等人绑了起来，上千山匪，她让人全都捆了起来，赶到了府衙外面。府衙外挤满了人，也引来了很多围观的人，柳玉茹站在门口，等府衙一开门，便让人将诉状递了上去。

傅宝元清晨刚进府衙，还打着哈欠，衙役就呈上了诉状道："傅大人，顾少夫人来告状了。"

"告状？"傅宝元有些蒙，"告什么状？"

"昨儿个顾少夫人的货被附近的山匪联手劫了，顾夫人带人连扫十一寨，把人全都抓起来了，现在都绑了在外面，等着您宣判哪！"

傅宝元张着大嘴，好半天都没合拢。过了许久后，他才结结巴巴地道："十一……十一寨啊？"

一夜扫平十一寨，这种行事作风简直是见所未见，闻所未闻。

衙役点着头，皱眉道："这事要怎么办啊？您知道，外面那些人，"衙役往虎鸣山的方向仰了仰下巴，"都是不好惹的啊！"

傅宝元沉着脸，没多久，又一个衙役赶了进来，道："大人，您快些，顾夫人在外面催人了。"傅宝元听了，终于道："去吧去吧，又能如何？看王大人怎么办吧。"说着，傅宝元正了正乌纱帽，急急忙忙地赶到了大堂。

到了大堂，傅宝元便看见柳玉茹一个人站在一边，而另一边的被告从大堂一路排队到了外面，看不见队尾。

"傅大人，"柳玉茹冷声开口，"民女今日要状告以虎鸣山刘三爷为首共一千二百三十一名山匪抢夺财物、杀人越货，还望大人明察！"

"哦哦，"傅宝元点着头道，"顾夫人，您状告的人数太多，一时半会儿审不完，不如先将这一千多名山匪收押，搞清罪名，再逐一宣判，如何？"

"全听大人吩咐。"柳玉茹行了个礼，没有半分阻拦。

然而就在这时，外面传来一声清朗的男声："慢着！"

傅宝元愣了愣，众人转过头去，便看顾九思身着紫缎五章纹官服，腰佩金鱼袋，领着侍从从外面走来。

傅宝元立刻上前来，朝着顾九思行礼，道："顾大人。"

"傅大人。"顾九思行了个礼,神色平淡地道,"打扰傅大人办公了。"

"不打扰不打扰,"傅宝元赶紧赔笑,"不知顾大人所为何事?"

"是这样……"顾九思转头看向刘三爷等人。刘三爷看着顾九思,神色便僵了,显然是认了出来,这人就是昨夜站在柳玉茹身后的人。

顾九思见他的神色便笑了,接着道:"本官昨夜得人秘信,说永州官府有官员与虎鸣山山匪有私。所以顾某觉得,此案交给傅大人审,怕是不妥。"

傅宝元的笑容僵在了脸上,片刻后,他小心翼翼地道:"那顾大人的意思是……?"

"在下来永州之前,陛下曾赐在下天子剑,上打昏君下斩奸臣,本官既然得到了百姓密信,自然不会置之不理。恰巧,之前刺杀本官的案子也有了眉目,本官想着,既然都事关永州官员,不如一并查了。"

"所以,"顾九思看着傅宝元,直接道,"这个案子,便由本官接管了吧。"

傅宝元看着顾九思,慢慢地道:"顾大人,此案涉及您夫人,由您查办,怕是不妥。"

"此案也涉及永州官员,"顾九思坚持道,"由永州官员查办,怕也是不妥。"

两个人僵持着,片刻后,傅宝元勉强地笑起来,道:"既然都不妥,不如报请圣上,由圣上指定一位大人过来,您看如何?"

顾九思勾起嘴角,点头道:"善。"

傅宝元舒了口气,擦了擦汗,转头吩咐:"把这些人都关起来吧。"

"等等,"顾九思抬手,淡淡地道,"这些人由永州官府的人看管,本官怕出意外,从今日起,牢房看守,都由本官的人负责。"

傅宝元想说什么,顾九思转眼看他:"傅大人,我不是在同你商量。"

这已经是在警告了,傅宝元听出顾九思的意思,深吸了一口气,拱手道:"是。"

顾九思让人将这些人都压了下去,然后将侍卫派往了监狱,替换掉了原本的狱卒。

做好这一切后,柳玉茹和顾九思一起回家。

柳玉茹道:"陛下指派的官员,最快多久可到?"

"八百里加急,"顾九思思索着道,"消息到京城要不了三天,官员从京城出发，半月左右，便可到达。"

"不怕中间生变？"柳玉茹皱起眉头。

顾九思斟酌着道："只要刘三爷不死，就不会变。"

柳玉茹点点头，不再说话。

狱卒换成了顾九思的人，人便在顾九思手里。顾九思也不管其他人，只是时不时让沈明去看看他们，试图说服一下刘三爷。

刘三爷在牢房里，大半个月以来，唯一的交流对象就是沈明，没有见到其他人，也就逐渐意识到，永州的天真的是要变了。

半个月后，范轩指派的人赶了过来。范轩按照原本的律法，指派了刑部尚书李玉昌过来。李玉昌原本只是前朝刑部一位低级官员，因为不懂变通，不擅经营，屡办大案，依旧没能升迁。他能力出众，又刚正不阿，在刑部虽然官位不高，地位却十分"重要"。凡是难办的铁案上面都会交给他，让他去得罪人。新朝建立后，范轩欣赏他这份正直，便将他直接提拔成了刑部尚书。

这次派他过来，顾九思明白，也是因为这个案子涉及柳玉茹，范轩希望顾九思能最大限度上不被牵连，所以特地选了这么个出了名的"死脑筋"过来。这样无论结果如何，都不会出现顾九思滥用私权维护柳玉茹的谣言来。

李玉昌到达荥阳那日，马车直入府衙。李玉昌一下马车便开始审案，顾九思还在河上监工。回到府邸，顾九思就听到木南传来的消息："大人，刘三爷招了。"

顾九思挑了挑眉，木南压低了声音，道："是傅宝元。"

"傅宝元？"顾九思颇为诧异，但又觉得这似乎也在情理之中。

木南知道顾九思没想到是傅宝元，便详细解释道："刘三爷给出了盖了傅大人官印的信纸，说就是因为有了傅大人的官印，他才能联合这么多寨子一起去劫少夫人的货。而且他还画出了傅大人府上管家傅财的样子，他都不知道这是傅大人的管家，画出来后，李大人让人去认，发现是傅管家。"

"那傅财呢？"顾九思紧接着追问。

木南叹了口气，道："跑了！"

"跑了？"顾九思有些诧异。

木南点头道："对，李大人让人去傅家抓人，结果发现人没在傅家，傅宝元说傅管家前几日告假回老家了,你说这话谁信啊?我听说,李大人的人查到,傅财早上还在傅府门口吃了碗豆腐脑。"

顾九思没有说话,木南见他沉思,不由得叫了他一声:"公子?"

"没事。"顾九思回了神,想了想,吩咐木南,"你也赶紧多派点人去,务必把傅财找回来。"

木南应了声,转头便吩咐了下去。

顾九思夜里躺在床上,辗转难眠。

柳玉茹察觉到他不安,不由得道:"九思?"

"我没事,"顾九思拍了拍她的手,"你睡吧。"

柳玉茹想了想,翻过身去,从后面抱住顾九思,小声问:"在愁闷些什么?"

"今儿个……"顾九思犹豫着,道,"刘三招了,说是傅宝元指使的。"

"我知道。"柳玉茹应声道,"傅宝元本也不是什么好人,他身后应当还有人。如今将他抓了,顺藤摸瓜,说不定能把王思远摸出来。"

顾九思没应声,柳玉茹继续分析道:"王厚纯是王思远的刀,刺杀一事,证据确凿,明日你将证据交给李玉昌,王厚纯便算是废了,但要他攀咬王思远是决计不可能的。他就算为了王家,也不可能动王思远这棵大树。只要王思远不倒,要王厚纯被办,难度就颇大。可傅宝元不一样,他没有一定要保住王思远的决心,想要动王思远,只能从傅宝元身上下手。"

顾九思看着蚊帐,没有说话。

柳玉茹见他不对劲,小声叫他:"九思?"

顾九思知道柳玉茹疑惑,想了很久,才慢慢地道:"你说,"他有些犹豫,"傅宝元给刘三爷下命令,为什么要盖官印?"

柳玉茹愣了愣。

顾九思继续道:"不怕刘三爷以此为证据要挟他吗?"说着,他继续分析,"当初赵九为了得到王厚纯签字还得绕一大个弯,和王厚纯要房子,最后王厚纯也是在房契上落的字。傅宝元怎么就这么蠢,在下命令这种铁证上面盖自己的官印?"

"所以,你是怀疑傅宝元是被陷害的?"柳玉茹想着顾九思的话。

一直以来,傅宝元都和他们对着干,溜须拍马,十分圆滑,怎么看都是王思远的人。

顾九思叹了口气,道:"明日再看看。"说着,他抱着柳玉茹,安抚她道,"睡吧,明日我去找李大人谈谈。"

两个人睡了过去。

天亮之后,顾九思换上官服,便去府衙找李玉昌。

他去的时候,李玉昌还在审人。顾九思让人通报后,李玉昌让他进去。

李玉昌净了手,走到了书房,顾九思正恭敬地等在书房里,李玉昌见了他,两个人互相行礼,而后李玉昌便用不带一丝情绪的声音平静地发问:"不知顾大人有何贵干?"

"在下有些东西,想要交给李大人。"顾九思说着,将之前收集的与王厚纯有关的证据的盒子拿了出来,恭敬地道,"李大人,您应该知道之前在下在河堤上被刺杀一事,这是与此事有关的所有材料,您可过目。"

李玉昌将盒子拿了过来,将所有的证据一一查看,片刻后,便直接发了缉捕令,吩咐衙役:"带兵去王府,将王厚纯收押。"

顾九思见李玉昌动作如此迅速,心里略为安稳,想了想,问道:"不知山匪一案,李大人进展如何?"

李玉昌听到顾九思的话,便将顾九思的心思摸了个清楚,也没绕弯子,直接道:"傅财?"

"正是,"顾九思果断地道,"不知傅财可抓到了?"

"嗯。"李玉昌点了点头。

顾九思高兴道:"那便好,他可招供了?"

"死了。"李玉昌直接道。顾九思僵住了。

李玉昌翻看着王厚纯的材料,声音毫无波澜:"今日清晨,城郊,猎犬发现,刨地三尺。"

他只说了关键词,顾九思却明白了所有,必然是李玉昌用猎犬去寻人,然后找到了傅财的尸体。

"什么时候死的?"顾九思赶紧问。

李玉昌也没隐瞒,接着道:"昨夜,毒杀。"

顾九思紧皱眉头,李玉昌见他不再问话,抬起头来,想了想,安抚道:"证据充足,无妨,傅宝元已收押。"

顾九思从府衙走出来,整颗心都是沉着的。直觉告诉他这件事有什么不对,这些时日他一直在暗查这荥阳上下官员,尤其是王思远和傅宝元。王思远做事一贯是用王厚纯当挡箭牌,不触及核心人物,根本碰不到

— 241 —

王思远，而傅宝元不过一个六品芝麻小官，查了很久，也没查到他做事的铁证。

犯事是犯的，行贿受贿，但是一来数额算不上大，二来……他口碑的确也不差，老百姓对傅宝元的印象基本是无功无过。

顾九思沉思着回了家里，洛子商去河上监工，柳玉茹刚从码头回来。

第一批货送到东都后，商队就开始正常运转。他们价格低、速度快、安全性高，许多小商家为了省下成本，都将货物交给了柳通商行，由他们负责运输。如今开业不过半个月，名声已经传遍大江南北，可谓生意兴隆。

因为运输方便，加上资金开始回流，莹莹和叶韵都给柳玉茹提了扩张的提议，柳玉茹不敢在这个时候贸然开店，但仍旧让她们将计划做好，然后开始规划着筹钱。

叶韵和莹莹都在各自的店铺里培养了一批人，如今生意的模式已经逐渐变成了柳玉茹负责筹集资金，决定资金流向，而叶韵和莹莹负责经营。莹莹在花容里逐渐积累了经验，开始尝试从化妆品逐步扩张到贩卖皂角、梳子、衣饰乃至一些精品的家具等等。而叶韵虽然当上神仙香主事还不久，但因为神仙香供不应求，她也开始考虑买地产粮，以降低成本，扩大销量。

柳玉茹没有否决她们的提议，一面引导商队、仓库走上正轨，一面思索着再到哪里去找钱。

第九章　不相负

顾九思坐在院子里。院子有一个秋千，平日里多是姑娘们在那里耍玩，今天顾九思心里发闷，就一个人坐在了秋千上，脚有一搭没一搭地蹭着地，轻轻地晃着秋千，不断地回想着来到永州后遇到的事。

柳玉茹从外面回来，走上长廊高处时，印红突然拉了拉她，指了指下方的院子，低声笑道："夫人你看。"

柳玉茹顺着印红指的方向看过去，就看见正仰头看着天空发呆的顾九思。

他换上了家里的红色常服穿着。他素来喜欢这么明艳的颜色。头发束着金冠，他坐在秋千上，一双明澈的眼静静看着天空。柳玉茹忍不住抿唇笑了，觉得那落在他身上的阳光仿佛落在她心里，暖洋洋的，似乎在告诉她一切都没变。哪怕过了这么久，这人在她的心里仍旧是个少年。

柳玉茹走了过去，坐到了长廊边上，把手肘搭在护栏上，扬声叫了一声："顾公子。"

顾九思听出是柳玉茹的声音，又觉得有些奇怪，柳玉茹怎么会叫他顾公子？他有些发蒙，抬起头来，迎面便见手绢从高处落了下来，下意识地抬手，就握住了那一方绢帕。而后他再抬眼，就看见高处笑意盈盈的姑娘。她眉眼生动，在午后阳光下如宝石般熠熠生辉。

她不知道什么时候脱去了过往那份拘谨，笑容里隐约带几分张扬。她道："顾公子在做什么？"

顾九思忍不住笑了，朗声道："想事情。"

"想什么？"柳玉茹撑着下巴问了这话，却见顾九思拿了她的绢帕，放在脸侧，眉眼微挑，桃花眼里顿时就多了数不清的风流春色。

他瞧着她，张合了唇齿，慢慢地说了两个字。

那两个字是无声的，柳玉茹却一下子看了出来。他说——想你。

其实这两个字本也没什么，但顾九思这么说出来，她就觉得心跳突然快了起来，有种无端的热浪直冲脸上。

她低低说了声"孟浪"，便站起身来，疾步往房里去了。

顾九思愣了愣，赶紧起身追了过去，大声道："玉茹，你别生气，别走啊！"

柳玉茹哪里敢在此刻搭理他，一路急急回了房里。顾九思腿长脚快，在柳玉茹踏入房门后一步赶了上来。柳玉茹正要关房门，顾九思探进半个身子，用手抵住门，道："别别别，让我进去，别生气。"

柳玉茹没理会他，只想着关门，顾九思用手抵着门，盯了她片刻，却笑了。

"你笑什么？"柳玉茹抬眼瞧他。

顾九思抿了唇，低下头来，凑在她耳边，低声道："原来小娘子不是气恼了，是羞恼了啊？"

"你出去！"柳玉茹顿时激动起来，伸手去推他。

顾九思一把握住了她的手，顺势挤进门里，将门用脚带上，把她一把抱在了怀里。他低头笑着瞧着柳玉茹，柳玉茹顿时觉得自己弱势了许多，再和他闹，便显得是打情骂俏了，一时僵住，看上去倒也就乖了。

顾九思看她手足无措，心里便高兴起来。他低头，倍儿响地在她脸上亲了一口，高兴地道："你瞧着我喜欢，我便高兴。"

柳玉茹说不出话，侧过脸去，似乎有几分不服气的模样。

顾九思握着她的手放在唇边，亲了亲，道："能把你养出几分这样的骄纵性子，我更是高兴了。"

这话点明了柳玉茹这些举动里的娇气，柳玉茹一时僵住了，忍不住有了几分尴尬。她也不知道自己是怎么了，一到顾九思面前就失了分寸。

顾九思知她又开始反省了，揽着她的腰的手用了力，他赶紧道："我的好娘子，你可千万别多想了，这男女相处又不是商场朝廷，礼数什么的都不作数，你这样若是对外人，那确实做作，但若是夫妻，就可爱得很。"

"别……别说了。"柳玉茹有些结巴,像是不好意思。

顾九思低低笑着,柳玉茹靠在他胸口,能感觉到他胸腔的震动。过了片刻,他轻叹一声,无奈中又带了几分宠溺,道:"你呀。"

两个人正说着话,外面突然传来了急急的脚步声,顾九思和柳玉茹对看了一眼,随后就听见沈明焦急的声音:"九哥?九哥在吗?"

顾九思听到是沈明,就觉得有些头疼,抬手捂住额头,叹了口气。柳玉茹推了推他,道:"叫你呢。"

"不是时候。"顾九思小声嘀咕,想了想,又亲了她一口。得了柳玉茹一眼嗔怒,他才满意,放开了人,整理了衣衫,开了门出去。

他笼着双手,看着沈明,没好气地道:"做什么?不会让人通报?"

"我叫你也需要通报了?"沈明有些发蒙,"以往不都是我帮人通报的吗?"

之前的确是这样,这话把顾九思噎住了,他更不高兴了,冷哼一声,道:"赶紧说。"

"阴阳怪气。"沈明直接回嘴。

顾九思正想回击,就听见沈明道:"秦楠找不到了。"

顾九思立刻道:"什么叫找不到了?!"

"他这个人做事极有规律,"沈明立刻道,"这些时日和我相处得也不错,一般有什么事都会知会我一声。今天他和以往一样去了县衙办公,然后回家。我手里还有些事要查,就先去查了,等我去他家找他的时候,秦府的人都没了。"

"可是外出了?"顾九思皱起眉头。

沈明摇了摇头:"不是外出,我一开始也以为是外出。但一来,秦楠知道我一般会在下午去找他,如果外出,至少会先和我打个招呼,或者留个信给我。二来,我翻墙进了他家中,发现他家里一片杂乱,锅里还放着没煮好的米,可见一家人是匆匆离开的,甚至可能是还没有准备,就离开了。"

"为什么是离开?"顾九思追问,"米尚在锅中,人不见了,不该是被掳走吗?"

"家中珍贵的东西都不见了。一些日常穿的衣服,"沈明分析道,"他的官印,还有平日喜欢的东西,甚至他夫人的牌位,他重要的、需要的都带走了。因为这些东西与他生活习惯完全相符,除非是他本人,或者极其熟悉他的人,否则就算想伪造他是离开的样子,也做不到东西拿得这么精确。而且如果要伪造他们离开的样子，也不会留下锅中米，这太容易引人怀疑了。"

"你不在，监视他们的人呢？"

"没了。"沈明沉下声来，"我到时候，在他宅院外不远处发现了打斗的痕迹，看守他的人不知所终。"

顾九思没有说话。

沈明接着道："所以，现在最大的可能就是他遇见了什么事，临时突然决定举家离开。我们的人是他的人动的手，或者就是之前我们发现的另一批人动的手。"

顾九思静静地思索着。

沈明有些焦虑："九哥，怎么办？"

"他有老母亲，还有这么多仆人，应该会分散出行。"顾九思慢慢地道，"他母亲年迈，一时走不了，估计还在城中。他应该刚出荥阳城，你让人往东都方向和益州方向追。"

"是。"沈明领了命令，立刻赶了出去。

顾九思站在门口，柳玉茹从屋内走了出来，有些疑惑地道："秦大人这是怎么回事？"

顾九思沉默了片刻，接着道："你先休息，我去找几个人。"他说完，便赶往了河堤。

洛子商正在河堤上监工，看见顾九思来了，笑了笑："顾大人。"

"秦大人不见了。"顾九思开门见山地说。

洛子商愣了愣，道："什么叫不见了？"

顾九思观察着洛子商的神色，便知洛子商应当是当真不知道此事的。他转身就走，赶到了府衙，找到了李玉昌，道："李大人，秦大人不见了，在下想见见傅大人。"

李玉昌皱起眉头："你妻子与此案有关，你不方便见他。"

"李大人，"顾九思抬眼看向李玉昌，"秦大人出事可能与傅大人有关，您让我见见他，至少搞清楚秦大人是怎么不见的。李大人您办案秉公正直，是非分明，总不会糊里糊涂地就把案子判了。"

李玉昌沉默了片刻，道："我去问。"

顾九思一时有些恼了这个"死脑筋"，可也知道这正是李玉昌的可贵之处。顾九思深吸了一口气，抬手道："您请。"

李玉昌点点头，领着他去找了傅宝元。

顾九思跟着李玉昌去了牢房，在门口等了一会儿，李玉昌进去后不久，走出来，平静地道："他说他不知道。"

"不知道？"顾九思愣了愣。

李玉昌点点头："不肯说。"

听这话，顾九思明白了，李玉昌估计是没问出来。顾九思立刻往里面走，道："我去看看。"

李玉昌抬手拦住了他，顾九思被这么一拦，顿时恼了，怒道："我说你这个人脑子是灌了铅吗？！都什么时候了，能撬开他的嘴的办法都要试试。秦楠为什么跑？不就是因为他手里握着重要的东西吗？你现在拦着我，万一秦楠被人弄死在路上，这个案子怎么办？！"

李玉昌被这么一通骂，倒是不说话了，顾九思再要进去，他也不拦了。

顾九思一路冲到牢里，就看见傅宝元躺在床上。傅宝元还是平日那副乐呵呵的样子，一手撑着头，一手拿着筷子，悠然自得地敲着碗，唱着些小调，与平日的讨好姿态比起来，倒是多了几分潇洒意味。

顾九思看着傅宝元，道："秦楠跑了，你知道吧？"

傅宝元不搭理他，继续哼着调子。

顾九思抿了抿唇，接着道："上一次，我的人去抓人，是不是你派人来给的执勤时间表？"

"良辰美景奈何天，便赏心乐事谁家院。"

"傅大人！"顾九思提高了声音，"你现在不说出秦大人的下落，说不定就晚了！"

傅宝元轻笑了一声，翻过身，背对着顾九思，不说话。

顾九思想了想，接着道："我不知道你是善是恶，也不知道秦大人打算做什么。我不明白你为什么要在治理黄河时阻拦我，可是我只是想做好这件事。"

傅宝元唱曲的声音停了。

顾九思攥起拳头："我想治理好黄河，也想治理好永州。这中间，我不放过一个坏人，可我也不会冤枉一个好人。傅大人，如果你有冤屈，可以说，不必绕着弯子让秦大人去冒这个险——你可以信我。"

"你一个年轻人，"傅宝元眯着眼，看着面前的墙面，平静地道，"来永州搅和什么？随便走个样子，刷个政绩，捞一笔钱，回东都就是了。你年纪轻轻，正三品户部尚书，未来只要不走错路，他日早晚能走到你想到的位置，何必贪功冒进？"

"因为我是官。"顾九思看着他，认真地开口，"我吃的是百姓供养的粮食，拿的是百姓给的俸禄。我怎可尸位素餐，只求前程？陛下既然叫我来治理黄河，我就要把黄河治理好，不能让扬州这么多钱白白搭进去，也不想朝廷年复一年地接到黄河水患的消息。这本该是良田沃土，这里的百姓本该安居乐业，如果我能做到，我为什么不做？"

"顾大人，"傅宝元轻叹，"这永州的百姓，永州的官都不管，你……"

"我管。"顾九思果断地开口，字字铿锵，"大夏有我顾九思，我活着一日，便要管百姓一日。"

傅宝元看着黑漆漆的墙，不知道在想什么。

顾九思见他不说话，就继续道："傅大人，我知道你不信我。可是你就算不信我，你也想想你的一家老小。我知道你都安排好了，你心里不怕，可是你不怕，他们不怕吗？你现在指望秦大人为你做点什么，可如果你不是被冤枉的，秦大人救不了你。如果你的确蒙冤，你让他一个人山高水远地去替你申冤，你不怕他出事吗？"顾九思深吸了一口气，"之前就有人盯上他了，我让沈明守着，如今他走了，我们护不住他。他一个文官，你让他如何护住自己？"

傅宝元听着顾九思的话，叹了口气，慢慢道："非我不愿，是他不愿。你既然已经猜出来他要做什么，便去找吧。"

傅宝元说的是秦楠的去向。顾九思正要说话，又听见傅宝元接着道："他爬不动山。"

他爬不动山，又要往东都去，往东都除了官道，都必须爬山，所以秦楠必然是走了官道。而他为了甩开人，又一定要有所遮掩……

顾九思盘算着，傅宝元看他思索，苦涩地笑了笑："你走的时候，让人给我送坛酒来。"

顾九思应了声，抬脚要走，走出门前，突然听到傅宝元道："我来荥阳的时候，就是你这般年纪。"

顾九思顿住步子，听到傅宝元笑着道："一转眼，已经是把老骨头了。我不看到你，都忘记自己年轻时是什么模样了。"

顾九思听着傅宝元的话，回过头去，看见傅宝元盘腿坐在石床上，圆润的脸上带着沧桑的笑意。

那一瞬间，顾九思有种错觉，觉得自己看到了二十多岁的傅宝元。年少的傅宝元意气风发，盘腿坐在他面前，神色坚定又认真，同顾九思如今一样，怀揣着济世救民的想法，骨子里、心里，满是热血。这个少年也曾对天立誓，曾歃血为盟，曾许天下百姓决不辜负，曾给这山河万丈豪情。这些年轻人做过的，这个少年也都做过。然而寒冰冷血，风寒冻骨。时间是最残酷的刀刃，无声无息，就能翻天覆地。

顾九思呆呆地看着傅宝元。

傅宝元似乎看到了他心里，如长者一般挥手："去吧，我等你的酒。"

顾九思一路飞奔出去，刚到门口，见李玉昌站在原地，便喘着粗气道："往东都官道方向找！"

李玉昌点点头，转过身去，便吩咐了外面的人。

沈明正在追踪的路上，得到了消息，思索了片刻。

如果秦楠是走官道，就不可能独身上路，这样太容易被排查，而且也不够安全，那他只能隐匿于商队之中往东都前行。

沈明立刻调来了这一日出城的商队名单。出城较早的排除，那时秦楠还在办公，出城较晚的也排除，那时他已经发现秦楠失踪了，余下的商队一共有两个。沈明又调了这两个商队的文牒登记，发现并没有秦楠。

秦楠应该用了伪造的文牒，沈明不再迟疑，干脆带着人顺着商队的路追上去。

当天晚上便追到了两个商队，沈明直接抓了人来问，得知一个叫洛南的人，跟着他们商队出了城，不久之后就自行上路了。

沈明一路找去，找到一家客栈，老远就听到打斗声。沈明领了人冲过去，远远看到有一个人从二楼跳了下来，那个人在地上滚了一圈就往山林里狂奔。沈明眼尖，一眼就看出那个人是秦楠。他拍马追过去，挽弓搭箭，连射十余发，替秦楠阻拦杀手。

秦楠也来不及看身后，只是朝着森林深处一路狂奔。沈明吩咐手下清场，驾马追着秦楠冲进了山林里。

"秦大人！"沈明追着他，大喊，"别跑，我是沈明！"

然而听到这话，秦楠根本没有回头，甚至跑得更快。沈明暗骂了一声，追了上去。

秦楠铆足了劲儿跑，沈明骑马虽然比他要快，但一开始距离太远，一时半会也没能追上。秦楠一路冲上山顶，沈明追着他到了悬崖边上，秦楠退无可退。沈明喘着气,抬手给自己扇着风,下马站在一边,道:"跑,接着跑。"

秦楠抱着个包袱,面上满是紧张,发髻都乱了,全然失了平日那份冷漠自持。沈明看着他的样子,忍不住笑了:"你一个文官,还挺能跑啊,六艺还教跑步的?"

秦楠不说话。

沈明歇够了,站直了身子:"行了,跟我回去吧,我不是来杀你的,你不用这么紧张。"

"你放我走吧。"秦楠终于开口,看着沈明,目光沉稳,"我不能回去。"

"我放你,你去哪里?"沈明直接道,"你以为我们不清楚你拿着什么?你拿的肯定是证据,傅宝元都和九哥说了,你要千里迢迢去东都告御状,但何必呢?九哥是好人,李大人也是好人,你把证据交给他们,他们会帮你的。你去告御状,今天要没我,你连命都没了知不知道?"

"你放我走吧。"秦楠颤抖着声音重复。

沈明皱起眉头:"我知道你不信九哥,可秦大人,我们相交也有一段时间了,你知道我沈明是什么人,我用性命担保,你回去,不会有事。"

秦楠不说话。

沈明继续道:"你可能不了解九哥……"

"那你了解吗?"秦楠直接开口,"我不了解他,你又了解他?你知道他是什么人?他背后站着谁?他有什么目的,他背后的人又有什么目的?就算我信他顾九思,"秦楠激动地大吼,"你又焉知他不是棋子?你知道他舅舅是什么人物?你让我回去,你才是犯傻!"

"你为什么对九哥有这么大的偏见?"沈明有些不理解,"江大人是什么人,我不清楚。可江大人是江大人,九哥是九哥。我信九哥,就是信他分得清善恶是非,如果江大人是错的,他不会偏袒。你为什么要把他们搅在一起?"

沈明抿了抿唇,其实也知道这些话不足以让秦楠放下戒心,只是他的口舌向来笨拙,也说不出什么打动人的话。沈明憋了半天,只能道:"我也和你说不清楚,我们来荥阳也有一段时间了,秦大人,你也是看过风雨的人了,是是非非,你还不会用眼睛去看吗?"

"眼睛会骗人。"秦楠神色认真地道。

沈明轻嗤:"眼睛瞎了,心也瞎了?"

秦楠微微一愣，沈明见他神色松动，不着痕迹地往前一步，继续劝道："秦大人，东都局势复杂，你拿着证据回东都，且不说路上危险至极，到了东都，证据会落在谁的手里也很难说。为什么不交给九……"

话没说完，沈明猛地往前一扑，秦楠察觉到他的意图，急急后退，脚下一滑，直接往悬崖下跌了下去，沈明扑过去，一把抓住了他的手。

"你可真够沉的。"沈明拉着他，咬着牙说。

秦楠仰头看着沈明，手里拿着证据，眼里露出哀求之意："我不能回去的。"

"老子在，你怕个屁！"沈明大吼出声："老子带你回去，拿命保你！"

"你保得住证据吗？！"秦楠也大吼，"除了我儿子，我的其他家人都藏在永州，你让我回去，如果王思远抓住他们跟我换证据，你让我怎么办？"

"你现在就有办法了？你这么跑了，他们被抓了，你还能不回去？"沈明寻找着一个支撑点，涨红了脸骂着秦楠。

秦楠慢慢地笑起来，低喃："不回去了。"

沈明微微一愣，随后就明白过来，秦楠竟然抱着舍了一家老小也要保住证据的想法。

人非草木，如果骨肉至亲真的被挟持，哪怕抱着这样的信念，最后结果会如何其实也很难说。秦楠怕自己面临这样的抉择，宁愿什么都不知道，千里奔赴东都，都不愿意回去。

"懦夫……"沈明深吸了一口气，找到了一个支撑点，开始把人往上拉，"哪里有……"沈明咬着牙关，猛地将秦楠拉了上来，大喝，"一开始就放弃自己家人的男人！"

话音刚落，秦楠就被他扯了上来，猛地摔在了地上。

秦楠刚滚到地上，沈明就一把绞住他的手，将他按在地上。秦楠奋力挣扎，沈明死死地按住他，大声道："为这种事放弃自己的家人，你脑子有病吗？！你以为你去东都就能救傅宝元了？你以为你去东都就能扳倒他们了？我和九哥就是从东都来的，要是我们都是坏人，要是我们都不能帮你，这天下谁都帮不了你！"

秦楠僵住了。

沈明："我以前也以为天下的官都是狗官，可是后来我才知道，这世上还有一种官，那便是顾九思。你问我为什么这么信九哥，我没法告诉你，但是秦大人，我可以答应你。如果顾九思真的是你说的狗官，我用自己的性命护你回东都告御状。"沈明慢慢放开了他，"我也答应你，如果你跟我回去，我一定会去救你的家人，拼死也会把他们平平安安地带回来。秦大人，"沈明认真地开口，"你可信我？"

秦楠不说话，躺在地上，将证据压在自己身下。

那是他和傅宝元漫长的人生。他看着前方的山崖，他已经走到了绝境。他忍不住翻过身来，看着天上的明月，突然开始想——如果洛依水还在，她会希望他怎么做？是放弃家人、独身前行，千里赴东都呈上御状，还是回荥阳，信……顾九思？

想到顾九思，秦楠的手指微微一颤。自己对顾九思有偏见，他知道，自己没办法没有偏见。他深吸一口气，闭上眼睛。依水，怎么办？

他暗暗询问，脑海中响起的是洛依水过去最常对他说的话。懒洋洋的语调，拖长了的声音，带着几分内敛的张扬猖狂——"为什么不可以？"

秦楠，这世上，你想做什么，想改变什么，都可以。可保住家人，也可以保住朋友与道义。

两全之法，他可以有。

"我回去。"秦楠终于撑起身子，嗓音沙哑了，"我同你回去。"

"好嘞！"沈明高兴地道，"我带你回去。秦大人你放心，有我在，你家里人绝对没事。"

秦楠由着沈明把自己扶起来，沈明一路都在说话，似乎很是高兴。

进了马车后，沈明问："秦大人，你也太奇怪了。为什么不把家里人一起带走？"

"路上危险。"秦楠平淡地道，"我母亲身体不好，受不得颠簸，而且人太多也带不走，只能藏起来。"

"你不怕你去东都后，证据交到了歹人手里，家里人还在永州没了？"

"东都有陛下。"

沈明撑着下巴，感到有些奇怪，道："归根到底，你还是不信九哥，那你怎么又决定回去？"

"我不信他。"秦楠抬眼，看着沈明，认真地道，"但我信你。"

沈明愣了愣，片刻后，有些不好意思地直起了身子，摆摆手想说点自谦的话，又不知道怎么说，最后拍了拍秦楠肩膀，高兴地道："你放心，我不会辜负你的信任的。"

秦楠看着他高兴的样子，勉强勾了勾嘴角，算作笑了。

沈明见他努力挤出个笑容，突然想起来："这么算起来，秦楠，你是把我当朋友了？"

"你与我不应当是同辈。"秦楠提醒他。

沈明立刻道："年龄算什么？重要的是你把我当朋友看待。秦楠，"沈明说着，认真起来，一字一顿地承诺，"你既然信了我，我便是丢了性命，也不会辜负你这份信任的。"

秦楠的喉咙有些干涩，他慢慢出声，道："谢谢。"

沈明领着秦楠回了荥阳，路上便已遭遇三拨杀手。好在沈明武艺高强，一路厮杀着将秦楠带了回去。

第二天正午，沈明领着秦楠回到县衙。李玉昌和顾九思听闻，赶紧领着人去接，只见沈明和秦楠都满身是血，格外狼狈。沈明一回来就一副快要累趴下的模样，道："不行了不行了，天大的事也得先让我们睡一觉。"

李玉昌点点头，顾九思转头便吩咐了人安排洗漱，沈明叫住顾九思："九哥。"

顾九思顿住步子，沈明立刻道："我要住在秦大人隔壁。"

顾九思愣了愣，随后便领悟了，沈明应当是想护着秦楠，秦楠对他们这一批人都有敌意，也就沈明勉强能让秦楠信任。顾九思点点头，便回去安排。

秦楠听到沈明的话，便知这个一贯大大咧咧的人是真的在费心实现承诺，暗暗舒了一口气。

李玉昌平静地问："秦大人的家人呢？"

听到这一声询问，顾九思和沈明便明白过来，如今秦家人的安危是决定秦楠开不开口的关键因素。沈明想了想，走到秦楠面前，小声道："我去把你家里人接过来吧？"

秦楠皱了皱眉头。

顾九思走上前，道："秦大人若没有绝对的把握藏好家里人，还是放到府衙来，让人日夜保护比较好。"

秦楠还在犹豫。

沈明斟酌着道："还是听九哥的吧？"

秦楠抿紧唇，片刻后，让沈明低下头来，小声和他报了一个地址。

沈明点点头："我明白了，你先去歇息，我去接人。"

"你一个人去。"秦楠说。

沈明点点头："明白，我一个人去。"

秦楠得了沈明的回复，终于安心跟着侍从离开。

沈明也不歇息了，同顾九思和李玉昌打了声招呼便转身要走。

顾九思道："我同你去吧？"

"不必，"沈明摆摆手，"小事，我自己去就行了。"

"你一个人去，是不是有些托大了？"顾九思皱起眉头，"秦大人让你一个人去，是因为他不信任其他人，怕有奸细。可你一个人去，若是被人跟踪，到时候你一人怕是难以敌众。我陪你去，要是出事了，也有人帮忙。"

"算了吧。"沈明立刻道，"若真如你所说，要是出事了，我们就得一起栽在那儿。"

"那我给你个信号弹，"顾九思又道，"我把人准备好，若是出了事，你立刻放信号弹。"

"行。"沈明点点头，接了顾九思的信号弹，道，"我走了。"

顾九思送他出去，回来便点了人，时刻准备着。

沈明朝着秦楠说的方向疾驰而去，困得不行，只能在困的时候努力掐自己一把。

秦楠将家人藏在郊外一个小村里，沈明进了村便开始问路，好不容易找到了具体地方，敲了两下门，没有人应。沈明觉得有些奇怪，想了想，跳上墙头，往里一看，惊了。

庭院里还留着新鲜的血迹，明显是刚刚打斗过，但打斗得不算激烈，物件并不太乱。

沈明赶紧进了院子，四处翻找起来，寻到了那些匪徒撤离的方向，心里又急又恼，赶紧发了信号弹，一路寻着痕迹追去。对方明显只比他早了一点点，应当还没走远，沈明的追踪手段了得，但对方也不是省油的灯。天黑了，对方也不耐烦了，干脆留了几个人拦住沈明，余下的则将秦楠的家人劫走了。

顾九思到的时候，沈明正被几个人围殴，浑身是血，顾九思领着人冲进来，那些人掉头就跑。

沈明大叫："抓住他们！"

无须沈明多说，顾九思早让人追上去，然而对方十分狠辣决绝，在被抓到的那一瞬便当场咬破了毒囊，没给顾九思任何审问的时间，就直接成了一具具尸体。

沈明见这些人倒在地上，转头就往密林深处冲去，顾九思叫住他："沈明！"

沈明不管不顾地往前冲去。顾九思冲到前方一把抓住他，见沈明状态不对，立刻道："你去做什么？"

"追人。"沈明急急地往前赶。

顾九思紧跟着他，道："他们和你纠缠多久了？"

"半个时辰。"

"你有追踪的线索吗？"

"没有。"

"那你还追什么？"

沈明抬起头来，怒喝道："那就不追了吗？！"

顾九思没有说话。

沈明转身朝着密林深处走去："我看见他们往这个方向去的，我要继续追。我答应过秦楠，得保住他的家人。我绝对不能让他们走……"

"沈明！"顾九思拉住他，"你冷静点儿！"

"我答应过他！我答应过他！"沈明大吼，"这是第一次有人把命交给我，"沈明看着顾九思，浑身是伤，整个人仿佛刚从血水里捞出来一般，满是血丝的眼里含了泪光，"我不想辜负他。"沈明的声音低哑，"我这辈子，从来没有做成过什么事。大家都说我冲动，都觉得我傻，我知道。"

"这是第一次有人对我有期待，九哥。"他认真地道，"我拼了命，也不想辜负他。"

"这不是你的错……"

"他们是跟着我来的！"沈明抓着刀，茫然四顾，"我再小心一点儿就好了……我路上再多绕几道弯，再多警觉一点儿，再……"

"沈明，人能力有极限，"顾九思皱着眉头，"你不是神，你的能力有极限。"

"那我怎敢答应他？"沈明看着顾九思，颤抖起来："如果我做不到，我怎么能答应他？"

顾九思没有说话。

山中明月高照，初秋寒风呼啸而过。

秦楠一觉睡醒，坐在饭桌前，喝了一口小米粥，问身后的侍从："沈大人可回来了？"

侍从没有回答这个问题，走上前来，从袖中拿出了一个盒子："秦大人，您的信。"

秦楠看着那个盒子，面色很平静，甚至带了一种通透的了然。他苦笑了一声，打开了盒子。盒子里放着他母亲的发簪，那是她从不离身的发簪。

"该说什么，不该说什么，"侍从站在他身后，声音很平和，"大人说，您心里应该清楚。大人还说了，秦老夫人身体欠佳，是因独自抚养秦大人太过劳苦，还望秦大人铭记生养之恩。"

秦楠握着发簪的手微微颤抖。

"他想做什么？想要我手里的东西？"

"大人知道你手里有什么东西，"侍从平静地道，"傅宝元被处斩后，大人会派人协助您去东都告御状。"

"告什么？"

"顾九思和李玉昌拒收证据，故意杀害朝廷忠臣，这不值得秦大人亲赴东都告御状吗？"

侍从轻笑起来："秦大人，没有人能清白一辈子，二十年了，您和傅宝元，也该成为永州的官了。"

顾九思强行将沈明拖了回来，让人继续大范围搜捕。沈明坐在马车里，静静地靠着车壁。经过连日奔波，他的身体早就到极限了，哪怕心里都是事，此刻也忍不住觉得有些困，于是恍恍惚惚的，处于半梦半醒之间。

顾九思翻了翻卷宗，抬眼看向沈明，叹了口气，道："你别想了，先好好休息吧。"

"九哥……"沈明闭着眼，慢慢地道，"我是不是做错了？"

"错不在你。"顾九思摇摇头，"每个人都只是在尽量做自己能做的事，你尽力了，那便够了。"

沈明没有说话，顾九思知道劝不了他，想了想，也只能道："你好好休息，现在想也无用。回去后，你还得去见秦楠，还没到绝境，我们还能想办法。"

听到这话，沈明的身子僵了僵，片刻后，他低下头来，声音沙哑地道："好。"

这件事已经是这样了，沈明放下了之后，入睡倒是很快。他浑浑噩噩地睡了一觉，醒来的时候，已经回到了府邸。顾九思叫醒了他，沈明睁开眼睛，恍惚了片刻，随后直起身下了马车。

刚走了几步，顾九思就看见了李玉昌。李玉昌眉头紧皱，神色不佳，顾九思一见，心里便咯噔了一下，上前道："可是发生了什么事情？"

"秦大人醒了。"李玉昌道，"要求回家，说自己只是出门一趟，忘了告假而已。"

顾九思的神色迅速冷了下去，秦楠这个说法，就是彻底否认了自己证人的身份，不愿意再与这个案子有牵扯了。

顾九思沉默了片刻，终于道："将他身边的侍从全换一遍，里面肯定有王家的人。"

"已经换了。"李玉昌开口，然后两个人就陷入了沉默。

线索到王厚纯这里便断了，而王厚纯将一切都赖到了傅宝元身上，按照这个局面，这个案子最后也只能处理王厚纯和傅宝元。可一旦这个案子以这样的结果结案，朝廷的威慑力就会大大下降，整个永州都会知道，朝廷拿王思远没有办法，日后朝廷再想在永州做什么就更难了。而关键证据在秦楠这里，秦楠如果不拿出来，李玉昌和顾九思也没有办法。

外面传来了车马声，众人转过头去。

"李大人。"王思远领着下人，从马车走了下来，看着李玉昌，道，"下官听闻秦大人回来了。下官有许多公务要与秦大人商讨，不知可方便？"

三个人都不说话，王思远走进院子，叹了口气，道："之前秦大人同我说他母亲身体不好，要送回老家休养，我还劝他别这么着急，这么突然，而且一去就是几天，许多事都没人办。下官怕他继续耽搁，只能亲自来接人，现下衙里许多官员还等着秦大人回去商讨政务呢。"

这话的意思大家都听明白了，王思远这是来要人。

如果秦楠不说明自己证人的身份，顾九思也好，李玉昌也好，都没有拘着一个刺史的理由。

王思远等了片刻，感到有些奇怪，道："二位大人怎么不说话？"

"秦大人睡下不久，"顾九思终于开口道，"他今日身体不适，王大人不如明日再来。"

"哦？"王思远露出关心的表情，道，"秦大人身体不好？那下官更要去看看了，来都来了，一面都不见，太过失礼了吧？"

顾九思思索着，正要开口，沈明突然开口道："我去同秦大人说一声，他大概还在休息。"说完，沈明便转身离开。

王思远低笑了一声，转头同李玉昌道："李大人，傅大人行刑的日子可定好了？"

沈明的脚步顿住了。李玉昌神色平静："有新证据，现在还不能宣判。"

"若新证据没了呢？"王思远看着李玉昌，道，"听闻李大人最遵纪守法，凡事都要看证据，看明文条例，若是没什么新证据，如今也是时候宣判行刑了吧？"

李玉昌点点头："按律，应当。"

王思远舒了口气，露出赞叹的表情，道："李大人高风亮节，是刑部最令人放心的大人了。"

这次李玉昌没有回应，沈明握起拳头，大步离开。

沈明离开后，王思远想了想，看了看天色，道："既然天色已晚，秦大人又还在休息，那下官明日再来吧。等到明日，"王思远露出意味深长的笑来，"秦大人可别再继续不适下去了。"

说完之后，王思远恭敬地告辞，领着人潇洒地离开。

庭院里只剩下李玉昌和顾九思。顾九思转头看向李玉昌，冷声道："即便知道傅大人可能是冤枉，李大人也要判下去吗？"

李玉昌抬眼看向顾九思："有证据吗？你说他冤枉，你有证据吗？"

"你明知秦楠前后翻供……"

"你也知他前后翻供。"李玉昌冷静地道，"刑部做事，看证据，讲律法。律法如何规定，我便如何行事。判一人有罪看证据，判一人无罪也当看证据。如何判看条例，什么时候判，也看条例。若《夏律》不曾写，我能凭良心做事，写了的，我就得凭律法做事。"

"那你对得起你的良心吗？！"顾九思忍不住提高了声音，"是是非非，你心里不明白吗？！"

"我的心就一定是对的吗？"李玉昌抬眼，平静地看着顾九思，"顾大人，这世上有如你这样热血的官员，你们相信你们的眼睛，相信自己的信仰，相信自己的执着，我理解，也赞成。可这世上有了情，就得有理。所谓理，就只能根据已有的证据，不能根据未有的推测。若人人都依靠自己的眼睛、自己的心、自己的道义来判断这世间谁该死、谁不该死，谁该接受怎样的判决，谁该如何活着，那世上每个人有每个人的立场，每个人有每个人的心和眼，同一个人，你看他该死，我看他不该，这又要怎样判决？"

李玉昌顿了顿，继续道："所谓律法，就是一个能最大可能地保证公正的法子。纵然它会有错，可它既然已经是眼前最好的法子，我就得维护它的公正。不能一些人被律法处置，另一些人可以不被律法处置。顾九思，你的正义是你的心，可我的正义，是我的法。若你想救傅宝元，"李玉昌清澈的眼里不带一丝情绪，加重了字音，"拿证据来！"

两个人静静地相对而立，许久后，顾九思抬起手来，将双手放在身前，对着李玉昌深深鞠躬。

"你这是何意？"李玉昌声音僵硬地说。

顾九思直起身来："李大人，"他看着李玉昌，认真地道，"您没错，大夏有您，是大夏的幸运。"顾九思冷静地道，"我会去找证据，还请大人，在律法之内，尽量拖延。"

李玉昌没有出声，权当默许了。

顾九思转过身去，还没走两步，李玉昌突然叫住他："顾大人。"

顾九思背对着他停下，李玉昌顿了顿，似乎在斟酌用词："大夏有你，亦是幸运。"

顾九思转过头来，朝李玉昌笑了笑："是，您说的没错。"

这个国家会有很好的未来，因为有这样好的一批年轻人。

顾九思深吸了一口气，大步走了出去。

顾九思和李玉昌说话时，沈明进了秦楠的屋子。

秦楠在收拾东西，神色很平静，似乎已经预料到了一切。

沈明站在门口，看着秦楠的背影，好久后，才声音沙哑地道："对不起。"

秦楠的动作顿了顿，片刻后，慢慢地叹息："你尽力了，"他低声道，"我明了，你不必愧疚。"

"对不起……"沈明提着刀，眼泪流下来，"对不起……对不起……"

秦楠的东西收拾不下去了，慢慢地直起身来，转过头，看见站在门口的青年。沈明如同一个没有长大的孩子，低低地抽噎着。

秦楠静静地注视着他，好久后，走到他的面前，递给他一方手帕，温和地道："莫哭了，你没错，你只是……"说着，秦楠苦笑起来，"太年轻。"

"你和顾九思啊，都不知道这世上的人能坏到什么程度。你们不知道这永州上上下下有多少他们的人，不知道他们为什么能在这地盘上待这么久，有多少能耐。沈明，你尽力了。我以前……"秦楠犹豫了片刻，终于笑道,"和宝元,也是这样的。"

"那时候我、宝元,还有好几个朋友,一同被调到永州。"秦楠说着,抬起头来,看向远方,神色带着怀念,"我们来的时候,都想着大干一场。二十年前,我们在永州一连办了上百位官员。"

沈明顿住了,有些诧异。他根本无法想象,秦楠和傅宝元居然也有过这样的经历。沈明呆呆地看着秦楠,秦楠平静地道:"我和宝元是官位最低的,所以能做的事也少,那时候我们有六个人,每天热血沸腾地讨论,如何解决黄河水患,如何让永州百姓过上好日子。我们不懂,一连办了上百名官员,后来,我们六个人,被刺杀的有,被流放的有,还有一位,"秦楠苦笑,"在永州蒙冤,被剐去髌骨,一路爬到了东都,击响了东都大理寺的大门。"

"然后呢?"沈明听得有些发愣。

秦楠笑了笑,温和地道:"然后他被大理寺的人扔了出来。那时候是冬天,东都那夜下了大雪,我找到他的时候,"秦楠顿了顿,转过头去,哽咽地道,"尸体埋在雪里,已经僵了。"

沈明想了想:"那,还有一位呢?"

秦楠静了很久,低笑:"还有一位,被我和傅宝元联手检举,斩了。"

"你……"沈明睁大了眼睛。

秦楠扭头看着窗外,慢慢地道:"当时我们知道我们已经被盯上了,如果不是拿他当投名状,我们三个人一个都留不下来。"

"可他是你们的兄弟……"沈明喃喃道。

秦楠的声音沙哑:"他知道的。"秦楠顿了顿,"我们以为他不知道,但送行的时候,他和我们说,他知道,也愿意。他只求一件事,就是我和傅宝元这一辈子都要记住他是为何而死的。我和宝元……在永州,我们韬光养晦,我们准备了二十年,"秦楠深吸了一口气,"我们一辈子都忘不了他们怎么死的,哪怕我和宝元现在已经没了什么守护百姓、守天下黎民的心思,可是我和宝元也会遵守承诺。"

秦楠闭着眼,很是痛苦:"证据我会留给你。我会假意与他们合作,你让顾九思准备好,一旦宣判,永州必定大乱。他们是打算温水煮青蛙还是快刀斩乱麻,那是他们的事。我只求一件事……"

"什么?"

"保住傅宝元。"秦楠回头看向沈明,神色认真,"我可以死,我的孩子已经安置好了,我母亲年岁也已经大了。可宝元不一样,他的孩子还小,家里还有女眷,我希望他能好好活着。他们打算等顾九思和李玉昌斩了傅宝元后,让我站出来做证,指证他们错杀了傅宝元,到时候王思远应该会随便推几个人出来为自己抵罪,然后以此扳倒顾九思和李玉昌。你们看准时机出手,我随时配合。"

"你的家人呢?"沈明愣愣地开口,"不管了吗?"

"从我回来准备好做这件事开始,"秦楠平静地道,"就已经管不了了。只是,"他苦笑道,"自己回来做这个抉择,去面对,实在太残忍了。"

见沈明不动,秦楠推了他一把:"行了,别愣着了,去找顾九思商量吧。我不喜欢和那小子说话。"

沈明被他这么一推,呆呆地往前走去。

外面下着小雨,雨声淅淅沥沥。

沈明脑海里回荡着许多话。年少入世的沈明学艺于高门,当过百姓、当过山匪、当过官员。师父曾告诉他,江湖人,最重的便是承诺。秦楠和傅宝元守一个承诺,一守就是一生。君子一诺二十载,何妨生死慰故人。

沈明停在门口,脑海里闪过秦楠的母亲的样子。那个女人温柔又慈祥,躺在病床上,说起秦楠小时候的事。沈明想起秦楠过去坐在竹屋里认真地绘着纸扇,陪伴着一座牌位,悠闲自在的样子。秦楠要傅宝元活着,因为觉得傅宝元的牵挂更多。

而他沈明呢?父母早逝,又无兄弟姐妹,一生唯一的牵挂……沈明脑海中闪过一个姑娘的样子。他们第一次见面的时候,她的手里沾着血,整个人警惕又惶恐。沈明看着,不由得笑了,直接道:"杀了人哪?"

姑娘不说话,他走到她面前,给了她一方白帕:"别慌。"他低声道,"第一次都这样,坏人的血,你是能洗干净的。"

姑娘愣了愣,慢慢抬起头,诧异看着他。

"谢……"她的嗓音沙哑,"谢谢……"

想到那一声谢谢,沈明忍不住笑了。自己唯一的牵挂也算不上牵挂,到头来也只是一声谢谢而已。没有自己,那姑娘也能活得很好。自己孑然一身,若这里有人可以去死,那应当是他沈明。

沈明忽地下了决定,平静地对秦楠道:"你别担心。"

秦楠诧异地抬头。

沈明背对着他,坚定又认真地道:"老子说到做到。"说完,他大步跨了出去。秦楠还有些茫然,沈明冲到马厩,拉了一匹马,便打马冲了出去。

第一场秋雨里,柳玉茹打着伞回府。她才到门口,就看见沈明冲了出去。柳玉茹不由得有些疑惑,道:"这个点了,还这么急出去做什么?"

"是呢,"印红也不解,道,"叶小姐的信才来,都来不及给他了。"

柳玉茹抿唇笑了笑,温和地道:"没事,反正会回来的。"

沈明在风雨里飞驰,那一刻,突然觉得自己有了一种不一样的勇气。

因不知山中有老虎而大声叫嚷,那是无知;明知山有虎,却因信仰执意前行,那叫勇敢。

沈明又觉得有点儿遗憾。他很想再见叶韵一次,说两句话,看她的笑。他想,他该同叶韵说的。

我第一次见你呀,就觉得你好看极了。你仰头对我说谢谢的那一瞬间,我就心动了。

沈明路过拐角,便吹了一声口哨,街边的一个乞丐站了起来。沈明低声问:"王思远往哪儿去了?"

"王府。"乞丐恭敬地道,"看方向,应当是回家了。"

沈明点点头,道:"你当没看见过我。"说完,他就朝着乞丐指的方向赶了过去。

沈明盘算着马车的速度和现在的距离,在路上和顾九思安排的线人借了刀、弓箭,以及布置一些简单机关需要的工具。

他背了两把大刀,在手脚上都绑了短刀,带着弓和满满两盒箭,提前赶到了王思远的必经之地。他看了一圈,确定暂时不会有其他马车路过,便在地面上布置起了简单的机关。准备好之后,他便趴到墙边等着。

秋夜的雨水打湿了他的衣衫,他趴在屋檐上,一动不动地潜伏着。他突然觉得自己回到了还没遇到顾九思的时候,那时候他一个人行走江湖,除了熊哥之外没有朋友,更没有亲人。熊哥也帮不了他什么忙,所以他永远是孤孤单单的一个人。他杀贪官,当山匪,一个人劫富济贫,逃亡奔波,像一匹孤狼,凶狠又绝望地行走在这黯淡无光的世界。

是柳玉茹和顾九思带给他希望,是他们让他看到,原来这个世界还有这么多有良知的上位者。他也不是在孤零零地奋斗,他坚守的道义从不可笑,他所期盼的也同样有人不顾性命地期盼着。

他有顾九思这个九哥,有周烨、叶世安这些朋友,他还有了一个喜欢的姑娘，想为她建功立业，还想着能娶她。

　　他像是做了一场美丽又漫长的梦，然而这一场秋雨将他浇醒。他永远都进入不了这个圈子，永远都只能是一匹孤狼。他学不来官场上的隐忍。他什么都没有，只有手里的刀。他最擅长的，从来都不是当一个侍卫，一个士兵。

　　沈明压低了身子，看着王思远的马车慢慢地靠近，抽了三支箭，悄无声息地搭上了弓，瞄准了马车四周的护卫。

　　马车碾过沈明准备好的绳子，羽箭飞出，当场射中三人！沈明抬手搭弓，在众人慌乱之间飞快地用箭拦住这些人的去路。他带着一种超凡的冷静，看着血水在地面漫延，听着人马慌乱的声音。信号弹飞到天上，嘭地响起来。

　　沈明的内心一片清明，他清楚地知道，他这辈子，唯一能做好的事，就是杀人。

　　他迅速地将箭用完，在消耗完第一拨敌人之后，对方还没反应过来，直接从房檐上冲下去，落在了王思远的马车上。

　　沈明刚一出现，王思远的侍卫便放了箭，逼得沈明只能滚落到地上。

　　沈明扫了一眼四周，算了算现在的人和最短的增援距离，拔出刀来，和众人厮杀起来。他只求快，根本不顾生死，哪怕扛上对方一刀，也要将对方击毙。

　　一切都发生在瞬息之间，王思远的车夫看着沈明一人鏖战十几名顶尖侍卫，吓得赶紧驾着马车原路返回。这时候，沈明一刀斩下最后一个侍卫的头颅，朝着马车追了过去。他抬手把刀一扔，刀直直地贯穿了马夫的胸口，与此同时，马踩在了布置好的绳子上，嘶鸣一声之后，狠狠地摔在了地上。

　　沈明提着刀走了过去，带着大大小小的伤口和满身的鲜血，用刀挑起帘子，喘着粗气。

　　王思远躲在马车里，浑身都在颤抖，似乎是怕急了。

　　沈明朝他伸出手，王思远疯狂地蹬开，大声叫嚷："沈明，你放肆！我的人已经去叫人了，我要是有个三长两短，你和顾九思都跑不掉！"

　　沈明直接把人拖出来，一个手刀就将人砍晕了，扛着人翻过隔壁的民居，绕过巷子，往城市边缘奔去。他狂奔了许久，终于找到了一户极其偏僻的民居。他拖着王思远在这户民居中暗暗观察了片刻，确定了整个房子的布局和家中的人数后,将这家人打昏捆了起来,蒙住了他们的双眼,接着将王思远拖了进来。

这户人家酿酒,家里有一个酒窖,沈明将王思远拖到地窖,绑在了椅子上,蒙上了眼睛,拿出酒来就泼在了王思远的身上。

王思远被酒泼醒,他惊醒过来后立刻大吼:"沈明?!你把我绑哪儿来了?沈明,你不要命了?!"

"你再多吼一声,"沈明的声音冰冷,"我就斩你一根手指。"

王思远当即噤了声。房间里是死一般的寂静,王思远也是见过大场面的人,迅速冷静下来,试图劝沈明:"沈明,我知道,你是被逼急了,但这事不是不可以谈。顾九思就是想治理好黄河,我也不是不能接受,我们不必这样。我毕竟是朝廷命官,我的侍卫都看见你了,如果我出了事,按照大夏律,你是要被夷三族的。"

沈明不说话,喝了一口酒。

王思远以为他被说动了,继续劝道:"你现在放了我,我保证既往不咎。而且顾九思要谈什么,我都可以和他商量,至少治理黄河这件事我绝对不会再阻拦。我知道你的厉害了,我年纪大,受不起这样的折腾……"

"秦楠的家人在哪里?"沈明开口。

王思远愣了愣,勉强地笑起来:"这……这我哪儿……"话没说完,他就感觉到有什么冰冷的东西抵在他的指甲缝中。

"王大人你知道吗,"沈明的声音很轻,"我出身山匪,知道他们审讯俘虏有很多种法子,最常用的是拔指甲。"

"沈……沈大人……"王思远的声音颤抖起来。

沈明平静地道,"王大人,你年纪大了,我想着,你应该不想遭这种罪。所以麻烦你实诚点儿,别给我耍花招。我就问你……"钢针猛地刺入王思远的指尖,与此同时,沈明用一块抹布直接堵住了王思远的嘴,把他痛苦的吼叫声全都堵了回去。沈明淡淡地道:"秦大人的家人在哪里?"

王思远的人在遇袭时就放了信号弹,还在书房里想办法的顾九思骤然听见了信号弹,转头看过去,很是诧异:"这是哪家的信号?"

信号弹这种东西,主要是用烟花制成,有不同的标志。信号弹顾九思也经常见到,但在城里放信号弹还是头一次见。毕竟在城里,增援太快,攻击方很难得到什么好结果。

木南听到顾九思这么问,立刻道:"我让人去打听。"

木南出去还没多久,顾九思便听到外面传来急促的脚步声,虎子的声音响起来:"九爷不好了,沈明把王思远劫了!"

"什么?!"顾九思猛地抬头,"你说谁把谁劫了?"

"就在不久之前,我的人告诉我,沈明问了王思远的去向,和他们借了弓、箭和刀,我来禀报的路上看见王家的信号弹,王家的侍卫都在往白衣巷赶了。"

"派人过去。"顾九思立刻道,"不能让他们抓到沈明。"

"我已经派人过去了,"虎子说着,有些为难,"但……我想着,这事您出面周旋,是不是不太妥当?"

顾九思被这么提醒,便反应过来。沈明本就是他的人,如今却劫了王思远。王思远不管有没有罪,都是个朝廷命官,在没有任何证据的情况下截杀官员,哪怕日后王思远被定罪,沈明也会被判重罪。

如果顾九思不插手,日后便可以说这是沈明一个人的事,一旦增援,此事就成了顾九思指使的。

"沈明没有和咱们要人,哪怕是我的人,他也让他们当没看见他……"虎子犹豫着,道,"沈明的意思……我觉得,九爷应该明白了。"

沈明为什么一个人去,为什么一声不吭地去,就是为了不牵连顾九思。之后,沈明可能还会让顾九思亲手把他送到官府去。

顾九思明白了沈明的意思,忍不住握紧了拳头,绷紧了身子,觉得有什么东西涌到了喉咙,卡在那里,疼得他眼眶都酸涩了。

"去找……"顾九思的声音沙哑:"不能让他们先找到他。"

"可是……"

"去找!"顾九思大吼,"我不管他怎么想,我也不管你们怎么想,"顾九思定定地看着虎子,咬着牙道,"我不会让他一个人去扛这些事。去找到他,把他安安稳稳地给我带回来。"

虎子深吸了一口气,道:"是。"

虎子领着人出去后,顾九思站在原地。许久后,顾九思猛地伸出手去,将桌上所有东西都掀翻在地。

柳玉茹闻讯赶过来,刚到门口,就看见顾九思掀了东西。她愣了愣,顾九思红着眼抬头,见是她,收敛了情绪,低声道:"你怎么过来了?"

"我听说沈明出了事。"柳玉茹抿抿唇,道,"我过来问问。"

顾九思应了一声,蹲下身来,开始收拾东西。柳玉茹挥了挥手,下人便都离开了。柳玉茹蹲下身来,陪着顾九思一起捡东西,平静地问:"他怎么了?"

"自己去劫了王思远,"他的声音带着鼻音,"人现在找不到了。"

柳玉茹没说话,和他蹲在地上收拾东西,仿佛是在收拾他那一片凌乱的内心。柳玉茹的动作很慢,很稳,顾九思看着她纤细白皙的手慢慢地整理着他打乱的东西,让那些东西重新归位。他似乎也在这个过程里获得了某种宁静。

他蹲在地上,声音沙哑地道:"玉茹,你说,为什么没有任何改变呢?"

柳玉茹的手顿住了,顾九思抬起头来,红着眼看她:"为什么?当年我救不了文昌,今天我还是一样。为什么他们总这么傻?文昌要回去救他的家人,阿明要拿他的命去换他的道义,他们怎么就怎么傻?他们怎么就不明白,"顾九思再也绷不住,哽咽起来,"只有活着,才有办法走下去。怎么就劝不住呢?"

顾九思闭上眼睛,柳玉茹伸出手去,将他抱在怀里。顾九思靠着她,颤抖着身子,仿佛找到了唯一的倚仗:"怎么非要逞英雄,一个人去扛所有事?他怎么不能再等等,再等等,我或许就有办法了呢?怎么就一定要选这样一条路……"

柳玉茹轻拍着他的背,无声地安抚他,听着他道:"怎么就,一定要一个人走呢?"

"因为,"柳玉茹温和地开口,"他是你的兄弟。九思,"她轻叹,"你们都是一样的人。"你们都想把好的东西给对方,都不想连累别人,都想帮着对方,都想让对方好好的。

"九思,"柳玉茹慢慢地道,"总会有办法的。只要活下去,一切都会有转机。我们先找到他,嗯?"

顾九思靠着她,好久后才开口道:"好。"他的声音沙哑,"我去找他。"

"我陪你。"柳玉茹握住他的手,将他的手攥在手心,"他不会有事的。"

顾九思深吸了一口气,终于撑起了身子站起来。他伸出手,将柳玉茹也拉了起来。柳玉茹拿了帕子,替顾九思擦了眼泪,正要说话,就听见外面传来了官兵的声音。

一个男声怒喝:"顾九思,你把沈明交出来!"

顾九思脸上一冷,柳玉茹拍拍他的手背,安抚道:"冷静些。"

顾九思点点头,走出去便看见一个青年站在雨里。那人年近三十,顾九思认出来，那是王思远的二儿子王树生。王家大公子在东都任职，二公子在荥阳同王厚纯一起掌管王家的产业。

顾九思面色不变，道："王二公子找沈公子有何贵干？"

"你少揣着明白装糊涂，"王树生明显已经气急了，怒道，"他将我父亲绑了，你速速交出人来。当街绑架朝廷正四品大臣，他沈明是哪里来的胆子？顾大人，"王树生冷声道，"王某劝你不要刻意包庇，绑架朝廷命官这样的罪名，谁都担不起。"

"绑了王大人？"顾九思装出诧异的样子，"王大人平日出行带这么多侍卫，沈公子一个人能绑了王大人？"

"顾九思！"王树生要冲上来，被人拦住了。

那是王府的管家，他拉着王树生，低声道："公子冷静。"

这人上前来，朝着顾九思恭敬地作揖，道："顾大人，在下王府管事王贺，大人失踪，我家公子因心中焦急，有失礼之举，还望海涵。"

"无妨。"顾九思冷淡地道，"只是本官当真不知沈公子身在何处。他早已辞官，不受本官管辖，你们找错人了。"

"顾大人，"王贺笑了笑，"其实王府知道，沈公子不过是请大人去喝杯茶，只要大人平安归来，喝茶而已，不是什么大事。"

这是王家的让步，只要王思远回来，王家就可以当这件事没发生过。

顾九思抿了抿唇，犹豫了片刻，终于道："本官当真不知沈公子的下落。"

"你……"王树生急了。顾九思打断了他的话："只能说我会尽力找。"

这话便是松口的意思，王贺舒了口气，退了一步，恭敬地道："那么我家公子便恭候佳音了。"

顾九思点了点头。王贺和王树生告辞离开后，顾九思立刻叫上人四处寻找沈明。

其实顾九思和柳玉茹都明白，以沈明的能力，他想藏起来，他们要找到他就难了。而时间越长，王思远活下来的机会就越小。如果王思远死了，沈明也就保不住了。

于是顾九思和柳玉茹这些熟悉沈明的人就只能在大街上，用最原始的方式找他。王家锁了城，沈明出不去。沈明劫王思远也是为了证据，不可能走太远。秋雨一下就没有尽头，顾九思和柳玉茹一条街一条街地走过，沈明的名字一声一声地回荡在街上。

沈明包扎好伤口后，给那家人松了绑，扛着王思远已经不成人样的尸体，揣着证据跳出了民居。他将王思远的尸体随意抛在了一个巷子里，然后就听见了柳玉茹的声音。

柳玉茹的嗓子已经哑了，却还在执着地喊他。

沈明的眼眶一热，他低下头去，匆匆离开。

满城都回响着他的名字，他走到哪里，都听见有人在叫他，印红、虎子、柳玉茹……一声一声地叫着他。

"沈明！"

"你回来！"

"我们不会抛下你不管的！"

"沈明，你回来！"

他不敢听这些呼唤，感觉自己是行走在夜里的亡魂。听着这些呼唤，他总忍不住想回去。他身上的伤又裂开了，渗出血来。他熬不住了，随意翻进了一家酒馆。酒馆早已打烊，他翻出酒来，扯开伤口将酒浇灌上去。

外面传来了顾九思的声音，沙哑的，像声带被活生生撕开了似的，还带着血腥气，听着就觉得疼，可顾九思还在喊："沈明，你回来。"

沈明的动作顿住了，外面传来疲惫的脚步声，有人坐在了门口。

顾九思累了，找了大半夜，有些走不动了。于是他坐下来，靠着这家酒馆的大门歇息。然而他坐下不久，就听到了一声呼唤："九哥。"顾九思猛地坐直了身子，正要开口，就听见沈明道："你别动，你若进来，我就走了。我有些话想和你说。"

"阿明。"顾九思不敢再动。以沈明的身手，顾九思就是强行进去，也无法强留住他。于是顾九思只能劝说道："我和王家说好了，只要把王思远交回去，一切既往不咎。"

"他死了。"沈明开口。

顾九思惊在原地。

沈明快速地道："用刑的时候熬不住死去了。我问出了秦大人家人的位置，现在我去救人，天亮之前，我会把人送到顾府后门，你在那里等着。他还招了许多别的事，都是他过往犯下的案子，证据我一并留在这里。你不要着急办人，等兵到了再动手。"沈明顿了顿，捂着伤口，怕顾九思听出自己声音中的异样，缓了片刻才再次开口道，"你不要让人知道你见过我，一切都是我干的。他们会以为我拿到证据还没给你，拼命追杀我。这几日兵马就会到了,你就可以动手了。"

"那你呢?"顾九思靠在门板上,第一次发现沈明也是很聪明的,也能把所有事算好,规划好的。

"你去哪里?"顾九思靠在门板上,声音低哑,"叶韵给你回信了,你不回去看看吗?"

听到叶韵的名字,沈明有了一瞬间的恍惚,片刻后,慢慢地道:"你帮我看看就好了。"

"这种事,"顾九思忍不住带了哭腔,"哪里有让兄弟帮你看的?"

听到顾九思的哭腔,沈明低低地笑了:"九哥,"他平和地道,"你是不是为我哭了?"

"我没有。"顾九思低骂,"你给我滚出来。"

"九哥,"沈明仰起头,看着漆黑的屋顶,"不要那么幼稚了。路我选好了,我不后悔。其实我还是很高兴的,"他弯起嘴角,"这么多人在意我,我很高兴。"

"沈明……"

"九哥,"沈明温和地道,"谢谢你。"

顾九思捏着拳头,克制着自己的情绪。许久后,他才再次开口道:"你别说谢谢我,你至少要和我见一面。"

里面没有回应。

顾九思心中发慌:"沈明?"

还是没有回应。

顾九思猛地站起身来,几脚踢开了房门,大声道:"沈明?!"

房内空荡荡的一片,只有门槛处放着一堆用一个玉佩压着的供词。

那个玉佩是顾九思给沈明的,刚到东都的时候,沈明觉得自己不够风雅,顾九思就送了他个玉佩,让他出去也有显摆的资本。

顾九思弯下腰,颤抖着手,拿起了玉佩和染血的供词。他颤抖着唇,张了张口,许久,一句话都说不出来。

风卷秋雨猖狂而入,顾九思手中的纸页翻飞。

第十章　孤城乱

顾九思在酒馆里站了很久，等柳玉茹找到他的时候，天已经快亮了。

柳玉茹看见他呆呆地站在那里，冲上前去，焦急地问："你怎么在这里？"她看了一眼地上的血迹，迅速道，"你见到沈明了？人呢？"

"走了。"顾九思的声音沙哑。

柳玉茹愣了愣，但很快就冷静下来。顾九思不会故意不留下沈明。柳玉茹道："只要活着就行，我们先回去吧。"她伸手拉过顾九思，领着他回了府邸。

刚到府邸，木南就赶了上来，焦急地禀报："大人。"

顾九思抬眼看向木南。

木南小声道："秦大人的家人找到了，大清早被人送到后门，现下已经领进来了，怎么办？"

柳玉茹听到这话，转头颇为不安地看向顾九思。

顾九思笼着双手，捏紧了证据，慢慢地闭上了眼睛。

"九思？"柳玉茹有些诧异。

顾九思终于开口："拿我的令牌，立刻出城，去司州调三千精兵。"他睁开眼，眼中满是冷意，"现下，我要求见李大人。"

下人通报了李玉昌，顾九思进了屋让人去打热水，准备趁着这个时间沐浴更衣。

下人打热水的时候，顾九思就坐在桌边，盯着纸页上的供词。这些都是王思远招供的，除了签字画押，上面还带着血迹。

这个名单几乎涵盖了整个荥阳的官员。可以看出，荥阳的官员背后都站着当地的家族。孩子从小被培养，进入官场后，又反哺家族。王、陈、赵、李四个家族几乎把持了永州所有的官位和产业，永州的官员无不依附于这些家族。

荥阳是永州的州府，荥阳官员的立场，就是永州绝大多数官员的立场。无论是朝廷派来的官员还是当地官员，几乎无一幸免，全和王家有往来。

根据这些人犯下的事，如果顾九思要动这些人，可以说是要把荥阳整个官场清理一遍。他们会允许吗？顾九思重重呼出一口气来，柳玉茹端着姜汤走进屋里来，听到顾九思呼气这一声，走到他身边来，温和地道："在苦恼些什么？"说着，她扫了一眼桌面上的供词，将姜汤递给他。

顾九思端着姜汤喝，柳玉茹站在他身后，替他揉捏肩膀，道："这份供词难办？"

"难办。"顾九思开口道，"我知道荥阳的官员难办，可我没想过，竟然有这么多。如果将这些官员都办了，荥阳就乱了。"

柳玉茹揉捏着他的肩，慢慢地道："那你打算如何？总不能真办了？"

"王思远的罪，一定得定下来。"说着，顾九思闭上眼睛，"只有王思远的罪定下来了，沈明才有活路。"

"那其他人呢？"

顾九思也犯了难。

如果不办，怎么对得起沈明拼死拿回来这些证据，怎么回答得了百姓的质询？倘若让这些官员轻易逃脱罪责，顾九思和李玉昌离开永州之后，这些人就会卷土重来，永州不会有任何实质性的改变。

可如果要办，怎么办？这么多人，办完了谁来做事，怎么能保证来做事的人一定比他们做得好？而且真要动这么多人，谁来执行？

顾九思了闭着眼睛，有些疲惫。热水打好了，柳玉茹提醒他一声，顾九思点点头，站起身来，进了净室洗了澡。

柳玉茹坐在桌前，拿过沈明给的供词，静静地看了一会儿。她知道顾九思的顾虑，想了许久。顾九思从净室出来，柳玉茹才道："其实，也不用都处理了。"

柳玉茹思索着道:"这个案子牵涉的人和事太广,你可以向东都申请一道特赦,身上没背过人命的,缴纳罚金即可。钱能解决问题,也就不会有剑拔弩张的情形了。"柳玉茹继续道,"马上就是秋闱了,这次科考之后,朝廷便会多出许多人,这时候再来让那些缴了罚金的官员卸任。温水煮青蛙比较不容易出岔子。"

顾九思想了想,其实柳玉茹说的和他所想的也差不多。一次性清理这么多官员不现实,只能先处理掉最恶劣的一批,其余的逐步清理,只是他没想过要让人交钱。他犹豫了一会儿,才道:"交钱的话,百姓怕是不好接受。"

对于百姓来说,钱能买命,法的公正威严便失去了。

柳玉茹点了点头:"的确,具体的你可再同李大人商量一下。但这道特赦怕是必须要讨。"

顾九思应了一声:"我先把司州的兵马调过来,恩威并施,到时候应当有其他法子。"

两个人说着话,外面就有人通报,说是李玉昌到了。顾九思赶忙套了外套出去。

李玉昌在书房里等顾九思,顾九思进门之后,朝着李玉昌行了个礼:"李大人。"

"找我何事?"李玉昌神色平静。

顾九思遣退了下人,巡视了一圈,吩咐木南到门外守着,才关上了门。

"何事需如此?"李玉昌皱起眉头。

顾九思背靠着门,小声道:"我昨夜找到沈明了。"

李玉昌微微一愣,随后立刻反应过来,急道:"王思远呢?"

"死了。"

听到这话,李玉昌倒吸了一口凉气:"他疯了!"

"他拿到了证据。"顾九思小声道,"王思远都招了,还提到了许多人,有了这份供词,我们就有理由让这些人全都下狱,之后再接着找其他证据。"

"多少人?"

顾九思低声道:"八品以上二百三十一。"

整个荥阳的官员加起来也还未过三百人,听到这个数字,李玉昌沉默了。

顾九思抬眼看他:"李大人以为如何?"

"我得回东都。"李玉昌直接道,"此事已不是你我能解决的。"

"不能回。"顾九思果断地开口,"沈明已经杀了王思远,此刻荥阳的官员必定草木皆兵,我们有任何异动,他们都会马上动手。你回东都,那就是直接告诉他们你已经拿到证据而且知道自己没有能力办这个案子,你想,他们会放我们走吗?"

李玉昌沉默了。

顾九思接着道:"陛下料到会有如今的局面,早在司州备下兵马。四日之内,司州兵马就会到。我们熬过这几日,便可以直接拿下荥阳,开始办案。"

"这是陛下的命令?"

"我有天子剑。"

李玉昌想了想,终于道:"那现下该如何?"

"你假装不知道此事。"顾九思继续道,"继续办案,我继续找沈明,就等四日后——"

顾九思抬眼看向李玉昌,李玉昌瞬间明了:"司州兵马入荥阳。"

李玉昌想了想,终于道:"那沈明在哪里?"

"我不知道。"顾九思垂下眼眸,"我现在只希望他一切安好。"

顾九思和李玉昌商量完便各自回去,李玉昌继续审傅宝元的案子,顾九思派人到处找沈明。

当日下午,王家人找到了王思远最后受刑的地方,又顺着血迹找到了王思远的尸体。尸体被沈明用火烧得只剩一具骨架子,只能根据王思远缺了一颗牙的牙槽位置确认身份。确定了这是王思远,王家人便约着其他几家人堵在顾九思家门口,要讨一份公道。

他们在门口吵吵嚷嚷,顾九思没有出去,李玉昌被堵在门口,恍若门神。

王家人怒喝:"李大人,顾九思纵凶杀人,而且杀的是正四品朝廷大员,您必须为我们做主。"

王树生穿着麻衣,头上裹着白布,红着眼道:"今日必须将顾九思收押,把沈明抓回来,把案子查个水落石出,不然我们就不走了!"

"对!"其他人站在后面一起大喊,"不走了!公道,我们要公道!"

"证据。"李玉昌神色冷淡。

王树生愣了愣:"什么?"

"你说顾九思纵凶杀人,证据。"李玉昌认真地解释。

王树生顿时怒了:"沈明是他的人,沈明杀了人,还不是证据?我家这么多侍卫看见沈明抓人,今日我父亲的尸体……尸体……"

王树生声音里带了哽咽,王家人连忙宽慰。王树生缓了缓,才终于接着道:"我父亲也已经身亡,这还不能让你抓顾九思吗?"

"沈明,过去是朝廷命官,"李玉昌平静地开口,"后来辞官留在荥阳。他既非奴籍,又怎会与顾九思有主仆关系?"

"李大人,"管家王贺开口,"沈明平日就和顾九思待在一起,事事听顾九思指挥,您说他们不是主仆,未免太过牵强。"

"你说他们是主仆,"李玉昌抬眼看向王贺,"证据。"

王贺哽了哽。

王树生上前一步,怒喝:"李玉昌,这样理所应当的事你为何要胡搅蛮缠?难道你还要让我证明我父亲是我父亲吗?"

"难道不需要吗?"李玉昌皱了皱眉头,"凡事都需要讲证据,你若要确认自己与王大人的亲生父子关系,难道不需要证明?"

王树生被气得一口气喘不上来。

李玉昌守在门前,双手笼在身前,平静地道:"我李某人做事,按律法,讲实证。若凭心做事,我怀疑你们都与傅宝元一案有关,是否可以全部收押?"

王家人不说话了。

片刻后,李玉昌接着道:"顾九思与沈明的确有关系,但这并不足以证明顾九思与命案有关。如今顾九思还在寻找沈明,诸位与其在这里与我掰扯,不如去捉拿沈明。沈明回来,一切自然水落石出。"

这话让王家人互相对视,片刻后,王贺慢慢地道:"李大人的话也有理。如今最重要的事,"他偷偷看了一眼王树生,小声道,"应是找到沈明。"

王树生抿了抿唇,片刻后,抬起手朝着李玉昌行礼,随后转过身去,领着人匆匆离开了。

王贺同王树生走在路上,王贺小声道:"看李玉昌和顾九思的样子,不像是拿到证据了,证据应该还在沈明身上。"

"怎么说？"王树生冷着脸。

王贺继续道："如果昨夜顾九思见到沈明，应当会派人帮沈明去接秦楠的家眷，但昨夜沈明是一个人去抢秦楠的家眷的。"

"一个人？"王树生转过头，愤怒地道，"我不是说要看好人的吗？！"

"我们没想到他动作这么快，"王贺赶紧告罪，"昨夜大家都在找大人，人手本来就不够，又想着沈明一个人，还受了伤，哪里来这么大的胆子，一个人去抢人？"

"你们留了多少人看守。"

"二十个。"

"二十个？"王树生提高了声音，"二十个人还把人放走了？"

"您放心，"王贺立刻道，"沈明受了重伤，我让人去追了。"

王树生没说话，王贺继续分析道："沈明救了秦楠就直接出了荥阳，那他也就只有天亮前的那一段时间可能和顾九思有交集。可顾九思如果昨夜拿到了证据，今日就该和李玉昌离开荥阳了。"

"这事他们管不了。"王树生冷声道，"各处驻军你都去探探，一旦他们收到任何消息，"他看了一眼王贺，淡淡地道，"备好重礼。"

"明白。"王贺立刻应下。

王树生闹了这么一次后，便领着人撤了。

顾九思和李玉昌等着司州军，而沈明一路被人追杀着，日夜兼程地赶往东都。来荥阳时耗了将近半个月，沈明一路不眠不休，快马加鞭，竟然不到三天就到了东都。杀手一拨一拨地追着他进了东都。就在进东都前的一个时辰，他干掉最新的一拨杀手，跌跌撞撞地冲进东都。

他不知道该去哪里。失血让他意识有些模糊，他捂着最大的伤口，跌跌撞撞地扶着巷子的墙往前走。入秋之后，雨下个不停，他踩在坑坑洼洼的青石板上，水溅起来，让他觉得有些冷。他走了许久，终于走不动了，倒在了地上。

他的脑子一片迷蒙，他知道自己该做点儿什么，记得自己来东都是有什么事要做的，可他都不记得了。他躺在地上，感觉到血正慢慢地流去。他不知道自己是不是要死了，感觉不到疼，只觉得冷。

有马车远远而来，依稀听到小姑娘说话的声音。

"小姐，下次您别再看账看到这么晚了，再拼也得照顾身子，大公子说了，家里养得起您，让您不要操心了。"

小姑娘说完,一个平静又清冷的声音响了起来。那个声音让沈明觉得有些熟悉……不,不只是熟悉,那是他朝思暮想的一个声音。

"大公子同你说笑,你别当真了。"那个声音慢慢地说着,"我总得找点儿事做,玉茹在外面忙着,我不能比她差不是?"那声音笑起来,"也不知道他们在永州怎么样了?"

叶韵……听到这个声音,沈明在心里唤出她的名字来。

他低低地喘息着,想叫她,可已经没了力气。他感觉自己的魂魄已经离开了躯体,只能旁观周遭的一切,无法操控自己的身体做出一点儿动作。

马车渐渐近了,他清晰地听到里面的话。

她说到他了:"沈明是个莽撞性子,在永州不知道有没有给玉茹闯祸。"

"不过也不必担心,闯祸了,总有顾九思给他兜着,他们三兄弟穿一条裤子。"

"你说他孩子气?其实也不是,他只是心里的爱恨比别人鲜明而已。"

叶韵……沈明听着马车从他身边走过,在喉咙里发出一声极浅极低的呜咽。

留下来,他想叫她。留下来,看看我。

不是"救救我",是"看看我"。

他想,他来了,他终于从荥阳回来了。无论未来是生或者死,此刻他回了东都,总该见她一面。

可那马车没停,就像时光,就像命运,车轮不停歇地往前转动,像是碾过他的血肉之躯。

眼泪混杂着雨水从他脸上流下,他痛苦地闭上眼睛,然而也就在那一刻,马车停了下来。

"那里……"叶韵撩起车帘,探出头去,皱眉看着地上的人,有些犹豫地道,"是不是有个人?"说着,她从马车里探出身子,撑着雨伞下了车,走到沈明面前。

沈明倒在地上,头发遮住了他的面容,叶韵将伞撑在他的身上,温和地问:"您是不是不舒服?"

沈明没有说话。

丫鬟追过来,踩到地上的水,就发现自己的鞋子变了颜色,惊叫了一声:"血!"丫鬟抓住了叶韵,忙道,"小姐,此人非善类,我们走吧。"

叶韵皱了皱眉头,仔细地盯着这人看了片刻,才发现这人身上全是伤口,犹豫了片刻,终于还是转身。

若只是一个普通的倒在地上的可怜人,她会救。可这人带着满身的伤,她不想给自己找麻烦。

然而就在她转身的那一瞬间,那个一直不能动弹的人用尽了全力抓住了她的裙角。他抓得很轻,费力地含糊不清吐出两个音节。

别人听得不太清晰,可叶韵听出来了。

他说,叶韵。

哪怕这声音嘶哑又含糊,她还是听出了那声音中的熟悉。她震惊地回头看着地上伤得完全看不出原样的人,慌忙蹲下身来,放下伞,伸手去捧那人的脸。

丫鬟又惊又怕,要拦叶韵,道:"小姐,小姐你小心,脏……"

话没说完,叶韵便已经拨开了沈明的头发。她捧着沈明的脸,看着他染血的面容。沈明看见她,费力地挤出了一个笑容。

"你怎么在这里?"叶韵震惊。

沈明回答不了,只是目不转睛地盯着她。他搭在她手臂上的手颤抖地抬起一根手指,带血的指尖指向了她。

那指尖一直在颤抖,叶韵呆呆地看着那指尖。或许是玩笑,可是她知道,他说的是:"你。"

为什么在这里?为什么回来?为什么生死之际,哪怕已经神志不清,还要倒在叶府不远处。再多的问题,都只有一个答案——你。

叶韵在哪里,沈明就得回哪里。

沈明醒来时,天已经亮了。他还没睁眼,就闻到了熟悉的白檀香。

他迷迷糊糊地睁开眼睛,看见轻纱之外,一个女子背对着他坐在不远处,晨光落在房间里,她像在低头写着什么。

沈明艰难地起身,叶韵听到动静,赶紧起身撩了帘子,道:"可是醒了?"

沈明抬起头,叶韵见他醒了,赶紧吩咐身后的丫鬟:"快,叫哥哥来。"叶韵又吩咐人去准备米汤,然后坐下来问沈明:"你可觉得好些了?"

沈明点了点头。自己的伤口明显都被包扎好了,他抬头看了一眼,认出这是叶韵的闺房,低声问:"什么时辰了?"

"快到辰时了。"叶韵看了看天色。

两个人正说着话,叶世安就急急走了进来,才进门口,便道:"沈明!"他疾步来到沈明面前,"可是出事了?"

沈明点点头,道:"劳烦你将江大人请过来,商议之后,我得入宫一趟。"

沈明很少这样说话,平平稳稳的语调里没有半分调笑,连往日言语间那些傻气都没了。他刚毅的眉眼里只有沉稳,这满身的伤口带给他的,似乎不仅仅是身上的疼痛,还有内心不可言说的、翻天覆地的变化。

叶世安和叶韵都愣了一下。片刻后,叶世安点了点头,道:"我去找人,你先休息。"

沈明应了一声,便没再说话。

叶世安犹豫了片刻,终于还是什么都没说,转身就走了出去。

叶韵从丫鬟手里端过米汤,犹豫了片刻,终于道:"我喂你吧?"

沈明摇摇头,接过米汤便一口饮尽了。他将汤碗放到了桌上,低低地说了句多谢。

"你这人。"叶韵忍不住道,"闹什么脾气?"

沈明愣了愣,垂下眉眼,什么都没说。

叶韵气笑了,站起身来:"去永州一趟,倒学了好大的脾气,话都不肯说了。行吧,你歇着,我也不瞎操心了。"说着,她便转身要走。

沈明低着头,终于开口道:"你别生气。"

叶韵停住步子。

沈明犹豫了片刻,才终于接着道:"我只是想着,你还是个未出嫁的姑娘,我得顾及礼数。"

叶韵静了好久,冷声道:"若是顾及礼数,你当从我叶家滚出去才是。"

"抱歉。"沈明的声音很小。

叶韵捏着帕子,片刻后,深吸了一口气,转头看向沈明,道:"永州到底怎么了?"

"等江大人来了再一并说吧,"沈明轻叹了一声,"我有些累了,我先歇会儿。"说着,他便闭上眼睛,像是不想再说了。

叶韵背对着他站了一会儿,收敛了情绪,回到了书桌边上,低头去看账。

她不说话,沈明就悄悄睁眼看她。

和这一路的浴血厮杀不同,面前这个场景柔亮又明净,隔在他们中间的白纱让两个人仿佛是在两个世界。沈明静静地看着她,脑子也就慢慢清醒了。

他想起了自己回东都要做什么。

顾九思还在永州,自己杀了人,别人一定会找顾九思麻烦的。沈明知道自己不能就这么跑了,要回来认罪,可认罪之前,得把事情讲清楚,至少要让范轩知道永州到底发生了什么。

沈明拿到名单的时候就知道永州的官员绝不会善罢甘休,但也不知道他们会做到哪一步,他唯一能做的就是回东都求援。

他在脑子里把事情过了一遍,这时候叶世安也带着江河来了。

江河才进门,便直接问:"快说,你怎么在这儿?"

沈明早已经把话理顺了,见人到齐了,看了一眼叶韵。叶韵赶紧起身,到门口去看着外面。沈明喝了口茶,尽量平稳地将永州发生的事原原本本地说了一遍。

沈明说完之后,叶世安满脸震惊之色,江河张合着手中的小扇,像是在沉思。

"你既然已经跑了。"江河抬眼看他,神色冷淡地道,"如今来东都做什么?想让我们把你送远一些,以免再受王家人的追杀?"

沈明摇摇头:"我不是来让你们帮我的,"他认真地看着江河,"我是来认罪的。"

"认罪?"江河嘲讽,"你认罪跑到叶家来做什么?直接去顺天府门口把大鼓一敲,大喊一声我杀了王思远不就够了?"

"江大人,"沈明沉稳地道,"我知道您气恼我莽撞连累了九哥,但您应该知道,我不仅仅是来认罪的,我还要告诉陛下如今永州发生了什么。就我拿到的那份名单来说,在如今的永州,什么都可能发生,兵变也不无可能。我不放心九哥一个人在那边,希望江大人让我有一个面圣的机会。我说明情况之后,会请陛下发兵。"

江河不再说话了。

叶世安听了半天,忍不住问:"那你怎么办?"

沈明这样的江湖游侠,杀了人就杀了,换一个地方就能开启新生活了。就算王思远犯了罪,他杀了王思远也是越了法纪,如今回到东都来,死罪或可免,但活罪难逃。

听到叶世安的问话,沈明竟笑了笑,神色温和地道:"那也没什么,脑袋掉了碗大个疤,我也没什么挂念,不妨事。"

在场的人都没说话。片刻后,江河道:"你先养伤,我这就去安排。中午你应当就能见到陛下了。"

沈明应了一声,江河站起来,领着叶世安走了出去。他们出去后,叶韵站在门口,呆呆地看着庭院,看了许久。

沈明见她一直没进来,不由得喊了一声:"叶韵?"

叶韵回过神来,忙问:"怎的?"

"进来坐着吧,"沈明躺在床上,有些疲惫,"风冷。"

叶韵应了一声,走进屋里来。房内一片安静,过了好久,她听见沈明微弱的声音:"我不在的这些时日,你过得好吗?"

"好。"叶韵克制着情绪。

沈明像是笑了,轻叹了一声:"那就好。"

"我老给你写信,"沈明看着床顶,慢慢地道,"你有没有看?"

"看了。"

"你也没给我回信。"沈明低笑,"我都以为你没收到。"

"回了。"叶韵抓着笔。

沈明愣了愣,道:"回什么了?"

"我就是问问,"叶韵觉得鼻酸,也看不清面前的字了,可还克制着情绪,道,"问问你在永州过得好不好。"

沈明顿了顿,道:"我过得好,你不用担心。"

房间里陷入了寂静,过了一会儿,叶韵吸了吸鼻子,终于道:"你说人真的太奇怪了。以前我觉得你幼稚,叽叽喳喳的,如今你不叽叽喳喳了,我心里倒难过得很。沈明,"叶韵擦擦眼泪,努力地睁眼,"你损我几句,给我说几句笑话也成。"

沈明看着床顶,没有开口。

就在昨夜,他还想着,若见到叶韵了,要同她说一说自己那份心思。

人活一辈子,连喜欢一个人都没有明明白白告诉过她,未免太悲哀。可是此时晨光落在她的身上,他躺在床上,听着她隐约的哭腔,揣测自己未知的结局,突然觉得不必说了。

若是她动了心,他说了,他们也不会有结果,徒增难过;若是她不喜欢他,他说了,再有个三长两短,以她的性子,她日后想起来,会觉得愧疚。

他总算是明白了,喜欢一个人,便舍不得她糟心片刻,若是让她为自己糟心,那更是不可。

好久后,叶韵低声道:"其实你忍一忍,等一等,或许就有办法了。可你一定要拿自己的命去救秦楠,救傅宝元,为的是什么?别人的命是命,你的不是了?"

沈明还是不说话。

过了好久,叶韵吸了吸鼻子,道:"我明白,你就是觉得,自己也没个人挂念,生或者死,都无所谓了,是吧?"

"叶韵……"

"沈明,"叶韵终于忍不住了,声音里带了明显的哭腔,"你活得难不难受?"没有挂念的人,没有人挂念他,空荡荡地来到这世间,又孑然一身离开。这样的人生,不必沈明自己回答,叶韵就觉得难受。

她辨不清这份难受是因为什么,是怜悯或是心疼,是朋友之情或是其他感情,她想不出。这一刻,她只觉着,这个人活得太苦了。

沈明听着叶韵的声音,好半天,苦笑起来:"你这么一哭,我竟有点高兴。"他的声音很轻,"你瞧瞧,我是不是坏得很?"

"你休息吧。"叶韵觉得自己失态,再待不下去了,擦了眼泪,道,"一会儿江大人要来带你进宫,你好好歇着。"说完,她拿了账本,急急忙忙地走了出去。

等叶韵出去后,沈明看着屋顶,没一会儿,便昏昏沉沉地睡了过去,也不知道睡了多久。江河和叶世安回来便给他换了衣服,让他坐上小轿,直接让人把他抬进了宫里,他身上还有伤,不宜走动。

沈明见到范轩,便先跪了下去。

范轩皱了皱眉头,立刻道:"不必跪了,坐着说话吧。"

"谢过陛下。"沈明答得平稳。

范轩上下打量着他,许久后,叹了口气,道:"往日说你跳脱,却也没想到会成这样子。永州的事朕听了个大概,你细说吧。"

沈明将情况细致地说了一遍,范轩面上不大看得出来情绪,但众人都感觉到他的怒气慢慢凝聚。

沈明说完后，范轩终于开口道："你杀了州牧，居然还敢回来？"

"陛下。"沈明跪在了地上，这一次范轩没再拦。沈明沉稳地道："草民杀州牧，是草民自己的罪，草民愿一力承担，但永州事急，草民恳请陛下出兵永州！"

沈明逃往东都时，顾九思就和李玉昌一起伪装成什么都不知道的样子，一面大张旗鼓地找沈明，一面继续监修河道。

发生了再大的事情，修河道也还是要继续的。而柳玉茹在知道顾九思的打算后，迅速将货物全都发往了下一个仓库，尽量不在荥阳存放太多货物。

顾九思想的是，现下先稳住荥阳，只要司州兵马一到，就即刻动手，整顿永州。他算过，荥阳到司州，快马加鞭不过半日；而通知上下官员，拿到调令，整顿军队，也只需一日；司州兵马行军到荥阳，至多不过一日半。如此一来，只需三日，他便可等到司州兵马。

然而等了三日，不见半点儿动静，李玉昌也有些坐不住了，大清早便到顾九思的屋里来。柳玉茹出去清货了，李玉昌见四下无人，关上门后，压低了声音道："你不是说三日后司州兵马就会到吗？人呢？！"

"再等等吧。"顾九思皱着眉道，"或许是那边办事手续太烦琐……"

"我们是拿命在等！"李玉昌有些急了。他办案多年，非常清楚如今他们面临的是怎样的危急形势，着急地道："这个案子我们办不了，如今在荥阳多待一日，就多一分危险。顾九思，咱们得想办法走。"

"你以为我不想走？"顾九思也有些头疼，尽量克制着情绪，道，"可我们这么多人，不是说走就走得了的。只要你我有任何一丝异动，他们就会知道我们已经拿到证据，难保不会狗急跳墙，那时候我们才是一个都走不了！"

刺杀钦差大臣毕竟是重罪，这步棋不到绝境谁都不会走。如今荥阳官员还不确定顾九思和李玉昌要做什么，不会轻举妄动。

李玉昌知道顾九思说的有道理，然而还是有些焦急，道："咱们也不能一直等下去，如果司州一直不出兵，那就是出了事，咱们至少有个期限。"

顾九思抿了抿唇，算了片刻，终于道："那便先准备好，若明日司州还不出兵，后日一早我们就自己走。"

李玉昌点了点头，有了章程，才算安心了一些。

夜里柳玉茹回来时，顾九思站在庭院里，一身白衣，头戴玉冠，双手负在身后，静静地看着月光下的红枫。这一晚的月亮很亮，月光落在他的身上，似乎在流动。柳玉茹停在长廊上，看着这样的顾九思，心里莫名生出感慨。

如今的顾九思与初见时相比已经大不一样了，如今的他举止从容，神色沉稳，真的成了一位君子，一位名士。似乎他往那里一站，便能肩挑山河，脊撑江山。

顾九思察觉到柳玉茹来了，转过头去，看见柳玉茹安静地站在长廊上对着他笑。她穿着紫衣，手里抱着一个暖炉，看上去温婉又沉稳。

顾九思笑了笑："何时回来的？都不说话。"

柳玉茹走入庭院，来到他身侧，同他一样仰起头来，透过枫树的间隙看向天上的明月。

"我不说话，你不也知道我回来了吗？"她的声音温和，"站在这儿看什么？"

"也没什么，"顾九思看着星空，慢慢地道，"就是想起来，来永州这么久，也没有好好看过这里的月亮。今夜瞧着，这永州的天似乎比东都的辽阔得多。"

"等黄河治理好了，"柳玉茹温和地道，"我们找一日，专门逛一逛永州。"

顾九思没有回答，柳玉茹转头看他，刻意将声音放轻了几分："怎么了？"

"玉茹，"顾九思看着她，勉强笑起来，神色里带着愧疚，"我似乎又连累你了。"

柳玉茹轻轻笑了："我家郎君，可是又闯什么祸了？"

"司州兵马没来。"顾九思苦笑，"李玉昌今日来质问我，我告诉他，若是明日司州兵马再不来，后日清晨我们便走。"

柳玉茹点点头："如此，也不错。"

"你说说，"顾九思垂下眼眸，遮掩住眼中的情绪，"你跟着我颠沛流离，我都没让你过过一天好日子，我真的……"

"郎君，"柳玉茹截住他的话，轻叹了一声，伸出手去，握住了他的手。她的手很暖，带着暖炉的余温，让这个寒冷的秋日突然就温暖了起来。她低头看着他们俩交握的手,慢慢地道:"没有你,便没有柳玉茹。"

顾九思有些诧异,抬眼看她,便见柳玉茹弯了眼:"若不是有了你,我怎么会想去喜欢一个人,想有一番自己的人生,去成就自己的事业?现在回头看啊,我以前那些想法,当诰命夫人也好,当一个好的主母也好,盼我的郎君有高官厚禄也好,都是想要成就别人的人生,而不是我自己的。那样的话,我是作为柳氏活着,却不是柳玉茹。现在我陪着你,荣华我们一起享,苦难我们一起担。我们成就的都是我们自己,不是对方。你给了我这个机会,我已经很是高兴。"

顾九思静静地看着面前的人。柳玉茹见他不说话,知他心潮澎湃,抿唇笑了笑,握着他的手,道:"而且当年我不就说了嘛,"她歪了头,神色有几分怀念,"我陪着你,我会扶你起来的。"

是啊,少年的他打断王荣的腿,以为要一个人面对王善泉时,她也是这样握着他的手,告诉他,她会陪着他,扶他起来。这一陪,就陪到了现在;这一扶,怕是就给了一生。

顾九思笑起来,低下了头,似乎有些不好意思。他上前一步,伸出手抱住柳玉茹。

"我会护着你。"他的声音里带了几分激动,"丢了性命我也要好好护着你。"

"傻子。"柳玉茹低笑,看了看天色,拍了拍他的背,道,"回去吧,外面凉。"

顾九思应了一声,放开她。两个人手拉着手,说笑着回了屋。

顾九思也不知道怎么,这么和柳玉茹说了一番,竟然就不焦急了,安安稳稳地睡了一觉。

第二天天亮,柳玉茹趴在床头问他:"我今日可有什么要注意的?"

"也没什么了,"顾九思想了想,"该做什么就做什么,太过拘谨,反而会让人觉得异样,反正咱们也没什么需要收拾的,明天清晨点齐人直接走就行了。"

"嗯。"柳玉茹应了声。

顾九思突然又道:"还是多带几个侍卫,万一司州兵马来了,怕是会乱一阵子。不过你别怕,"他翻个身,趴在枕头上,抱着枕头朝着柳玉茹笑起来,"到时候我会第一时间赶到你身边的。"

柳玉茹抿唇笑了:"好。"她道,"我不怕。"

"你今儿个什么打算？"顾九思撑着下巴问她。

柳玉茹想了想："还是去码头吧，我待在码头，要是出事，也跑得快些。"

"聪明。"顾九思迅速在她的脑门上亲了一下。

柳玉茹瞪了他一眼，起身道："不和你玩了，干正事去。"

顾九思笑呵呵地看着柳玉茹起身，下人进来了，他才开始洗漱。两个人洗漱完毕便分开，顾九思送柳玉茹上了马车。柳玉茹的马车走远后，顾九思想了想，还是将木南叫了过来，道："你把暗卫都带过去护着夫人。"

木南愣了愣，有些担忧地道："您这边人都抽走了，怕是……"

"无妨。"顾九思摇了摇头，道，"我自己能护着自己，别让人冲撞了夫人才是。别让她察觉，不然她肯定不乐意了。"

木南应了声，便带着人去了。

顾九思在门口看着柳玉茹的马车走远了才回屋，拿了一堆瓶瓶罐罐塞在身上，然后又带了短剑绑在身上，这才出门往河堤上去监工。

顾九思出门后不久，王树生便收到了消息。王树生一听就乐了："他还敢不带人，怕不是脑子有问题吧？"

"公子，"王贺恭敬地道，"今早的消息，司州那边已经把顾九思的人处理掉了，若有人查，也只会以为是被劫匪杀的。司州那边答应了会假装未收到调令，但他们也说了，顾九思的令牌是陛下给的，东都可能会再派人来，咱们的动作得快些。"

王树生点点头。王贺看了王树生一眼，犹豫着道："今日顾九思刚好也没带侍从，各家也都早已同咱们说好了，只要您开口，大家便立刻动手，此乃天赐良机，您看……"

王树生深吸了一口气："动手吧。"

王贺立刻应声走了出去。

看着王贺走远了，王树生抬手压住微微颤抖的手。"别怕。"他低声告诉自己，没什么好怕的。

他们王家在永州，每一代都是这样生活。二十年前，他的父亲能弄死秦楠那一批人，官至州牧，庇佑王家二十年，二十年后，他王树生也可以。

顾九思在河堤上忙碌了一个早上，洛子商回去吃饭，下午再回来监工，顾九思就坐在河堤上，和河工一起聊天。

因为顾九思在，这一次河工的饭食没被克扣。他们拿着馒头，打了汤和顾九思闲聊。

"我家那媳妇儿特别凶，顾大人，你媳妇儿凶不凶啊？"河工有些好奇顾九思的生活。

顾九思咬了一口馒头，边嚼边道："凶啊，哪儿有不凶的媳妇儿？以前我不爱读书，她就让人把我关起来，还不给我饭吃。"

"还有管读书的媳妇儿啊？"河工瞪大了眼，随后感慨道，"有钱人家果然还是不一样啊，要是我也有这条件，我媳妇儿也这么逼我，我可不得考个状元？"

顾九思不由得大笑："是啊，我那时候去青楼，她带着人提着刀就去了，刀子就在我脸边唰地过去，可吓死我了。"

在场人一片唏嘘，纷纷说这媳妇儿是不得了了，但有个少年道："顾大人肯定很喜欢他媳妇儿。"

"嗯？"顾九思挑眉，"我这么编派她，你还觉得我喜欢她啊？"

一个年老的河工笑了，眼里全是了然，道："不喜欢，能这么惯着她吗？"

话没说完，远处的河堤上就有人闹了起来。

顾九思皱起眉头，站起身，道："走，看看去。"

一群人跟着顾九思走过去。

顾九思刚下河堤，就听到一声怒吼："杀了顾九思这个压迫百姓、草菅人命的贪官！"

"他们在胡说八道什么……"跟着顾九思的一群人皱起眉头。

顾九思听到这一声吼，便知不好，立刻同一个少年道："你赶紧去县衙通知李玉昌大人，说我在城外等他，计划提前！"

少年虽然不明白顾九思的意思，却还是立刻道："是。"说完，少年转身就跑开了。

这少年平日经常和顾九思打交道，顾九思知道他的脾气和身手。少年小时候是个路边的混混，为了给阿娘治病才来当的河工，力气不大，但身手敏捷，跑得特别快。顾九思见他跑了，大吼一声："跑！都跑开！"

这一声吼出来的同时，顾九思疯狂地朝着河堤上冲去。四面八方都是追过来的人，顾九思早有准备，一路狂奔到河堤上，翻身上马便直接冲了出去。

他心知柳玉茹在码头,然而他身后跟的全是人,他不能将人带到柳玉茹身边去,于是干脆直接冲出城外,冲进了城郊密林。他马术精湛,跟着他的人紧追不放,却越追人越少。

他看了一眼身后,身后追着的人全都穿着河工的衣服。他立刻明白过来,直接刺杀他,王树生是不敢的,因为朝廷早晚要派人来,被查到刺杀钦差大臣,永州这些乡绅的麻烦就大了。如今王树生就是将刺杀伪造成因修河道而起的暴乱,暴乱之中死个钦差大臣,再正常不过了。

想明白王树生的想法,顾九思更不敢回城。他心里挂念着柳玉茹,手里拿出了一个瓶子,他看看后面的人,算着风势。顺风时,他屏住呼吸,猛地将那些药粉往后一撒!

药粉铺天盖地飞了过去,那些追着他的人顿时惊叫连连,顾九思往密林深处逃去。身后的人声远了些,他翻身下马,朝着马屁股猛地一扎,马受惊往前冲去,顾九思迅速爬到了树上。没过多久,他就看见那些人追着马冲进了密林深处。

等人走光了,顾九思赶紧下树,把外衣脱掉,往柳玉茹所在的码头的方向赶过去。他将衣服撕成布条,在每个路口都往不同的方向走几步,然后扔一条,伪作走了另一个方向。布条扔完了,他便将身上的衣带、玉佩一路乱扔。这些也都扔掉了,他也不再遮掩痕迹,一路狂奔,朝着码头赶了过去。

他得去找柳玉茹,立刻,马上。

他往柳玉茹的方向狂奔时,荥阳已经彻底乱了。柳玉茹听见荥阳城楼响起了急促的钟声,心里一慌,看着荥阳城的方向,询问印红:"这是怎么了?"

她不知道,一直跟着她的印红自然也不知道。

柳玉茹心中不安,立刻吩咐人:"准备好船,所有柳通商行的人全部上船,货拣贵重的拿,别的不要了也行。印红你立刻去找人探探,城中到底怎么了?"

印红应了一声,才走了两步,羽箭突然就从四面八方飞射而来,直指站着的柳玉茹。柳玉茹顿时冷了脸,她的侍卫慌忙用剑斩了飞来的羽箭,护住柳玉茹,道:"夫人可有事?"

"走。"

柳玉茹毫不犹豫地往仓库疾步行去。

这么密的箭雨,她不能再站在码头上当活靶子。

她以为第二拨箭雨很快就会出现,然而在她预计的时间里,她听到了接连的惨叫声。柳玉茹一抬头,便看见木南领着人冲了过来。

刺客和木南的人混战,柳玉茹一看人数,脸色顿时变得极为难看。

对方没想到柳玉茹身边居然有这么多护卫,派来的杀手人数远不够,木南很快带人清剿了杀手,急急地走到柳玉茹面前,道:"夫人……"

"谁让你来的?!"木南的话还没说完,柳玉茹便厉喝。

木南被柳玉茹镇住,慌忙解释道:"是公子他担心您……"

"该担心的是他!"柳玉茹又急又怒,"他是钦差大臣,我不过是他的妻子,要杀人,首要目标也是他。他糊涂,你们也跟着糊涂吗?!"

木南不敢说话,柳玉茹深吸了一口气,道:"你即刻去河堤,他必然出事了。"

木南不敢动。刚刚那场刺杀,如果他不在,以对方杀手的数量,柳玉茹的侍卫根本扛不住。他此刻若直接走了,出了事情,顾九思得弄死他。

柳玉茹知道木南如今不敢放下自己,也知道木南只听顾九思的。她深吸一口气,终于道:"这样,你们立刻派一小批人去河堤寻找九思,看到了立刻发信号弹。再找两个机灵的入城去,在王家各处点火,制造骚乱。最后再派一拨人去看看李大人和秦大人在哪里。"

"听夫人的吩咐。"木南终于应了下来,然后迅速派人出去。

柳玉茹安排人上船,将钱财都交给了自己的管事,同管事道:"我会在这里等九思,等一会儿到了时间,如果九思没来,你们就先走。"

"是。"管事答应下来。

柳玉茹同木南等人一起等在码头。

没多久,就有一个少年从远处急急地赶了过来。

"夫人,"那少年着急地道,"顾夫人可在?"

柳玉茹立刻起身,急急地走了出去。那少年喘着粗气,看到柳玉茹后,松了口气,道:"您还安好,那就太好了。"

"你是……?"

"我是在河堤上做工的,您叫我黑子。"少年赶紧答话道,"顾大人在河堤上遇刺了,现在才抬回府里,您快去看看吧!"

柳玉茹猛地睁大了眼,正要动作,又顿了顿道:"顾大人可给了您什么信物?"

"顾大人哪儿还有力气给我信物，"那少年急急地道，"他就只同我说让我看看您还好不好，就昏死过去了。我只来得及拿了个玉佩，您瞧瞧吧。"说着，少年将玉佩递给柳玉茹。玉佩上沾着血，是早晨柳玉茹给顾九思挂上去的那一块。

柳玉茹呼吸一窒，几乎握不住玉佩。她强作镇定，道："木南，清点人手，跟我走。"说完之后，她立刻走了出去。她心中着急，领着人一路往荥阳城冲。木南犹豫着道："夫人，来人我们并不认识，若是有诈怎么办？"

"我明白。"柳玉茹沉稳地道，"但你家公子的玉佩染血，他必然出了事。若我因为担心有诈不去，他却真出了事，我这辈子都放不下。若他没出事，对方不杀我却诱我回城，必然是因为他们还没抓到九思。只要他还没被抓住，我们就不会出事。"

"而且，"柳玉茹的心里沉了沉，"现在人手都在我这里，县衙几乎没什么人。按时间来看，秦大人和李大人必然还没出城，若我们就这么走了，无论九思是生是死，秦大人和李大人都有危险。若这真的是为了骗着我们回城而使出的诡计，我们将计就计，至少能护住李大人和秦大人，九思必会在外面想办法。"

"最坏的打算我做好了，"柳玉茹攥紧了缰绳，"我可以出事，但我容不得他因我的小心迟疑出任何事。"

木南应了一声，不再多说。

而这个时候，顾九思则与她反向相反，正在往码头赶去。

码头到城内不算远，一刻钟时间，柳玉茹便已经领人入城了。

一入城，柳玉茹便察觉有些不对劲，城内四处是奔跑的百姓，已经乱成了一片。她入城几步便被挤在人群中，进退不得。

而王树生领着荥阳一众官员站在城楼上俯瞰着荥阳城。

"公子，"王贺拿到信报，朝着王树生鞠了一躬，沉稳地道，"按您的吩咐，用顾九思的玉佩将柳玉茹骗进来了，但顾九思跑了。"

王树生眺望着远处的柳玉茹，皱起眉头，道："她怎么带着这么多人？"

"似乎是顾九思把侍卫都留给了她。"

"这样你们都没抓到顾九思？！"

王贺见王树生发怒，忙上前提醒："公子，李玉昌还在。"

王树生冷静了些,看向一旁的老者,商量着道:"赵伯伯,关城门吧?"

老者点了点头:"该关了,再不关,李玉昌和洛子商都跑了。"

王贺走了下去,站在城楼前,大喊了一声:"关城门——"

而这时,柳玉茹挤在人群之中,逆着人流的方向,奋力往前。

原本被她派出去查看李玉昌情况的侍卫看见柳玉茹,赶忙挤过去,道:"夫人,李大人等人都被困在了县衙。"

"这是什么情况?"柳玉茹焦急地道,"怎么会有这么多……"

话没说完,她听到有人振臂一呼:"杀狗官,求公道,狗贼顾九思,速速出来受死!"

那一声喊后,就是许多人如浪潮一般的喊声,那声音很大,柳玉茹感觉是从很远的地方传来的。

"杀狗官,求公道,狗贼顾九思,速速出来受死"。

而后她便听到身后传来一个男人浑厚的喊声:"关城门——"

电光石火般,柳玉茹当即知道发生了什么。

"夫人!"木南焦急地道,"要关城门了,我们要不要冲出去?!"

四周乱成一片,柳玉茹身处混乱之中,四周百姓和官兵之间的对骂声、苦求声和身后叫着"杀狗官"的声音交织在一起。这曾经熙熙攘攘的荥阳,不过一个上午,便仿佛沦为了人间地狱。

"夫人!"木南焦急地开口。

柳玉茹闭上眼睛,深吸了一口气,道:"去县衙。"说完,她睁开眼,回头看了一眼城门。

城门之间的空隙在她眼前,一点一点地,如同希望一般,慢慢减少。这最后一眼,她看到的是城外苍茫的荒野,阳光落在上面,呈现出秋天独有的苍黄。

九思。她在心里默默念着这个名字。这个名字仿佛给了她极大的信心,她带着人,头也不回地朝着县衙赶了过去。

这个时候,顾九思狂奔到了码头。码头上空荡荡的,全然没有平日里的热闹。顾九思喘着粗气,在码头上大喊:"玉茹!柳玉茹!"

片刻后,停靠在一边的一艘商船上,有一个人在甲板上回应:"东家进城了,你要找东家,进城去找吧!"

顾九思又急又怒,大喊:"她进城做什么?!"

"听说您身边没人，"那人勉强挤出一个笑容，"不是担心您，去救您了吗？"

"她胡闹！"顾九思怒喝。话刚说完，他就听见远处荥阳城钟声响起。钟声响了长长三下，那是关城门的意思。顾九思站在河边，愣愣地看着远处的荥阳城。

秋风卷枯草，林中鸟雀惊叫纷飞，正是杀人好时节。

人流是由城内往城外去的，方才柳玉茹逆着人流走，此刻顺着，便走得快得多。

她一面走，一面思索，如今必然是起了暴乱，这并不少见。在这样的大型工程中，有任何差池，都很容易出现这样的情况。但是这往往是因为官府贪污，逼迫百姓而产生的冲突。可这些日子里，河工的银钱发放也好，平日膳食住宿也好，顾九思都拼了命地盯着，就算真的起了暴乱，也绝不会打着找顾九思麻烦的旗号。而且这些河工连喊话都格外统一，声音洪亮，没有半点杂声，明显是早就训练过，而不是一时起意的。所以这必然是当地乡绅在王思远死后狗急跳墙，意图用这场伪造的暴乱刺杀顾九思。

柳玉茹想明白这个中原因，又衡量了情况。

她带着人赶到县衙门口，县衙已经被一群穿着河工衣服的人围了个严严实实。那些人正撞着大门，要闯进去。柳玉茹怒喝："县衙门前，尔等刁民怎敢如此放肆？！"

那些河工被吼得愣了愣。

柳玉茹把双手交叠在身前，仪态端庄，大声道："速速让开，否则就是冲撞官府，以下犯上，按律，斩无赦，滚开！"

"这么说话，肯定是哪家的官太太了。"人群里有人冷笑。这么一说，顿时引得群情激愤。

将目光扫过去，柳玉茹道："叫你家主子出来说话。"

"主子？"那人立刻反驳，"我不过是一个出来讨份公道的小老百姓，哪里来的主子？你不要含血喷人！"

"废话给我少说，"柳玉茹冷声道，"你们打的什么算盘我清清楚楚。你们想当刁民，那我就让你们当。可你同王树生说清楚了，煽动百姓冲撞官府，这可是谋逆。"柳玉茹勾起嘴角，"这和刺杀钦差大臣可又不一样了。

他不敢指使人刺杀钦差大臣,却敢让人谋反,胆子倒是大得很。"

"你血口喷人!"那人顿时大喝。

柳玉茹嘲讽地笑了:"不是没主子吗?"

那人僵了僵。

柳玉茹平静地道:"我入城之前便已让人在城外候着,一旦我这边给了信号,外面的人即刻拿着我亲笔写下的供词入东都,我看你们王家一家老小的脑袋够不够砍?!"

"你……"那男人急急地朝着柳玉茹扑来。柳玉茹退后一步,同时掏出信号弹,护卫护在她身前。

她拿着信号弹厉喝一声:"你再上前一步试试!"

那男人的动作僵住了,柳玉茹便知晓,他们必然还没抓到顾九思。

若是他们抓到了顾九思,此刻便不会有顾虑。东都还有他们的人,若人都死在这里了,只要他们在东都一番运作,哪怕有供词,也未必能上达朝廷。

可顾九思他们没抓着,如果顾九思折返东都,又有供词,他们就真保不住性命了。

柳玉茹心里安定了几分,看着死死地盯着信号弹的男人,淡淡地道:"你以为我会带着人就直接回城给你们瓮中捉鳖?别想了,不做好万全之策我怎会回来?我是顾及着货物才回来,你们打归打,可别碰着我的产业。都给我让开,我找李大人!"

没有人动,柳玉茹笑了:"怎么,不让?"

这话让人听着有些胆寒,大家都看向和柳玉茹对话的男人。男人盯着柳玉茹,柳玉茹看着他,直接道:"你若不让,可就别怪我动手了。你们一群刁民围攻官府,我动手了,你们可就是白白挨刀子。不管怎么说,"柳玉茹放低了声音,"我家夫君没抓到,借你们十个胆子,你们也不敢杀我。你想杀我,不如先问问王树生愿不愿意?"

"夫人说话,我听不懂。"那男人冷静下来。他知道自己是不能暴露身份的,毕竟现在还是暴民作乱,就算最后朝廷查起来,一切也都是暴民做的,与他们王家无关。

柳玉茹也没同他啰唆,直接吩咐木南:"拔刀开道,阻拦者格杀勿论,走!"

话刚说完,护在她身边的侍卫齐齐拔了刀,柳玉茹站在中间,昂首挺胸，阔步朝着县衙走去。她走得极为沉稳，在手持兵刃的乱民之中，似乎也毫不畏惧，这样的气度让侍卫也镇定下来，一行人分开乱民，走到县衙门口。柳玉茹报了名字，便等在县衙门口。

四周上千人虎视眈眈，柳玉茹神色不变。

李玉昌听到柳玉茹来了，顿时安心了不少，赶紧让人开了县衙大门。

门房知道门口有多少人围着，开大门时手都是抖的。开门之后，他便见到了外面的情形，女子朝他点了点头，他忽地就冷静了下来，退了一步，道："夫人请。"

柳玉茹领头，她的人鱼贯而入，百来人进门之后，就将院子占得满满当当的。

洛子商和李玉昌都在县衙，李玉昌见到柳玉茹领着人进来，上前一步，道："顾大人呢？"

"李大人，里面说话。"柳玉茹抬手请李玉昌往里走。李玉昌看了一眼外面，犹豫了一下，跟着柳玉茹走了进去。

进屋之后，李玉昌急忙问："顾大人怎么说？"

"我没见到他，"柳玉茹立刻开口，"他应当还没被抓到。"

"的确没有，"李玉昌立刻道，"有一位少年之前就赶到我这里来，说顾大人在河堤上遇袭，但逃走了，看方向应当是往城郊林子里去了。"

柳玉茹有些担心，顾九思身边没什么人，王家的人手那么多，顾九思怕会有事。

李玉昌见她担忧，又问："你怎会在这里？"

"我本是赶去救他的，没想到被困在了城里。"柳玉茹笑了笑，道，"不过李大人也不必担心，"她安抚李玉昌，"九思在外面，必会想方设法地救我们。"

"他想救，但如何能救？"李玉昌很是忧心，"司州迟迟不出兵，王家他们又闹了这么一出，明显是打算动手了。司州不管我们，他一个人又能怎么办？"

"您别担心，"柳玉茹平稳地道，"总归是有办法的。"

李玉昌见柳玉茹镇定如斯，他总不能比一个女人还乱了方寸。他叹了口气，道："你歇着去吧，我想想办法。"

柳玉茹应了一声，想了想，道："我带来的八十九人都是顶尖好手。如今县衙里上上下下加起来，我们的人应当有近三百人，就算遭遇强攻，也能抵挡一时。李大人还是看一看如今县衙里还有哪些物资，做好最坏打算，看我们能守住几日，又能否突围。"

李玉昌点了点头："明白。"

柳玉茹又安慰了李玉昌几句才走出门去。

出了门她就看见洛子商坐在长廊上，静静地看着不远处的小池。

柳玉茹顿住脚步，想了想，终于还是开口："洛大人。"

"柳老板。"洛子商转过头来，看向柳玉茹，笑了笑，道，"柳老板该在码头上，怎么入城了？"

"奉命而来。"柳玉茹是不敢信洛子商的，她给王家的说法便是她故意入城，如今自然不能在洛子商面前露出马脚。

洛子商却笑了："柳老板向来不同我说真话。"

柳玉茹没接他的话茬儿，只道："洛大人如今也被困在这城中，可有什么打算？"

洛子商静静地注视着她，许久后，笑了："你怕了。"

柳玉茹神色不动，对他的话恍若未闻。

洛子商抬手撑住自己的头，懒散又悠然地道："还以为柳老板刀枪不入，原来也不过是个小姑娘。"

"洛大人好好休息，"柳玉茹直接行礼，"妾身先行一步。"说完，她转身离开。

洛子商叫住她，淡淡地道："你莫怕。"

柳玉茹顿住步子。

洛子商的声音平淡："顾九思没被抓。他在外面会想办法，咱们只需要等着就行了。至于这城里，"他说着，接了一片落叶，淡淡地道，"尚且有我，你不必担心。"

柳玉茹终于放下心来。她此刻才确认，洛子商这一次并不打算和王家人站在一边。她舒了口气，朝着洛子商再次行礼，虽无声响，却表达了谢意。

洛子商淡淡地瞧着她，轻轻点了点头，没有多说。

柳玉茹转身领着印红和木南回了李玉昌安排的卧室。坐在卧室之中，柳玉茹思索着眼前的情况。

按照李玉昌的说法，顾九思最后去了城郊。现下王家还没反应，应该就是还没抓到人。既然进了城郊还没抓到人，顾九思必然已经跑远了。

他不会扔下她不管，跑了之后，无论如何他也会去一次码头。按着这个路线和关城门的时间来算，他应当还没来得及再次入城，那么如今他肯定就没困在城里了。

如今司州没有动静，荥阳却这么大手笔想用一场暴乱来了结他们的性命，那顾九思去司州调兵的消息十有八九是落在了王家手里。司州如今必然有王家的人在，顾九思如果自己去就是自投罗网，但以他的聪明，他必然不会单枪匹马去司州。

唯一可行的方法就是去东都搬救兵。日夜不停地疾行，到东都也需两三日，到东都之后，他应当会带一个使唤得动人的靠山来司州，从司州调兵，又需三四日。

所以她至少得在这城中坚持七日，这样顾九思才能领着人来救她。而且，即使七日后，他真的带兵过来了，王家被逼急了，她或许还是会成为荥阳的挡箭牌，或者陪葬品。

她想到这些心里就有些难受。

印红在铺床，铺好了之后，柳玉茹同她道："我先歇一会儿。"

"我给您去小厨房弄些粥来。"

柳玉茹点点头，印红便走了出去。

柳玉茹脱了鞋，坐在床上，放下帘子。她坐在这个密闭的空间里面，抱着自己，将脸埋进了膝盖。

其实洛子商说的没错，她之所以镇定，不过是因为此刻不能慌乱，这样的境遇，谁都怕，她若乱了，这里的近三百人就真的成了一盘散沙。

她坚信众人能活下来，也必须如此相信。

荥阳城的城门一关，顾九思在外听到钟声，便意识到城内出事了。

他站在码头上，过了片刻，听到船上的人道："大人，船要走了，您要跟我们走吗？"

顾九思抬起头来，船上的人补了一句："柳老板吩咐过让我们等您的。"

顾九思的心里一阵刺痛，他深吸一口气，道："你们都是柳通商行的人？"

"对。"那人道，"我是荥阳这边的掌柜，叫徐峰，您以前见过的。"

"我记得。"顾九思点点头，想了想，道，"我这里需要些钱和人手，你留些银两给我，要是有愿意留下的，留一些人给我，不愿意留下的就按照玉茹的吩咐离开吧。"

徐峰应了一声，将人聚起来，清点了愿意留下来的人，又拿了银子交给了顾九思，道："大人，因为小的此行负责看管货物，便不能留下陪同大人了。这是小的的长子徐罗，虽只有十七岁，但学了些武艺，人也灵巧，愿留在大人身边，供大人驱使。"

顾九思表示感谢，让徐罗点了人便带人离开了。

他不能在码头上待太久，王树生一定会让人来码头搜人，只是早晚而已。

顾九思领着人在山林里找了个山洞落脚。

商队给他留了二十个人，都是年轻力壮的。他们平日与柳玉茹交好，留下来也是想救柳玉茹。一行人安顿下来后，顾九思便派了其中两个人分两条路，到东都去找江河。

人被派出去后，徐罗坐到顾九思身边道："大人，我们接下来怎么办？"

"先去司州，"顾九思冷静地道，"打探一下司州的情况，我再找几个人。"

"那东家她……"

"只要我还没被抓，她就不会有事。"顾九思抬头看向荥阳方向，"若我被抓了，才是真的出事了。"

徐罗不太明白其中的弯弯道道，但是柳玉茹素来对顾九思称赞有加，柳玉茹的丈夫也是他的主子，于是徐罗也不多说。

其他人捡着柴火，顾九思休息了片刻，同其他人道："你们在这里休息，我同徐罗去司州看看。"说完之后，顾九思便翻身上马，领着徐罗朝司州去了。

在荥阳发生剧变时，东都皇宫之内，范轩看着沈明："你可知你在说什么？"

"草民知道。"沈明冷静地开口，抬起头来，回视范轩，"臣请陛下，派合适的人选，出兵永州。"

"朕给过顾九思令牌，"范轩冷静地道，"他若需要调兵，那就可以调兵。"

"若司州的人也被买通呢?"沈明问,"又或是顾大人的人来不及去司州调兵呢?"

"他们敢?!"

"有何不敢?"沈明冷静反问,指着自己誊抄的王思远的供词,道:"永州上上下下已经完全被当地乡绅把持,如今他们知道王思远身死,便会猜到王思远把人都招了出来。我们按这份名单抓人,按王思远给的消息查证据,人赃并获是早晚的事。永州如今不奋力反扑,还待何时?若上下联手,要杀两位朝廷正三品以上尚书,他们会用刺杀的手段吗?是怕陛下不砍他们的脑袋吗?陛下,"沈明叩首,"如今永州怕是岌岌可危了,臣到东都来已经花了三天,若再耽搁,怕是来不及了。"

"大夏初建,"范轩摸着手边的玉玺,慢慢地道,"朕不能乱了法纪,没有你一个罪人说一番话朕就发兵的道理。若今日我无凭无据发兵永州,其他各州怕是心中难安,恐又生变。"

"陛下!"

"陛下。"江河突然开口。

范轩转头看了过去,江河上前一步,恭敬地道,"既然陛下之前已赐九思调司州兵马的令牌,此番不如让微臣领着小叶大人一起过去考核两州官员。"

大夏保留了大荣的大部分制度,其中包括了每年的官员考核,官员下一年的俸禄与升迁与否都和考核息息相关。江河有了这个名头,就能把司州一大批官员的前途握在手里,一到司州,便会直接得到一大帮友军。

江河一贯没个正经,区分叶世安和叶青文也就直接用"小叶大人"和"叶大人",范轩听习惯了,也没说他。

江河见范轩还在考虑,便接着道:"若是永州真的出了岔子,朝廷也不能坐视不管。一座城闹事,也不必大动干戈,速战速决,再立刻重新扶人上去,就不会有太大影响。"

"你的速战速决,"范轩思索着,道,"要多少人,打多长时间?"

"五千人,一日。"江河果断地开口,笑了笑:"不怕陛下笑话,以小侄的能力,若有五千兵力,取下荥阳,也不过一日。若能一日取下荥阳,治好荥阳旧疾,陛下,"江河慢慢躬身,眼神意味深长,"大夏才真正有了国威。"

听到这话,范轩眼中顿时有冷光汇聚。"你说的对。"他点点头,"大夏不能学大荣的样子。"范轩曾是节度使,大荣是如何倾覆的他再清楚不过。

江河见话说到位了,就不再多说了。

范轩迅速让人拟旨,让江河立刻出发。江河接了圣旨,范轩才终于看向沈明。

"至于你——"范轩看着沈明,皱起眉头。

确定江河会去司州,沈明总算是放心了。证据给齐了,一切该做的、能做的都做了,剩下的也不是他能管的了。他的路已经走到尽头,余下是悬崖还是长路,都无所谓。

沈明静静地跪在地上。许久后,范轩终于发话了:"先收押到天牢。待永州事毕,此案与永州的案子一并办理。"

沈明愣了一下,江河忙道:"谢恩。"

"谢陛下恩典!"沈明立刻叩首。

沈明同江河一起出了大殿,江河使唤叶世安去准备出行的事宜。沈明被抬着坐在软轿上,江河走在他旁边,抬扇遮着阳光,笑着道:"陛下有心赦你,你怕是死不了了。"

沈明笑起来,看上去有几分傻气。

江河勾了勾嘴角:"活下来了,以后可要好好珍惜,找个机会去叶家提亲吧。"

沈明愣了愣,忙道:"我……我还差得远。"

江河挑了挑眉。

沈明看着江河,忍了片刻,才终于道:"其实,叶韵心里没我。"

江河有些意外,沈明接着道:"她……她该当是……是喜欢你这样的。"

这话把江河说愣了。片刻后,江河笑出声来,却是道:"这不是很正常吗?"

"你……"

"年轻小姑娘喜欢我这样的,"江河张开扇子,挡住自己的半张脸,笑弯了那双漂亮的眼,"那再正常不过了。"

沈明听了这话,不太好受,道:"她是很好的姑娘,不会随随便便对人动心。她看你的眼神,我懂。"

"所以说啊,"江河看着沈明,眼里带了几分怀念之意,"你们是年轻人。一个人喜欢一个人是很容易的,他潇洒、俊朗、温柔、有能力,或者是她美貌、出身高贵、知情知趣……人都倾慕优秀的人,可这种喜欢,只是倾慕,只是一时心动而已。但完完整整地知道一个人的好与不好,还喜欢着,愿意接纳他的一切,就太难了。你们还年轻,"江河的神色里带了几分温柔,"她不是对你全然无意,你也无须自卑,沈明,最珍贵的是真心。"

江河还要再劝,沈明道:"她对你有几分喜欢,都是真心。未来她会不会喜欢你,会不会喜欢别人,我不知道。可如今她喜欢你,这份感情的深与浅,那都得她来评价。你或许不喜欢她,但我希望你尊重这份感情。这世上,"沈明看着他,眸子明亮,神色认真,"谁都可以说这些,唯独你不能。我当感激你,可你这样做,她会难过。"

江河看着这个少年,沈明像一把质朴的刀,没有精雕细琢,但沉默无声且不求任何回报地护在那个叫叶韵的小姑娘身前。

众人都说沈明傻,说他不知世事,江河却在这一刻感知到沈明是用了多大的心力细腻又温柔地守护那个人。

江河抬起手来,恭敬地鞠了一躬:"是我的不是,"他认真地道,"烦请见谅。"

沈明摇摇头:"这礼我受不得。"

江河笑了笑:"你去永州一趟,长大不少。"

"有了牵挂的人和事,"沈明苦笑,"便不能再糊涂着过了。"

话说完,两个人已经走到宫门前。

叶世安带着侍从和马停在门口,同江河道:"我从宫中拿了几套和咱们身材相仿的衣服,官印、文牒、银两都拿好了,剩下的我已通知了让他们之后带过来。事出紧急,我们先启程吧?"

江河点了点头,两个人同沈明告别之后,便驾马疾行出城。

沈明靠在软轿上,仰起头来,便见天空碧蓝如洗,一片澄澈明净。

而后他听到有人叫他:"沈明。"

他转过头去,叶韵站在不远处,也不知道站了多久,神色有些紧张。沈明静静地看着她,片刻后,突然勾起嘴角,道:"红豆糕做了吗?"

叶韵愣了愣,也笑起来:"你这人,是不是就只会从我这里捞吃的了?回去吧。"她说着,放软了声调,"我回去给你做。"